L'OMBRE DE THOT

MICHAEL PEINKOFER

Traduit de l'allemand
par Henri Lemière

City

Publié en Allemagne sous le titre « *Der Schatten von Thot* »

ISBN : 978-2-35288-325-8
Code Hachette : 50 6558 6

Couverture : Studio City
Rayon : Thriller Poche
Collection dirigée par Christian English & Frédéric Thibaud.

Catalogue et manuscrits : www.city-editions.com

Dépôt légal : deuxième semestre 2009
Imprimé en France
Achevé d'imprimer en Août 2009
par CPI Brodard & Taupin - La Flèche (France)
N° d'impression : 54150

Prologue

Ancien observatoire du Caire
Septembre 1883

Un firmament d'étoiles scintillantes se déployait au-dessus des maisons et des rues de la ville s'étendant des rives du Nil jusqu'aux contreforts du djebel Mokattam. Une lumière bleue baignait les coupoles des mosquées et les minarets de la cité, caressait les murs crénelés de la forteresse et faisait miroiter la large langue du fleuve.

Ammon el-Hakim se tenait dans l'ancien observatoire qui avait été jadis érigé par les califes afin que fussent observés et expliqués les mouvements du ciel. Mais, bien que ses yeux regardassent haut dans le ciel étincelant, il ne voyait plus l'éclat des étoiles.

Le *sage de Mokattam*, ainsi avaient-ils pris l'habitude de le surnommer. Le vieillard avait élu domicile dans l'observatoire. Il y vivait et il y travaillait. Les recoins et les réduits innombrables de la tour croulante regorgeaient du savoir des jours passés. Des livres et des rouleaux, de vieux parchemins et plus d'un objet à la signification magique s'étaient rassemblés ici. Sa vie entière, el-Hakim l'avait consacrée à la découverte des derniers secrets, des ultimes énigmes qu'il y avait encore à déchiffrer à cette époque où l'être humain s'affranchissait de toutes les limites.

Les étrangers venus du nord…

Le sage de Mokattam les méprisait.

Ils foulaient la terre sacrée sans humilité ni respect. Ils ne montraient aucune crainte respectueuse envers des pouvoirs puisant dans les millénaires. Ils considéraient les pyramides, les temples, les tombes et le sphinx comme autant de constructions inertes, d'empilements de pierres, qu'avaient ensevelis le sable et la poussière du temps.

Les Romains avaient été les premiers à fouler de leurs pieds la renommée de l'Egypte.

Ensuite les Grecs.

Puis les Turcs.

Les Français.

Et maintenant les Anglais.

Peu, parmi eux, possédaient suffisamment d'intelligence pour comprendre que l'Egypte ne se réduisait pas à un passé révolu, mais que le sable du désert donnerait la clé de l'avenir. Et, parmi ceux qui le comprenaient, tous, et de loin, n'étaient pas les serviteurs de la lumière.

Ammon el-Hakim vivait dans l'obscurité, et pas seulement du fait que la lumière de ses yeux s'était éteinte : l'humeur du sage était également devenue sombre de ténèbres qui étaient plus profondes que les nuits et plus impénétrables que les tempêtes de sable. El-Hakim avait pu interpréter les astres une dernière fois lorsque ses yeux pouvaient encore capter leur lumière. Et ce qu'il y avait lu l'avait rempli d'effroi et de crainte.

Une puissance ancienne resurgissait des tréfonds de l'histoire et s'emparait de secrets qui ne lui étaient pas destinés. Des choses qui devaient rester ensevelies étaient soustraites à l'ombre qu'avait jetée le temps. Le monde allait perdre l'équilibre, enclenchant la destruction et le chaos pour l'avenir.

Le sage de Mokattam prononçait à voix basse les paroles gravées sur une tablette de pierre. L'original gisait, enfoui profondément, dans le sable de Memphis. Une copie se trouvait pourtant en possession de l'astrologue de Mokattam, conservée par des sages depuis des générations :

Egypte, ô Egypte !

Un temps viendra où les dieux quitteront la terre. De ta religion, il ne restera, alors, que de lointaines légendes et, gravées dans la pierre, des paroles auxquelles le monde qui leur succédera n'accordera aucune foi. Les hommes pieux seront réduits au silence, les ténèbres l'emporteront sur la lumière et plus aucun regard humain n'osera s'élever vers le ciel. Les purs seront conspués comme s'ils étaient fous, les impurs vénérés comme s'ils étaient sages. Le couard passera pour courageux et l'impie pour juste. La croyance en l'éternité de l'âme sera bafouée.
Pour cette raison, moi, Thot, j'ai mis par écrit les secrets des dieux et je les ai cachés dans un endroit secret, jusqu'à ce que les hommes soient mûrs pour ce savoir. Il parcourra le chemin de la nuit, celui qui se mettra en quête du secret de la lune. Mais qu'il se protège, celui qui aspire au savoir, de ce qui est tapi dans les ténèbres…

Livre premier

Londres

I

Londres East End
14 octobre 1883
Minuit.

Le clocher de Westminster, qui domine de toute sa hauteur le Palais du parlement et le pont de Westminster, se mit à annoncer le passage de l'ancienne journée à la nouvelle.

Mais le carillon de la grande cloche, qui lui avait valu le surnom de Big Ben donné par les habitants de Londres, et qui était devenu le symbole de la grandeur et de la suprématie aux yeux de la nation entière, ne parvenait guère jusqu'aux ruelles tortueuses de l'East End londonien.

Tant étaient étroites les rues jonchées d'immondices et de saleté. Si hauts étaient les murs de brique, ceux des casernes que sont les maisons de location et ceux, pareillement lugubres, des arrière-cours. Trop fort aussi était en cette heure tardive le brouhaha en provenance des tripots. Au martèlement saccadé des pianos désaccordés se joignait le son plaintif d'un accordéon sur un fond de beuglements sans suite d'ivrognes et de rires égrillards des filles de joie.

La méchante lumière jaunâtre filtrant des fenêtres des bars et des tavernes en répandant une lueur mate se dissolvait dans un brouillard épais qui s'insinuait à travers les ruelles en se mêlant à l'âcre fumée issue des conduits des poêles à charbon.

La lueur vacillante de quelques becs de gaz trouait l'obscurité et diffusait une lumière avare sur les silhouettes déguenillées et désespérées qui se pressaient dans les recoins et sous les porches. Des orphelins pour la plupart, ne sachant où aller, mais aussi des mendiants et des ivrognes dont il se rencontre à Whitechapel une quantité comme nulle part ailleurs dans la ville.

Bon nombre d'entre eux, avec le désespoir et la faim comme compagnons de tous les instants, en étaient venus à transgresser la loi pour ne pas terminer, avec leur famille, dans une des maisons d'Etat dites *pour le travail* que sont les maisons de correction. Des malfaiteurs sans scrupules parcouraient, en bandes, l'East End. Et dans les ruelles sombres exhalant les excréments et la crasse, il n'y avait pas que les quadrupèdes rats à s'affairer, mais aussi des bipèdes de tout poil, prêts à tuer pour une poignée de shillings ou un quignon de pain.

Les maisons de correction étaient aussi redoutées des femmes, que des hommes. Aussi les femmes mettaient-elles tout en œuvre pour ne pas y être envoyées, préférant, dans leur lutte pour leur survie quotidienne, faire au besoin commerce de leur corps. Celle que la nature avait pourvue d'un abord avenant et qui pouvait s'offrir une jolie robe, celle-là partait à la chasse au client à Covent Garden ou dans le quartier du théâtre, là où pouvait être caressé l'espoir qu'un gentleman décidé à passer la nuit y aille d'un florin ou davantage. Quant aux prostituées de Whitechapel, souvent malades et dérangées de corps et d'esprit, elles dispensaient leurs services pour quelques pence, bien souvent dans de sombres arrière-cours, à même le pavé sale.

Grace Brown maudit le jour où elle était arrivée dans cette grande ville. Cela faisait trois ans maintenant. Avant que son homme eût été arrêté pour le vol de trois oranges et envoyé au bagne. Avant que sa qualité de femme d'un repris de justice lui valût de perdre son emploi à la fabrique.

Avant d'avoir été jetée à la rue parce qu'elle ne pouvait plus payer le loyer de la chambre minable. Avant d'avoir commencé à monnayer son corps plutôt que de risquer de se retrouver en maison de correction. Et avant que le coup de couteau d'un client qui ne voulait pas la payer lui eût fait cette estafilade sur la gauche du visage. Il n'y avait qu'une chose pour laquelle Grace Brown l'emportait sur ses concurrentes qui arpentaient les rues jouxtant Fournier Street en soulevant leurs jupes afin de ne laisser aucun doute sur la nature de leurs activités.

C'était cette chevelure rousse rayonnant comme un signal lumineux dans la grisaille de la gueuserie et qui attirait sur elle l'attention des badauds. En d'autres occasions ce caprice de la nature avait valu à Grace de ne pas passer la nuit dans le caniveau. Ce soir-là, il allait pourtant avoir les plus funestes conséquences…

Le pavé mouillé de Hopetown Street luisait dans le halo des lampadaires. Une diligence ou une charrette s'en venait, de temps à autre, de Brick Lane. La plupart étaient de minables chariots tirés par des ânes faméliques et dont les propriétaires étaient ces hommes aux joues creusées dans des visages blêmes et exténués : des vendeurs à la criée dont la seule ressource était d'acheter des fruits et légumes aux marchés de Covent Garden ou de Bilingsgate et d'aller les vendre autre part pour quelques pence de plus ; des marchands de charbon et les ramoneurs, leurs cousins noircis de suie, chargés de nettoyer les âtres des maisons de la cité ; enfin les ratiers auquel le travail ne manquait pas, quel que fût le quartier de la ville.

Grace Brown abordait tantôt l'un, tantôt l'autre, mais ne récoltait que moqueries et rires goguenards. Personne ne tenait à se laisser emmener par elle, et son désespoir allait grandissant lorsque soudain apparurent les contours d'une grande berline, émergeant, à la fois splendide et inquiétante, de la fumée et du brouillard.

C'était un attelage quadruple comme seuls les seigneurs aisés peuvent s'en offrir, tiré par quatre chevaux noirs, les passementeries argentées. A l'ahurissement de Grace Brown, les bêtes ralentirent juste au moment où la berline la dépassait, et le prestigieux attelage s'immobilisa.

– Eh, toi !

Le cocher, un homme à large carrure, portant une pèlerine en laine et un couvre-chef rabattu sur le visage pour se protéger de la morsure du froid de la nuit, tira sur les freins.

– C'est à moi qu' tu causes ?

Au comble de l'étonnement, Grace jetait des regards tout autour, mais il n'y avait personne d'autre.

Le cocher se pencha vers elle.

– Qui d'autre crois-tu ? Tu cherches du travail ?

– Mmoui…

Il désigna par-dessus ses épaules la berline dont les vitres assombries faisaient jouer les reflets des maisons et de la rue.

– Mon maître, que voilà, est à la recherche d'un peu de distraction. Et je pense que tu es exactement ce qu'il cherche.

– Tu crois ?

Grace, embarrassée, se gratta la tête et tira sur son châle miteux tandis qu'elle se mettait en pensée à supputer combien le puissant seigneur entendrait faire sonner. Dix pence peut-être. Ou même un schilling ?

Les yeux du cocher disparaissaient dans l'ombre de la visière du chapeau, mais la bouche et le bouc au menton se conjuguèrent dans un rire encourageant.

– Tout à fait sûr. Un florin en paiement, cela te va-t-il ?

– U-un florin ? balbutia Grace. Bien sûr que je suis d'accord.

C'était plus que ce qu'elle avait jamais reçu d'un client.

– Alors monte. Mon maître t'attend déjà.

– Mille mercis, souffla Grace qui ne s'expliquait toujours pas d'où lui venait ce revirement inattendu du destin et qui aurait volontiers sauté au cou de ce cocher.

Elle s'approcha, le cœur battant, de la berline dont l'intérieur était plongé dans l'obscurité la plus profonde et dont les vitres sombres renvoyaient son propre reflet.

A peine fut-elle parvenue à la voiture qu'une portière s'ouvrit et grinça légèrement en pivotant. Pourtant la forme sombre à l'intérieur ne bougea pas, comme si elle se refusait à s'exposer à la maigre lumière des lampadaires.

– Sir ? interrogea Grace, timidement, tandis qu'elle s'approchait prudemment pour jeter un coup d'œil à l'intérieur du carrosse.

L'espace d'un instant, un froid glacial l'envahit. Elle eut la certitude que quelqu'un était assis au fond de la berline et dardait sur elle un regard perçant. La tentation soudaine de tourner les talons et de prendre la fuite la saisit, mais la pensée du florin, qui lui promettait du lest pour son estomac et un toit pour s'abriter, la retint.

– Dois-je monter, Sir ? demanda-t-elle en chuchotant.

Mais, comme précédemment, aucune réponse ne sortit de l'obscurité. La berline, en revanche, sembla s'animer. Le léger bruissement d'une l'étoffe parvint à ses oreilles, puis un son clair, métallique, presque le tintement d'une clochette. Mais c'était le frôlement de l'acier coupant comme un rasoir.

Grace Brown n'eut pas le temps d'être effrayée que déjà l'éclair de la lame tranchait les ténèbres et pénétrait d'un seul coup dans sa gorge.

Un flot de sang noya ses rêves et ses peurs, ses espoirs et ses craintes, bien avant que la cloche de Big Ben eût fini de retentir au loin dans Westminster.

II

Extrait du journal personnel
de Sarah Kincaid

Ce rêve étrange est revenu ; je suis prête à croire que ce n'est rien d'autre qu'un cauchemar dépourvu de sens qui vient me tourmenter de temps en temps. Mais les scènes que j'y vois, ces ombres et ces impressions, sont bien trop réelles pour n'être que la simple conséquence d'un dîner trop lourd. Elles me sont familières d'une façon qui me fait presque peur ; et pourtant je ne parviens pas à me souvenir d'avoir vécu quelque chose de semblable.

Pourquoi ?

Ce rêve est-il une suite de ce que j'ai vécu ? Ou bien me renvoie-t-il aux jours sombres du passé que mon père avait l'habitude de nommer les tempora atra, *cette période toute d'obscurité ? Les deux hypothèses m'angoissent, et bien plus que je ne le voudrais, car, après tout ce qui est survenu, j'entends laisser le passé définitivement derrière moi. Mais, après ces mois qui se sont comme évaporés, les événements d'Alexandrie resurgissent encore nettement sous mes yeux avec cette même question lancinante : aurais-je pu sauver mon père ? Plus j'y pense, plus je ressens clairement que le jour viendra où le passé me rattrapera…*

Kincaid Manor, Yorkshire
1er novembre 1883

Le soleil avait disparu à l'horizon et colorait les nuages d'une lueur rose pâle lorsque la berline de la société royale des sciences se présenta devant le corps principal du logis. La lande s'était estompée dans une douce lumière qui conférait au paysage une touche d'irréalité.

Les chevaux s'immobilisèrent en s'ébrouant, stimulés qu'ils avaient été par le cocher impatient de toucher au but. Deux palefreniers se pressèrent.

Le docteur Mortimer Laydon n'avait pas caché qu'il n'avait jamais partagé la passion de son vieil ami Kincaid pour la vie à la campagne ; il n'avait guère compris l'intérêt que Gardiner avait bien pu trouver à vivre dans ce lointain Yorkshire, loin de tous les bienfaits de la technique et de la civilisation, pour ne rien dire des commodités telles que la lecture quotidienne du journal et les visites régulières au club. Gardiner Kincaid, au contraire, s'était établi ici, après des années de voyages à l'autre bout du monde au service de la science, à son « domicile », comme il avait lui-même coutume de dire, où il pouvait poursuivre ses études sans crainte d'être dérangé. Comme tout romantique qu'il n'avait pas manqué d'être, il avait orienté ses réflexions vers le passé plutôt que sur le présent.

Ce n'est pas sans raison qu'il avait choisi d'appeler *Kincaid Manor* le domaine que la reine lui avait accordé pour bons et loyaux services, en s'inspirant de l'usage introduit par les chevaliers normands consistant à donner à leur terre le nom de famille du propriétaire. Et c'est cet amour pour le passé qui avait finalement coûté la vie au vieux Gardiner Kincaid.

Cela faisait bien longtemps que la demeure constituée d'un bâtiment à deux ailes et d'une écurie attenante avait cessé d'être une ferme ; certes la famille Kincaid louait toujours ses terres aux rares paysans de l'endroit; une terre bonne seulement pour l'élevage des moutons. Mais la vraie richesse de Kincaid Manor ne consistait pas tant dans la possession de biens ni de terres, que dans le savoir qui s'y était concentré. Aucun promeneur s'approchant à travers la lande marécageuse et les collines escarpées n'aurait pu se douter que les murs de la demeure renfermaient non seulement une bibliothèque exceptionnelle, mais aussi une collection extraordinaire d'œuvres d'art antiques.

Gardiner Kincaid avait consacré sa vie à percer les mystères du passé ; il avait mené des expéditions jusque dans les coins les plus reculés de l'Empire et cela lui avait valu d'être anobli par Sa Majesté.

Et bien que son vieil ami fût mort, ce qui remplissait Mortimer Laydon de chagrin, Kincaid Manor était resté aujourd'hui encore un temple du savoir et de l'intelligence. Car Gardiner Kincaid avait eu une élève studieuse.

Comme il n'y avait âme qui vive, ni, bien sûr, auberge où passer la nuit, le docteur avait apporté son nécessaire de voyage que les serviteurs portaient à présent dans la demeure. Il avait fait annoncer son arrivée deux jours auparavant par un messager, comme les usages de la bonne société le prescrivaient. Laydon avait beau savoir que dans le Nord on n'était guère à cheval sur l'étiquette et que la fille de Gardiner partageait l'aversion de son père pour les contraintes sociales, il ne voulait tout de même manquer de civilité au point de ne faire connaître sa venue qu'en frappant à la porte.

La demeure lui fut ouverte par un serviteur qui le salua d'une mine empreinte de gravité. Sa livrée n'était pas coupée à la dernière mode de Londres et il s'en dégageait quelque chose d'ancestral, comme toute cette maison. A la lumière des bougies des lustres qui éclairaient le hall d'entrée, car l'éclairage au gaz n'était pas encore parvenu jusque-là, Laydon entrevit des statues et des tableaux anciens, mais aussi des armes d'époques différentes, des épées ébréchées et des casques rouillés, des vestiges épars de périodes bien moins civilisées.

– Sir, commença le serviteur avec un accent marqué du Yorkshire, après qu'il eut débarrassé le visiteur de son chapeau et de son manteau, si vous le permettez, je vais vous conduire au salon. Lady Kincaid vous y attend déjà.

– Je ne demande que cela.

Le petit homme à la chevelure broussailleuse et aux favoris vérifia sa mise dans un miroir orné de moulures dorées. Ce qu'il vit ne lui fit qu'à moitié plaisir. Dans les bons cercles londoniens, son apparition en redingote froissée par le long voyage n'aurait guère été appropriée pour présenter ses hommages à une dame. Mais ici, dans le Nord, où les formalités étaient moins raffinées, cela pouvait encore convenir. Laydon était chargé d'une mission urgente qui ne souffrait ni ajournement ni coquetterie.

Le serviteur le conduisit, d'un pas mesuré, à travers le vestibule jusque dans le couloir qui le prolongeait. La chaleur et le vacillement des flammes d'un feu étaient perceptibles au bout du corridor où ils souhaitaient la bienvenue au visiteur. Mortimer Laydon fit son entrée dans la pièce à la cheminée. Le plafond bas était lambrissé de bois, les poutres travaillées de riches ciselures. Pour autant que Laydon le sache, ils devaient provenir d'une ancienne abbaye délaissée par les moines et promise à la ruine. Gardiner l'avait achetée et restaurée non sans peine. Les cloisons de la salle basse avaient été recouvertes d'étagères surchargées de livres jusqu'au faîte. Ils ne composaient qu'une petite partie des trésors de savoir que recelait Kincaid Manor. La plus grande partie, et de loin, se trouvait dans la bibliothèque, laquelle se situait dans l'aile est du bâtiment, et dont le vieux Gardiner avait pris soin comme de la prunelle de ses yeux.

Devant l'âtre de la cheminée dispensant une chaleur bienfaisante, se dressait un grand fauteuil recouvert d'un cuir sombre qui tournait le dos à Laydon.

– Votre visiteur, Madame, annonça le serviteur.

Et du fauteuil se leva une jeune femme d'une beauté conquérante, alors même qu'elle se différenciait, à maints égards, des canons à la mode dans le Londres élégant.

La régularité de ses traits, elle la tenait de son père. Les yeux aussi, dont le bleu profond révélait l'antique héritage celte, que le docteur Mortimer faisait remonter à la lignée du vieux Gardiner, de même que la bouche étroite et le front à l'allure décidée. En conclure que Lady Kincaid aurait été sévère et inabordable aurait été inexact, car les fossettes autour des commissures des lèvres et le petit nez en trompette laissaient deviner une personnalité espiègle et enjouée.

Son teint était plus brun qu'il n'était habituel chez une dame de sa condition, et on discernait des taches de rousseur sur le nez comme sur les joues, ce qui laissait deviner de longues expositions au soleil. La chevelure noire tombait en boucles non apprivoisées sur les épaules, emprisonnée à grand-peine dans un bandeau de velours. La robe simple qu'elle portait et que les dames de Londres n'auraient pas manqué de juger irrémédiablement démodée, renonçait délibérément aux ampleurs d'une crinoline et tombait raide et douce sur sont corps. Le velours bleu brillait à la lumière tremblotante du feu. Sarah Kincaid ne portait ni plumes ni parure : l'aversion pour le superflu était un trait de caractère qu'elle partageait avec son défunt père.

– Oncle Mortimer ! Quelle joie !

Sans même attendre que son parrain lui eût fait ses civilités, Sarah jaillit de son fauteuil et, avant que Laydon ait pu esquisser le moindre mouvement, se jeta à son cou avec ferveur. Dans le lointain Londres, tout visiteur eût été péniblement affecté de cette familiarité campagnarde, tandis que dans la solitude du rude Nord elle n'était pas dépourvue de charme.

Laydon la contempla avec un doux sourire.

– Sarah, mon enfant. Cela fait combien de temps ? Nous ne nous sommes plus vus depuis quand ?

– Depuis l'enterrement de père, répondit-elle et, sur son visage, la joie de se revoir fit place à une expression sombre.

– Comment t'en es-tu sortie ? Excuse-moi, Sarah, de n'être pas venu plus tôt, mais ma présence à Londres et à la Cour était absolument indispensable.

Sarah sourit de nouveau, non sans fierté.

– Je peux me l'imaginer. Car enfin Sa Majesté ne renonce pas facilement à son meilleur médecin particulier…

Laydon rougit.

– Sarah, je suis flatté que tu penses cela de moi. Mais, d'une part, la famille royale a beaucoup de médecins particuliers et, d'autre part, je ne prétends nullement être le meilleur d'entre eux.

– Modeste comme toujours. Tu n'as pas changé, mon oncle.

Le docteur fit un geste ample de la main.

– Toi non plus, selon toute apparence. Et Kincaid Manor non plus n'a pas changé.

– Les apparences sont trompeuses, rétorqua Sarah. Ce n'est plus la même chose depuis la mort de père. Sa soif d'apprendre et son infatigable goût pour la recherche ont rempli cette maison. J'essaie de poursuivre son œuvre du mieux que je peux, mais…

– Je suis certain que tu fais de ton mieux. Et je suis sûr également que ton père serait fier de toi, Sarah.

– Tu crois ?

– J'en suis persuadé. On peut dire beaucoup de choses du vieux Gardiner Kincaid, mais on ne pouvait lui reprocher de n'avoir pas son franc-parler. En dehors de son travail, c'est toi qui occupais le centre de sa vie, Sarah ; et cela l'aurait réjoui s'il avait pu savoir que tu poursuivrais ses travaux.

Sarah se força à sourire et changea de sujet rapidement.

– Je m'y emploie. Combien de temps comptes-tu rester, oncle Mortimer ? Nous avons tant de choses à nous dire…

Laydon approuva.

– En effet. Il y a des affaires pressantes à aborder, c'est pour cela que je suis ici.

L'expression de Sarah s'assombrit de nouveau.

– Des affaires urgentes ? De quoi veux-tu parler ? Je pensais que tu étais juste venu pour me rendre visite…

– Oui aussi, lui assura-t-il. Mais, Sarah, cela ne change rien au fait que j'ai apporté des nouvelles importantes dans mes bagages.

– Des nouvelles ? Quel genre de nouvelles ?

– De bonnes nouvelles. Des nouvelles de la Cour.

– Cela m'étonnerait, répliqua-t-elle d'un ton sarcastique. De la Cour on a rarement entendu parvenir de bonnes nouvelles. En tout cas pour autant qu'elles ont concerné ma famille. Je me souviens encore très bien de la dépêche d'Alexandrie...

– Alexandrie n'a rien à voir là-dedans, précisa Laydon. Tu ferais bien de laisser le passé tranquille, Sarah.

Elle eut un sourire crispé.

– Je devrais laisser en paix le passé ? Tu oublies que je suis une archéologue, mon oncle. C'est mon métier de creuser le sol et d'en exhumer les secrets d'autrefois.

– Peut-être, concéda le docteur. Mais ce n'est sûrement pas ta destinée de t'enterrer, *toi*, et de vivre dans le passé. Cela, ton père ne l'aurait pas voulu. Je t'en prie, Sarah, écoute au moins ce que j'ai à dire.

Lady Kincaid scruta longuement et attentivement les traits décidés et encore juvéniles, encadrés maintenant de cheveux blancs, de son parrain.

Les derniers mois, elle les avait passés à compulser les livres et les vieux parchemins, en songeant à son propre passé davantage qu'à celui des peuples disparus. Possible que son oncle ait raison. Sarah avait espéré pouvoir oublier dans cette retraite ce qui s'était déroulé en Egypte, en vain. Peut-être son parrain pourrait-il l'y aider. Il avait toujours soutenu son père en conseil et en action.

– Entendu, oncle Mortimer, déclara-t-elle donc avec prudence. A une condition.

– Qui est ?

– Comme tu as annoncé ta visite à temps, j'ai avisé les cuisines d'avoir à préparer un souper. Si cela te convient, ce soir nous allons commencer par dîner, puis nous parlerons de tout cela autour d'un bon verre de claret.

Laydon remuait les lèvres en signe d'approbation.

– Un verre de claret ? Que ne l'as-tu dit plus tôt ? Je suis heureux d'entendre que les bienfaits de la civilisation ne se sont pas tous perdus en route avant d'arriver à Kincaid Manor.

– C'est d'accord ? demanda Sarah.

Laydon approuva en souriant.

– Affaire conclue.

La cuisinière de Kincaid Manor était une femme des Midlands d'un âge vénérable. Elle avait déjà travaillé pour le père de Sarah, préparait déjà les repas du temps même où il était à Oxford et elle avait mitonné l'un de ces repas que même quelqu'un d'aussi blasé que Mortimer Laydon ne pouvait que goûter avec reconnaissance. Un exquis bouillon de poulet était suivi de deux plats, consistant en côtelettes d'agneau et chapon, accompagnés de légumes et de salade ainsi que de moutardes française et anglaise. Le repas se terminait par de la crème au chocolat et des noisettes.

– Remarquable, mon enfant, loua le docteur en chassant l'amertume du chocolat par une rasade de vin. Qui aurait pensé que dans le lointain Yorkshire on pouvait s'adonner à de pareils plaisirs ? A Gardiner Kincaid ! Au meilleur ami qu'un homme ait pu souhaiter avoir, et au meilleur de tous les pères. Puisse-t-il reposer en paix !

– A père, approuva Sarah en levant son verre.

– Bien gouleyant, fit Laydon en jetant un coup d'œil à la couleur rubis du contenu de son verre. Doux et épicé en même temps. Cela explique pourquoi ce vin français fait partie des crus préférés de la bonne société londonienne.

– Réellement ?

– Bien sûr. Et comme tu en as une certaine quantité en cave, cela tend à prouver que tu aurais moins d'aversion pour les bonnes choses de la vie que ton père ; cela me réjouit beaucoup, Sarah.

– Ne t'y trompe pas, mon oncle, répliqua-t-elle. Je me consacre au passé de la même manière que mon père et ce que tu vois là – elle désigna la carafe à décanter dont la panse rebondie faisait miroiter le claret d'un éclat mystérieux – je l'échangerais à l'instant contre le privilège de pouvoir résoudre une énigme de l'histoire humaine.

– Tu parles en effet comme ton père.

– Et pourquoi pas ? Il a été mon maître et c'est son œuvre que je poursuis, ses études.

– Je comprends. Alors l'Académie des sciences t'a donc donné un contrat de recherche et t'a fait parvenir les fonds et les moyens qui vont avec ?

Sarah secoua la tête en entendant cette question étrange.

– Bien sûr que non. Tu sais bien que faire partie de l'Académie des sciences est réservé aux hommes. Ces idiots bouffis de suffisance préféreraient mettre sous clef l'ensemble des connaissances scientifiques plutôt que d'accueillir parmi eux une femme.

– Même aussi brillante que toi ?

De nouveau le visage de Sarah s'éclaira.

– Je te remercie du compliment, mon oncle, mais je crains que tes congénères masculins soient un peu plus obtus que tu ne te le figures.

Laydon avala une nouvelle gorgée.

– Difficile à croire, en effet. Nous vivons une époque moderne, Sarah. Il importe peu à quel sexe on appartient, du moment que…

– Tu y crois vraiment, mon oncle ?

– Naturellement.

– Alors, en qualité de maîtresse de maison et seigneur de Kincaid Manor, je déclare que nous pouvons à présent nous lever de table. Et je t'autorise à fumer. Tu vas le faire ?

– Bien sûr que non.

– Pourquoi non ?

– Eh bien, parce qu'il ne viendrait jamais à l'esprit d'un gentleman de se mettre à fumer en présence d'une lady…

Le docteur s'interrompit lorsqu'il remarqua que Sarah ne l'écoutait plus. Il se mit à fixer son verre d'un air coupable.

– La vérité, mon oncle, déclara Sarah non sans amertume, est que les femmes ne sont pas vraiment respectées dans cette société. Même mon père le savait, et pourtant il m'a confié aussi bien Kincaid Manor que sa bibliothèque et sa collection.

– Parce qu'il savait que tu n'abandonnerais pas, fit Laydon plein de persuasion. Que tu ne te laisserais pas imposer les restrictions établies par la société.

– Alors, il s'est trompé, répliqua Sarah. Je ne suis certes pas une révolutionnaire, oncle Mortimer. Tout ce que je souhaite, c'est poursuivre en paix les études de père. Pour cela, je n'ai nul besoin des ânes plastronnants d'Oxford ou de Cambridge.

– Peut-être pas. Mais, alors, tu ne pourras pas non plus publier les résultats de tes recherches, tu ne pourras jamais récolter les fruits de ton travail.

– Et après ?

Sarah haussa les épaules.

– Mon père a récolté les fruits de son travail. Il a été un chercheur reconnu et il a été anobli pour ses mérites exceptionnels. Et qu'est-ce que tout cela lui aura apporté en définitive ? Il est mort loin de sa patrie, dans une contrée étrangère.

– Ton père est mort pour ses convictions, corrigea Laydon, pour ce qu'il estimait être important. Je me rappelle qu'il ne s'est jamais remis du fait que cet Allemand ait découvert Troie avant lui. Gardiner tenait à être toujours le premier, il voulait révéler au grand jour les secrets du passé, avant qu'un autre le fasse, et pour cela il était prêt aussi à risquer sa vie. Et toi, Sarah, tu as en toi la même passion.

– Pas du tout.

– C'est à moi que tu veux faire croire cela ? Petite fille déjà, tu es partie voyager dans des pays lointains et tu as respiré le souffle de l'aventure. Tu ne connais rien d'autre que cela, Sarah, et tu voudrais me faire croire que tu te contenterais de vivre retirée entre ces quatre murs et de te plonger dans de vieux grimoires ?

– Tu oublies que j'ai aussi reçu une bonne éducation anglaise, oncle Mortimer. A un moment, mon père a trouvé que j'avais suffisamment vécu d'aventures et il m'a expédiée à Londres, à Kingsley's School pour les jeunes filles.

– Tu n'y es pas restée très longtemps.

– Suffisamment longtemps pour me rendre compte où est ma place dans cette société, rétorqua Sarah d'un ton acerbe. La dernière fois que j'ai quitté cette demeure, mon père l'a payé de sa vie.

– Maintenant je comprends, dit le docteur avec un peu d'incrédulité. Tu t'adresses des reproches, tu t'imputes la responsabilité de ce qui est arrivé à Alexandrie.

– J'y ai beaucoup réfléchi, reconnut Sarah. Et je me demande si je n'aurais pas pu l'éviter…

– Non, Sarah. C'était un lâche complot et tu le sais. Il n'était pas en ton pouvoir de faire quoi que ce soit.

– Quoi qu'il en soit, depuis le moment où mon père est mort dans mes bras, je me suis mise en quête de réponses. Tout cela doit avoir un sens. Cela ne peut pas être possible que mon père ait dû laisser sa vie parce qu'un caprice du destin l'a voulu. Il doit y avoir une raison plus profonde, un lien avec le passé. Tu comprends ce que je veux dire ? En histoire, il y a toujours des liens, rien ne se produit par pur hasard…

– Peut-être que si, lança Laydon. Parfois il arrive des choses qui n'ont aucun sens, Sarah.

– Pas de telles choses.

Elle secoua la tête.

– Qu'est-ce qui te rend si sûre ?

Elle attrapa de nouveau le verre de vin et le vida à grandes gorgées, plus importantes qu'il ne siérait à une dame. Elle lui devait une réponse et Laydon n'abandonnait pas.

– Qu'est-ce qui t'en rend si sûre, Sarah ? répéta-t-il. Tu parais savoir quelque chose. Qu'est-ce, Sarah ? Ne veux-tu pas me le confier ?

Elle secoua la tête.

– Je suis pourtant ton parrain, lui rappela Laydon. Si tu ne me fais pas confiance, alors à qui donc ? Depuis la mort de ton père, je suis bien le seul en qui tu puisses avoir confiance.

Sarah se reprit. C'était vrai : Mortimer Laydon avait été le meilleur ami de son père et il avait presque fait partie de la famille. Par-dessus le marché, il était médecin ; peut-être pourrait-il réellement l'aider.

D'un air subitement résolu, elle mit son verre de côté et se leva.

Contre toutes les prescriptions de l'étiquette, elle s'empara de sa chaise et la fit pivoter autour du plateau de la table pour aller s'installer tout près du docteur.

– Je fais un rêve, confia-t-elle d'emblée.

– Un rêve ?

Elle opina.

– Un rêve qui revient sans cesse. Ce sont toujours les mêmes scènes, mais je ne sais pas ce qu'elles peuvent signifier.

– Intéressant.

Laydon releva le menton, désireux d'en savoir davantage.

– Et depuis quand as-tu ce rêve ?

– Depuis la mort de père.

Le docteur lui manifesta de la compréhension en même temps qu'une expression indéfinissable passait sur son visage.

– Je vois. Et quelles sont ces scènes que tu vois ? demanda-t-il prudemment.

– Je l'ignore. Ce ne sont pas des scènes concrètes, plutôt des impressions fugitives. Des couleurs et des bruits. Et parfois aussi des odeurs.

– Mais tu n'arrives pas à les mettre en ordre, n'est-ce pas ?

Elle secoua la tête de nouveau.

– Non. Pourtant ils m'angoissent, car ils ont quelque chose à voir avec le passé.

Le docteur fit une moue.

– Sarah. Tout ce dont tu rêves n'a pas nécessairement quelque chose à voir avec le passé. Beaucoup de choses ont leur source en nous-mêmes et je ne sais pas si…

– Avec *mon* passé, précisa Sarah et soudain Laydon sut de quoi il retournait.

– *Tempora atra*, murmura-t-il. Le temps des ténèbres.

Sarah approuva.

– C'est ainsi que mon père appelait ce phénomène. Mais lui non plus ne pouvait s'expliquer à quoi cela se reliait.

– Et tu crois que les années perdues de ton enfance sont liées à ces rêves ?

– Ce serait possible, non ?

Laydon se massa pensivement les tempes.

– Naturellement. Je suppose qu'un événement aussi éprouvant que la mort de ton père peut avoir contribué à faire ressurgir des souvenirs accablants. D'un autre côté, tu dis que les scènes sont indistinctes et comme effacées, elles pourraient donc avoir toutes sortes de sens, n'est-ce pas ?

Sarah fit un signe de tête et, à l'éclat apparu dans ses yeux, le docteur comprit que l'affaire lui tenait à cœur, beaucoup plus qu'elle ne voulait se l'avouer.

– C'est vrai. Mais quelque chose me dit qu'il y a un lien entre mes rêves et la mort de père. Tu as beau plaider le hasard en pareil cas, oncle Mortimer, je n'y crois pas. Je crois à la destinée et je suis convaincue que rien dans ce monde ne se produit sous l'effet du seul hasard. C'est pourquoi je continuerai ma quête de réponses.

– Dans tes livres ?

– Pourquoi pas ? Tu connais un meilleur endroit ?

– Peut-être bien que oui, confirma le médecin en marquant un temps de pause artificiel qu'il mit à profit pour tirer un mouchoir et le tendre à Sarah afin qu'elle puisse sécher ses larmes. Que dirais-tu d'une possibilité qui te serait offerte de continuer tes recherches sur les questions qui te préoccupent ? De faire entrer davantage de lumière dans les recoins obscurs de l'Histoire, sans que ton travail soit décrié ni mésestimé ?

– Ce serait bien beau, concéda Sarah, mais cela n'arrivera pas.

– Peut-être que si, la contredit Laydon avec un sourire triomphant. Car tu dois savoir, mon enfant, que je suis venu pour te proposer exactement cela. Et même infiniment plus.

– Tu plaisantes, mon oncle.

– Absolument pas. Car c'est la seule raison de ma présence ici. Je dois te ramener dans le plus grand secret à Londres où tes connaissances et tes aptitudes sont requises de toute urgence.

Sarah releva ses minces sourcils.

– Mes connaissances ? Mes aptitudes ? Qu'est-ce à dire ?

– C'est-à-dire que les événements d'Egypte n'ont pas été ensevelis dans l'oubli. La reine connaît ton nom et elle sait ce que l'Empire te doit. Elle m'a ordonné de demander ton aide en son nom.

– De l'aide ? A quel sujet ?

– Cela, je te le dirai lorsque tu auras promis de m'accompagner à Londres.

– Londres…

Sarah savourait le nom de la capitale comme elle l'eût fait d'un vin vieux tandis qu'un véritable maelstrom de souvenirs submergeait sa conscience, exactement comme si des écluses s'étaient ouvertes. Et ces souvenirs n'étaient pas tous agréables.

– Je regrette, oncle Mortimer, reprit-elle. Mais je crains de ne pouvoir accepter ton offre généreuse.

– Pourquoi donc ?

– Parce que je ne veux abandonner Kincaid Manor,

que ce soit pour Londres ou pour quelque autre endroit au monde.

– Pourquoi pas ?

– Parce que j'en suis redevable à père, voilà pourquoi.

– Billevesées, Sarah, la contredit Laydon d'un ton décidé et plus haut qu'il n'eût convenu à un gentleman, soit que l'alcool ait commencé à faire son effet, soit que les rudes mœurs du Yorkshire aient commencé à l'imprégner. Tu ne dois rien à ton père, rien du tout.

– Non ? lança-t-elle, piquée au vif. Pardonne-moi, mon oncle, mais je ne pense pas qu'il t'appartienne de porter un jugement sur ce sujet. Les dernières paroles que mon père a prononcées dans ce bas-monde m'étaient adressées. Il me demandait de poursuivre sa mission et de rechercher la vérité.

– Alors je ne comprends vraiment pas pourquoi tu ne veux pas quitter Kincaid Manor. Avec tout le respect dû à la collection de Gardiner, les conditions sont incomparablement meilleures pour un travail scientifique sérieux à Londres. Et encore, je ne fais référence qu'à la bibliothèque royale et au British Museum. Mais en vérité ce n'est pas de cela qu'il s'agit, je me trompe ?

– Qu'as-tu en tête ?

– En vérité, poursuivit Laydon, il n'y a qu'un motif pour lequel tu ne tiens pas à quitter Kincaid Manor : tu as peur de toi-même. Tu as peur du monde qui est là dehors, qui t'a pris l'être humain que tu as le plus chéri, et tu t'es retirée dans cette contrée solitaire pour pleurer ton chagrin. Cela peut convenir un certain temps, mais la période de deuil et le jeu de cache-cache sont finis. Tu dois revenir à la vie, Sarah. Ton père l'aurait voulu.

– Que n'as-tu dit cela plus tôt, le contra Sarah aussi peu diplomatiquement que possible. Car, tout cela te vient après que, pendant des mois, mon sort t'a été parfaitement égal ? Parbleu, oncle Mortimer, durant tout ce temps j'aurais vraiment eu besoin d'un ami !

Laydon soutint son regard excédé.

– Je veux bien te croire, mon enfant, dit-il d'une voix calme, et je peux comprendre que tu m'en veuilles. C'est exact, dans les jours sombres, qui sont maintenant derrière toi, je n'ai pas été à tes côtés et je t'en demande pardon. S'il était en mon pouvoir d'effacer ce qui a été, crois-moi, je le ferais. Et si je pouvais ramener à la vie mon vieil ami en donnant la mienne, je le ferais aussi sans hésiter. Veux-tu me croire ?

Sarah prit du temps pour répondre. Laydon n'avait pas tort. Elle redoutait en effet de quitter Kincaid Manor. Et elle craignait que l'histoire se répète.

Mais le mot qui lui venait à l'esprit pour caractériser le mieux son humeur actuelle n'était pas la peur ni le deuil. C'était la colère. Une rage noire et impuissante, qui n'était dirigée contre personne en particulier, mais envers tous et contre tout. Contre Mortimer Laydon qui déboulait dans sa vie sans y avoir été invité et voulait lui tourner la tête ; contre ses scènes de cauchemar qui la hantaient depuis la mort de son père sans vouloir livrer leur secret ; contre sa propre peur et son inaction ; et enfin contre son père aussi parce qu'il avait toujours donné la priorité à son travail et avait laissé sa fille seule au monde…

La poitrine de Sarah se soulevait de colère. Ses poings se serraient et les jointures en devenaient blanches. Mais elle finit par hocher la tête.

– Gardiner était mon ami, Sarah, le meilleur que j'ai eu, poursuivit Mortimer Laydon pour la réconforter.

Mais il était aussi un être humain et ceux-ci commettent des erreurs. Gardiner a passé sa vie à explorer le passé et il a souvent oublié le présent. En ma qualité de parrain et d'ami, je te demande de ne pas recommencer cette erreur. Les jours sombres sont derrière toi, Sarah. Tu dois maintenant regarder devant, sans t'arrêter aux démons qui te poursuivent. Et le mieux, pour le faire, ce sera de quitter Kincaid Manor. Sa Majesté la reine en personne souhaite ta venue à Londres. Dois-je te rappeler que ton père a toujours été un fidèle sujet de la couronne ?

– Non, mon oncle, repartit Sarah, songeuse, en secouant la tête. Tu n'as pas besoin de le faire.

– Alors, tu vas m'accompagner à Londres ? La reine Victoria elle-même veillera à ce que tu ne manques de rien et à ce que tu reçoives toute l'assistance nécessaire.

– Pourquoi ? demanda Sarah. Qu'y a-t-il derrière tout cela ?

Le docteur jeta des regards suspicieux autour comme s'il craignait d'être épié. Ce n'est que lorsqu'il se fut convaincu qu'aucun des serviteurs n'officiait dans la salle à manger qu'il reprit, en chuchotant :

– Je ne suis pas en mesure d'en dire davantage, Sarah, mais Sa Majesté a besoin de ton aide. La couronne britannique est menacée, je le crains, par une affaire qui pourrait mettre en péril le maintien de l'Empire tout entier.

– Une affaire ? Quel genre d'affaire ? Tu t'exprimes par énigmes…

– J'ai de bonnes raisons.

– Et pourquoi des connaissances particulières dans le domaine de l'Antiquité seraient-elles nécessaires ?

– Attends, répondit Laydon d'un ton si mystérieux qu'il ne fit qu'accélérer encore le pouls de Sarah.

Elle s'était certes attendue à beaucoup de choses, mais sûrement pas à la tournure que prenait à présent la conversation avec son parrain ; et bien que Sarah se fût juré de tourner le dos à l'aventure pour se consacrer à l'avenir à des études théoriques, elle sentait ressurgir sa curiosité atavique. C'était surtout la passion du chercheur qui se réveillait en elle après avoir sommeillé si longtemps, depuis ce jour où il lui avait fallu accompagner son père à sa dernière demeure…

– Alors ? fit Laydon, sur un ton de défi. Vas-tu m'accompagner à Londres et venir en aide à Sa Majesté ?

– Peut-être, reprit Sarah, sans s'engager. Dis-moi quand même quelque chose.

– Quoi donc ?

– Pourquoi moi en particulier ? A Londres, il se trouve nombre de sommités dans le domaine de l'histoire antique qui se feraient un honneur d'offrir leurs services à la reine.

– Parce que tu disposes d'un atout supplémentaire sur toutes ces autorités, mon enfant : quelque chose que la reine sait apprécier à sa juste valeur.

– Et quoi donc suis-je censée avoir ?

– Très simple, répondit Laydon avec un sourire retenu. Tu es une femme…

Au cœur de Londres, dans un logis dépourvu de fenêtre, dont les murs étaient couverts de boiseries et dont la porte capitonnée était doublée de cuir de sorte qu'aucun bruit ne pouvait filtrer vers l'extérieur, des mains tremblantes ouvrirent un pli.

Des yeux agités parcoururent à la lueur de la lampe à gaz le contenu du télégramme qui venait d'arriver de Manchester. Un silence épais régnait dans la pièce. Seul retentissait le tic-tac de la grande horloge égrenant impitoyablement les heures qui s'écoulaient. Un soupir de soulagement se fit enfin entendre.

Le tremblement des mains qui tenaient le télégramme se calma, et la silhouette, qui avait jusqu'alors parcouru sans répit la pièce, prit place sur l'un des innombrables sièges.

La mission s'était conclue par un succès.

Sarah Kincaid avait pris le chemin de Londres.

III

Extrait du carnet de voyage de Sarah Kincaid

Il ne m'a pas été facile de quitter Kincaid Manor qui, ces derniers mois, n'a pas été seulement mon domicile, mais est aussi devenu mon refuge. Pourtant j'ai bien ressenti, au plus profond de moi, quand la voiture attelée est arrivée sur la grand-route et que les bâtiments familiers ont disparu derrière les collines de la lande marécageuse, une sensation de liberté comme je ne l'avais plus éprouvée depuis bien longtemps.

La berline de la Royal Science Academy nous a emmenés à Manchester où nous sommes montés dans le train pour Londres. Le fait que Mortimer Laydon avait déjà fait réserver un compartiment m'a fait comprendre qu'à aucun moment il n'avait douté que j'accepterais et que je l'accompagnerais à Londres. A maints égards, mon paternel ami semblait mieux me connaître que moi.

Le périple a duré deux jours. Et plus nous nous approchions du sud, plus mon inquiétude grandissait. Après la mort de mon père, je m'étais juré de ne plus retourner à Londres, cet entassement de pierres au bord de la Tamise, ce moloch qui dévore ses propres enfants. Pourtant j'ai rompu mon serment et à présent me voilà impatiente de découvrir ce qui peut bien m'attendre à Londres...

Londres
5 novembre 1883

Il était encore tôt ce matin-là lorsqu'un Hansom Cab transporta Sarah Kincaid et Mortimer Laydon depuis King's Cross Station jusqu'à Westminster. Ils avaient laissé leur bagage à la gare et chargé des portefaix de le leur livrer à la maison de Laydon, dans le quartier chic de Mayfair.

Dans le tohubohu qui régnait dans les rues, le léger cabriolet permettait d'avancer beaucoup plus vite que n'importe quel attelage multiple.

Le cocher guidait avec dextérité l'élégant attelage entre les charrettes et les carrioles qui, sur Gray's Inn Lane, convergeaient vers la ville.

Les rangées de maisons misérables de St Pancras et de Clerkenwell défilaient rapidement devant la nacelle découverte, et Sarah observait le Dr Laydon d'un regard qui en disait long.

– A ce qu'il semble, Londres n'a pas beaucoup changé depuis la dernière fois où j'y suis venue. Les pauvres sont toujours aussi pauvres et les riches toujours aussi riches.

– Eh bien, il aurait été tout de même très extraordinaire que les choses aient changé en si peu de temps, n'est-ce pas, mon enfant ?

Le docteur souriait avec bienveillance.

– Si tu te préoccupes autant du bien-être des nécessiteux, tu devrais peut-être te présenter à William Booth ; je crois que ce serait un homme selon ton cœur.

– Booth ? Qui est-ce ?

– Il se surnomme lui-même le « général » et il a formé une véritable armée de prédicateurs qui portent la bonne parole aux ivrognes et aux vauriens de Whitechapel et autres lieux.

– Un homme avec un idéal, commenta Sarah d'un ton admiratif.

– Un hurluberlu, corrigea Laydon en secouant la tête. Le seul évangile que ces gens comprennent est celui qui est prêché dans les maisons de redressement. Elles seules sont en mesure de faire disparaître la misère des rues de l'East End.

– Les maisons de correction ! s'exclama Sarah. Elles existent encore ?

– Bien sûr. Laydon sourit de nouveau. Cela m'étonnerait beaucoup qu'une société telle que la nôtre s'avise de supprimer des institutions aussi utiles.

– Ces maisons de correction sont nécessaires tout au plus à ceux qui les pourvoient. Leur nom seul est déjà une supercherie. Il s'agit de prisons, ni plus ni moins, dans lesquelles des êtres humains, qui n'ont rien d'autre à se reprocher qu'être pauvres, doivent loger dans des conditions indignes. Des familles entières se trouvent séparées sans le moindre égard et il y a juste assez de nourriture pour que personne n'y meure de faim, mais nul n'y a jamais mangé à satiété.

– Tu as trop lu Dockins, mon enfant, ce pâle utopiste qui ne peut rien faire d'autre de toute la sainte journée que d'abaisser notre fière nation, dit le docteur avec acidité.

– Il s'appelle Dickens, mon oncle, le corrigea Sarah. Et je ne pense pas qu'il s'agisse d'un utopiste, mais plutôt d'un homme aux vues sages.

– Quoi qu'il en soit, regarde plutôt autour de toi ! Voici Londres, la métropole du monde et le centre rayonnant d'un Empire qui aurait fait pâlir d'envie même les Césars romains !

– Radieux, en effet, reconnut Sarah à contrecœur. Mais là où il y a beaucoup de lumière, il y a aussi beaucoup d'ombre.

Le Hansom Cab avait atteint entre-temps Charing Cross, le cœur palpitant de Londres. La cloche matinale de St Martin in the Fields avait sonné le réveil de la ville et les phaétons élégants venant des quartiers chics de l'ouest se pressaient de conduire les gentlemen à leur club dans Pall Mall, ou dans le quartier du gouvernement, ou encore à Temple Bar où les avocats avaient leur cabinet.

Des hôtels particuliers fastueux, avec lesquels les maisons de brique sobres et austères ne pouvaient rivaliser, entouraient Trafalgar Square ; des hommes à la mine imposante étaient en route pour la Bourse du Royal Stock Exchange et de tous côtés apparaissaient des marchands ambulants avec leur charrette, des cireurs de chaussures, des hommes de peine et des vendeurs de pâtisseries, tous attendant les retombées de la richesse de la ville vrombissante.

Londres apparaissait comme un mécanisme parfaitement réglé, une machinerie bien huilée, à l'intérieur de laquelle rien ne se perdait. Ce que les uns jetaient servait à la survie des autres ; et soudain Sarah sut de nouveau pourquoi elle haïssait cette ville de toute son âme.

Son père, lui non plus, n'avait pas beaucoup apprécié Londres et ne s'était pas retiré sans motif dans le Yorkshire. Pendant un instant, Sarah se prit à souhaiter de n'avoir pas accédé aux demandes de son parrain. La grande ville l'assommait déjà avec son agitation et son brouhaha, avec ces mélanges d'odeurs et la fumée s'échappant de tant de cheminées. Pourquoi donc avait-elle cédé à sa curiosité ? Que venait-elle faire ici ?

Il était trop tard pour revenir sur sa décision. Le Hansom Cab bifurquait dans Whitehall et passait devant le bâtiment de l'Amirauté. Il ralentit son allure au numéro 4 de Whitehall. Il passa sous une haute porte cochère dans la cour d'un étroit bâtiment en briques, dont les hauts pignons et les fenêtres fraîchement repeintes rayonnaient d'autorité. Jamais encore auparavant Sarah n'y était venue, mais bien entendu elle connaissait cette adresse.

C'était le siège de Scotland Yard.

– Surprise ? s'enquit Laydon, au moment où le cabriolet s'immobilisait enfin.

– Un peu, reconnut Sarah, tandis que le cocher les aidait à descendre. J'avais supposé que notre course nous conduirait à St James Street où la reine a coutume de recevoir ses invités…

– Sa Majesté est occupée à des tâches importantes, mon enfant. Elle n'aura pas le temps de te recevoir.

– Non ? Mais tu ne m'avais pas dit qu'elle avait demandé mon aide ?

– Assurément, par l'intermédiaire de son Q.C. personnel[1], Sir Jeffrey Hull. Il nous attend dans ce bâtiment.

– Nous sommes déjà attendus ?

– Bien sûr, mon enfant. Cela devrait te donner une idée de l'importance de la mission à laquelle tu es associée.

– Mais quelle mission ? dit Sarah, sur le qui-vive. Tu aimes plaisanter, mon oncle. Je ne sais même pas pourquoi je suis ici !

---

1. *Queen's Councellor* : conseiller de la reine ; titre honorifique conféré aux avocats les plus éminents de Temple Bar.

– Juste encore un instant de patience.

Le docteur arbora de nouveau son sourire amical, mais indéchiffrable.

Un officier revêtu d'un uniforme bleu sombre vint à leur rencontre au moment où ils se dirigeaient vers l'entrée.

Après que Laydon eut retiré quelque chose dans son pardessus et tendu au constable ce qui s'avéra être une lettre, celui-ci leur adressa un signe de tête et les pria de le suivre à l'intérieur du bâtiment.

Le policier conduisit Sarah et Laydon à travers une longue galerie et des corridors sans fin à la puissante odeur d'encaustique et tous clos par de sombres portes de chêne. Parvenu à l'étage, il fit halte et frappa à une porte que rien ne distinguait des autres. Il disparut un instant à l'intérieur de la pièce pour ressortir presque aussitôt.

– Ces messieurs vous en prient, murmura-t-il à la façon d'un domestique stylé, et il se retira tandis que les visiteurs franchissaient le seuil.

C'était un bureau austèrement meublé dont l'unique fenêtre donnait sur cette même cour qui avait valu son nom au bâtiment. Sur la grande table en chêne qui la jouxtait étaient étalés des cartons de dossiers, des documents et des photographies. Les murs de la pièce étaient peints d'un vert terne ; à une extrémité de celle-ci se trouvait une vitrine pleine de livres et d'objets de toutes sortes ; sur le mur opposé était déployée une grande carte de Londres.

Deux hommes se tenaient à l'arrière-plan de la pièce. Ils semblaient avoir attendu leurs visiteurs.

L'un d'eux devait avoir à peu près l'âge de Laydon et, comme le médecin, il portait un pardessus noir qui descendait jusqu'aux genoux ; ses cheveux étaient gris et clairsemés. Son regard était vif, cependant attentif, et même empreint d'une certaine juvénilité. L'autre homme était incontestablement plus jeune, mais d'une stature trapue.

Son pardessus était coupé assez court ; ses cheveux aussi, brillant de pommade. Des yeux étroits, un nez pointu et des lèvres pincées lui conféraient une sévérité toute militaire qui déplut d'emblée à Sarah.

– Enfin vous voilà, docteur Laydon.

C'est en ces termes que le plus âgé des deux personnages salua les visiteurs, avec un soulagement visible.

– Depuis que nous avons reçu le télégramme que vous nous avez adressé de Manchester, nous attendons impatiemment votre arrivée. Soyez de tout cœur les bienvenus.

– Je vous remercie, Sir Jeffrey, reprit Laydon avec onction. Puis-je vous présenter Lady Kincaid, la fille de notre estimé ami Gardiner. Sarah, je vous présente Sir Jeffrey Hull, de son état conseiller de la reine, titre tout honorifique, si vous me permettez de le préciser.

– C'est un honneur pour moi, Lady Kincaid, dit l'homme âgé au regard juvénile en s'inclinant.

– J'en suis également très honorée, Sir Jeffrey, dit Sarah en opinant de la tête comme l'étiquette le requérait d'une dame de sa condition. Vous connaissiez mon père, à ce que j'entends ?

– Je crois bien. Le bon Gardiner, le docteur Laydon et moi avons étudié ensemble à Oxford où nous avons passé nos années les plus débridées, si vous m'autorisez cette indiscrétion.

– Bien sûr que je vous la permets, répliqua Sarah en souriant. Je sais que mon père avait ses secrets.

– Sans doute. Mais c'était également un bon ami et un scientifique hors pair. Sa mort est une perte irréparable pour l'Empire.

– Pas seulement pour l'Empire, reprit Sarah doucement.

– Permettez que je vous présente aussi le deuxième gentleman, reprit le docteur Laydon avant que la conversation ne prenne un tour fâcheux. Voici l'inspecteur Desmond Quayle de Scotland Yard.

– Bonjour, inspecteur.

Sarah salua le policier d'un signe de tête, sans toutefois en recevoir la moindre réponse. La visiteuse considéra celui-ci avec un mélange d'incrédulité et d'agacement. L'expression du policier s'était assombrie et il restait bouche bée.

– Docteur, dit-il en se tournant vers Laydon et en ignorant ouvertement la présence de Sarah. Puis-je vous parler un instant ?

– Mais comment donc, inspecteur, répliqua le médecin. Que puis-je faire pour vous ?

Quayle, selon toute apparence, se donnait beaucoup de mal pour répondre aussi bas et aussi discrètement que possible. Mais, d'une part, ses regards jetés à Sarah envoyaient des signaux explicites, d'autre part, son excitation ne lui permettait pas de mettre sa véhémence en sourdine.

– Ecoutez, docteur, qu'est-ce que cela signifie ? l'entendit-on articuler. Il m'a été promis un expert hautement qualifié pour diriger les investigations et qu'avez-vous amené ? Une femme ! Depuis quinze ans que je travaille au Yard, une pareille chose ne m'est jamais arrivée. En voilà une qui ne peut avoir les qualifications qui m'ont été annoncées, et je n'ai pas pour habitude de travailler avec des amateurs, comme vous le savez !

– Ne vous laissez pas abuser par les apparences, cher inspecteur, intervint Sarah à haute et intelligible voix avant que son parrain ait pu tourner une réponse diplomatique. J'ai beau avoir l'aspect d'une femme, j'appartiens d'abord au genre humain. Et pour ce qui est de mes qualifications, je puis aussi vous assurer que moi non plus je ne travaille pas avec des amateurs. Malgré cela, je suis prête à faire une exception pour vous. Il serait hautement appréciable que vous manifestiez le même esprit de coopération.

Elle fit suivre ses paroles d'un sourire désarmant qui agit de telle sorte que l'inspecteur ne parvint pas à répliquer clairement.

Grommelant des mots sans suite, il regarda d'abord Laydon puis Sir Jeffrey en cherchant de l'aide, mais les deux gentlemen se refusèrent à lui prêter assistance, et de surcroît ne purent s'empêcher de rire sous cape.

– Bien. Ce point étant éclairci, nous pouvons peut-être en arriver à l'objet même de notre rencontre, résuma Sir Jeffrey. Je vous serais donc très reconnaissant, inspecteur, de bien vouloir instruire Lady Kincaid du cas présent.

– Bien, répliqua Quayle, piqué au vif et s'efforçant, en se raidissant, de conserver un reste de dignité. Ce que vous pouvez voir ici est une carte de l'East End de Londres comprenant les quartiers de Spitalfields, Whitechapel et Bethnal Green, dit-il de manière superflue en se tournant vers le plan de la ville qui avait été fixé au mur.

– Les quartiers pauvres de la ville, fit Sarah en manière de constat. Le nombre des sans-abris, des délinquants, des orphelins, des ivrognes et des prostituées y est plus élevé que dans tout autre quartier, n'est-ce pas ?

Quayle et Sir Jeffrey regardèrent Sarah puis adressèrent un signe d'interrogation à Mortimer Laydon qui répondit par un haussement d'épaules.

– Il n'y a pas de prostitution à Londres, déclara finalement l'inspecteur sur un ton péremptoire. Tout le reste a beau être vrai, oui, Whitechapel et Spitalfields sont, en effet, des zones à problèmes pour cette ville ; en tout cas, cela ne peut être imputé aux autorités.

– Non, pas vraiment.

Sarah secoua la tête.

– Car chacun, naturellement, ne fait que remplir son devoir pour la reine et pour la patrie, est-ce exact, inspecteur ?

Quayle acquiesça. Sans montrer s'il avait bien saisi le sarcasme derrière ces paroles, il revint à la carte où deux endroits avaient été marqués de rouge.

– Exact. Fâcheusement, les ivrognes et les mendiants ne sont pas les seuls qui contribuent à rendre Whitechapel aussi peu édifiant ; depuis quelques semaines un assassin retors y commet ses forfaits.

– Un meurtrier ? dit Sarah en haussant les sourcils.

– Il a frappé la première fois le 14 octobre, à Davenant Street, à l'est de Spitalfields Market. A peine six jours après, il a cherché une autre victime à quelques pas de là, dans Hopetown Street. Les victimes ont été, dans les deux cas, des femmes qui, comment dire… se livraient à une activité réprimée par les lois.

– Oui, bien sûr.

Sarah opina.

– Heureusement qu'il n'y a pas de prostituées à Londres, n'est-ce pas, inspecteur ?

Quayle préféra ne pas répondre ; il semblait être arrivé à la conclusion qu'il n'y avait, pour le moment, rien de mieux à faire que d'affronter stoïquement une situation pénible. Il poursuivit sur un ton factuel, quoique un peu trop appuyé :

– La manière dont ont été commis les meurtres ne laisse aucun doute sur le fait qu'ils sont du même auteur. Malheureusement, malgré tous nos efforts, nous ne sommes pas parvenus à l'arrêter.

– Je comprends, répliqua Sarah, et tout cela est bien regrettable. Mais je ne vois toujours pas ce que j'ai à voir dans tout cela. Comme le docteur Laydon vous l'aura sûrement dit, je suis archéologue et nullement criminaliste.

Quayle poussa un soupir d'impatience et adressa aux deux hommes plus âgés un regard qui signifiait qu'il se voyait confirmé dans ses objections initiales. Sir Jeffrey, cependant, ne se laissa nullement distraire.

– Voudriez-vous lui montrer la photographie, inspecteur ? demanda-t-il.

Quayle, non sans réticence, ouvrit alors un tiroir de sa table de travail et fit apparaître un dossier dont il tira un cliché qu'il tendit à Sarah.

– Cette épreuve a été prise sur les lieux du crime commis sur la première victime.

Sarah prit la photographie. Elle reproduisait un signe badigeonné par une main inexperte sur un mur de briques et qui, avec un peu d'imagination, pouvait figurer un oiseau stylisé au gosier recourbé. La couleur utilisée avait été diluée au point qu'elle s'était effacée en plusieurs endroits. Cependant on pouvait nettement reconnaître ce que l'auteur du dessin avait voulu représenter.

– C'est un hiéroglyphe égyptien. Le signe de l'ibis, constata Sarah avec étonnement. Le symbole d'une divinité de l'antiquité égyptienne, Thot.

– Ce signe, reprit Sir Jeffrey, a été peint sur le mur par le meurtrier lui-même. Comprenez-vous à présent pourquoi nous avons besoin de votre aide, Lady Kincaid ?

– Apparemment vous avez un assassin dans la ville, quelqu'un qui est versé dans les hiéroglyphes de l'Egypte antique. C'est, bien sûr, très remarquable, mais faut-il, pour autant, recourir à une archéologue ? Permettez-moi d'en douter. Le docteur Laydon me disait d'ailleurs qu'il s'agirait, dans cette affaire, de bien plus que cela : du maintien de l'empire britannique, si j'ai bien compris…

Quayle grommela de nouveau.

Mais Hull aussi parut juger que, dans un pareil cas, il y avait des choses qu'il était préférable de ne pas exprimer aussi ouvertement.

Il adressa à Laydon un regard de réprimande, mais conserva son sang-froid.

– C'est exact, acquiesça-t-il. Le docteur Laydon n'a pas exagéré.

– Comment cela ?

Sarah voulait en avoir le cœur net. Il ne lui échappait pas que Quayle prenait sur lui et lançait des regards d'avertissement ; mais le conseiller de la reine paraissait bien décidé à dévoiler le secret.

– Ce signe, expliqua-t-il en désignant la photographie que Sarah tenait toujours en main, n'a pas été trouvé seulement sur le premier lieu du crime, mais également sur le second, ce qui nourrit le soupçon qu'il s'agit bien du même meurtrier. Et ne vous laissez pas abuser par le noir sur la photographie, en réalité c'est du rouge, un rouge sale dans lequel ce symbole a été peint, car l'assassin a utilisé le sang de ses victimes.

– Du sang, répéta Sarah à voix basse en considérant la photographie avec un malaise de plus en plus grand.

– Bien sûr, poursuivit Hull, un tel dessin n'a pas mis longtemps à éveiller la curiosité. D'innombrables passants l'ont déjà vu. Et depuis que quelqu'un a révélé de quel signe il s'agissait, la peur du meurtrier s'est largement répandue dans Whitechapel et Spitalfields. Ils l'appellent le « fantôme égyptien ». Quelques pauvres hères croient qu'il s'agirait de l'esprit de cette momie qui a été exposée au British Museum, un esprit revenu de l'au-delà pour chercher des victimes. Et ces individus sont considérés comme les plus dangereux, car ils établissent un lien entre ces meurtres et une organisation qui s'appelle l'*Egyptian League*.

– L'*Egyptian League* ? demanda Sarah. Qu'est-ce que c'est ?

– Une assemblée de gentlemen parfaitement honorables et dévoués à l'Empire. Ils se sont donné pour tâche de préserver les trésors égyptiens et d'enquêter sur leurs secrets, expliqua Mortimer Laydon. La Ligue est beaucoup moins connue que l'*Egypt Exploration Fund*, mais elle effectue un travail remarquable et je dois vous avouer avec fierté que j'en fais partie.

– Je comprends. C'est donc la raison pour laquelle vous m'avez recrutée pour cette affaire, mon oncle ?

– Pas du tout, se défendit Sir Jeffrey avant même que le médecin eût répondu quoi que ce fût. La raison pour laquelle notre bon docteur s'est engagé dans cette affaire est qu'un membre de la famille royale se trouve suspecté par le peuple d'être impliqué dans la série de meurtres commis dans Whitechapel.

– Quoi ? fit Sarah, stupéfaite. Qui donc ?

– Comme je l'ai déjà indiqué, certains soupçonnent que le meurtrier se trouve dans les rangs de la Ligue égyptienne ; or, son président n'est autre que le duc de

Clarence, de son état petit-fils de Sa Majesté la reine et héritier présomptif du trône d'Angleterre. Au début, nous n'avons accordé aucun crédit à ces rumeurs, mais depuis que des agitateurs ont fait leur apparition dans Whitechapel et ont utilisé la peur des gens pour retourner l'opinion contre la souveraine, nous devons prendre cette affaire au sérieux. Si nous ne parvenons pas rapidement à mettre la main sur l'assassin, il se pourrait qu'un soulèvement se produise dans Whitechapel et déferle sur les autres quartiers. Et je n'ai pas besoin de vous dire ce que cela signifierait...

– La guerre civile et l'anarchie. La pauvreté dans laquelle sont tombés tant de Londoniens y trouverait l'occasion d'une sérieuse revanche, n'est-ce pas ?

Sarah venait de déclarer ouvertement ce que les messieurs dans cette pièce paraissaient vouloir à tout prix passer sous silence.

– Assurément, reconnut le conseiller de la reine. Surtout si vous considérez les foyers actuels de crise qui s'allument un peu partout dans le monde : le mouvement clandestin des Fenians est devenu, ces dernières années, une menace avec laquelle il faut compter en Irlande ; pour ne rien dire du mouvement de résistance dans les Indes. Un affaiblissement de l'Empire, venant de l'intérieur, serait un signal funeste donné à nos ennemis.

– Tu vois donc, ajouta le docteur Laydon, que je n'ai nullement exagéré, mon enfant. Il y a effectivement dans cette affaire bien plus de choses en jeu qu'il ne semble de prime abord. Et nous avons tout motif de croire que tes connaissances en mythologie égyptienne pourraient nous être d'une grande utilité pour élucider cette affaire.

– D'une grande utilité ?

Sarah eut un rire contraint.

– Nous avons ici un assassin, un fou, qui trace des signes au mur avec le sang de ses victimes : je ne vois pas comment je pourrais vous aider. Chacun des honorables gentlemen voués à l'Empire et membres de l'*Egyptian League* pourrait en faire autant, je suppose.

– Probable, rétorqua Quayle. Cependant les membres de la Ligue ne peuvent pas se mettre en avant comme conseillers pour une bonne raison : jusqu'à présent, en haut lieu, on est parvenu à obliger la presse à se taire à ce sujet ; mais dès que ces scribouillards flaireront un scandale d'ampleur nationale, ils ne se laisseront pas plus longtemps retenir par la raison d'Etat. Essayez de vous figurer ce qui arriverait si le *Times* se mettait à faire un lien entre les meurtres de Whitechapel et l'*Egyptian League*. Les vociférations de la populace s'entendraient jusqu'à Buckingham Palace et naturellement il ne se passerait pas longtemps que l'on en vienne à citer le nom du duc de Clarence.

– Ce serait fâcheux, en effet.

– Votre nièce a un goût prononcé pour la litote, docteur, chuchota Quayle en soupirant.

– Je sais. Elle le tient de son père, rétorqua Laydon d'un ton faussement résigné.

– Lady Kincaid, reprit Sir Jeffrey en se tournant vers Sarah et en donnant à sa voix une intonation presque vibrante, vous devez me croire lorsque je vous assure que nous ne vous aurions pas conviée à Londres si vos connaissances n'avaient pas été jugées de la plus haute importance. Le service que vous avez rendu à Alexandrie a profondément impressionné la reine. Queen Victoria veille autant au bien-être de son petit-fils qu'à celui de l'Empire. Et elle espère, elle attend votre aide.

Sarah avait beau ne pas approuver tout ce qui se décidait à Westminster, elle n'en était pas moins une patriote qui n'allait pas refuser d'apporter son aide si son pays le réclamait. Il y avait tout de même certaines conditions.

– D'accord, déclara-t-elle au soulagement visible de Sir Jeffrey et au dépit non dissimulé de l'inspecteur Quayle. Bien sûr, certaines conditions devront être remplies sans lesquelles je ne pourrai travailler.

– Enoncez vos souhaits, lui répliqua le conseiller de la reine. Ils sont d'ores et déjà exaucés.

– Je voudrais avoir les mains libres dans mes investigations, dit Sarah en jetant un regard à Quayle.

– Cela ne devrait pas présenter de problèmes.

– En outre, je demande à avoir accès à tous les renseignements et éléments de preuve disponibles.

– Cela va de soi.

– Et je n'accepterai pas que mon travail soit détourné de sorte à cacher la vérité. Si je devais tomber sur une piste et si cette piste devait conduire jusqu'au palais de Buchkingham...

– Cela n'arrivera pas. Ne te fais pas de souci à ce sujet.

Mortimer Laydon avait répondu vite, un peu trop rapidement au gré de Sarah.

– Le duc de Clarence est innocent, fit Sir Jeffrey clairement. Quel que soit l'individu qui se cache derrière ces crimes, il les utilise pour orienter un soupçon infondé sur la famille royale et il se sert d'une pseudo-culture archéologique pour insuffler la peur au peuple. Plus vite on prendra ce charlatan, mieux ce sera.

– Je ferai de mon mieux. Y a-t-il d'autres photographies ? Y en a-t-il du lieu du crime ?

– Naturellement, répliqua Quayle, avec superbe. Chacun de ces deux endroits a été examiné selon les dernières méthodes d'investigations en matière criminelle. Mais je doute fort que la nature des clichés soit de celle qu'une femme…

– Je veux voir ces photographies, énonça Sarah. Et n'oubliez pas, je vous prie, que Sir Jeffrey m'a accordé un accès illimité à tous les éléments de preuve.

L'inspecteur lança à Hull un regard interrogatif et en reçut un signe d'approbation.

Il sortit d'un dossier encore quelques clichés qu'il étala sur la table.

C'était horrible.

Bien que les épreuves eussent été en noir et blanc, Sarah eut le sentiment qu'il y avait du sang dessus, prêt à bondir sur elle comme un fauve. Il y avait vraiment beaucoup de sang sur ces clichés…

– Les deux victimes ont été tuées par un coup porté à la trachée. Ensuite, l'auteur les a dépecées dans les règles de l'art, ce qui, en l'état actuel de nos investigations, laisse conclure que le meurtrier pourrait être un homme disposant de connaissances poussées en anatomie.

Quayle affectait de parler d'un ton détaché.

– Qui nous dit que c'est un homme ? demanda Sarah qui peinait à garder une contenance devant la vision cauchemardesque, mais qui entendait ne pas s'en laisser conter par Quayle.

– Dans ce cas précis, le bon sens, répartit froidement l'inspecteur. Comme divers experts me l'ont affirmé, parmi lesquels d'ailleurs votre oncle ici présent, il faut une certaine vigueur physique pour tuer une victime de cette façon et la dépecer. De plus, comme je l'ai déjà mentionné, l'auteur doit posséder de bonnes connaissances en anatomie, ce qui pourrait nous orienter sur un boucher ou un vétérinaire, deux métiers qui ne sont guère exercés par des femmes.

– Ou un médecin, objecta Sarah, et un chirurgien possède, en tout cas, de telles connaissances. Qu'en pensez-vous ?

– Je vous en prie, Lady Kincaid, intervint Sir Jeffrey, vous n'allez tout de même pas prétendre sérieusement qu'un médecin, un homme instruit et cultivé, pourrait se cacher derrière tous ces meurtres épouvantables ? Cela irait à l'encontre de la raison pour laquelle il a prêté le serment d'Hippocrate.

– Je vous demande bien pardon, Sir, rétorqua Sarah, mais vous m'avez autorisée à faire état de réflexions dans toutes les directions.

Elle s'empara de quelques photographies et les examina de plus près. Elle pencha sa tête d'une manière telle que le large bord de son chapeau vint lui cacher son visage ; elle ne voulait pas donner à Quayle l'occasion de se réjouir de voir à quel point elle était devenue pâle.

Les clichés concernaient aussi bien le lieu du crime que l'autopsie des cadavres. Une fois que ceux-ci eurent été lavés de leur sang, on avait pu remarquer comment l'auteur avait porté ses entailles et, bien que Sarah n'ait été nullement versée en chirurgie ni en anatomie, il lui parut évident qu'il avait fallu que le meurtrier s'y connaisse.

– Vous disiez que les victimes avaient été éventrées ? s'enquit-elle auprès de Quayle.

– C'est exact. Dans les deux cas, on a retiré des viscères.

– Quels organes ?

Un peu étonné que Sarah s'informe de pareils détails, l'inspecteur feuilletait le dossier.

– Eh bien… Dans le cas de Nelly McGrae, la première victime, c'est le foie qui a été découpé. Pour Grace

Brown, la victime numéro deux, cela a été le poumon. Dans les deux cas, l'auteur du crime est reparti avec les organes.

– En effet, fit Sarah.

– Avez-vous des soupçons ? demanda Sir Jeffrey, rempli d'espoir. Voyez-vous déjà un lien entre le genre du crime et les traces horribles au mur ?

– Pas encore, dit Sarah en secouant la tête. Mais je vais y réfléchir, je vous le promets. Et je souhaiterais parler au duc de Clarence le plus tôt possible.

– Vous voulez parler au duc ? demanda Sir Jeffrey, ébahi, et Mortimer Laydon, à en juger par son expression, ne semblait pas non plus tenir cela pour une bonne idée.

– Naturellement, car, enfin, il est celui sur qui les soupçons se portent et je lui poserais volontiers quelques questions sur ses activités au sein de la Ligue égyptienne.

– Sarah, ce n'est pas… commença Laydon, mais Sir Jeffrey le retint.

– Laissez, mon cher Mortimer, Lady Kincaid a raison. Si elle entend vraiment nous aider, alors elle doit aussi tout savoir…

Whitechapel
5 novembre 1883

L'obscurité ne s'était pas encore complètement étendue sur l'East End londonien lorsque la lame reprit sa quête de sang.

C'est dans une malle en bois laquée de noir dont l'intérieur était garni de satin rouge qu'elle guettait parmi d'autres instruments, de ceux dont un chirurgien a l'habitude de se servir pour exercer son activité, dans l'attente que la malle s'ouvre et qu'elle puisse se remettre à sa sanglante besogne.

Mais il lui fallut patienter encore, car le maître de la lame resta longtemps bredouille cette nuit-là. Un brouillard épais envahit les ruelles de Whitechapel et étouffa aussi bien le pas des chevaux que le brouhaha des bouges. Le froid humide assaillit le cocher qui rabattit son chapeau sur son visage et l'écharpe autour de sa bouche d'une manière telle qu'on ne pouvait le reconnaître.

Il attendit donc, pareil à la lame dans le satin rouge, guettant la victime qui s'approcherait et tomberait dans le piège mortel.

Le cocher saisit sa chance lorsque, peu après minuit, l'huis d'un tripot minable s'ouvrit pour rejeter une jeune femme qui riait bêtement pour avoir manifestement trop bu.

Exactement comme les deux autres fois, il dirigea son lourd véhicule vers le bord de la chaussée et l'y arrêta. La fille de joie leva lentement la tête et le fixa d'un regard voilé.

– Alors on est seule, cette nuit ? demanda le cocher.

– Eh oui, articula-t-elle, la langue pâteuse de gin. Tu cherches de la compagnie ?

– Moi pas, mais mon maître si, là, à l'intérieur.

– Ah bon ? Et combien il est prêt à faire sauter, ce bon monsieur ?

– Un shilling.

– Un shilling ? Tu plaisantes ou quoi ?

– Pas le moins du monde.

– Ce grand monsieur veut vraiment faire sauter le bouchon ?

– Bien sûr. Mais cela doit aller vite ; mon maître est impatient si tu comprends ce que je veux dire…

Elle minauda de nouveau.

– Pourquoi tu ne l'as pas dit plus tôt ? Alors, on va vite lui donner de l'aide, n'est-ce pas ?

En vacillant, elle monta sur le marchepied et ouvrit la portière. C'était le moment qu'avait attendu la lame pour jaillir de la malle et frapper sans pitié.

Un acier miroitant sorti des ténèbres profondes.

Des yeux agrandis d'épouvante.

Un cri étranglé.

Du sang comme de la sève rouge, éclaboussant le panneau rouillé de la rue.

Wentworth Street…

IV

Extrait du carnet de voyage
de Sarah Kincaid
le Palais de Saint James.

Etre de retour en ces lieux réveille des souvenirs.

Les souvenirs d'une jeune fille qui y était, jadis, invitée pour être présentée à la reine et être reçue dans le cercle de la bonne société londonienne.

Une jeune fille qui avait longtemps vécu hors d'Angleterre et qui ne savait que peu de chose des usages de la Cour, qui s'enfiévrait à cette perspective, passant des nuits d'insomnie à essayer de se représenter à quoi ressemblerait la réception dans la salle royale d'audience.

Trouverait-elle grâce aux yeux de Sa Majesté ? Serait-elle ensuite réellement intégrée parmi les membres de la bonne société ?

Vient le jour de la présentation à la reine. La jeune fille pénètre, le cœur battant, dans le vestibule. Il lui est donné de rencontrer enfin la reine, celle qui incarne la puissance d'un empire mondial s'étendant sur cinq continents. La tension augmente jusqu'à l'insoutenable. Mais, lorsque la jeune fille pénètre enfin dans la salle d'audience royale, sa déception est immense. Car Sa Majesté, devant laquelle chacun se prosterne, fléchissant tête et genou, et dont la moitié du monde parle avec une terreur respectueuse, s'avère être une dame plutôt vieillotte qui fait penser à ces effigies de pierre que la jeune fille a déjà vus en beaucoup d'endroits.

Où sont le grand souffle et l'énergie débordante qui sont attribuées à la monarque ? Comme en transe, la jeune fille s'approche du trône et s'incline profondément, entendant à peine comment le maître de cérémonie la présente. La souveraine tend à la jeune fille la main royale, et la jeune fille y appose le baisemain, se retirant ensuite sans tourner le dos à la reine, comme le protocole le prescrit.

Il subsiste un arrière-goût d'imparfait.

Comme souvent dans sa vie, l'histoire allait fournir à la jeune fille une compensation. Car je ne suis ni la première ni la dernière à avoir été déçue par son chef d'Etat.

Palais de St James, Londres
6 novembre 1883

Lorsque la voiture à cheval de la police métropolitaine s'arrêta dans la cour du palais audiencier royal, Sarah Kincaid fut assaillie par une foule de souvenirs.

Depuis ce jour où, à l'âge de seize ans, elle avait été présentée à la reine, elle n'était plus retournée ici, et elle était surprise du nombre de détails lui revenant à l'esprit, de cette impressionnante construction en brique avec son portail flanqué de tours. Jusqu'à son déménagement pour Buckingham Palace, dans les années trente, St James avait été le siège officiel de la monarchie.

Aujourd'hui, le palais ne servait plus qu'aux occasions protocolaires, telle la présentation des jeunes personnes souhaitant être introduites auprès de la bonne société. Après toutes ces années, qui aux yeux de Sarah avaient déjà constitué une vie en soi, c'était un sentiment étrange que de revenir ici.

A la demande de Sarah, Jeffrey Hall s'était occupé d'obtenir une audience du duc de Clarence dès le lendemain. Pour Sarah il ne s'agissait pas tant de collecter de nouvelles données relatives aux meurtres mystérieux, que de savoir quelle sorte d'homme était le petit-fils de la famille royale, voire s'il était en mesure de porter un jugement sur le traitement réservé aux victimes.

Sarah descendit de la voiture en même temps que l'inspecteur Quayle. L'un des innombrables serviteurs qui tourbillonnaient autour du palais, tels des abeilles autour de leur ruche, se hâta vers eux. Après que Quayle lui eut montré son laissez-passer, ils furent conduits dans un bâtiment imposant où le duc les attendait. A l'intérieur du palais affluèrent aussi des souvenirs auxquels Sarah ne s'attendait pas. L'odeur particulière, les hautes fenêtres, le son mat des pas sur le sol empierré de la galerie, tout ce qu'elle avait oublié lui revenait maintenant à l'esprit. Pour un peu, elle se serait sentie comme la toute jeune fille qu'elle était lorsque, le cœur battant, elle avait parcouru ces mêmes corridors.

Mais cette fois il ne s'agissait pas d'une audience avec la reine, et Sarah n'avait pas eu d'insomnie la nuit précédente…

Un large escalier menait au premier étage. Depuis les fenêtres, le regard plongeait sur les cours intérieures et les ailes adjacentes de sorte que les visiteurs pouvaient se faire une idée approximative des dimensions du palais et de la distribution de ses pièces. Le duc de Clarence résidait dans la partie de la demeure comprise entre St James Street et Pall Mall. Les gardes postés devant les portes laissaient deviner la priorité que le prétendant au trône entendait donner à sa sphère privée en ne souhaitant pas être dérangé.

Une exception fut faite pour les deux visiteurs venus de Scotland Yard. Sarah et Quayle, après avoir traversé plusieurs antichambres, furent enfin introduits dans la salle de réception du duc. Et, là encore, elle fut désappointée par ce qu'elle y vit.

Davantage même : elle fut abasourdie.

La première chose qu'elle remarqua en entrant dans la prestigieuse salle de réception, ce furent les antiquités : de grandioses vestiges remarquablement conservés de l'ancienne Egypte, qui avaient trouvé leur chemin vers Londres puis jusqu'à la résidence du duc. Un sarcophage sculpté dans la pierre, ainsi que plusieurs stèles ciselées de hiéroglyphes se dressaient le long des cloisons, auxquels s'ajoutaient un cercueil de momie passé à l'or fin et un portrait en pied de la déesse serpent Meresger. D'innombrables vases et figurines, assez petits et en argile, étaient disséminées, çà et là, parmi des représentations de divinités et d'animaux ainsi que des vases canopes, des récipients et des amphores précieusement décorés, qui sans aucun doute avaient été des présents mortuaires. Et, dans un angle de la pièce, se dressait un petit obélisque.

Mais le plus curieux de tous les objets anciens qui avaient été réunis dans la pièce de réception ducale à seule fin de mieux impressionner le visiteur, c'était leur propriétaire.

Jusqu'alors Sarah n'avait connu le duc de Clarence qu'à travers les tableaux ou les clichés photographiques qui lui avaient donné l'impression d'un jeune homme élégant d'une prestance éblouissante. C'était la première fois qu'elle le rencontrait en chair et en os ; force lui fut de constater que les portraits avaient menti.

Jeune, le petit-fils de la reine ne l'était, à vrai dire, que par le nombre des années. D'après les sources officielles, il avait achevé sa période d'élève-officier sur un vaisseau de la marine royale et s'apprêtait à commencer des études à Cambridge. La silhouette affalée sur le sofa recouvert de damas lui donna d'emblée l'impression d'un vieil homme. La peau du duc était pâle et tachetée comme du parchemin, ses cheveux ternes et grisonnants. Le regard de ses yeux semblait exprimer le regret, même si Sarah ne discernait pas quel pouvait être l'objet de ce regret.

– Lady Kincaid, je suppose ? demanda le petit-fils de lignée royale.

Sa voix hésitait et il n'échappa pas à Sarah, grâce à ses remarquables facultés d'observation, que les mains du duc tremblaient.

Sur la table de desserte devant le sofa, il y avait quelques-unes de ces petites bouteilles que les apothicaires ont l'habitude de remplir de gouttes et de mixtures, ce qui laissait supposer que le duc souffrait d'une quelconque maladie. Sarah était certaine, bien sûr, que son oncle n'aurait pas manqué de l'avertir si le petit-fils de la reine avait été atteint d'une affection grave.

Sarah fléchit le genou comme le protocole l'exigeait. Bien que son oncle ait veillé à la toilette qu'elle porterait, elle s'était contentée de mettre l'une de ces robes démodées assez ajustées.

Le duc et Quayle semblaient se connaître de précédentes rencontres ; cependant Sarah crut déceler qu'une certaine distance séparait les deux hommes et pas seulement du fait que le duc appartenait à la haute noblesse. On indiqua aux visiteurs de prendre place dans les fauteuils de cuir faisant face au sofa. Lorsque Sarah s'approcha de la table, une odeur qui s'échappait d'un flacon lui sauta au nez, lui rappelant quelque chose qui remontait à des années en arrière…

– Je ne puis vous dire, Lady Kincaid, à quel point j'apprécie votre présence à Londres, commença le duc. Je sais que vous avez beaucoup pris sur vous pour quitter votre lointain Yorkshire, et je puis vous assurer qu'autant Sa Majesté que moi savons apprécier ce service.

– C'est très aimable à vous, Votre Altesse. Mon père a toujours considéré comme un privilège de servir la famille royale et il doit beaucoup à celle-ci. Considérez donc ma présence à Londres comme une question d'honneur de famille.

Le duc eut un mince sourire, ce qui parut mettre ses forces à rude épreuve.

– Savez-vous que je connaissais votre père ? demanda-t-il alors.

– Réellement ?

– Bien sûr. Il a été celui qui a éveillé ma passion pour l'archéologie et en particulier pour les secrets de l'ancienne Egypte. Une passion qui est restée intacte jusqu'à présent, comme vous pouvez le constater.

– Effectivement.

Sarah opina.

– Vous avez ici quelques pièces très belles, Votre Altesse.

– Ce que vous voyez ici n'est qu'une petite partie de la collection qui se trouve en ma possession. Ce serait une joie pour moi de vous y conduire et de vous montrer tout cela.

– Ce serait sûrement un honneur pour Lady Kincaid, Votre Altesse, dit Quayle en faisant irruption dans la conversation sans y avoir été invité. Mais n'oubliez pas, je vous en prie, qu'il y a des affaires urgentes à discuter.

Le duc esquissa, de nouveau, l'ombre d'un sourire.

– Cet homme est comme une mauvaise conscience. Dès que je commence à penser à quelque chose d'autre, il reprend la parole. Je ne peux pas…

Il s'interrompit au moment où son corps décharné était secoué d'un spasme. Les mains du duc recommencèrent à trembler de plus belle, et Sarah remarqua la bague qu'il portait à sa main gauche : un bijou en or avec son sceau, qui figurait un obélisque.

Un des serviteurs, qui s'était tenu discrètement à l'arrière, s'avança et s'inclina.

– Votre Altesse, dit-il à voix basse, pardonnez-moi de vous déranger, mais il est temps.

– Naturellement, souffla le duc d'une voix exténuée… Temps de prendre mon médicament…

Le serviteur s'approcha et saisit l'une des petites bouteilles, en fit tomber quelques gouttes sur un morceau de sucre et tendit le tout à son maître. Le petit-fils de la famille royale avala la substance et ferma les yeux ; et, dès l'instant suivant, son état s'améliora sensiblement. Le tremblement de ses mains diminua et son état parut se stabiliser.

Sarah, sans être pharmacienne, savait pourtant qu'il n'y avait aucun médicament qui fît sur son patient un effet si rapide : à moins que les symptômes de la maladie n'aient été eux-mêmes provoqués par un autre médicament. Soudain Sarah se remémora aussi l'origine de l'odeur douce-amère qu'elle avait remarquée un bref instant : c'était celle du laudanum.

Albert Victor, duc de Clarence et d'Avondale, petit-fils de Sa Majesté la reine, s'adonnait aux opiacés.

Sarah prit une profonde inspiration et mit tout en œuvre pour ne pas laisser voir sa consternation. C'était en vérité une découverte à laquelle elle ne s'était pas attendue et elle se demandait si Mortimer Laydon, en tant que médecin particulier de la reine, aurait pu en avoir eu connaissance.

Elle jeta un regard à Quayle qui fit comme s'il éprouvait un intérêt passionné pour un bas-relief égyptien accroché au mur, figurant le dieu Suchos à forme de crocodile. La faiblesse du duc semblait n'être un secret pour personne ; on faisait mine de l'ignorer, de sorte que Sarah se mit en devoir d'en faire autant.

– Cela va mieux, dit le duc en faisant un signe de tête.

Le serviteur s'inclina et se retira.

Lorsque le duc de Clarence rouvrit les yeux, ils avaient pris une expression de verre, la même que celle que Sarah avait déjà vue dans les yeux de marins à Shanghai et à Singapour.

– Où en étions-nous ? dit le duc, revenu à lui.

Que, dans cette affaire du meurtrier de Whitechapel, il puisse y aller de son honneur et de sa réputation, pour ne pas dire de ceux du pays tout entier, cela ne paraissait pas le troubler le moins du monde. Il est possible qu'il n'ait pas encore compris tout le sérieux de la situation, se dit Sarah.

– L'anneau que vous portez là, Altesse, est une bien jolie pièce, dit-elle en désignant la main gauche du duc.

– N'est-ce pas ? dit le duc en élevant le joyau. J'en suis très fier, car cette bague m'a été offerte par la Ligue égyptienne dont je suis membre et président d'honneur : une assemblée de gentlemen remarquables voués à la découverte des secrets du passé et qui, d'une certaine manière, sont également responsables de votre venue ici, Lady Kincaid. La bague représente le monolithe de Cléopâtre, à la fois l'emblème et le signe de reconnaissance de notre association. Connaissez-vous cette colonne de Cléopâtre, Lady Kincaid ?

– Naturellement, repartit promptement Sarah, bien que cette œuvre, qui se situe à mi-chemin de Waterloo Bridge et de Charing Cross Station, n'ait à voir ni avec un mémorial, ni avec la reine Cléopâtre. C'est plutôt un obélisque égyptien qui provient de la ville antique de Jusu et dont l'édification remonte à mille cinq cents avant Jésus-Christ. L'obélisque est un présent de Mohammed Ali Pacha à Sa Majesté la reine.

– C'est exact.

Le duc de Clarence opina de bonne grâce.

– Vous êtes exceptionnellement bien informée, Lady Kincaid. Mais saviez-vous aussi que durant la traversée d'Egypte en Angleterre, six marins ont perdu la vie ?

– Non, reconnut Sarah, je ne le savais pas.

– C'est ainsi, confirma le duc. Bon nombre croient donc qu'une malédiction plane sur l'obélisque et d'autres sont d'avis que celui-ci n'aurait jamais dû quitter les sables du désert.

– De telles superstitions sont très répandues, même à notre époque moderne, concéda Sarah. Quelle est votre opinion là-dessus, Votre Altesse ?

– Ce que j'en pense ?

Le duc sourit.

– Je pense que la science et le progrès sont là pour faire disparaître une bonne fois pour toutes, de la surface de cette terre, l'ignorance et l'obscurantisme de la superstition.

– Grandiose vision, pour le coup, opina Sarah. Bien sûr, la réalité apparaît souvent quelque peu différente. Prenez, dans cette ville, ne serait-ce que le quartier des pauvres. La misère des gens y est accablante et bon nombre d'entre eux ne savent toujours ni lire ni écrire. La superstition la plus noire et les rumeurs les plus sombres y trouvent un terreau propice et en particulier lorsqu'il s'y commet des meurtres horribles et que les gens vivent dans l'angoisse et la terreur.

– Lady Kincaid fait allusion aux meurtres de Whitechapel, ajouta l'inspecteur Quayle sur un ton moins arrogant. Son Altesse se rappellera qu'entre-temps un deuxième meurtre s'est produit dans l'East End. Et, fâcheusement, les voix de ceux qui relient ces meurtres à une conjuration s'élèvent toujours plus fort.

Le duc haletait.

– Une conjuration. Est-ce tout ce qui intéresse ces pauvres hères ?

– Avec votre permission, Votre Altesse, l'heure est grave. Le nombre de ceux qui dans les rues d'East End lancent des tirades de haine sur la famille royale ne cesse de grossir. Le meurtrier doit être découvert impérativement.

– J'en suis bien conscient, Mister Quayle. C'est la raison pour laquelle j'ai fait quérir Lady Kincaid ; elle accomplira ce que les agents de Scotland Yard n'ont pas réussi à faire.

– Je ferai de mon mieux, Votre Altesse, promit Sarah, cependant je voudrais ajouter que je ne suis pas une criminologue. C'est l'archéologie le terrain où je travaille habituellement…

– … c'est aussi là que réside la clef de l'énigme, coupa le duc. Ne voyez-vous donc pas que tout est lié ?

– Comment cela, tout est lié ? De quoi voulez-vous parler ?

Le petit-fils de la famille royale leva sa main baguée.

– Je parle de ceci : du monolithe de Cléopâtre et des six hommes qui jadis y ont laissé leur vie. L'histoire se répète, Sarah, ne le remarquez-vous pas ?

– Que l'histoire se répète ? répéta Sarah, n'enregistrant que fugitivement que le duc était retombé dans un discours qui lui était familier. Que voulez-vous dire par là exactement, Votre Altesse ?

– Ce que j'entends par là ?

Le duc eut un rire sans joie.

– Ne comprenez-vous pas ? Dois-je vraiment tout vous expliquer ? Je pensais pourtant que vous étiez une spécialiste dans votre discipline !

– D'autres l'ont supposé, moi pas, Votre Altesse, dit Sarah avec fermeté. Je dois reconnaître que j'ai eu dans le domaine de l'archéologie appliquée un maître remarquable, et pourtant je ne peux prétendre que je comprenne ce que vous cherchez à me dire.

Quayle tressaillit une fois de plus. La manière directe dont Sarah présentait les choses interloquait l'inspecteur. Le duc, au contraire, ne semblait pas l'avoir remarqué. Ses yeux avaient pris un curieux éclat, ses traits semblaient transfigurés. L'opium était sur le point de donner sa pleine mesure.

– Alors, Sarah, je vais vous l'expliquer, souffla-t-il. Voilà exactement quinze ans que le monolithe de Cléopâtre a été transporté à Londres. Quinze ans ! Déjà à cette époque l'avertissement avait été clair, mais nous n'en avons pas tenu compte. Nous avons laissé s'écouler le temps, sans rien faire, et maintenant sa colère nous a rejoints.

– Sa colère ?

Sarah leva les sourcils en accent circonflexe.

– De qui voulez-vous donc parler, Votre Altesse ?

– De la divinité qui jadis a été bannie de sa propre patrie et dont la puissance suffit à précipiter la chute des rois et à détruire des royaumes entiers, rétorqua sans ambages le duc. Sa colère est telle que nous la percevons, et ce n'est pas un hasard qu'elle soit dirigée contre moi, car je suis le petit-fils de la reine ! Comprenez-vous le lien, Sarah ? Il n'y a pas de conjuration, mais la vengeance pure, une revanche terrible. Le crépuscule nous menace tous, ne saisissez-vous pas cela ? Vous devez nous aider, Sarah ! Vous devez nous aider tous…

Le duc de Clarence prononçait encore ces mots lorsqu'il sauta brusquement de son divan et fit un pas puis un autre, incertains, en direction de Sarah. Ses jambes le trahirent et il tomba en avant, juste dans les bras de Sarah.

– Aidez-moi.

Son visage tout proche la frôla et elle put sentir sa transpiration mêlée à la saveur amère de l'opiat. Ses yeux étaient écarquillés et, durant un bref mais terrible instant, elle eut le sentiment de pouvoir lire jusqu'au tréfonds de son âme ; et que lui aussi pouvait faire de même avec la sienne.

Sarah s'effraya de ce qu'elle vit. Elle crut, un court moment, voir un abîme obscur et sans fond et être, en retour, observée par le néant prêt à détruire. Mais, dès l'instant d'après, cette impression avait disparu et le serviteur se dépêchait de soutenir le duc et de l'allonger sur son divan.

Sarah se leva aussi, profondément affectée et choquée, et elle prit conscience avec douleur que son propre oncle ne lui avait rien dit de tout cela…

– S'il vous plaît, dit le maître d'hôtel en se tournant vers les hôtes. Comme vous pouvez le voir, Son Altesse est, pour l'instant, indisposée. Si vous vouliez bien vous retirer, Son Altesse le duc a besoin de repos.

– C'est évident, dit Sarah, et elle tourna les talons pour s'en aller.

Elle n'attendit même pas que Quayle la suive. En quittant la pièce, elle jeta un dernier regard sur les antiquités qui y avaient été rassemblées et sur leur possesseur qui était tombé en léthargie et n'était plus en état de parler.

Une fois encore, Sarah avait été déçue de ce qu'elle avait trouvé au palais de St James.

Mayfair, Londres

Une heure plus tard

– Qu'est-ce que tout cela signifie ?

Sans un mot de bonjour, et les joues en feu, Sarah fit irruption dans la pièce où se prenait le petit-déjeuner au sein de la vaste demeure que Mortimer habitait à Mayfair, l'un des endroits les plus huppés de la ville, proche de Buckingham Palace. Plus d'un rejeton de la noblesse aurait payé une fortune pour pouvoir y résider ; pour Laydon, il s'agissait d'un des privilèges attachés à la qualité de médecin personnel de la famille royale.

Le docteur était attablé devant des œufs, des toasts et du jambon, et contemplait, étonné, sa filleule manifester une pareille furie. Se conformant aux bonnes manières, il déposa sa serviette et se leva.

– Sarah, dit-il, je te souhaite aussi le bonjour. Excuse-moi, je ne t'attendais pas si tôt, sinon j'aurais fait mettre un couvert de plus…

– Cela, au moins, je veux bien le croire, mon oncle, rétorqua Sarah avec acidité. Pour tout le reste, en revanche, je vais devoir montrer la plus grande circonspection à l'avenir.

Elle aspira une longue goulée d'air, tout en essayant de maîtriser sa fureur.

– Tu es hors de toi, constata le docteur sans grande présence d'esprit, en faisant signe au serviteur de se retirer et de refermer la porte derrière lui. Puis-je savoir la cause de ton ressentiment ?...

– Le manque de franchise, répondit Sarah brièvement. Dans tout ce que tu m'as dit sur ces meurtres, tu as oublié de mentionner que le duc de Clarence n'est plus qu'une loque humaine, dépendante de l'opium. Pas surprenant que le monde entier en vienne à le soupçonner...

– Tais-toi ! ordonna Laydon en élevant les mains pour l'en conjurer. Par tout ce qui t'est sacré, Sarah, tu ne dois plus jamais dire cela. Tu ne dois pas même le penser. Ce que tu as vu au palais de Buckingham ne doit jamais en sortir, entends-tu ? Il court déjà des bruits incontrôlés. Si les ennemis de la couronne venaient à apprendre la vérité, cela pourrait signifier la fin de tout.

– En réalité, il ne s'agit pas du tout d'identifier le meurtrier de Whitechapel, mais plutôt de laver de tout soupçon le nom du duc, sans tenir compte de savoir s'il est coupable ou non. Et c'est cela qui m'indigne, mon oncle.

– Le nom du duc n'a pas besoin d'être lavé de tout soupçon, parce que le duc de Clarence n'est pas inculpé. Il semble simplement que le meurtrier, quel qu'il soit, veuille que le soupçon s'oriente vers le petit-fils royal ; de là, aussi, le lien avec la Ligue égyptienne.

– Tu penses donc que les hiéroglyphes qui ont été trouvés sur les lieux des crimes ne sont qu'une manœuvre pour orienter les soupçons ?

– Ce serait possible.

– Alors, je ne comprends pas pourquoi on m'a fait venir, fit observer Sarah.

– Parce que, dans cette affaire, il nous faut être sûrs de notre coup et que nous ne pouvons pas nous permettre la moindre erreur, rétorqua Laydon. Si le Tout-Puissant rappelle à Lui Sa Majesté royale, le duc de Clarence devient un héritier possible, et l'Angleterre ne peut se permettre d'avoir une monarchie affaiblie par les scandales.

– Je le comprends, dit Sarah. Je suis simplement déçue que tu ne m'aies pas dit toute la vérité, mon oncle. Comment puis-je être d'une quelconque aide si je ne connais pas tous les faits ?

– Ce fait précis n'était pas d'une grande importance pour toi au début. Tu devais rencontrer le duc sans le moindre préjugé. Il y a trop d'intérêts en jeu, surtout depuis que la situation a dramatiquement évolué la nuit dernière.

– Comment cela ? demanda Sarah, les joues toujours en feu.

– Un nouveau meurtre, répondit le docteur.

C'était à lui de provoquer la surprise.

– Un nouveau meurtre à Whitechapel ? demanda Sarah dont la colère se mua en stupéfaction.

– En effet. Et, de nouveau, la victime est une jeune femme qui s'adonnait à une activité des plus douteuses. Tu m'accorderas que le duc de Clarence n'a absolument pas pu en être l'auteur, compte tenu de l'état dans lequel il se trouvait.

– C'est vrai. Mais si son alibi était rendu public, cela pourrait signifier la fin de la monarchie...

– Je vois que tu commences à prendre la mesure de l'ampleur de cette désagréable affaire.

Laydon hocha la tête.

– Tu comprends, Sarah ? Il ne s'agit pas, ici, de toi ou de moi. Qui que ce soit qui ait commis ces meurtres, il semble avoir intérêt à brusquer ouvertement le duc, et notre seul espoir de capturer l'auteur et de le mettre à nu consiste à suivre les indices qu'il laisse derrière lui ; et cela c'est ta mission, Sarah.

– J'entends bien, mon oncle. Mais, en contrepartie, je veux connaître toute la vérité. J'ai besoin de plus d'informations et j'ai besoin de tous les détails.

– Tu les auras, mon enfant. Le courrier de Scotland Yard m'a mis au courant de cette affaire il y a quelques minutes. Je suppose que je dois assister à l'autopsie du cadavre.

– Bien. De cette manière, il y aura au moins un gentleman de bon sens présent sur les lieux.

En dépit de la tension, Laydon ne put réprimer un sourire.

– Dois-je déduire de ce compliment, si vénéneux pour mes collègues, que tu es disposée à continuer ?

– Oui, déclara Sarah non sans hésiter. A une condition.

– C'est-à-dire ?

– Je veux un autre collaborateur. Cet inspecteur Quayle est un âne imbu de lui-même.

– Eh bien, ce n'est certes pas un ténor d'éloquence, mais je suis sûr, malgré tout, que c'est quelqu'un qui se donne à fond et qui est fort capable…

– C'est un âne bâté, lâcha Sarah. Je veux quelqu'un d'autre. Quelqu'un en qui je puisse avoir confiance.

– Qui ?

– Maurice du Gard.

– Du Gard ? Ce fou de Français ? C'est à ce charlatan précisément que tu comptes confier un secret d'Etat ?

Laydon eut un rire sans joie.

– Malgré ma largeur d'esprit, je ne crois pas que la maison royale ni le Yard seront d'accord. Après tout, Du

Gard n'est même pas un Britannique, et on ne voudra pas que…

– Lui et personne d'autre, répliqua Sarah. Si je dois découvrir qui se cache derrière tout ceci, j'aurai besoin de toutes les facultés de Maurice du Gard.

– Les facultés ?

Laydon secoua la tête.

– Cela me démange rien que de penser à ce viveur. Du Gard est un jouisseur et, par-dessus le marché, un alcoolique et un opiomane…

– Je sais, répartit Sarah, et, comme vous le savez, il se trouve ainsi dans la meilleure compagnie qui se puisse.

Elle jeta un regard si aigu à son parrain et mentor que celui-ci ne put rien faire d'autre, finalement, que de s'avouer vaincu. Le docteur opina en hésitant et se déclara prêt à exposer la chose à Sir Jeffrey ; il ne pouvait évidemment rien promettre, tint-il à ajouter.

Sarah s'en contenta. Elle était sûre que Hull lui accorderait ce qu'elle demandait. Le temps travaillait pour elle, car la série des meurtres à Whitechapel se poursuivait et chaque heure qui passait et durant laquelle la police continuait de tâtonner dans le noir pouvait alimenter le brasier de la révolte qui commençait à rougeoyer dans les recoins de l'East End, menaçant de s'étendre comme un incendie.

V

Extrait du carnet de voyage
de Sarah Kincaid

Pourquoi je continue ?

Les événements de St James ne m'ont-ils pas montré clairement que rien n'a changé ? Que cette déloyauté, qui a poussé mon père à se réfugier dans le lointain Yorkshire, a toujours droit de cité à Londres ? Je ne peux que me livrer à des conjectures.

Peut-être est-ce mon attachement à mon parrain qui me fait poursuivre mes recherches, bien qu'une voix intérieure me commande la prudence. Sans doute aussi le sens du devoir dans lequel mon père m'a élevée. Peut-être aussi la grande métropole, avec tout son vacarme et son aspiration pour la modernité, a-t-elle déjà réussi à me corrompre, comme elle le fait de tous ceux qui succombent à son charme. Mais peut-être aussi qu'oncle Mortimer et ses amis ont tout simplement réussi à réveiller cette curiosité qui sommeillait en moi, qui était foncièrement l'un de mes traits de caractère et que je croyais perdue depuis la mort de père.

Le fait est que j'ai besoin d'être soutenue. Bien que ce ne soit pas volontiers que je me rappelle notre première rencontre et bien que je partage à maints égards les préventions de mon oncle, je vois bien que Maurice du Gard est la meilleure aide que je puisse recevoir, peut-être aussi parce qu'il fait partie de ce passé qui me manque tant depuis la mort de père.

Depuis que jadis nos chemins se sont séparés, je n'ai plus entendu parler de lui. Je suppose que ce sera tout, sauf facile, de le retrouver.

Spitalfields, Londres
10 novembre 1883

Vue de l'extérieur, cette maison de Princelet Street ne se distinguait en rien des autres bâtiments parsemant l'étroite rue : une bâtisse exiguë, malpropre, en briques avec de hautes fenêtres et des pièces minuscules où se pressaient des familles entières. Sur des fils tendus en travers de la rue était suspendu du linge pour y sécher, dans un état qu'il aurait été toutefois hardi de qualifier de propre. Sur les marches de l'entrée se faufilaient des silhouettes miséreuses, leur visage rouge et bouffi de gin.

Au rez-de-chaussée de la maison se trouvait une échoppe faisant commerce d'objets de seconde et même de troisième main, tant les objets neufs restaient hors de prix pour les habitants de Spitalfields ou du Whitechapel tout proche. Les vraies affaires ne se faisaient pas, à vrai dire, au magasin, mais en dessous. Une porte de bois à battant donnait accès à un escalier escarpé, qui gémissait à chaque pas d'une manière préoccupante. Quiconque prenait sur lui de s'y aventurer, se retrouvait dans un autre monde, illuminé de bougies, saturé de volutes d'une fumée qui s'infiltrait dans les poumons, douce et lourde, et troublait les sens. A la faible lueur des bougies, on pouvait entrevoir de-ci de-là des silhouettes incertaines, gisant à même le sol, en léthargie, tirant sur de longues pipes. Les yeux des hommes étaient de verre et sans regard. Et au milieu de ces fantômes désincarnés, en quête de leur dragon chinois, Sarah Kincaid reconnut un visage familier.

– Du Gard ?

L'homme reposait sur le sol, la main enserrant une fine pipe ouvragée de dessins artistiques. Son visage était pâle et épuisé, sa chevelure grisonnante tombant sur les épaules, déjà clairsemée sur le front. La tunique de couleur lilas, passée par-dessus la chemise à ruchés démodée, achevait de donner à son allure une touche de bohême. Il aurait été difficile de lui donner un âge : si Sarah n'avait pas su que Du Gard était à peine plus âgé qu'elle, elle l'aurait pris pour un vieillard. La vie qu'il menait avait laissé des traces.

– Du Gard, c'est moi, Sarah Kincaid.

Toujours aucune réaction. Elle se baissa et le fixa dans les yeux qui paraissaient la traverser du regard. Là-dessus, elle le prit par les épaules et le secoua légèrement, mais Du Gard ne manifestait toujours aucune réaction. Sarah se racla la gorge, en proie à l'embarras, et regarda autour, mais aucune des silhouettes gisant en léthargie dans cette antre ne paraissait avoir remarqué sa présence. Sur ce, elle retira le gant qu'elle portait à la main droite et administra à Du Gard une gifle magistrale qui fit rapidement reprendre conscience au Français. Il clignota de son regard bleu délavé où un signe de vie apparut soudain. Lorsqu'il reconnut Sarah, ses yeux s'écarquillèrent d'étonnement.

– *Chérie ?*[1] demanda-t-il avec cette voix molle comme le satin, chargée d'accent, une voix dont Sarah avait presque oublié le timbre.

---

1. En français dans le texte original ; tous les mots reproduits en italique sont cités dans les différentes langues d'origine par l'auteur (NDT)

– Sarah, rectifia-t-elle. Nous avions pris la décision d'en rester là.

– Oui, je sais.

Il approuva d'un signe de tête.

– *Très malade* ; vraiment dommage. Que fais-tu diable ici ?

– Je pourrais te demander la même chose, Du Gard. Tu ne voulais pas abandonner la chasse au dragon ?

– *Oui, c'est vrai...* Mais, tu sais, comment c'est, le battement de l'aile du dragon t'oblige toujours à revenir.

Il souriait d'un air implorant et Sarah dut s'avouer malgré elle que son sourire n'avait rien perdu de son charme. Malheureusement...

– Il n'a pas été simple de te retrouver, dit-elle en forme de constat.

– Je peux me le figurer.

Il souriait de nouveau.

– Mais tu as réussi, *n'est-ce pas ?*

– J'ai reçu de l'aide.

– De qui ?

– Scotland Yard, dit-elle simplement.

Ce qui suffit à jeter un voile sur ses traits blafards.

– Tu n'as pas été toujours très heureuse dans le choix de tes amis, Kincaid, rétorqua Du Gard avec méfiance. Est-il permis de demander pourquoi tu as recherché l'assistance de ces messieurs peu réjouissants ?

– Parce que je devais impérativement te retrouver.

– Tu devais me retrouver ?

Il ouvrit de grands yeux.

– Que s'est-il passé ? C'est la nostalgie qui t'a poussée ?

– Pas vraiment, l'interrompit-elle, embarrassée, tandis qu'elle se faisait l'effet d'une imbécile.

Qu'avait-elle espéré ? Que Du Gard l'accueillerait à bras ouverts ?

– J'ai besoin de ton aide, Maurice.

– Ah bon ?

Il arqua les sourcils.

– Après m'avoir autrefois laissé tomber, voilà qu'à présent tu refais surface parce que tu as besoin de mon aide…

– Je te demande pardon, rétorqua-t-elle sans manifester de grand regret. Au cas où cela pourrait te consoler, je ne serais pas venue à toi s'il ne s'était agi d'un cas de la plus haute urgence.

– Je pense bien, repartit le Français avec assurance et en se remettant d'aplomb sur ses maigres jambes. *Et non*, cela ne me console pas du tout. La manière dont nous nous sommes quittés ne m'a pas plu.

– A moi non plus, Du Gard.

– *Ma chère*, je ne suis pas du genre à m'esquiver de nuit et par temps de brouillard…

– J'avais mes raisons, déclara-t-elle.

– Naturellement.

Il hocha la tête.

– Et à présent tu réapparais après tout ce temps et tu me demandes de l'aide ? C'est curieux, Kincaid, tu ne trouves pas ?

– Je sais bien.

– Cite-moi un bon motif pour lequel je devrais te venir en aide. Quelque chose comme : en souvenir du bon vieux temps ?

– Non.

Elle baissa, gênée, son regard.

– Mais en mémoire de mon père. Il a toujours eu confiance en tes capacités, comme tu le sais, et tu lui es toujours redevable ; ou bien devrais-je te le remettre en mémoire ?

– *Non*, tu n'en as pas besoin. Mais dis-moi plutôt comment je peux être resté le débiteur de quelqu'un qui n'est plus de ce monde ?

– Très simplement, mon ami : Gardiner Kincaid avait une fille et tu jouis du privilège de pouvoir payer ta dette auprès d'elle.

– C'est vrai ?

Du Gard renâclait comme un taureau.

– Je ne me rendais absolument pas compte de la chance que j'avais.

– Maintenant tu le sais. Bon, où en est-on ? Vas-tu m'aider ?

– A quoi ?

– Il s'agit de résoudre une énigme.

– Une énigme ? Cela me semble bien mystérieux. Tel que cela se présente, je vois que tu n'as guère changé.

– Ne t'y trompe pas. Je ne suis plus la naïve petite chose que j'ai été il y a bien longtemps. Et, quoi qu'il se soit passé entre nous, cela relève désormais du passé. Ce que je te propose, c'est une mission bien payée qui te permette de sortir de toutes ces choses.

Elle fit un geste de la main qui englobait à la fois le bouge dans la cave, la Princelet Street et tout l'East End londonien…

– Qui dit que j'aie envie d'en sortir ? Pour ma part je m'y sens extraordinairement bien. Le coin est idéal pour la chasse au dragon, si tu vois ce que je veux dire.

– Je m'y emploie, bien sûr, assura Sarah avec amertume. Vois-tu seulement ce qu'il est advenu de toi ? Pourquoi t'es-tu donc fourré ici ? Pourquoi as-tu abandonné tout ce que tu…

– Je ne suis pas le seul à être allé me terrer, Kincaid, la coupa-t-il sans ambages. Ou alors comment appellerais-tu ce que tu as fait après la mort de ton père ?

– Je me suis retirée pour pouvoir me consacrer à mes études en toute tranquillité.

– Tu parles ! Tu as filé parce tu ne pouvais pas supporter ce qui s'était passé, ce n'est pas plutôt ça ?

– Quoi qu'il en soit, Du Gard, rétorqua-t-elle à mi-voix, se forçant au calme à grand-peine, je suis revenue pour me confronter à la vie. Et toi, qu'en est-il ?

Pendant tout un temps le Français ne dit mot, et ils parurent se mesurer du regard. Puis, tout à fait inopinément, Du Gard rompit le combat, et un sourire fit son apparition sur ses traits goguenards.

– *D'accord*, Kincaid, fit-il tandis qu'il fouillait dans la poche intérieure de sa tunique multicolore et en tirait un jeu de cartes de tarot. Tu as gagné, une fois de plus. Maurice du Gard se tient à ton service.

– Merci, répliqua Sarah en faisant un effort pour dissimuler son soulagement, mais nous n'aurons pas besoin des cartes.

– *Non ?*

Il parut étonné.

– Avec quoi donc puis-je t'aider ?

– Avec la vérité, Maurice. Avec la vérité.

Le pub portait le nom de Ten Bells.

Situé à l'intersection de Fournier Street et de Commercial Street, le débit de boisson devenait, le soir, le lieu de rencontre des joueurs, des ivrognes et des prostituées de tout le quartier. Le jour, le Ten Bells était de ces tavernes où l'on pouvait trouver pour pas cher un repas correct, agrémenté de gin frelaté en quantité illimitée.

Naturellement, il n'était pas convenable pour une Lady de fréquenter un tel lieu, mais Sarah Kincaid n'avait que peu de considération pour les conventions. Et Maurice du Gard semblait se sentir particulièrement à l'aise en compagnie de journaliers et d'ivrognes : la vraie vie, celle de derrière les fagots, comme il disait.

Hâve et creusé comme il était, il se rua sur le repas que Sarah lui avait payé et qui se composait de viande de mouton, de haricots secs et de pain ; l'argent que Du Gard gagnait de son travail, il en dépensait le plus clair en chasse au dragon, de sorte que pour vivre, et donc surtout pour manger, il ne lui en restait que peu.

Les talents de Maurice du Gard étaient innombrables.

Diseur d'avenir, tireur de cartes, voyant : toutes ces appellations étaient exactes, sans toutefois suffire à le dépeindre. Pour les uns, il était médium ; pour les autres, un minable escroc. Bien que Du Gard fût français d'origine, il avait passé la plus grande partie de sa vie à la Nouvelle-Orléans où il avait été initié aux secrets du tarot et à d'autres arts mystérieux. Sarah ne faisait pas grand cas de toutes ces choses, mais l'expérience lui avait enseigné qu'il y avait bien davantage, entre le ciel et la terre, que ce que la seule raison pouvait expliquer. De surcroît, son père appréciait les qualités de Maurice du Gard, et elle-même avait été présente lorsqu'il…

Sarah interrompit le fil de ses souvenirs. Remuer le passé ne ferait que raviver la douleur : une douleur qu'elle voulait laisser derrière elle. Elle se borna donc à regarder Du Gard en train de manger, ce qui n'était pas un spectacle bien édifiant, et à l'instruire du cas dont elle avait été saisie.

Que la liste des suspects s'allongeât jusqu'aux milieux les plus huppés, délibérément elle n'y fit pas même allusion. Elle se lança, au lieu de cela, dans une explication sur les hiéroglyphes retrouvés sur le lieu des crimes, sur la Ligue égyptienne et sur les mécomptes que Scotland Yard avait connus jusqu'à présent.

– Est-ce tout ? demanda Du Gard tout en mâchant, tandis qu'il essuyait la sauce au fond de l'assiette avec son dernier morceau de pain. Ou y a-t-il quelque chose que tu as oublié ?

– Pas que je sache, répondit Sarah, déclenchant le rire de son interlocuteur.

– Alors, *ma chère*, ou bien tu souffres de perte de mémoire ou bien tu es une satanée menteuse. Et aucune de ces deux options ne me plaît.

– Excuse-moi, souligna Sarah, mais je ne vois vraiment pas de quoi tu parles.

– *Eh bien*, je pensais que tu ne m'avais pas tout raconté, Kincaid. Tu as oublié de mentionner de quoi il retourne dans toute cette affaire ; que la reine a un intérêt majeur à ce que son propre petit-fils, le duc de Clarence, sorte sans dommage de cette histoire.

– D'où sais-tu cela ? demanda Sarah, étonnée, en jetant des regards soupçonneux tout autour.

Du Gard avait parlé plus fort qu'il aurait été judicieux de le faire, mais aucun des autres convives ne paraissait leur prêter attention.

– Aurais-tu interrogé les cartes ?

Du Gard se remit à rire.

– Pour apprendre de pareilles choses, il n'est nul besoin de tirer les cartes ; il suffit, pour cela, d'avoir bonne ouïe et bon sens. Les mauvaises nouvelles ont l'habitude de se répandre à la vitesse du feu, et dans toutes les ruelles de Whitechapel il se murmure que le petit-fils royal aurait sa part dans les meurtres.

– Qui prétend cela ?

– Plus d'un. L'East End est rempli d'agitateurs qui se proclament révolutionnaires et qui exploitent les peurs des gens ; et le meurtrier, quel qu'il soit, voit ainsi sa tâche facilitée. Tu dois reconnaître, Kincaid, que des organes découpés sont des souvenirs très particuliers, pour ne pas parler des hiéroglyphes peints au sang. Et ces hiéroglyphes nous renvoient à un auteur qui appartient aux meilleurs milieux… Cela met les gens en émoi.

– Je sais, lui accorda Sarah. Moi aussi je pars du principe que nous avons affaire à un assassin particulièrement instruit et retors. Mais à Scotland Yard on ne veut rien savoir. On y préfère la théorie selon laquelle les meurtres sont le fruit de l'activité d'un quelconque boucher.

– Cela t'étonne ?

Du Gard sourit fugitivement.

– Ma chère, tu devrais comprendre, petit à petit, que dans ce bas-monde rien n'est tel qu'il semble être. Ou bien crois-tu que nous nous soyons de nouveau rencontrés par le simple effet du hasard ? Que je me sois trouvé pile à ce moment dans le quartier où cette série de meurtres mystérieux vient de se produire ?

– Tu as toujours eu un talent particulier pour te trouver au mauvais moment au mauvais endroit.

– *Bien*, exactement comme toi, Kincaid. L'aventure, on l'a dans le sang, pas vrai ? C'est ta destinée que de découvrir les secrets du passé et ce n'est que parce que tu ne parviens pas à le faire que nous sommes réunis ici. Ai-je raison ?

– C'est possible, reconnut Sarah, mais il ne s'agit pas d'un mystère du passé. Le meurtrier de Whitechapel accomplit son mortel office ici et de nos jours ; et j'avais espéré avoir ton aide.

– Cela m'honore, repartit Du Gard, mais malheureusement je ne puis t'aider.

– Pourquoi pas ?

– Parce que quelqu'un qui ne recherche pas la vérité ne peut pas la trouver.

– Que veux-tu dire par là ?

– Je veux dire par là, Kincaid, que tu es en train de te fermer à l'évidence ; et il est manifeste que l'on te manipule. Ce que tu m'as raconté, c'est à dormir debout. Pourquoi le meurtrier devrait-il laisser derrière lui des hiéroglyphes égyptiens sur le lieu du crime ?

– Bon. Pour aiguiller les soupçons sur la famille royale. Il est connu de tous que le duc de Clarence est le président de la Ligue égyptienne.

– *D'accord.* Mais pourquoi t'a-t-on impliquée dans l'affaire s'il s'agit d'une manœuvre aussi grossière ? Pour écouter les divagations d'un fou, il suffit d'un médecin, pas d'une archéologue.

– Où veux-tu en venir ?

– Je pense que dans cette affaire il s'agit de bien plus que ce qui est officiellement connu. Il me vient par exemple à l'esprit que tu pourrais avoir été utilisée pour fournir un alibi plausible à quelqu'un qui se trouve très haut placé. Si tu étais honnête avec toi-même, tu devrais reconnaître que tu as eu ce soupçon. S'il en était autrement, voudrais-tu réellement recourir à mon aide, après tout ce qui s'est passé entre nous ?

Sarah remuait sa chaise de-ci de-là. Le tour que prenait la conversation ne lui plaisait pas.

– Maurice, commença-t-elle à voix basse, je ne voulais pas donner l'impression que…

– Cela doit t'avoir coûté de surmonter ta répugnance pour venir me chercher, poursuivit Du Gard, et je ne vois qu'une raison à cela. Tu es seule, Sarah Kincaid. Terriblement seule. Ces gens, ceux qui t'ont chargée de te mettre en quête du meurtrier, ils ne se sont pas comportés très bien avec toi, n'est-ce pas ?

Sarah hésita un instant. Du Gard possédait encore ce don de scruter jusqu'au tréfonds de l'âme des gens. Il était difficile de dire si cela tenait à ses facultés exceptionnelles ou simplement à ce qu'il la connaissait si bien.

– Non, reconnut-elle en se voyant singulièrement percée à jour. Ils ne l'ont pas été.

– Je m'en doutais.

Du Gard leva la main au-dessus de la table.

– Je serais prêt à parier que ces gentlemen ne sont pas même intéressés par la moitié de la vérité, comme ils le prétendent pourtant. Qu'en serait-il si, par exemple, les gens des rues avaient raison ? Si la trace du meurtrier conduisait effectivement au palais de Buckingham ?

– Tu vas trop loin.

– Tu crois ? A vrai dire, il se raconte ici à Whitechapel des choses étranges sur le duc de Clarence. Les uns prétendent qu'il se désintéresserait des choses du pouvoir et qu'il s'adonnerait plutôt aux beaux-arts ; d'autres affirment qu'il donnerait la préférence aux hommes sur les femmes ; d'autres encore colportent que, la nuit venue, il se faufilerait hors du palais pour se distraire avec des filles de joie. Un drôle de lascar, en réalité. *Qui* oserait prétendre qu'il ne serait pas capable d'un meurtre ?

Sarah secoua la tête de manière décidée.

– Non. Ce ne peut être le cas. Le duc n'est pas coupable.

– Comment peux-tu en être si sûre ? Te serais-tu fait intimider par des éminences grises ? En est-on déjà là, Kincaid ?

– Quelle idiotie… Mais j'y tiens : le duc de Clarence ne peut absolument pas être le coupable.

– *Pourquoi pas*, Sarah ?

– Je ne suis pas en mesure de te le dire.

– *Pourquoi pas* ? exigea Du Gard, à voix si haute et d'un ton si énergique que Sarah redouta de nouveau qu'ils puissent être entendus.

– C'est très simple, répondit-elle en s'efforçant de baisser la voix. Parce que l'héritier royal chasse le dragon, comme toi, et que, dans cet état, il n'est pas davantage en mesure de commettre un meurtre que toi.

Les yeux agrandis que fit Du Gard trahirent un étonnement sans borne.

– Voyez-vous cela, murmura-t-il, et moi qui croyais que plus rien ne me surprendrait…

– Tu comprends pourquoi ce cas revêt un caractère si explosif ?

– *Bien sûr*. Naturellement. Si la passion du duc pour le dragon venait à être rendue publique, il serait peut-être disculpé des crimes, mais ses vues sur le trône seraient réduites à néant. D'autre part, tant que la vérité continuera d'être cachée, il restera suspect, et les émeutiers auront beau jeu dans les rues !

– C'est exactement cela. Quel que soit le vrai auteur, il a songé à cela, et il paraît avoir misé là-dessus. Affaiblir la monarchie. Les indices qu'il laisse derrière lui sont suffisamment explicites pour suggérer la direction souhaitée, mais, en même temps, avec assez de subtilité pour ne pas être éventée comme une falsification. Derrière tout cela se trouve quelqu'un d'une intelligence aiguë et diabolique qui recourt sans le moindre scrupule à la mort de femmes sans défense pour atteindre ses objectifs. Et je voudrais trouver ce quelqu'un et le faire comparaître pour ses crimes.

– Mmm, fit Du Gard tandis qu'il fouillait dans sa redingote pour tirer d'une poche un cigare à demi fumé qu'il se ficha dans le bec. Tu oublies, dans tout cela, que tu n'es ni constable, ni criminologue de formation. C'est l'archéologie, ton métier, et tu devrais t'en tenir là.

Sarah fronça le nez. Le tabac bon marché répandait une odeur nauséabonde.

– Le meurtrier s'est servi de l'archéologie pour habiller ses crimes sauvages, et cela je ne vais pas le permettre. J'ai vu des photographies des victimes et je ne vais pas tolérer que l'usurpateur d'une culture ancienne la détourne pour accomplir une telle série d'actes barbares…

– Es-tu sûre qu'il s'agit uniquement, pour toi, de la réputation de l'archéologie ?

– Que veux-tu dire ?

Du Gard sourit.

– Il se trouve que, pour moi, tu es facile à percer, Kincaid, même après tout ce temps. Dans cette affaire, il ne s'agit, pour toi, ni de femmes ni d'archéologie. C'est simplement qu'il te faut obéir à ton sens du devoir.

– Tu dis des sottises, Du Gard.

Le Français haussa les épaules.

– Tu pourrais bien avoir raison. Mais on dirait que tu cherches à refouler les ombres du passé. Que tu essaies de racheter la faute pour quelque chose dont tu n'es pas responsable ; et je suis sûr que ton père le verrait de la même manière.

Sarah tressaillit.

– S'il te plaît, Du Gard, ne recommence pas…

– Pourquoi pas ? Que voulais-tu faire de ta vie, Sarah ? Ne disais-tu pas que… ?

– Sacrebleu, jura Sarah d'une manière qui n'aurait pu venir à l'esprit d'une lady de Mayfair, même au bout de plusieurs siècles. Pourquoi ces jours-ci tout le monde croit-il savoir ce qui est bon pour moi et ce qui ne l'est pas ? Je ne t'ai pas demandé conseil, Du Gard, mais seulement ton assistance dans cette affaire. Vas-tu m'aider, oui ou non ?

– Au moins, tu n'as pas perdu le feu sacré d'autrefois, Kincaid, constata le Français avec calme. Oui, je vais t'aider, bien que je sois toujours persuadé que beaucoup de choses ne collent pas dans cette affaire pleine de mystère. Je sens du hideux, Sarah, et cela me fait peur.

– Du hideux ? Comment cela ?

– Je ne saurais dire, mais je pourrais le chercher pour toi. Faut-il que j'interroge les cartes ? Ou bien le dragon ?

– Non, se défendit Sarah. Il n'est pas nécessaire que tu ruines ta santé à cause de moi.

– *Ma chère*, il n'y a plus grand-chose à ruiner. La chasse au dragon m'a volé les plus belles années de ma vie. Regarde-moi : je suis déjà un vieil homme.

– Alors, arrête !

– Parfois, je serais volontiers tenté de le faire, reconnut Du Gard dans un murmure. Mais puis-je te révéler un secret ?

Il se pencha par-dessus la table jusqu'à ce que son visage en vienne à toucher presque le sien et qu'elle reçoive les relents aigres du tabac.

– Je ne peux plus arrêter. Il est déjà trop tard pour moi.

Le Français se renversa sur sa chaise et éclata d'un rire retentissant. Sarah constata combien elle pouvait être à la fois attirée et repoussée par lui. Exactement comme autrefois…

Un grand vacarme se fit brusquement entendre au dehors. On pouvait distinguer, à travers la poussière des fenêtres, qu'un rassemblement de gens s'était formé dans Commercial Street et avait bloqué la circulation de cette voie très passante. Une quantité d'habitants du quartier s'était attroupée : des hommes en houppelandes brunâtres usées jusqu'à la trame, mais aussi des filles de joie dans leurs toilettes criardes, hurlant à pleins poumons ; et bon nombre d'entre eux levaient le poing d'un air menaçant.

– Que se passe-t-il ? demanda Sarah.

– Qu'est-ce que j'en sais ? grommela Du Gard en haussant les épaules. Ici, à Whitechapel, c'est courant. Tu ferais bien de ne pas…

Sarah ne l'écoutait déjà plus. Poussée par la curiosité, elle se leva et se pressa vers la sortie, en même temps que les autres convives du Ten Bells, pour voir ce qui se passait.

Au milieu des individus, qui s'étaient entassés entre les hautes et sales façades de brique des maisons, se trouvait un homme sur un chariot tiré par un âne, debout sur le siège pour être vu de tout le monde. L'homme avait une stature de colosse et portait un manteau de laine gris, que la plupart des habitants de ce quartier n'auraient pas eu les moyens de s'offrir. Ses traits étaient empourprés de colère, son poing était fermé et sa voix avait, dans l'air froid, le tranchant d'un coutelas.

– … je vous le demande, combien d'autres devront mourir avant qu'à Westminster on songe à entreprendre quelque chose ?

– Bien dit, répondit-on de l'intérieur de la foule.

– Cet homme a raison !

– Combien de femmes encore devront finir dans le caniveau, la gorge tranchée ? Combien encore de ces signes maléfiques devront-ils être peints de leur sang sur les murs avant que les constables se décident à suivre cette piste qui va de l'East End au quartier d'en face, là où se trouve Buckingham Palace ?

Des applaudissements éclatèrent de-ci de-là, et des filles de joie, qui avaient peut-être connu les victimes, y allaient de leurs vociférations. L'orateur approuva avec contentement, et Sarah saisit l'éclat particulier du regard qui exprimait autant la décision que le fanatisme. C'était donc là l'un de ces fameux harangueurs parcourant les rues et soulevant l'opinion contre la famille royale. Et ses discours incendiaires trouvaient des auditeurs attentifs…

– Combien de temps encore cela va-t-il durer ? J'en appelle aux puissants de Westminster et de Buckingham, poursuivit l'orateur d'une voix grondante comme le tonnerre. Et à vous tous je pose la même question : combien de temps encore allez-vous tolérer cela ? Que personne ne se préoccupe de ce qui se passe ici ? Qu'il est apparemment indifférent au gouvernement que l'on y tue et que l'on y meure ? Qu'ici l'on doive croupir dans la fange tandis qu'ailleurs les riches et les puissants se goinfrent dans de la vaisselle d'or ? Tout doit avoir une fin. Mais cela n'aura de fin que si nous nous réunissons.

– Qui est-ce ?… demanda Sarah à Du Gard qui, entretemps, avait lui aussi quitté le débit de boisson et s'était joint à elle.

– Un de ceux qui tirent profit des peurs des gens. Son nom est George Luks, si je me souviens bien. *Mon Dieu*, c'est un bougre assez déplaisant ; il parle sans cesse de fonder une milice armée, naturellement à seule fin de poursuivre ses propres ambitions…

– Les riches n'en ont cure, de ce qui peut arriver à vous ou à vos enfants ! poursuivit Luks dans sa harangue enflammée. Cela leur est égal qu'ils crèvent de faim ou qu'ils finissent la gorge tranchée. L'essentiel, c'est qu'il y ait suffisamment de maisons de redressement et de prisons ; malheureusement ce ne sont pas les bonnes personnes qu'ils y mettent. On devrait mettre sous les verrous ceux qui laissent le monstre assoiffé de sang continuer de perpétrer ses forfaits dans Whitechapel et tous ceux qui empêchent que le vrai assassin soit traduit en justice !

– Ce n'est pas vrai, lança quelqu'un d'une voix haute et claire tandis que les applaudissements n'avaient pas encore décru dans la foule.

Sarah n'en revint pas elle-même d'avoir dit cela.

– *Ma chère*, lui chuchota Du Gard à mi-voix tandis que tous les regards convergeaient sur elle, ce n'était pas une très bonne inspiration…

Les yeux de Luks filaient comme des flèches pardessus les têtes de la foule.

– Oh, fit-il avec ironie, il semble que quelqu'un en sache plus que moi. Puis-je demander qui vous êtes, Madame ?

Sarah respira à fond ; maintenant, elle ne pouvait plus reculer.

– Mon nom est Sarah Kincaid, se présenta-t-elle, et je puis assurer les hommes et les femmes ici présents que tout ce qui est humainement possible est fait pour retrouver ce meurtrier.

– Est-ce bien vrai ? Et d'où proviennent vos connaissances étonnantes, s'il est permis de le demander ?

Ce n'était pas une question, plutôt une remarque condescendante.

– Je…

Sarah hésita tandis qu'elle se serait giflée de s'être placée dans une situation pareille. Ce n'était pas la première fois que son tempérament lui jouait des tours, mais cela risquait bien d'être la dernière.

Elle remarqua les regards hostiles que les gens lui adressaient. Une haine non déguisée émanait de ces visages crasseux. Des poings se fermaient. Que Sarah se laissât à dire la vérité et ce n'était pas seulement Du Gard et elle qui seraient en péril, mais aussi la suite de l'enquête.

– Alors ? s'impatientait Luks. Qu'en est-il, Lady ? Nous vous écoutons…

– Il est vrai qu'il se commet beaucoup d'injustices dans les rues de Whitechapel, concéda Sarah.

– Ecoutez cela, écoutez !

– Et il est vrai, aussi, que les prisons et les maisons de correction ne sont pas faites pour aider les pauvres gens. Mais les meneurs qui utilisent la peur et la détresse à leurs propres fins, cela n'aide pas non plus les malheureux.

– Sarah !

Du Gard n'avait pu retenir cette exclamation tandis qu'un mouvement parcourait la foule.

– Vous dites que je suis un émeutier ? s'enquit Luks, aux aguets. C'est bien ce que vous avez voulu dire ?

– Bien sûr, confirma Sarah, tandis que du coin de l'œil elle enregistrait que plusieurs gaillards bâtis en force se frayaient un chemin dans leur direction : la garde de Luks, sans doute.

– Et qu'est-ce qui a bien pu vous mettre cette idée ?

– Très simple, Sir, rétorqua-t-elle, d'un ton décidé. Vous ne venez pas de Whitechapel. Vous n'appartenez pas, non plus, aux couches défavorisées. Et je voudrais parier là-dessus qu'aucune des personnes ici présentes ne vous a vu dans ce quartier avant que les meurtres commencent…

– C’est vrai ! cria quelqu’un.

– Vous n’avez commencé à manifester de l’intérêt pour les pauvres qu’à partir du moment où le meurtrier s’est mis à frapper. Il vous est alors venu l’idée de tirer parti de la peur des gens. Et c’est ce seul motif qui fait que vous êtes là. Pour vous, il ne s’agit ni de venir en aide à ces hommes et à ces femmes, ni de faire que le meurtrier soit pris. Car, à chaque meurtre de plus qui se commet, vous gagnez en audience.

– Ah, bon ? fit Luks, et l’éclair dangereux dans ses yeux n’échappa pas à Sarah. Continuez donc, ma chère, c’est très intéressant de vous écouter. Encore un peu et vous allez nous dire que je suis moi-même l’assassin ?

– Vous êtes suspect, concéda Sarah, comme tous ceux qui se servent de la mort de ces femmes. Et je n’admettrai pas que…

– Ça suffit, Miss. Assez déconné.

D’un coup, Sarah se vit entourée de gaillards taillés à la masse, dont les traits étaient grêlés et rougis d’ale et de gin. Déjà l’un d’eux avait saisi Sarah au bras, décidé à l’enlever, lorsque soudain du fond de la rue retentirent les trilles des sifflets.

– Par le diable, ces damnés bobs... Filons !

Aussitôt le gaillard la relâcha, et ses comparses disparurent aussi vite dans la foule qu’ils en étaient sortis. De Luks il n’y avait plus traces.

Il faut dire que deux douzaines de constables en uniforme dévalaient dans Fournier Street pour disperser l’attroupement perturbant la circulation jusque dans Commercial Street. Les gens, enflammés par le discours de Luks, se mirent à protester, une partie d’entre eux s’avisa de riposter, et il y eut quelques solides empoignades.

– *C'est ça*, Kincaid, disparaissons, lança Du Gard, attrapant Sarah par le poignet et la soustrayant d'autorité à cet endroit.

Ahurie, Sarah contemplait le tumulte environnant tout en suivant le Français pour descendre Brushfield Street en direction du marché, puis bifurquer dans l'une des rues étroites débouchant sur les arrière-cours. Parvenus à distance respectueuse, ils observèrent le tohu-bohu, hors d'haleine et heureux de s'en être tirés à bon compte.

– *Mince alors*, laissa échapper Du Gard. Que signifiait tout ceci, Kincaid ? Es-tu fatiguée de la vie ?

Sarah secoua la tête.

– Absolument pas. Mais c'était la vérité pure et il doit être permis d'exprimer la vérité.

– Tu n'as pas changé, Kincaid.

– Si, rétorqua-t-elle. Simplement, tu ne l'avais pas encore remarqué.

Du Gard sortit de la manche de sa redingote un mouchoir à la propreté douteuse avec lequel il essuya la sueur perlant à son front.

– *Mon Dieu*. Là, je suis curieux de savoir ce qui m'attend encore.

– Maurice ? demanda Sarah à voix basse.

Elle continuait de fixer le carrefour où entre-temps la police avait presque fini de disperser l'attroupement. Luks et ses comparses semblaient avoir été avalés par le sol, mais Sarah était certaine qu'ils réapparaîtraient dès que l'occasion s'en présenterait.

– Oui, Kincaid ?

– Contrairement à mes convictions initiales, je crois que nous allons avoir besoin du dragon pour nous remettre sur la trace de la vérité, dit Sarah d'un ton morne. Le temps nous manque. Whitechapel est un baril de poudre et la mèche est déjà allumée…

La pièce dépourvue de fenêtre qui se trouvait au cœur de Londres, non loin de Pall Mall et de Trafalgar Square, fut le lieu d'un conciliabule secret.

Les deux gentlemen avaient utilisé des entrées différentes situées dans des immeubles distincts, car nul ne devait les voir ensemble.

L'art suprême de la dissimulation les avait toujours protégés de toute indiscrétion, et il fallait qu'il en aille de même pour l'avenir : jusqu'à ce qu'un jour ils décident de paraître au grand jour.

Lorsque le but aurait été atteint et que la bataille aurait été remportée.

Les hommes baissaient leur voix bien qu'ils n'aient guère dû à redouter d'être espionnés ; seule une poignée d'initiés était au courant de l'existence de cette pièce, et les cloisons lambrissées ne laissaient filtrer aucun son vers l'extérieur.

– Qui est ce Français ?

– Il s'appelle Maurice du Gard, mais il n'est pas sûr que ce soit son vrai nom. Son père était français, sa mère américaine, c'est pourquoi il a été élevé aux Colonies. Je suppose que cela explique son mauvais goût dans le choix de ses vêtements.

– On dit qu'il est médium.

– Il s'est voué à la voyance, c'est exact. Certains croient qu'il possède réellement le don de voir dans l'avenir ; d'autres le tiennent simplement pour un charlatan exploitant à son propre compte la crédulité de contemporains naïfs.

– Et vous ? Qu'en pensez-vous ?

– Je pense qu'il représente un risque mal maîtrisable. Voyant ou pas. Kincaid lui fait confiance, tout comme son père auparavant, et cela signifie qu'il pourrait constituer tôt ou tard un danger pour nos plans.

– Je comprends, dit l'autre gentleman, tandis que de sa main baguée il ouvrait une petite boîte dorée posée sur la table, en retirait un cigare et l'allumait en tirant dessus à son aise.

– Cela signifie que le Français doit périr, dit-il négligemment, juste avant qu'un nuage de fumée bleue commence à l'envelopper.

VI

Extrait du carnet de voyage de Sarah Kincaid
Complément

Le passé, pourquoi exerce-t-il sur nous une si grande influence ? Notre vie ne se déroule-t-elle pas dans le présent ? Ne devrions-nous pas être tournés vers l'avenir ? Pourquoi est-il si difficile de nous détacher de ce qui a été ?

Revoir Maurice du Gard a ravivé des souvenirs, ceux d'une jeune femme que je ne suis plus. Du Gard ne le sait pas et continue de me traiter comme il l'a toujours fait, ce qui, au regard de la situation, me paraît mal venu. Les objections qu'il a élevées à propos de cette affaire me paraissent cependant recevables, notamment parce que je les ai émises moi-même, même si je les ai rejetées par sens du devoir. Du Gard n'étant pas anglais, il ne peut pas comprendre la loyauté que nous éprouvons à l'égard de la famille royale. Est-ce cela qui pourrait lui donner raison ? Est-ce que ma fidélité à la couronne et les obligations auxquelles je me crois tenue envers mon père ont altéré mes facultés de jugement ?

L'affaire de Whitechapel m'a clairement montré qu'il se cache derrière ce mystère bien plus qu'on ne l'avait cru au début. La curiosité s'est emparée de moi et je suis prête à payer le prix fort pour faire jaillir la vérité et arriver à la solution de l'énigme. Un prix très élevé.

Peut-être est-ce là le motif pour lequel le passé nous hypnotise tous : dans la mesure où chaque jour, chaque heure de notre vie, et chaque mouvement de respiration, nous devons vivre encore avec…

Leman Street, Whitechapel, Londres
12 novembre 1883

Sarah se tenait à la fenêtre de la mansarde que Maurice du Gard appelait son appartement. Elle contemplait les toitures délabrées et les cheminées qui s'y hissaient, luttant contre le vent et laissant échapper des tourbillons d'une fumée noire qui filait en volutes jusqu'à la cathédrale St Paul. La coupole surplombait un océan de maisons, juste de l'autre côté de la misère, presque à portée de main, mais inaccessible pour la plupart de ceux qui vivaient ici.

Comme si le soleil n'avait pu supporter davantage le spectacle de la pauvreté, il avait disparu derrière les misérables toits, laissant ses reflets teinter le ciel d'un ton rouge orangé tandis que la nuit déployait déjà son manteau sur les rues et les ruelles de l'East End. A défaut de voir la misère et la détresse que la lumière des becs de gaz était impuissante à éclairer, on pouvait les entendre : les appels désespérés des mendiants, les beuglements des ivrognes, les disputes des orphelins et les éclats hystériques des prostituées.

Sarah frissonna. Ce n'était pas seulement à cause des meurtres horribles qu'elle percevait à présent l'East End comme l'antichambre de l'enfer, la seule pensée de devoir vivre au milieu de toute cette misère la remplissait d'effroi.

– Maurice, pourquoi t'imposes-tu ça ? demanda-t-elle à Du Gard qui était sur le point de commencer ses préparatifs de chasse au dragon.

Ils avaient passé ces derniers jours à accompagner Desmond Quayle dans ses démarches, mais ni Sarah ni Du Gard n'avaient été d'un grand secours à l'inspecteur de Scotland Yard.

D'une part, Quayle ne dissimulait pas qu'il n'attachait aucun prix à leur aide ; d'autre part, toutes les pistes s'étaient révélées fausses.

A présent, l'inspecteur devait s'être lancé dans de nouvelles investigations, ravi d'être débarrassé de ses encombrants compagnons. Cela ne pouvait que convenir à Sarah, car Du Gard et elle pourraient ainsi passer inaperçus et se livrer à d'autres méthodes pour obtenir la manifestation de la vérité.

– De quoi parles-tu ? demanda l'homme qui avait noué ses cheveux sur la nuque et qui, dans la nouvelle chemise que Sarah lui avait achetée, avait repris figure humaine.

– Tu le sais bien. Tu vis ici au milieu de toute cette misère, alors que tu pourrais tout aussi bien vivre dans le riche West End, de l'autre côté de la ville.

– Pourquoi ? Pourquoi devrais-je le faire ?

Du Gard haussa les épaules et jeta un coup d'œil au plafond, sur les poutres noires de suie.

– Un gentil petit coin comme celui-ci, on ne l'abandonne pas volontiers.

– Bien sûr que non, repartit Sarah d'un ton sarcastique. C'est là ton gagne-pain : lire aux journaliers les lignes de la main, et leur tirer les cartes, alors que tu pourrais devenir un homme riche. Dans les villas de St James et de Mayfair, les diseurs d'avenir n'arrêtent pas d'entrer et de sortir, alors qu'ils n'ont pas le dixième de ton talent !

Du Gard eut un ricanement.

– Et quand bien même. En contrepartie, ils racontent aux gens ce que ceux-ci veulent bien entendre.

– Je le pense sérieusement, répéta Sarah.

– Moi aussi.

Et il prit place à la table grossièrement taillée sur laquelle il avait déployé une nappe tachée et disposé un verre, une bougie qui se consumait et une bouteille élancée dont le contenu luisait d'un vert mystérieux à la lumière de la bougie.

– S'il te plaît, lança-t-il à Sarah. Assieds-toi.

Elle quitta la fenêtre, mais en montrant qu'elle n'était pas prête à abandonner la discussion. Du Gard laissa échapper un profond soupir.

– Soit, fit-il, parlons-en ; sinon, tu n'auras de cesse de vouloir l'apprendre. Tu veux donc savoir pourquoi je suis venu m'enterrer ici, à me commettre avec les bas-fonds de l'humanité ?

– Assurément.

– *D'accord*. Alors, dis-toi bien, ma chère, que je ne me suis aucunement choisi cette vie. Ce sont plutôt des circonstances extérieures qui me l'ont imposée.

– Que veux-tu dire par là ? Cela vient de qui ?

– Du destin, d'une certaine manière, répondit Du Gard dont l'insouciance avait soudain disparu de ses traits. Après Alexandrie et après que nos chemins se furent séparés, je suis venu me réfugier ici.

– Pourquoi ?

– Autrefois, j'ai mis le doigt sur quelque chose que je n'aurais pas dû toucher. J'ai foulé des chemins où il n'y avait pas de retour possible. Et j'ai appris des choses que je n'aurais pas dû connaître. Ces choses doivent demeurer secrètes aussi longtemps que je resterai en vie, c'est pourquoi je suis venu m'établir ici où personne ne peut me retrouver.

– Je t'ai retrouvé, rappela Sarah.

Du Gard eut un sourire énigmatique.

– Comme je te l'ai dit, ma chère, ce n'est pas un hasard. Et, tu peux me croire, je n'aurais sûrement pas reçu aussi volontiers d'autres visiteurs que toi.

Il désigna sa botte droite et c'est seulement à cet instant que Sarah distingua la cachette recélant un minuscule pistolet à un coup.

– Qu'est-ce que cela signifie ? exigea-t-elle de savoir.

Du Gard haussa les épaules.

– *Pour la sécurité,* déclara-t-il. Je dois être constamment sur mes gardes, Sarah, parce que je sais des choses qu'*eux* ne doivent savoir à aucun prix.

– Eux ? demanda Sarah sans comprendre et en se demandant si son vieil ami ne venait pas d'abuser de la chasse au dragon. De quoi parles-tu ?

– Mon don, comme tu l'as si justement appelé, peut être une bénédiction, mais aussi une malédiction. Il y a certaines choses que je puis révéler, d'autres pas ; le pistolet est là pour le cas où quelqu'un souhaiterait obtenir de moi davantage que je ne serais autorisé à lui communiquer.

Sarah hocha la tête.

– Je comprends. Alors, tu le tuerais…

– Ma chère, confia Du Gard, tu devrais me connaître suffisamment pour savoir que je réprouve toute forme de violence physique. La balle qui est dans le pistolet n'est pas destinée à mon ennemi.

Sarah sentit comment sa gorge se serrait sous l'effet d'une peur diffuse.

– Maurice, dit-elle doucement, y a-t-il quelque chose que tu veuilles me dire ? Veux-tu me rapporter ce que tu as vu ?

Le Français hésita un imperceptible instant, puis l'ancienne insouciance revint d'un seul coup.

– Non, jeta-t-il en s'emparant de la bouteille. Laisse-nous plutôt voir ce que la fée verte va nous révéler ; car enfin elle m'a déjà dévoilé pas mal de mystères.

Il rit doucement en préparant le breuvage qui lui ouvrirait suffisamment l'esprit pour le rendre sensible aux pulsions du surnaturel, ce sur quoi Sarah fondait ses espoirs. Du Gard emplit le verre du liquide vert de l'absinthe. Il y posa par-dessus une sorte de petit tamis vétuste sur lequel il déposa un morceau de sucre.

De la poche intérieure de son habit, il tira un petit flacon que Sarah avait aussi vu à St James et dont l'apparence anodine contrastait avec son effet dévastateur.

Du Gard imbiba soigneusement de laudanum le morceau de sucre et s'empara d'une bougie pour l'enflammer.

Comme toutes les autres lumières de la pièce avaient été éteintes et qu'entre-temps la nuit était tombée, on put voir distinctement la mystérieuse flamme bleue vaciller. Le sucre se désagrégea dans un léger crépitement et tomba goutte à goutte dans le verre dont le contenu s'assombrit.

Du Gard respirait lourdement en observant, fasciné, la réaction chimique qui était devenue pour lui une sorte de rituel sacré. La crainte mêlée à une excitation joyeuse semblaient s'être ensemble emparées de lui. A peine la flamme se fut-elle éteinte qu'il enleva le filtre, remua le contenu du verre et le leva solennellement comme pour porter un toast.

– Allons, déclara-t-il, il y a des gens pour croire que l'absinthe rend aveugle ; moi, elle me rend visionnaire. Puisse le dragon me révéler ce qui se cache derrière le visible !

Sur ce, il ferma les yeux, porta le verre à ses lèvres et le vida d'un trait. Tendue, Sarah ne pouvait détacher ses yeux. Ce n'était pas la première fois qu'elle assistait à l'une des séances de Du Gard, mais elle ne pouvait s'empêcher de ressentir toujours cette tension insupportable.

Elle ne pouvait pas s'expliquer comment le Français parvenait à voir des choses que, leur vie durant, d'autres hommes ne percevraient jamais, et elle n'était pas certaine de vouloir l'apprendre...

Une métamorphose brutale s'opéra.

Sarah avait saisi les mains qu'il lui avait tendues par-dessus la table, après lui avoir déclaré que ses capacités s'en trouveraient ainsi accrues. Les traits de Maurice du Gard se transformèrent, sans transition. Sa physionomie émaciée se détendit et il rouvrit les yeux, mais il ne parut pas remarquer Sarah pourtant assise exactement en face de lui. Il avait le même regard que le duc de Clarence.

La chasse au dragon avait commencé.

– Je pars, dit-il d'une voix sans timbre qui fit frissonner Sarah.

Il semblait que ce n'était pas Du Gard qui parlait, mais, à travers lui, une vérité qui venait d'au-delà du rationnel et qui avait pris possession de son corps sous l'effet de l'opium.

– Je plane au-dessus des maisons de la ville. Je vois les toits et les pignons, je hume la fumée âcre qui monte des cheminées... et je ne suis pas seul.

Sarah, dans une réaction spontanée, voulut demander quelle était cette présence ; mais elle se retint.

Dans son état, Du Gard n'aurait, de toute façon, pas réagi à ses observations. Elle devait attendre, patiemment.

– Il est avec moi, poursuivit Du Gard en chuchotant. Il est invisible, on ne peut le voir, il se cache dans les recoins des maisons, dans les ombres et dans le brouillard, mais je peux sentir nettement sa présence. Il est dehors et il attend… Le Mal est à l'œuvre cette nuit et il est en quête d'une nouvelle victime. Maintenant je peux le voir distinctement…

Du Gard s'interrompit de nouveau et parut regarder encore plus loin et davantage en lui-même.

– Une ruelle, souffla-t-il. J'ai devant moi une ruelle. Il y fait sombre et froid. Je gèle….

A sa stupéfaction, Sarah constata qu'effectivement Du Gard s'était mis à grelotter.

– J'ouvre mon esprit et je scrute les alentours, poursuivit-il. Ce que je vois n'est pas encore arrivé et… Il vient. Je sens sa présence. *Le meurtrier !* L'assassin s'est mis en route. Son ombre est longue et sombre et, là où elle se projette, elle répand mort et désolation. Je sens sa présence… Il circule dans un carrosse noir. Le cocher est emmitouflé à ce point que personne ne puisse le reconnaître ; son maître n'est qu'une ombre qui le suit.

Sarah s'éclaircit doucement la voix pour se libérer de la boule qui lui montait à la gorge. L'air dans la mansarde lui sembla soudain devenu irrespirable.

– Maintenant je peux distinguer le carrosse… Sur la portière figurent des armoiries… Comme des lions. J'en vois trois…

Sarah se mordit les lèvres. Les armoiries royales

comportaient trois léopards juxtaposés en symbole de puissance. Simple coïncidence ou indice possible renvoyant à l'auteur des crimes ?

– Le carrosse roule vite, très vite. Le cocher se sert du fouet. Le temps presse, c'est pour cette nuit. Il doit y avoir une nouvelle victime, dès cette nuit, et les meurtres de Whitechapel ne sont qu'un début. Les puissances des ténèbres vont s'étendre au-dessus de nous, aussi terribles qu'il y a des milliers d'années. Cela fait longtemps déjà que le fantôme erre parmi nous, mais maintenant est venu pour lui le moment de se manifester. Nul ne peut le retenir, personne… *mon Dieu, c'est horrible…* Je vois le coffre renfermant l'acier mortel et je vois du sang, partout du sang… un signe sur le mur !

La voix de Du Gard s'était élevée. Sarah pouvait voir ses mains trembler sous l'effet de la panique.

– Du sang, partout du sang, répétait Du Gard. Le Mal est parmi nous depuis des millénaires ! Il veut la puissance, le pouvoir absolu, et nous ne pouvons l'en empêcher ! Nous devons… *Non ! Non ! Ne… Pas moi…*

L'homme avait hurlé ces dernières paroles. Ce n'était plus seulement un accès de panique, c'était l'angoisse de la mort. La sueur perlait sur son front et il pressa les mains de Sarah si fort qu'elle en eut mal.

Il fixait Sarah de ses yeux écarquillés, mais toujours sans la voir ; il donnait plutôt l'impression de ne plus savoir comment s'échapper de l'antre du dragon dans laquelle il s'était aventuré inconsidérément. Son souffle était saccadé ; il ne respirait plus que par à-coups ; sa poitrine se soulevait et s'affaissait, agitée par des spasmes.

– Maurice ! cria Sarah. Maurice, réveille-toi !

– *Pas moi, créature misérable ! Retourne d'où tu es venue...*

– Maurice ! Tu dois te réveiller, entends-tu ?

– *Va-t'en, va-t'en !*

Il la repoussa en agitant frénétiquement les bras pour se protéger d'un invisible adversaire.

– *Laisse-moi tranquille, monstre ! Laisse-moi tranquille !...*

– Sacrebleu, Du Gard ! Réveille-toi à la fin !

Sarah, qui avait sauté sur ses pieds et fait le tour de la table, prit un ton autoritaire. Et comme cela ne suffisait apparemment pas, elle le frappa.

Sa main claqua sur le visage émacié et, comme auparavant dans la fumerie d'opium, la douleur fit revenir le Français à lui.

Il resta sans voix et cessa de bouger, puis quelque chose changea dans son regard. Durant un moment, il parut ne plus savoir qui il était, ni où il se trouvait. Puis la mémoire lui revint et il gémit doucement. Une expression de terreur marquait toujours son visage.

– Du Gard ? demanda Sarah. Tout va bien ?

– *Moi*... Je pense bien...

– Qu'as-tu vu, Du Gard ?

– Que veux-tu dire ?

– Qu'as-tu vu en dernier ?

– *Rien*, fit le Français dans un murmure. Rien, Sarah.

– Rien ? Mais tu as hurlé !

– Ce n'était rien, s'obstina Du Gard.

Le regard qu'il lui lança était insistant, mais Sarah avait l'impression qu'il lui cachait quelque chose.

– Du Gard, je dois savoir, le pressa-t-elle. Qu'as-tu vu ? Qu'est-ce qui t'a mis dans cet état ?

– Je ne peux pas te le dire, Sarah.

– Tu ne *peux* pas ou tu ne *veux* pas le dire ?

Le Français lui adressa juste un regard, sans lui donner de réponse.

– C'était quelque chose d'effroyable, n'est-ce pas ? demanda-t-elle doucement.

Et, durant un instant, Du Gard parut disposé à le lui révéler. Il prit une profonde inspiration lorsque soudain, venant de la rue, retentirent jusque dans la pièce les trilles stridentes de sifflets à roulette.

Des sifflets comme ceux qu'utilisaient les constables.

– Que se passe-t-il ?

Sarah voulut aller à la croisée, mais, presque au même moment, des pas précipités se firent entendre devant la porte de la mansarde. La porte en bois vermoulu s'ouvrit à la volée et Quayle apparut sur le seuil, cherchant son souffle et avec une expression d'impatience sur les traits replets de son visage. Sarah lui avait dit où la trouver en cas d'urgence.

Et tel semblait bien être le cas.

– Inspecteur ? Qu'est-il arrivé ?

– Un nouveau meurtre, lâcha Quayle entre deux halètements. Non loin d'ici…

– Où ? demanda Sarah, avec effroi.

– Venez, l'enjoignit Quayle.

Il tourna les talons sur-le-champ et dégringola les marches en bois aussi vite qu'il les avait montées. Sarah le suivit et Du Gard voulut également s'y joindre. Mais la chasse au dragon avait laissé des traces ; ses jambes fléchirent et il dut se rasseoir, gémissant, sur sa chaise.

– Tu restes ici, ordonna Sarah tandis qu'elle jetait à la hâte son manteau sur ses épaules. Tu es trop faible.

– Non, je vais…

– Pas de non, le coupa sèchement Sarah. Et, plus doucement, elle ajouta : tu en as assez fait, mon ami. Reste ici et repose-toi, d'accord ?

Du Gard, qui était encore sous le coup de ce qu'il avait vu, opina enfin d'un air absent. Sarah referma la porte derrière elle.

Elle descendit en suivant Quayle à travers l'escalier sombre dont les marches grinçaient bruyamment et dans lequel on devait baisser la tête pour ne pas se heurter aux solives noircies. Dans la rue, tout était sens dessus dessous.

Des constables en uniforme surgissaient de tous côtés, alertés par les coups de sifflet de leurs collègues. D'un bouge voisin, des hommes émergeaient, déboulant dans la rue nocturne où le brouillard visqueux courait au ras des pavés sales.

– Quel incident ?

– Qu'y a-t-il ?

– Que s'est-il passé ?

– Un nouveau meurtre…

Sarah pouvait entendre comment le terrible mot se répandait parmi les prostituées et les ivrognes. Aussi vite que ses fines chaussures le lui permirent avec leurs minces talons, elle remonta St Marc Street, derrière Quayle, pour déboucher sur le labyrinthe fait de ruelles étroites, de maisons de guingois et de sombres arrière-cours, s'étendant à l'ouest de Leman Street. Sarah, suivant l'inspecteur, passa devant l'enfilade des façades monotones du carré bordé par Tender Street ; ils furent rejoints par les constables qui continuaient d'arriver de toutes parts.

Hors d'haleine, tenant à deux mains les volants de sa jupe, Sarah bifurqua à l'angle d'une bâtisse en brique noircie et aperçut du premier coup d'œil la silhouette sanglante qui gisait, sans vie, au pied du mur, à même le pavé.

Comme les autres fois, la victime était une jeune femme ; ses vêtements étaient imprégnés de sang, et le sol, sous elle, s'était marbré d'un rouge violent. Au-dessus du corps, sur le mur, avait été tracé le même signe que lors des autres meurtres.

– Le signe de Thot…

– Oh, mon Dieu !

Le premier mouvement de Sarah fut de se voiler le visage de ses mains. Elle avait eu beau voir en photographies les autres victimes, regarder en face le rouge ardent du sang et le corps affreusement défiguré, dans leur cruelle réalité, était tout autre chose. Les forts relents des ruelles qui se mêlaient à l'odeur âcre du sang faillirent retourner l'estomac de Sarah, mais elle parvint à se contenir. Elle se força à rouvrir les yeux et à se repencher sur le lieu du crime, que Quayle avait déjà commencé d'inspecter. Calepin en main, l'inspecteur prenait des notes face au cadavre. La froideur de sentiment qui en émanait acheva de choquer Sarah.

– Du sang, partout du sang…

Elle devait penser aux paroles prononcées par Du Gard. Il avait parlé d'un esprit, d'un fantôme qui s'approchait. Et effectivement le meurtrier avait frappé à proximité immédiate…

Des curieux, qui s'étaient lancés à la suite des constables, surgissaient de tous côtés, et les représentants de l'ordre avaient beaucoup à faire pour les tenir à l'écart du lieu du crime. Quayle, pendant ce temps, poursuivait ses investigations. Il paraissait enthousiasmé de l'aubaine qui s'offrait à lui.

– C'est une chance rare ! clama-t-il. Je ne me suis jamais trouvé si vite sur le lieu d'un crime. Le sang est encore frais et la rigidité cadavérique n'est pas encore survenue. Le meurtre vient d'être commis…

Assaillie d'une pensée subite, Sarah regarda dans la rue autour.

– Il vient d'avoir lieu ? Cela pourrait vouloir dire que le meurtrier se trouve encore dans les parages.

Quayle fit une moue.

– Peu vraisemblable. Il aura déjà saisi l'occasion de se tirer d'ici. Mais il se met à négliger des choses et cela va, tôt ou tard, lui coûter sa tête …

– Inspecteur ! Là !

Sarah cria cela si fort que Quayle se remit à courir en jurant, juste à temps pour apercevoir la berline noire, non loin de là, dévalant la rue et y disparaissant, comme aspirée par les ténèbres. Quatre chevaux noirs tiraient l'attelage et, sur le siège du cocher, était assis un homme emmitouflé jusqu'à s'en être rendu méconnaissable.

Sarah courait à perdre haleine.

– Exactement comme dans la vision de Du Gard. C'est lui, Quayle ! s'écria-t-elle. C'est le meurtrier !

Et elle reprit sa course.

– Quoi ? Où donc ?

L'inspecteur de Scotland Yard hésita un instant. Puis il décida de jeter à tous les vents les règles de la criminalistique et de suivre l'intuition féminine.

Tout en courant, il fouillait dans sa redingote et il en retira le revolver à canon court qu'il avait toujours l'habitude de porter sur lui lorsqu'il allait dans l'East End. Il fit feu en l'air. Le bruit perçant de la détonation fut répercuté par les façades des maisons accolées, mais le cocher n'en eut cure. La tête rentrée dans les épaules, il fit claquer son fouet, et la lourde berline, avec un crissement métallique et dans le tonnerre des sabots des chevaux, s'éloigna, dévalant Tender Street jusqu'au prochain angle du quadrilatère. Là, le cocher dut ralentir l'allure. Sarah et l'inspecteur regagnèrent du terrain. C'est alors que Sarah vit quelque chose qui la remplit d'un effroi sans borne : car les armoiries figurant sur la portière de la voiture n'étaient autres que celles que Du Gard avait distinguées dans sa vision.

Les trois félins du symbole.

Le blason de la famille royale…

– Halte, police ! cria Quayle à l'équipage d'une voix tonitruante, mais cela ne fit pas la moindre impression au cocher. Au contraire. Un rire sardonique s'échappa de la gorge de l'homme juste avant qu'il fasse de nouveau claquer son fouet. Il eut tôt fait de passer le tournant et de rendre les rênes ; la berline ripa et cahota sur le pavé rugueux au débouché de Tender Street. Une fois qu'elle aurait atteint Prescott Street, elle aurait disparu, en un instant, dans le dédale des rues plongées dans l'obscurité.

– Tirez ! enjoignit Sarah à l'inspecteur. Vite, avant qu'il ne nous échappe !

Quayle serra les dents et courut encore sur sa lancée, mais dut s'avouer que ses courtes jambes n'étaient pas de taille à tenir l'allure d'une voiture à cheval. Essoufflé, il se redressa, pointa l'arme, visa l'homme sur le siège avant et voulut tirer, mais il n'y parvint pas.

Sarah, qui s'attendait à ce que le coup de feu retentisse, remarqua du coin de l'œil comment Quayle se mit à trembler. Tout en courant, elle obliqua et vit l'inspecteur debout au milieu de la chaussée, le revolver encore en main et les yeux grands ouverts.

– Inspecteur ?…

Elle pouvait voir que quelque chose n'allait pas et elle ralentit son allure, tandis que Quayle ouvrait la bouche, comme pour lancer un cri. Aucun son, cependant, ne franchit ses lèvres. L'inspecteur laissa échapper son arme. Il battit l'air désespérément de ses bras et essaya de toucher son dos. Sarah comprit qu'il avait besoin d'aide.

Tandis que la berline s'éloignait du pâté de maisons pour disparaître dans la pénombre et le brouillard, elle se précipita vers Quayle. L'inspecteur chancela, les yeux agrandis d'épouvante. Il perdit alors l'équilibre. Elle le rattrapa, l'allongea sur le pavé sale et mouillé et aperçut l'objet planté dans son dos. C'était une lame recourbée ayant la forme d'un croissant de lune, qui n'avait ni garde ni poignée, mais qui se composait d'un simple élément de métal aiguisé.

L'arme mortelle, qui était entrée jusqu'à sa moitié dans le dos de Quayle, avait été manifestement lancée, et l'angle aigu sous lequel elle avait frappé indiquait que le meurtrier avait opéré depuis l'un des toits environnants.

Pour ne pas offrir une nouvelle cible, Sarah se laissa glisser au sol, sans se préoccuper des souillures de cendre et de fiente enduisant le pavé. De sa main droite elle tâtonna à la recherche du revolver de Quayle, à terre, tandis que, des yeux, elle scrutait les bâtiments voisins, mais n'y découvrit rien à la faible lumière des becs de gaz.

– A l'aide ! cria Sarah à voix haute. Il nous faut un médecin ! Vite…

Deux constables, qui suivaient à quelque distance, accoururent et Sarah leur décrivit en quelques mots ce qui était arrivé. Tandis que les policiers faisaient usage de leur sifflet pour alerter leurs collègues, Sarah s'occupait de Quayle. L'inspecteur gisait sur le sol dans une posture singulière, la lame mortelle enfoncée dans le dos.

Du sang coulait aux commissures des lèvres, ce qui laissait supposer que des organes avaient été atteints. La mine habituellement grasse du policier était émaciée et épuisée, toutes ses couleurs avaient disparu.

– L'auteur de…, articula-t-il d'une voix éteinte, ce qui lui fit cracher encore davantage de sang, il ne faut pas qu'il s'échappe…

– Chut, fit Sarah en secouant la tête. Vous ne devez pas parler, vous m'entendez ? Ménagez vos forces…

– Trop tard… je ne pourrai…

Ses paroles devinrent indistinctes. Parler parut lui coûter un effort surhumain. Une quinte de toux le secoua. Il essuya d'un mouvement nerveux le sang qui coulait aux commissures de ses lèvres, mais il en coula toujours davantage.

– K-Kincaid ?

– Oui ?

– Vous avez… vu les armoiries ?

– Oui, répondit Sarah à voix basse. Je les ai vues.

– … ne doit pas s'en sortir… Faites que… justice… arrêter… meurtrier…

Ces derniers mots, Quayle les fit passer entre ses dents presque closes pour retenir son sang. Sa main molle et glacée saisit le bras de Sarah et l'attira contre lui.

– Promettez-le-moi, chuchota-t-il d'une manière à peine audible.

Sarah n'hésita qu'un bref instant. Elle vit le teint de cendre de l'inspecteur et son regard brisé, et elle sut que les paroles qu'elle allait prononcer seraient les toutes dernières qu'il entendrait sur cette terre.

– Je le promets, dit-elle à voix basse.

Et, comme si cela avait été l'absolution que Quayle avait tant attendue, son étreinte se desserra et sa tête tomba sur le sol.

L'enquêteur de Scotland Yard mourut dans un souffle rauque, et chez Sarah se mêlèrent le désespoir, la peine et la colère, ainsi que de sérieux doutes sur l'intégrité de l'héritier royal…

VII

Carnet de voyage
de Sarah Kincaid

Les événements se sont bousculés. Comme d'habitude, lorsque cela arrive, il y a des questions qui restent sans réponse. Beaucoup de questions…

Qui est le mystérieux assassin qui vient de frapper pour la quatrième fois d'affilée ? Et pourquoi l'a-t-il fait à proximité immédiate du logement de Maurice du Gard ? Etait-ce pur hasard ou, comme Du Gard le croit, y a-t-il davantage là-dessous ? Qui sont ces complices qui ont sur la conscience la mort du malheureux inspecteur Quayle ? Et pourquoi l'assassin a-t-il utilisé, pour fuir, une berline des écuries royales ? Veut-il nous mettre sur une fausse piste ? Ou bien est-ce l'arrogance de personnages puissants qui nous donne ainsi à comprendre qu'ils ne nous considèrent pas comme un danger ?

Il s'agit d'éclaircir tous ces points. Et davantage encore.

Car Maurice est aussi une énigme pour moi. A sa réaction, j'ai compris qu'il avait dû voir, dans son évocation, quelque chose de terrible, mais il s'est pourtant refusé à m'en dire un seul mot. Je l'ai caché aux enquêteurs de Scotland Yard, mais je me rappelle en frissonnant que Du Gard a vu, de ses yeux de médium, les armes royales sur la voiture du meurtrier...

Le Mal, a-t-il dit, court dehors et je suis portée à le croire.

Tandis que les fonctionnaires du Yard en restent à leur théorie selon laquelle le meurtrier n'appartient pas à la famille royale, je nourris quelques doutes à ce sujet. J'ai obtenu par le truchement de Jeffrey Hull une deuxième audience auprès du duc de Clarence, dans la ferme intention de parvenir à la vérité...

St James Palace, Londres
14 novembre 1883

Juste une semaine après avoir parlé dans ces lieux mêmes à l'inspecteur Quayle, Sarah Kincaid y retourna et, cette fois, en compagnie de Maurice du Gard.

La visite eut lieu dans la plus grande confidentialité et, en dehors de Sir Jeffrey, le conseiller de la reine, personne n'en avait été tenu informé : ni les fonctionnaires de Scotland Yard qui n'auraient sûrement pas vu d'un très bon œil qu'un Français, de surcroît diseur de bonne aventure et interrogateur de revenants, soit associé à cette affaire, ni Mortimer Laydon.

Sarah était sûre que son parrain n'aurait eu de cesse de l'en dissuader. Qu'il n'ait pas envie de parler à Du Gard n'était pas un secret. Les deux se connaissaient et jadis déjà leurs rapports n'avaient pas été marqués par la connivence...

Ce fut seulement après la tombée de la nuit que le Hansom Cab atteignit la cour intérieure du palais, et aussitôt les valets furent à leur poste pour conduire aussi vite et sûrement que possible Sarah et Du Gard à l'intérieur du bâtiment. Le duc de Clarence les reçut une fois encore dans la pièce décorée d'œuvres antiques et, à la grande satisfaction de Sarah, il paraissait être maître de lui-même. Il était allongé sur le sofa, dans une robe de chambre en soie, les jambes hautes. Et Sarah se demanda involontairement si l'usage de l'opium était le seul vice auquel le petit-fils de la famille royale s'adonnait...

– Voyez-vous cela, dit-il lorsque Sarah et Du Gard franchirent le seuil de la salle de réception. Les deux s'inclinèrent selon le cérémonial de la cour, même si Sarah, en son for intérieur, se hérissait contre le fait de faire la révérence devant un individu suspecté de meurtre. Même s'il était le rejeton d'une auguste lignée.

– Que me vaut l'honneur inespéré de votre nouvelle visite, Lady Kincaid ? Et, qui plus est, en compagnie d'un gentleman étranger...

– Monsieur Du Gard a beau être un citoyen français, nuança Sarah avec diplomatie, son cœur, je puis vous l'assurer, bat pour l'Empire. Déjà pour mon père il a été d'une grande aide.

– Alors, il est le bienvenu, repartit le duc avec générosité. Qu'est-ce qui vous amène ? Sans doute les dernières nouvelles de cette horrible affaire ?

– D'une certaine façon, répartit Sarah. Mais peut-être devrions-nous discuter de ces choses en absolue confidence...

– Naturellement.

Le duc fit un signe à son valet de pied qui quitta aussitôt la salle. Sur ce, le duc invita ses deux visiteurs à prendre place. Ils s'assirent dans les fauteuils de cuir faisant face au sofa. Le feu tremblotant dans la cheminée lançait des lueurs incertaines sur leurs visages.

– Son Altesse a sûrement entendu parler du dernier meurtre ? s'enquit Sarah.

Le duc acquiesça.

– Bien sûr. Et cela m'accable de penser que l'on n'a toujours pas réussi à prendre ce meurtrier ignoble et scélérat qui, de surcroît, semble se proposer de me discréditer auprès du peuple.

– Cette possibilité existe, avoua Sarah. Bien sûr, après le dernier meurtre, une autre hypothèse doit être prise en compte.

– Une autre hypothèse ?

Le duc lui adressa un regard perçant.

– De quoi parlez-vous ?

– Votre Altesse, répliqua Sarah en biaisant, me feriez-vous l'honneur de bien vouloir examiner cet objet ? Je voudrais que Son Altesse me donne son avis en sa qualité de président de la Ligue égyptienne.

– Vous voulez mon avis ? Ne serait-ce pas plutôt l'inverse ?

Les commissures des lèvres du duc tremblèrent d'une tension irrépressible.

– Je vous prie de prendre patience un instant, Votre Altesse.

Sarah prit des mains de Maurice du Gard un coffret plat en bois qui, bien que paraissant étroit, mesurait dans les deux pieds de large. Elle l'ouvrit et le tourna d'une manière telle que le duc put en voir le contenu reposant sur de la soie. C'était une lame de métal, courbe, dans les deux pieds de long, ayant la forme d'un croissant. Ni poignée, ni pommeau, ni garde, mais, à la place, distincts à la lumière du feu dans la cheminée, des hiéroglyphes gravés dans le métal.

– Qu'est ceci ? demanda le duc, interdit.

– A vrai dire, Altesse, j'avais espéré que vous nous le diriez…

– On dirait une antiquité égyptienne, mais je ne peux pas m'imaginer que cette pièce de plusieurs milliers d'années ait été enterrée dans le sable du désert…

– Non, en effet, il ne l'a pas été, confirma Sarah en secouant la tête. La lame est en acier, alliage que les anciens Egyptiens ne connaissaient pas, comme vous le savez.

– Mais d'où l'avez-vous eue, alors ?

– Nous l'avons retirée du dos de Desmond Quayle, répondit Sarah avec une brutale franchise.

– L'inspecteur Quayle a été tué avec cette… chose ?

– Assurément.

– Inconcevable. Cette arme, ou quoi que ce soit… me semble avoir été fabriquée avec le plus grand soin. Pourquoi quelqu'un se serait-il donné une telle peine à seule fin de commettre un meurtre de sang-froid ?

– Cette question, je me la suis aussi posée, Altesse. Et je suis parvenue à la conclusion que le meurtrier de l'inspecteur Quayle voulait nous dire quelque chose en choisissant cette arme plutôt qu'une autre. C'est, en quelque sorte, un message.

– Un message ? De quel genre ?

– L'antique divinité égyptienne Thot est figurée, dans différents tableaux, avec une lame en forme de croissant, et je pense que le meurtrier de Desmond Quayle entendait conférer à son acte une signification cultuelle en utilisant précisément cette arme.

– Je comprends votre argumentation, assura le duc. Mais je ne vois pas où vous voulez en venir, Lady Kincaid…

– Le fait de laisser derrière soi le signe de l'ibis pourrait signifier bien davantage que la simple volonté, de la part de l'assassin de ces femmes, d'orienter les soupçons sur la

Ligue égyptienne et sur son président. Apparemment le meurtrier suit un plan préétabli, car il n'est pas seul, il a au moins deux complices, qui sont le cocher et l'assassin de Quayle. De plus, je nourris le soupçon qu'ils suivent, dans leurs méfaits, un rituel de l'Egypte ancienne.

– Un rituel de l'Egypte ancienne ? Vous ne trouvez pas que c'est un peu tiré par les cheveux ?

– Je me le suis aussi demandé, concéda Sarah. Mais le meurtrier a procédé d'une manière particulièrement abominable pour le dernier meurtre : il a tranché les viscères du bas-ventre de sa victime et les a emportés. Cela évoque-t-il pour vous quelque chose ?

– Eh bien… que nous avons affaire à un être d'un sang-froid exceptionnel et d'une nature particulièrement perturbée !

– Peut-être. Ou bien à quelqu'un qui se laisse inspirer, pour ses crimes, par les anciens Egyptiens. Comme vous le savez, dans le rituel de la momification, les viscères sont également retirés.

– Certainement.

Le duc opina.

– Et quelle conclusion devons-nous en tirer ?

– Je ne sais pas, Altesse. Dites-le-moi.

– Que je vous le dise ? Qu'est-ce que cela signifie ? Vous vous exprimez par énigmes, ma chère…

– Alors, je vais un peu rafraîchir vos souvenirs, Altesse, dit Sarah. La dernière fois que je vous ai rendu visite, vous m'avez parlé de la colère d'une divinité qui était en train de revenir, poursuivit Sarah, d'une malédiction ancienne et d'une vengeance terrible qui pourrait signifier notre chute à tous.

Qu'elle s'adresse à l'héritier du trône sur ce ton particulier de commandement ne la frappa ni elle ni le duc.

Seul Du Gard se recroquevilla alors qu'il s'était tenu jusqu'alors à l'écart.

– Est-ce possible ?

Le duc leva les sourcils.

– Je dois reconnaître que je ne m'en souviens plus…

– Vraiment pas ?

Le duc gémissait.

– Lady Kincaid, dans ma position, on ne parle guère de ces choses-là ; mais il ne vous a pas échappé que certaines… faiblesses viennent me tourmenter. Je ne suis pas spécialement fier de mon penchant pour certaines préparations, mais elles sont là, disponibles, à portée de main, et auriez-vous une seule fois dans votre vie entamé la chasse au dragon que vous sauriez…

– J'ai déjà chassé le dragon, Votre Altesse, fit Du Gard qui intervint ainsi pour la première fois dans la conversation. Je sais donc ce que vous pouvez ressentir. Mais je sais aussi que le dragon permet de mettre au jour ce qui a toujours été en nous-même.

– Que voulez-vous dire par là ?

– Avec tout le respect qui vous est dû, Altesse, dit Sarah, la question serait plutôt : qu'avez-vous voulu nous dire ? Que devons-nous, par exemple, conclure du fait que les armoiries royales se trouvaient sur les portières de la berline du meurtrier qui s'est enfui ?

– Quoi ?

Le duc cherchait visiblement à reprendre son souffle.

– Les fonctionnaires de Scotland Yard ne m'en ont nullement parlé…

– Parce qu'ils ne le savent pas. Les seuls qui l'ont vu, ce sont l'inspecteur Quayle et moi. L'inspecteur a emporté ce secret dans la tombe et je n'ai rien dit de ceci parce que je voulais vous donner l'occasion de vous exprimer sur ce point. Ce n'est que grâce à cela que j'ai pu obtenir de Sir Jeffrey cette audience.

– Mais ce… ce n'est pas possible ! Ce ne peut pas être…

La voix du prétendant au trône trembla et sonna moins convaincue que Sarah ne l'aurait espéré.

– Je sais ce que j'ai vu, martela-t-elle, et je sais aussi qu'une révolte de l'East End serait inévitable si cela venait à être rendu public. Sa Majesté la reine elle-même ne pourrait étendre plus longtemps sur vous sa main protectrice.

– Quoi donc ? fit le duc en proie à la panique. Seriez-vous en train de vouloir me faire chanter, Lady Kincaid ?

– Pas le moins du monde, Altesse. Mais je veux que vous regardiez la vérité en face.

– La vérité ?

Le duc rit de manière hystérique.

– De quelle vérité parlez-vous ?

– De l'unique vérité qui soit, répliqua Sarah impitoyablement. Dites-moi, Altesse : fallait-il absolument que l'inspecteur Quayle meure parce qu'il avait vu ce que personne ne devait voir ? Suis-je la prochaine victime ?

– D-de quoi parlez-vous ? Je n'ai pas la moindre idée de là où vous voulez aller ! Je pensais que nous étions ici pour apporter la preuve de mon innocence…

– Si je suis ici, Altesse, c'est avant tout pour servir la vérité ; or, chacun dans Londres, ces jours-ci, semble avoir pris ses accommodements avec la vérité, n'ai-je pas raison ?

– Vous ne savez rien, siffla le jeune duc, et dans ses yeux se reflétaient à parité le dégoût et la peur. Vous ne savez rien des fantômes qui me hantent ni de la malédiction qui me poursuit.

– Une malédiction ?

Du Gard haussa les sourcils.

– De quoi parlez-vous, Altesse ?

– Ce dont je parle, répliqua le petit-fils de la famille royale en désignant la bague à sa main qui portait l'emblème stylisé de la Ligue égyptienne, vous souvenez-vous de ce que je vous ai raconté du monolithe de Cléopâtre, lors de votre dernière visite, Lady Kincaid ?

– Eh bien, oui. Vous disiez que, lors du transport de l'obélisque à Londres, six marins auraient laissé leur vie et que certains auraient imputé cette tragédie à une malédiction. Mais vous disiez aussi que vous ne croyiez pas à ces superstitions.

– Quelle importance, ce que je crois ? Si la malédiction est depuis longtemps sur moi ? Si j'en suis la victime sans même le savoir ? Si j'accomplis des choses terribles sans en avoir conscience ?

Sarah et Du Gard échangèrent un regard qui en disait long.

Le duc parlait, en proie à la panique la plus vive et, à ses yeux redevenus ternes, il était aisé de reconnaître qu'il était retombé dans ses cauchemars ; mais tous deux saisissaient ce que l'héritier présomptif voulait dire entre les lignes.

– Altesse, lui demanda donc Sarah avec ménagement. Cela veut-il dire que vous estimeriez possible que… que vous soyez le meurtrier de Whitechapel, sans même vous en être rendu compte ?

– Sans le savoir ? A mon insu ! cria le duc, des larmes dans les yeux. Je vous en prie, Lady Kincaid, vous devez m'aider. C'est la malédiction, comprenez-vous ? Un sort a été jeté sur moi et il me faut lui obéir. Sinon, une vengeance terrible s'abattra sur nous tous !

Sarah prit une profonde inspiration. A sa dernière visite déjà, le duc avait fait de sombres allusions qu'elle avait alors mises sur le compte de l'opium. Pour l'instant, certes, le jeune héritier du trône ne paraissait pas être sous son influence, mais ses facultés d'entendement ne paraissaient plus tenir qu'à un fil.

Quelque chose devait avoir causé au duc une peur terrible. Quelque chose qui avait dû l'amener à douter de son équilibre mental et à croire qu'il était lui-même l'assassin ayant répandu l'épouvante et l'effroi à Whitechapel.

– Altesse, reprit Sarah doucement, quoi qu'il se soit passé, il nous faut découvrir la vérité.

– Et si la vérité montre que je suis un meurtrier barbare ?

Le duc ne put retenir plus longtemps des larmes de désespoir. Elles se répandirent en coulées sinueuses sur ses joues osseuses.

– Pensez-vous que cela soit possible ?

– Je l'ignore, lâcha le duc. Je n'en sais absolument rien. C'est une malédiction… la malédiction lunaire.

– Comment ?

– La malédiction de la divinité de la lune. C'est elle qui a rattrapé les marins et c'est elle qui à présent me poursuit. Vous ne comprenez donc pas ?…

Sarah sentit un horrible soupçon l'envahir. La divinité de la lune dans la mythologie égyptienne n'était autre que Thot à la tête d'ibis, dont le meurtrier avait pris l'habitude de tracer le signe sur le lieu du crime, dans le sang de ses victimes. Etait-ce là un signe que le boucher de Whitechapel n'était autre que l'héritier royal ? Qu'il avait accompli ses forfaits en état de démence sans pouvoir s'en souvenir ?

Sarah se força à reprendre son calme. Tant que rien n'aurait été prouvé, en tout cas, le duc resterait innocent.

– Altesse, dit-elle donc, voulez-vous apprendre la vérité ?

– La vérité ? souffla le duc avec un regard implorant.

Il n'était plus que l'ombre de lui-même.

– Je n'en suis pas si sûr… Je redoute la vérité, Sarah.

Elle opina.

– Je sais. Mais ce n'est que de cette manière que vous en aurez la certitude, et nous aussi.

– Comment voulez-vous vous y prendre ? Je ne sais pas moi-même ce dont je suis capable.

– *Très simple*, expliqua Du Gard, c'est vraiment très simple. A l'aide d'une technique que l'on appelle « hypnose » il m'est possible de faire remonter des souvenirs enfouis, Altesse. Vous ne ressentirez aucune douleur et par la suite vous ne vous souviendrez de rien. Mais pendant l'hypnose vous vous remémorerez tout ce qui s'est passé.

– Tout ? demanda le duc, non sans crainte.

– C'est cela.

Le duc fixa d'abord Du Gard, puis Sarah, d'un air interrogatif. C'était le regard paniqué d'un enfant implorant de l'aide. Un moment il parut indécis et il hésita à s'en remettre à la vérité par peur de ce qui apparaîtrait au grand jour. Cependant il lui devint évident qu'il n'avait plus le choix s'il entendait assumer ses responsabilités et épargner de nouveaux dommages à la maison royale.

– Soit, déclara-t-il en se raidissant, prêt à l'expérience. Je suis d'accord.

– *Bon.*

Du Gard hocha la tête et se leva de son siège. Il invita le duc à se décontracter tandis qu'il tirait de la poche de sa redingote un objet insignifiant. C'était un petit cristal pendant à une courte chaînette et sur la surface taillée duquel se reflétait fugitivement l'éclat du feu de la cheminée.

Des reflets clairs jouèrent sur le visage blême du duc tandis que celui-ci fixait, fasciné, le pendule que Du Gard faisait aller et venir devant ses yeux.

– C'est cela, bien, approuva le Français d'une voix apaisante. Concentrez-vous sur le cristal, Altesse. Rien d'autre n'existe en ce moment pour vous que ce cristal. Le cristal contient le monde. Vous y trouverez tout ce que vous avez laissé derrière vous, vos peurs et vos souvenirs lointains…

Le duc ne répondit rien, mais sa silhouette se détendit un peu, et Sarah comprit, à sa respiration régulière, qu'en effet il se calmait progressivement. Une fois de plus, elle ne pouvait s'empêcher d'admirer Du Gard ; pour un supposé charlatan, il menait son affaire de main de maître.

Les yeux du duc vacillèrent, le regard se fit terne, puis somnolant. Finalement, il ferma les yeux.

– Son Altesse m'entend-elle ? demanda Du Gard néanmoins.

– Oui, répondit une faible voix.

– Altesse, vous voudrez bien maintenant répondre sincèrement à toutes les questions que nous vous poserons. Le terme latin *expergitur* mettra un terme à la séance. Quand vous l'entendrez, vous vous réveillerez et vous ne vous souviendrez de rien. Avez-vous compris ?

– Oui.

Du Gard adressa un signe de tête à Sarah. Le petit-fils de la famille royale était maintenant prêt à laisser scruter les moindres recoins de sa conscience sur laquelle le dragon avait étendu son ombre ténébreuse.

Sarah n'assistait pas volontiers à cela. Il était évident qu'ils risquaient beaucoup, mais Du Gard lui avait assuré que le duc n'éprouverait pas le moindre dommage lors de la séance d'hypnose et ne se souviendrait de rien à l'issue de celle-ci. Or, elle avait besoin de savoir.

L'image de la jeune femme gisant dans son sang, brutalement égorgée, ne sortait plus de la tête de Sarah, non plus que celle de la berline royale disparaissant dans le brouillard. Elle voulait connaître enfin la vérité.

La vérité, dans sa nudité affreuse.

– Altesse ? demanda-t-elle doucement.

– Oui ?

– Vous rappelez-vous l'avant-dernière nuit ?

– Oui.

– Que faisiez-vous, cette nuit-là ?

Le duc prit un temps avant de répondre. Son souffle se fit court.

– Excusez-moi, Altesse, je vous ai demandé quelque chose, lui remémora Sarah avec douceur.

– Dormi, reprit enfin le duc. J'ai dormi.

– Toute la nuit ?

– Oui, fut la réponse immédiate. Sur quoi, Sarah et Du Gard échangèrent un regard à demi soulagé.

– Avez-vous pris quelque chose pour dormir ? se renseigna malgré tout le Français. Peut-être votre médicament ?

– Oui.

– Et ensuite ? Avez-vous bien dormi ?

– Pas beaucoup. Je ne dors jamais très bien.

– A quoi cela tient-il ?

– Aux scènes que je vois.

– Quelles sont ces scènes ? s'enquit le Français.

– Des scènes de choses qui sont arrivées. En tout cas, c'est ce que je suppose.

– Mais vous n'en êtes pas sûr…

– Non.

– Quelles sont ces choses que vous voyez ?

Le duc hésita de nouveau, et les coins de ses yeux frémirent nerveusement. Sarah commençait à croire qu'il allait déjà se réveiller, mais l'hypnose poursuivit son œuvre. Les mains du duc se mirent à trembler légèrement. Se souvenir paraissait lui coûter un gros effort.

– Dois-je décrire ce que je vois ? demanda-t-il.

– Je vous en prie.

– Eh bien, je vois… je me trouve dans un large corridor. Les murs de pierre sont décorés de figures de pierre et je distingue des signes pleins de mystère…

– Des hiéroglyphes ? coupa Sarah, impatiente.

Sur quoi, Du Gard lui jeta un regard désapprobateur : il pouvait être dangereux d'interrompre une hypnose.

– Oui, des hiéroglyphes, confirma le duc d'une voix éteinte. Il fait sombre et froid et j'ai peur. Mais je ne dois pas le montrer, car je ne suis pas seul.

– Qui est avec vous ?

– Deux hommes, dont je ne peux voir les visages. Ils portent des flambeaux et me conduisent dans un deuxième cercle. Au-dessus de moi, je peux voir les étoiles du ciel, et devant moi s'élève une colonne de pierre.

– Un obélisque ? voulut préciser Sarah.

– Oui, un obélisque.

– C'est cela, le monolithe de Cléopâtre ?

– En effet…

– Altesse, où vous trouvez-vous ?

Brève hésitation.

– Je ne sais pas. On m'a bandé les yeux lorsqu'on m'a mené à cet endroit. J'ai perdu le sens de l'orientation.

– Je comprends. Que se passe-t-il à présent ?

– J'entre dans l'ombre de la grande pierre. C'est là qu'ils m'attendent.

– Qui ?

– Le chacal, le serpent et le crocodile.

Du Gard lança à Sarah un regard dubitatif auquel elle répondit d'un hochement de tête. Elle avait compris. Car les trois animaux que le duc venait d'énumérer avaient été classés tous comme des dieux du Panthéon égyptien : Anubis à la tête de chacal, Apophis le démon serpent et Suchos à la gueule de crocodile…

– Les dieux s'adressent à moi, poursuivit le duc dans un murmure.

– Ils vous parlent ?

– Oui… Ils déclarent que j'ai été élu.

– Elu pour quoi faire ?

– Retrouver le Livre d'Ibis et dévoiler son secret afin de préparer le retour sur terre du dieu de la lune…

Sarah retint son souffle. L'air dans la salle d'audience lui parut soudain être devenu chaud et suffocant. Toujours Ibis, la bête de la divinité Thot que les anciens Egyptiens avaient honorée comme le maître de la lune et de la nuit. Tout cela concordait-il ?

– Les alliés de Thot se sont de nouveau rassemblés. Ils veulent que l'Aton aux reflets d'argent revienne sur terre pour commander à la lune et délier la nuit éternelle. La lumière doit devenir ténèbres et le jour se faire nuit par le secret que Thot a découvert jadis et qui renferme l'énergie d'une grande destruction. Des millénaires durant, le dieu de la nuit est resté assoupi, mais à présent est venu le moment de son réveil. Et je suis l'instrument choisi pour découvrir le Livre des Secrets et le lui apporter…

La voix du duc n'avait cessé de s'élever, jusqu'à finir par dérailler. De la sueur était apparue sur son front et ruisselait sur ses tempes, des spasmes commençaient à le parcourir.

– *Ça, ce n'est pas bien*, murmura Du Gard, préoccupé.

– Votre Altesse, calmez-vous, tout va bien, entendez-vous…

Sarah essaya de calmer le duc en lui prenant la main, qu'elle trouva glacée alors que son front était en sueur.

– Les dieux d'Egypte m'ordonnent d'exécuter ce qu'ils exigent, mais je m'y refuse. Je leur dis que je ne veux pas devenir l'instrument de leur vengeance. Que je ne souhaite pas que les ténèbres envahissent l'humanité, ni que la guerre annonciatrice du crépuscule y ajoute sa menace.

– Et que répondent les dieux ?

– Que je fais partie d'une longue tradition. Qu'Alexandre, César et Napoléon ont déjà parcouru avant moi les chemins de Thot et que celui-ci les a conduits à la puissance et à la richesse. Que moi, Albert Victor, je peux accéder à l'éternité... Et pourtant je me refuse à me rallier aux vues des dieux. Je ne veux pas passer au service du dieu de la lune.

– Qu'advient-il alors ?

– Les dieux prononcent une malédiction à mon encontre. Jamais, au grand jamais, déclarent-ils, je ne ceindrai la couronne britannique, car le courroux de Thot me poursuivra et il sera terrible. Je… *Non ! Nooon !*

Ces dernières paroles, le duc les avait criées dans la panique la plus complète.

En même temps, il se dégagea de Sarah et commença à battre furieusement l'air de ses bras. Les traits de son visage étaient empreints d'une peur bleue. Sa respiration devint saccadée et sifflante.

– *Merde !* s'écria Du Gard en sautant sur ses pieds. *Expergitur* !

C'était le mot convenu qui devait mettre fin à l'hypnose. Et, effectivement, l'instant d'après, l'héritier royal ouvrit les yeux.

Aussitôt, le duc cessa de parler et s'arrêta de bouger. Il regarda, désorienté, autour de lui et parut, l'espace de quelques secondes, ne plus savoir où il se trouvait ni en compagnie de qui. Son regard tomba sur les objets antiques de la pièce et il tressaillit de tout son être lorsqu'il aperçut l'obélisque dans un angle de la pièce.

– Tout va bien, Altesse ? s'enquit Sarah, la mine préoccupée.

Le duc lui lança un regard peu assuré, mais l'expression de son visage s'éclaira ensuite et la mémoire sembla lui revenir, en tout cas pour les choses antérieures à la séance. Tout le reste paraissait lui avoir échappé.

– Que s'est-il passé ? demanda-t-il.

– Rien, répondit nettement Sarah.

– Vous êtes sûre ? J'ai le sentiment de m'être assoupi un instant…

– Alors, vous n'avez vraiment pas besoin de vous faire de souci, Altesse, rétorqua Sarah en souriant. Qui dort, ne commet pas de péché, dit-on.

L'héritier du trône approuva.

– C'est ce qu'on dit. Et pourtant… je reste sur une bien curieuse impression. Qu'a-t-il bien pu se passer ? Etes-vous parvenu plus près de la vérité ?

– Je pense que oui, Altesse, opina Sarah.

– Et alors ?

Le duc la regarda presque en suppliant.

– Suis-je un assassin ? Je vous en prie, Lady Sarah, dites-le-moi…

– Soyez sans crainte, Altesse. D'après tout ce que nous avons entendu, vous n'avez aucune part de responsabilité.

– Non ?

– Non. Il n'y a rien dont vous puissiez être inquiet.

– Mais pourquoi est-ce que je ressens cette peur ? demanda le duc, et ses yeux se mirent à s'agiter dans leurs orbites. Pourquoi ai-je en permanence l'impression que quelque chose de terrible est à l'œuvre ? Qu'un sombre dessein est sur le point de se réaliser ? Pourquoi je ne trouve quelque répit qu'en prenant mes médicaments ?

– Je ne le sais pas, reprit Sarah précipitamment, et vous feriez bien, Altesse, de ne pas y penser davantage. Vous n'avez, en tout cas, aucune part dans les meurtres de Whitechapel.

– En êtes-vous sûre ?

Sarah secoua la tête.

– Absolument. Evidemment…

– Quoi donc ? demanda le duc avec insistance.

– Evidemment, il y a quelques points litigieux ; j'aimerais bien les vérifier, et pour cela j'aurais besoin d'avoir accès à la bibliothèque du British Museum. Or, comme je ne suis pas une scientifique reconnue, une lettre de recommandation ducale…

– Naturellement, assura le duc en se levant de manière décidée avant même que Sarah et Du Gard aient pu le retenir.

Voir le petit-fils de la famille royale vaciller sur ses jambes frêles et mal assurées pour se diriger vers son secrétaire était un spectacle affligeant.

Haletant, le jeune duc se laissa tomber sur sa chaise recouverte de soie, trempa d'une main tremblante la plume dans l'encrier et traça quelques lignes sur une feuille de papier.

Il souffla ensuite sur l'écrit jusqu'à ce qu'il fût sec, puis il plia la missive et la tendit à Sarah.

– Ce n'est qu'une recommandation du président de la Ligue égyptienne, ajouta-t-il. Elle vous accorde accès à tous les fonds de la bibliothèque, Lady Kincaid. Trouvez le meurtrier et mettez fin à ce jeu ignoble avant qu'il ne coûte la vie à d'autres innocents !

– Je ferai de mon mieux, répliqua Sarah en prenant la lettre.

– Allez, maintenant, indiqua le duc, et envoyez-moi mon valet. Je suis fatigué et je dois me reposer. Et j'ai besoin de mon médicament.

– Certes, Altesse.

Sarah et Du Gard s'inclinèrent et se tournèrent pour partir.

– Me direz-vous un jour ce que j'ai bien pu vous révéler ? leur cria le duc derrière eux.

Sarah se retourna et sur ses traits passa un sourire énigmatique.

– Un jour, répondit-elle.

– Et vous ne le direz à personne d'autre ? Ce que vous et monsieur Du Gard avez appris doit rester entre ces murs. En êtes-vous consciente ?

– N'ayez crainte, Altesse.

– Vous le promettez ?

– Vous avez ma parole, assura Sarah sans hésiter.

Dès l'instant d'après, elle se demanda si cela n'avait pas été une erreur…

VIII

Journal personnel

Le vieux principe socratique selon lequel les connaissances nouvelles provoquent de nouvelles questions s'est encore vérifié.

Avec un curieux mélange de soulagement et de trouble, Maurice du Gard et moi avons quitté le palais de St James ; soulagement que l'héritier du trône britannique ne soit apparemment pas le meurtrier qui commet ses forfaits dans l'East End ; mais trouble aussi parce que nous avons l'impression d'être parvenus au seuil d'un scandale d'une ampleur incalculable ; sans le savoir, nous nous sommes approchés de l'abîme du fond duquel le néant nous contemple.

Que peuvent bien signifier les paroles du jeune duc ? Ne sont-elles que les élucubrations d'un homme qui aurait perdu la raison ? Ou bien d'autres choses se cachent-elles derrière cela ?

Avant même que Scotland Yard, Mortimer Laydon, Jeffrey Hull ou quiconque fasse son rapport là-dessus, j'ai moi-même besoin de certitude ; je me suis donc résolue, malgré l'heure matinale, à faire usage de l'autorisation ducale et suis donc allée avec Du Gard explorer la bibliothèque du British Museum.

Je dois vérifier quelques éléments si je veux pouvoir tirer parti utilement des déclarations du duc ; ce n'est que lorsque je serai en possession d'indices irréfutables que je pourrai indiquer aux autres ce que j'aurai appris, sans rompre le serment que j'ai fait au duc…

British Museum, Gower Street
Quatre heures plus tard

– Et tu crois que tu trouveras là-dedans des réponses ?

Maurice du Gard ne cachait pas le scepticisme qu'il éprouvait à contempler les étagères de bois sombre surchargées de livres montant jusqu'au faîte du plafond lambrissé. Un mélange de cire d'abeille et de vieux cuir imprégnait l'atmosphère, et le Français était préoccupé à la pensée d'avoir à feuilleter tous ces livres à la recherche d'une indication.

– Tu n'as pas changé, constata Sarah en souriant. Tu détestes toujours autant les livres !

– Non, ce n'est pas vrai. Je ne déteste pas les livres. C'est simplement que je crois que l'on peut davantage apprendre, et mieux, directement des hommes.

– Tu crois sérieusement à ce que tu viens de dire ?

Sarah ne put réprimer un éclat de rire tout en recherchant un titre précis sur les étagères. Comme ils étaient seuls dans la pièce quadrangulaire au haut plafond, ils pouvaient s'entretenir sans crainte d'être dérangés.

– *Mais bien sûr* ; naturellement que je le dis sérieusement. Pourquoi pas ?

– Parce que c'est la plus grosse bêtise que j'aie jamais entendue, répliqua Sarah tandis qu'elle faisait courir son doigt sur le dos de cuir des ouvrages. … Daressy, Davis, Denham…

– *Pourquoi* ? Pourquoi donc serait-ce une bêtise ?

Sarah interrompit sa recherche.

– Parce que les livres sont écrits par des êtres humains, Maurice, voilà pourquoi. Apprendre d'un livre ne signifie rien d'autre qu'apprendre d'un homme, sauf que tu n'as pas besoin de connaître cet individu pour entrer dans tous les cheminements de sa pensée. Il peut de cette manière continuer de répandre son savoir, même au-delà de sa mort, avec un livre servant de mémoire écrite.

– *Oui*, confirma le Français, et le regard qu'il lança à Sarah la fit frissonner. Et c'est précisément ce qui me fait peur dans ces livres…

Elle se retint de lui demander ce qu'il entendait par là et revint à l'étagère. Le département égyptien de la bibliothèque était vaste et se comparait à celui du Louvre. Sarah avait bon espoir de trouver ce qu'elle cherchait.

– … Derby, Derford, Deringer…

– Tu crois vraiment ce que le duc a dit ? demanda Du Gard. Je t'accorde que tout cela était assez mystérieux, mais, à parler franchement, cela ne m'a pas paru être que le discours d'un homme ayant chassé une fois de trop le dragon. Je sais de quoi je parle…

– A quoi penses-tu ?

Sarah le regarda.

– Aurais-tu, toi aussi, chassé une fois de trop ?

Du Gard rit en coin.

– Voyons, fit-il, tu sais ce à quoi je pense. Rien n'a de sens dans tout ceci.

– Non ? Ne disais-tu pas toi-même que sous l'influence de l'hypnose il lui serait impossible de ne pas dire la vérité ?

– *C'est vrai*. Je ne veux pas dire non plus que le duc a sciemment menti. Vraisemblablement, il prend pour argent comptant ce qu'il nous a raconté ; mais j'ai l'impression qu'il n'est plus le maître de ses pensées. Ou bien voudrais-tu me soutenir que tu aurais retiré quelque chose de ce qu'il a dit ?

– Pas tout à fait, reconnut Sarah. Mais il y a quelque argument à considérer que le duc ne nous a pas livré que des élucubrations. Après tout, il a cité correctement les divinités égyptiennes avec leurs emblèmes animaliers.

– *Et quoi* ? Qu'est-ce que cela prouve ? Il est président de la Ligue égyptienne, tout de même ?

– Exact. Mais il a aussi parlé du Livre des Secrets ; et cela, c'est plutôt inhabituel pour quelqu'un qui ne se consacrerait que distraitement à l'égyptologie.

– Le Livre des Secrets ?

– Appelé aussi le Livre de Thot, confirma Sarah.

– Thot, toujours ce nom... N'est-ce pas la divinité dont le meurtrier a coutume de laisser le signe sur le lieu du crime ?

– En effet.

– Qu'est-ce que cela veut dire ?

Sarah interrompit de nouveau sa recherche et se lança dans une explication.

– Le Panthéon des anciens Egyptiens comprenait un grand nombre de divinités diverses qui n'ont souvent eu d'importance que localement. Déjà durant la période de l'Ancien Empire on en vint, sous l'effet du commerce et de la circulation, à un échange intense entre les villes, de sorte que certaines divinités de la période initiale furent remplacées petit à petit par d'autres, ou même refondues pour en devenir de nouvelles. Une de ces divinités était Thot, et les propriétés qui lui sont attribuées sont innombrables. Thot passe pour être le maître de la lune et, par là, du calendrier et du temps. Conformément à sa diversité d'origine, pour être honoré il est représenté sous la forme d'animaux différents, comme par exemple l'ibis et le singe. Plus d'une source ancienne le décrit aussi comme le pendant du dieu du soleil Ré et, selon une inscription retrouvée à Heliopolis, il aurait existé un mouvement cultuel considérant Thot comme ennemi du dieu-soleil et honoré pour ce dont Ré était le symbole pour les Egyptiens : pour la lumière, la vie, la création. Quel que soit le nom, il est censé avoir ourdi un complot avec d'autres dieux, nommément Anubis le dieu de la mort à tête de chacal, Suchos à gueule de crocodile et Apophis le démon en forme de serpent, afin de dérober à Ré le secret de la lumière et du feu.

– *Un moment*, objecta Du Gard. Ce sont bien là les dieux dont le duc a parlé ?

– Oui. Et la ville d'Heliopolis où ont été retrouvées ces inscriptions est la Junu de l'ancienne Egypte dont provient aussi le monolithe de Cléopâtre.

– Beaucoup de coïncidences…

– En effet, approuva Sarah. Et comme je doute qu'il ne s'agisse que de coïncidences, je suppose qu'il y a, derrière toute cette affaire, davantage que ce qui se trouve dans le crâne d'un homme dont l'entendement est perturbé par l'influence du dragon.

– Et qu'est-ce donc, *ma chère* ?

– As-tu déjà fait l'hypothèse que le duc pourrait avoir dit la vérité ? Que tout aurait pu s'être déroulé comme il l'a décrit ?

Du Gard eut un sourire fatigué.

– Tu penses qu'il est habité par trois divinités ?

– En tout cas, lui le croit, concéda Sarah. En réalité, on pourrait lui avoir glissé du laudanum pour le conditionner, et les trois supposés dieux pourraient avoir été des hommes ayant pris des masques d'animaux. Là-dessus, un peu de lumière de bougie et de fumée dans ce musée pour figures de cire et voilà notre duc dans l'état qu'il fallait pour affronter les « dieux »...

– *Absolument*, confirma Du Gard sèchement. Je me souviens avec horreur de ce jour où j'ai pris la comtesse de Frontenac pour la fée verte de l'absinthe. Mais pour quelle raison quelqu'un voudrait-il faire subir pareil traitement à l'héritier ? Seulement pour nuire à sa réputation ?

– Sûrement pas. S'il ne s'agissait que de cela, il n'y aurait eu qu'à rendre publique sa dépendance ; l'opinion publique n'accepterait pas d'avoir un héritier du trône assujetti à l'opium. Quel que soit l'individu derrière tout cela, il paraît remarquablement bien informé de l'état de santé du duc, mais il poursuit d'autres objectifs.

– Bon, mais alors lesquels ?

Sarah soutint un moment le regard inquisiteur de Maurice du Gard, puis retourna à ses livres et poursuivit ses recherches... Dubarry, Dull, Dumas...

– *Chérie*, je t'ai posé une question.

– Et je t'ai dit que tu ne dois pas m'appeler ainsi, répliqua-t-elle sans interrompre son activité.

– *Bien*, Kincaid, comme tu veux. Mais tu n'as toujours pas répondu. Quels sont les buts que les ennemis du duc seraient censés poursuivre ? Il a parlé de choses telle que la vengeance et la colère divine et...

– Le fameux culte dont je t'ai parlé était en possession d'un rouleau appelé le Livre des Secrets. D'après la tradition, il y était consigné le savoir caché que Thot aurait laissé à ses adeptes et, on le suppose, des connaissances sur le Feu de Ré que Thot aurait dérobé au dieu du soleil. A la suite des désordres ayant provoqué la chute de l'Empire à l'époque du soulèvement des

Amunit, le livre fut perdu et je pense que… ça y est, je l'ai !

Sarah poussa un soupir de soulagement. Elle réussit non sans peine à extirper l'ouvrage recouvert de cuir noir et gravé de lettres d'or.

– Tu as quelque chose ? demanda Du Gard, interloqué. Franchement, je ne te comprends plus guère.

– Johannes Dümichen est un égyptologue allemand qui a participé à une expédition archéologique en 1868, expliqua Sarah tandis qu'elle déposait le volume sur une table de lecture. Je n'étais plus très sûre que la bibliothèque ait ses ouvrages, mais comme il a établi un traité sur les inscriptions en ancien égyptien dans les temples…

– Tu… tu maîtrises l'allemand ? s'étonna Du Gard.

– Oui, et après ?

Elle sourit.

– Tu n'es pas le seul qui ait des talents cachés, mon cher.

– *Oui*, apparemment…

– En tout cas, Dümichen a décrit en détail les sites archéologiques qui ont été documentés photographiquement par l'expédition, poursuivit Sarah tandis qu'elle parcourait l'ouvrage édité en écriture gothique, et, si je me rappelle bien, il y était également question de… Ici, c'est là, je l'ai trouvé ! Dümichen écrit que, lorsqu'ils ont accédé aux anciennes installations de temples, ils ont découvert des restes mortels de plusieurs hommes dans le sable du désert. Au vu de ce qui subsistait de leurs armes et de leurs uniformes, ceux-ci avaient été identifiés comme des soldats de l'armée napoléonienne.

– Et alors ? demanda Du Gard sans être impressionné. Ce n'est guère étonnant puisque Bonaparte a effectué une campagne en Egypte à la fin du siècle passé.

– Ça y est…

Un sourire large, et non pas de ceux que l'on a l'habitude de voir chez une dame, éclaira le visage de Sarah.

– Et te rappelles-tu ce que le duc nous a dit sous l'influence de l'hypnose ? Qu' Alexandre le Grand, Jules César et Napoléon Bonaparte avaient foulé les sentiers de Thot ?

– Bien sûr, mais qu'est-ce que ça peut bien avoir comme lien avec le reste ?

– J'ai omis de mentionner l'endroit où l'expédition avait retrouvé les squelettes des soldats français, précisa Sarah. C'était à Hermopolis, appelé aussi Unu dans l'ancienne Egypte, cette ville où Thot était célébré comme une divinité.

– Et tu crois…

– Cela pourrait être un point d'accroche ; Napoléon aurait peut-être effectivement essayé de retrouver le Livre de Thot pour s'approprier le Feu de Ré.

– Le Feu de Ré, fit Du Gard en écho. Tu l'as cité une fois déjà... Qu'aurait-il à voir dans tout cela ?

– Personne ne sait exactement ce que c'est, répliqua Sarah, mais des sources antiques rapportent de manière concordante qu'il y aurait eu, jusqu'à une époque avancée de l'empire romain, une mystérieuse source de puissance en possession des anciens Egyptiens. Il est question d'un *ignis soli*.

– Un feu de soleil, traduisit Du Gard dans un murmure.

– En effet. Quelques scientifiques, auxquels mon père appartenait, ont défendu l'idée que ce feu de soleil de l'ancienne tradition et le Feu de Ré auraient été identiques ; qu'il s'agirait là d'une source d'énergie inexpliquée pouvant rendre invincible n'importe quelle armée au monde.

– Une source d'énergie ? De quel genre ?

– Personne ne sait au juste. Mais, selon les anciennes inscriptions, le Feu de Ré aurait été en mesure de rendre la nuit claire et d'éclipser la lumière des étoiles du ciel ; et, comme il est dit plus loin, il aurait recelé une puissance terrible.

– *Eh bien*, fit Du Gard, cela expliquerait pourquoi des conquérants comme Alexandre, César ou Napoléon auraient été si loin…

– Et pourquoi, de nos jours encore, des êtres humains seraient prêts à tuer pour cela, ajouta Sarah.

– Quoi ?

Les yeux de Du Gard s'étaient rétrécis jusqu'à n'être plus que des fentes.

– Tu crois donc que… ?

– Je suppose, rectifia Sarah, que derrière cette affaire se cache bien plus que nous ne sommes en mesure de le comprendre ; probablement une énigme millénaire. Tous ces liens qui apparemment mènent au vide ne peuvent pas être le fruit du hasard. Selon moi, la seule conclusion logique est que le culte de Thot reprend vie et qu'il vise ce que Napoléon a cherché en vain, c'est-à-dire le Feu de Ré. Le Livre de Thot recèle la clef. Les conjurés le recherchent et ils entendent se servir de l'héritier du trône pour parvenir à leurs fins. Le duc s'est pourtant refusé à les rejoindre, ce qui a déchaîné sur lui la malédiction de Thot.

– Ce… Cela voudrait dire que les meurtres sont l'œuvre de ces conjurés ?

– Exactement.

– Mais pourquoi tuer des femmes sans défense ? Et pourquoi laissent-ils le signe de leur divinité sur le lieu du crime ?

– Je l'ignore, Maurice. Peut-être sont-ils si sûrs de leur coup qu'ils ne craignent même pas d'être découverts. Ou bien ne s'agit-il que de jeter le discrédit sur le duc. Je ne connais pas encore la réponse, mais je n'aurai de cesse de la trouver. M'aideras-tu ?

Du Gard prit son temps pour répondre.

– Si je ne te connaissais pas mieux, Kincaid, reprit-il, je serais tenté de dire que tu as imaginé tout cela pour m'avoir près de toi. Mais comme j'ai connu ton père et que je sais que son sang coule dans tes veines, je suis prêt à te croire, et à t'aider du mieux que je pourrai.

– Merci, Maurice.

– Il n'y a qu'une chose qui m'affecte dans cette histoire.

– Et c'est ?

– Si ce que tu dis est vrai, alors cela fait des millénaires que dure la quête du Livre de Thot.

– Et après ?

Du Gard envoya à Sarah un regard assombri.

– Il est accablant de voir à quel point l'humanité a peu changé durant tout ce temps, dit-il à voix très basse.

Pourtant, ni lui ni Sarah ne se doutaient qu'ils étaient épiés.

Whitehall Place, Londres
15 novembre 1883
À l'aube

– Alors, Lady Kincaid, qu'avez-vous découvert ?

Jeffrey Hull, le conseiller de la reine, ne cachait pas sa curiosité. C'était Sarah qui lui avait fixé rendez-vous à Scotland Yard. Ils étaient tous réunis dans le cabinet de travail du commandant Devine, qui avait repris la direction de l'enquête dans l'East End après la mort de l'inspecteur Quayle : Sarah et Du Gard, Sir Jeffrey et Mortimer Laydon, le commandant lui-même ainsi que l'inspecteur Milton Fox, l'un des fonctionnaires affectés à l'affaire à l'issue des derniers développements.

Tandis que Devine était un homme lourd à l'allure grave qui semblait se recueillir en lui-même, Fox semblait en revanche mû par un mouvement perpétuel.

L'inspecteur se dandinait continuellement d'un pied sur l'autre, cependant que ses traits assez fins, qui évoquaient pour Sarah quelque chose du renard, étaient agités de tics. La jeune femme ne se laissa pas démonter. Si les gentlemen tenaient à savoir ce que Du Gard et elle avaient découvert, ils devraient patienter encore un peu…

– Comme je vous en ai déjà fait part, Sir Jeffrey, commença-t-elle en introduction, monsieur Du Gard et moi-même sommes tombés sur un secret dont les origines remontent à plusieurs millénaires. Et, si notre théorie est juste, alors il doit y avoir un lien entre les meurtres dans l'East End et une conjuration dirigée contre l'Empire.

– Une conjuration ?

Le commandant Devine leva ses épais sourcils.

– Savez-vous ce que vous dites là ?

– Bien sûr, rétorqua Sarah dans un sourire. Les complots dans l'Histoire ont beau avoir été davantage le fait des hommes que des femmes, je peux vous assurer, commandant, que je suis tout à fait en mesure d'en saisir la portée.

Sir Jeffrey sourit tandis que Mortimer Laydon, embarrassé, roulait de gros yeux. Sarah fit mine de ne pas s'en apercevoir et préféra poser une question.

– Ces gentlemen ont-ils déjà entendu parler du Livre de Thot ?

Devine secoua la tête.

– Le Livre de Thot ? Pas que je sache.

– Moi si, coupa le docteur Laydon. Le Livre de Thot serait un parchemin antique sur lequel aurait été consigné tout le savoir disponible à une certaine époque dans le Monde antique. Je me rappelle avoir assisté à une conférence de la Ligue égyptienne là-dessus, certes il y a quelques années, de sorte que je ne me rappelle plus tous les détails.

– Ta mémoire ne te fait pas défaut, oncle Mortimer, reconnut Sarah en souriant. Le Livre de Thot, qui s'appelle aussi Livre des Secrets, passe pour avoir effectivement recelé un savoir secret : entre autres concernant la source d'une énergie aux proportions inimaginables que l'on appelle le Feu de Ré et qui pourrait être employé aussi bien pour faire le bien que pour le mal.

– Une bien jolie histoire, Lady Kincaid, fit Devine en hochant la tête. Mais, pour tout vous avouer, je ne comprends pas le lien qu'il peut y avoir avec les meurtres commis dans l'East End.

– Cela, je peux bien vous le révéler, reprit Sarah en passant en revue le cercle des visages tendus de curiosité. Dans l'ancienne Egypte, un culte s'était voué à la célébration du dieu Thot et conservait pieusement le Livre des Secrets jusqu'à ce qu'il disparaisse à l'occasion des troubles qui secouèrent l'empire en 950 avant Jésus-Christ. Depuis lors, les humains ont tenté de le retrouver et de s'en assurer la possession. Des conquérants comme Alexandre le Grand ou Jules César ont rêvé de le posséder. Le dernier à avoir tenté de s'approprier le secret est Napoléon ; peut-être même le vrai motif de son expédition en Egypte était-il justement le Livre de Thot.

– Bon, eh bien, vous savez, avec tout le respect que je

vous dois, Milady, fit Devine en secouant la tête, êtes-vous bien sûre de ne pas exagérer un peu ?

– Je ne pense pas. La perspective de découvrir la source d'une puissance inimaginable qui puisse devenir une arme contre leurs ennemis a fasciné les conquérants et les stratèges de toutes les époques. De nos jours rien n'a changé. Supposons que le Livre de Thot existe et supposons qu'il recèle un terrible secret : qui ne rêverait pas de s'en rendre le maître ?

– Par les reliques de St Edward ! s'exclama le docteur Laydon. Tu pourrais bien avoir raison…

– Bon, fit le commandant qui restait sceptique. Poursuivons l'hypothèse que ce damné livre existe réellement : que nous dit-il sur le meurtrier de Whitechapel ? Où est le lien ?

– Je vais vous le montrer, dit Sarah en s'approchant du plan de Londres accroché au mur et sur lequel avaient été matérialisés les lieux où les prostituées avaient été trouvées mortes, quatre en tout, désormais.

– Cela aurait beau être, Lady Kincaid, voulut s'opposer Fox, nous avons vérifié à plusieurs reprises les lieux des crimes. Il n'y a pas le moindre lien. Pas un indice, et nous sommes d'avis que…

– Attendez un peu, Mister Fox, le coupa Sarah aimablement, mais fermement, et poursuivant son exposé : comme vous le savez, gentlemen, le premier meurtre est survenu ici à Devenant Street. Le deuxième, plus au sud, dans Hopetown Street. Ensuite le meurtrier a frappé ici dans Wentworth Street et, pour finir, il a accompli son sanglant forfait dans Tenter Street, à portée de regard de l'appartement de Mister Du Gard.

– Et alors ? demanda Fox en levant de curiosité son nez pointu.

– Prenez les lettres du début des noms des rues où le meurtrier s'est signalé : elles forment l'acronyme DHWT, énonça Sarah.

– Qu'est-ce que cela signifie ?

– C'est l'abréviation du mot de vieil égyptien debuti, Mister Fox, expliqua Sarah laconiquement, et debuti est à son tour le mot égyptien désignant la divinité Thot.

Le silence était soudain tel que l'on aurait pu entendre tomber une épingle. Durant un moment, Sarah créa la surprise, mais l'instant d'après, les auditeurs étaient retournés à leur scepticisme.

– Je suis impressionné, en vérité, concéda Devine, mais je ne pense pas qu'une enquête criminelle puisse se fonder sur une simple juxtaposition de lettres en rébus…

– C'est bien plus que cela, assura Sarah avec énergie, et, si vous le permettez, j'aimerais continuer mes observations.

– Bon, allons-y, concéda-t-il, acerbe.

– Oncle Mortimer.

Sarah se tourna vers Laydon.

– Tu as lu les rapports d'autopsie des victimes ?

– Pas seulement cela, répliqua le médecin, pour partie, c'est moi qui les ai écrits.

– Tu peux donc confirmer que l'on a pris des organes aux victimes ?

– En effet.

– Lesquels ?

– Eh bien : la première victime, le foie, si je me rappelle bien ; la deuxième, les poumons ; la troisième, l'estomac ; pour la dernière, le meurtrier s'est conduit d'une manière particulièrement abominable : il a ôté les viscères du bas-ventre de la malheureuse victime.

– Merci, oncle Mortimer, fit Sarah avec un signe de tête. Comme certains de ces gentlemen le savent peut-être, il était usuel dans l'Egypte antique de traiter les corps des défunts selon un procédé que nous appelons momification, consistant à rendre non périssable le corps du défunt pour lui permettre d'affronter la vie dans l'au-delà. Et les prêtres faisaient bien leur office : quelques-unes des momies qui ont été découvertes ces dernières années étaient dans un état remarquable de conservation.

– Où voulez-vous en venir ? demanda Devine.

– Au cours de la momification, on ôtait aux défunts jusqu'aux entrailles et on les versait dans des vases conçus à cet effet, adoptant des formes humaines, que nous appelons vases canopes. Chacun de ces quatre vases canopes était dédié à une divinité différente du Panthéon égyptien. Et devinez quels organes devaient rejoindre ces urnes funéraires ?

– Je l'ignore, Lady Kincaid, dites-le-moi, maugréa Devine, je n'ai guère de temps pour de pareilles énigmes.

Elle scruta de nouveau leurs visages étonnés.

– C'était le foie, les poumons, l'estomac et les viscères du bas-ventre. Voulez-vous toujours croire que tout cela ne serait qu'un hasard ? Que nous aurions affaire à de simples jeux d'enfants ?

– Bon, intervint Sir Jeffrey, au fond, cela confirme simplement ce que nous supposons depuis le début : à savoir que quelqu'un cherche à faire porter les soupçons sur l'héritier du trône, qui est aussi le président de la Ligue égyptienne.

– Avec tout le respect que je vous dois, Sir Jeffrey, intervint Sarah, je ne crois pas que cette théorie tienne. Car les combinaisons que nous avons mises au jour ont trop d'implications. Je pense plutôt que les meurtres de Whitechapel ne sont à mettre ni au compte d'un déséquilibré ni à celui d'un révolutionnaire, mais plutôt à celui d'une association de malfaiteurs s'adonnant à un culte vieux de plusieurs millénaires.

– Vraiment ?

Devine faisait celui qui n'était pas impressionné.

– Et de quel culte parlons-nous là ?

– De celui de la divinité Thot. Et, tout en sachant qu'il n'est pas vraiment de mise de laisser parier une lady, je parierais tout de même volontiers que les membres de cette secte sont à la recherche du fameux Livre des Secrets.

– Pourquoi en êtes-vous si certaine ?

– *Alors*, mais parce qu'il a en a toujours été ainsi, répondit Du Gard avant même que Sarah ait pu répondre. L'humanité n'apprend jamais, messieurs, c'est une constatation aussi évidente que frustrante ; et c'est pourquoi elle est aujourd'hui à la recherche des mêmes choses vaines qu'il y a plusieurs millénaires.

– Est-ce donc cela que vos arts particuliers vous ont enseigné ? siffla l'inspecteur Fox. Je me suis procuré des informations sur vous, Mister Du Gard, et vous n'êtes pas quelqu'un que je qualifierais de fiable. Je ne pense pas que nous devrions, dans le présent cas, nous rallier à votre avis…

– Monsieur Du Gard est un gentleman et un homme d'honneur, rétorqua Sarah d'un ton ferme. Il a toute ma confiance et il avait aussi celle de mon père. Si vous ne tenez pas à faire injure à la mémoire de Gardiner Kincaid, je vous conseille d'être un peu plus prudent.

– Lady Kincaid a raison, inspecteur, déclara Devine en lançant un regard de réprobation à son subalterne. Cependant, je ne vois rien d'autre dans cette affaire qu'une gigantesque chimère. Où est la preuve de l'existence d'une secte derrière tous ces meurtres de Whitechapel ?

– Les hiéroglyphes de sang, les lieux des crimes choisis d'après leurs noms, les organes prélevés selon une antique coutume : ce ne sont pas des preuves suffisantes ?

– Ce sont en tout cas des indices, Lady Kincaid, accorda Devine. Mais où est le motif ? Où est le lien entre ces meurtres et la quête supposée du Livre ?

– Je ne sais pas, admit Sarah, mais ce lien existe, j'en suis tout à fait sûre, je peux même le sentir…

– Ce que vous ressentez, avec tout le respect qui vous est dû, Lady Kincaid, cela ne suffit pas pour orienter des investigations dans cette direction.

– Non ?

Sarah commençait à perdre patience devant tant d'ignorance.

– Je suis certaine que l'inspecteur Quayle serait d'une tout autre opinion s'il était encore en mesure de s'exprimer. L'arme avec laquelle il a été assassiné conduit également à conclure que les auteurs s'adonnent à un culte égyptien. Par ailleurs, nous savons que le meurtrier de Whitechapel n'opère pas seul. Ce ne serait pas là des indications suffisantes ?

– Qui mènent où ? A monter une coûteuse expédition et à partir en Egypte à la chasse au fantôme alors que l'auteur poursuit ici tranquillement ses forfaits ?

– Sacrebleu, Sir !

Le tempérament de Sarah la fit sortir de ses gonds.

– Pourquoi donc ne voulez-vous pas voir que… ?

– Nous disputer ne nous mènera à rien, s'interposa Mortimer Laydon en s'efforçant de ramener sa filleule à la raison. Sarah, es-tu vraiment sûre de ton fait ?

– Aussi sûre qu'on puisse l'être, oncle Mortimer, répartit-elle d'une voix frémissante. Les fonctionnaires de Scotland Yard peuvent toujours continuer de passer au peigne fin les rues de l'East End à la recherche du meurtrier, ils ne le trouveront pas. Mettons-nous plutôt à la recherche du Livre de Thot, cela nous conduira à la secte et à ceux qui tirent les ficelles de ces meurtres. C'est, pour nous, la seule manière de prouver de manière claire que le duc de Clarence est innocent et éviter un soulèvement sanglant dans les quartiers pauvres qui coûterait la vie à tant d'innocents.

– Vous devez nous accorder, Sir Jeffrey, que cela paraît raisonnable, remarqua le docteur Laydon en se tournant vers le conseiller de la reine. Et en dernier ressort c'est à vous qu'appartient la décision sur ce qu'il faut faire.

– Je sais, et la voie n'est pas facile à prendre, même si je dois objecter que l'histoire de Lady Kincaid paraît plutôt ressortir de contes fantastiques.

– Et après ? demanda simplement Sarah. Si je fais fausse route avec ma théorie, après tout ce sera le seul fait de la fille de Gardiner Kincaid, et les femmes, c'est bien connu, sont moins intelligentes que les hommes ! Mais si, au contraire, j'ai raison, cela signifie qu'il se développe, dans la lointaine Egypte, contre l'Empire, une menace d'une ampleur inimaginable dont les instigateurs ont, désormais, des accointances jusqu'à Londres. Ne permettez pas que d'autres innocents le paient de leur vie, je vous en conjure !

Elle adressa à Sir Jeffrey un regard de défi, que celui-ci soutint. Pendant un moment qui parut sans fin, le conseiller de la reine, plongé dans ses pensées, parut peser le pour et le contre, et, en définitive, secoua la tête.

– J'apprécie beaucoup votre engagement, Lady

Kincaid, dit-il, et je ne regrette pas de vous avoir demandé conseil dans cette affaire ; mais je ne suis pas en mesure de suivre votre version des événements. Commandant Devine ?

– Oui, Sir ?

– Poursuivez les investigations, comme vous l'entendez. Sa Majesté la reine a pleinement confiance en vos capacités.

– Merci, Sir.

– Mais, Sir, objecta Sarah, nous ne pouvons pas faire comme si…

– J'ai pris ma décision, Lady Kincaid, dit Sir Jeffrey, précisant les choses avec toute sa détermination. Et n'allez pas commettre l'erreur de remettre en cause mon autorité. Sa Majesté la reine me fait confiance à tous égards et elle confirmera ma décision sans la moindre ambiguïté. M'avez-vous bien compris ?

– Oui, Sir, déclara Sarah à contrecœur.

– Cela me désole, croyez-le bien.

Affectée, elle jeta un coup d'œil au cercle des auditeurs. Les visages de Fox et de Devine étaient empreints d'un contentement non feint.

Vu par eux, il était arrivé ce qui devait arriver : en voilà une qui avait haussé le ton et elle s'était vu rabattre son caquet.

Mortimer Laydon paraissait ne pas partager l'opinion du conseiller de la reine, mais ne le contredit pas. Maurice Du Gard adressa à Sarah un signe imperceptible.

Elle comprit ce qu'il voulait lui dire et, pendant un moment, elle fut effectivement bien près de rompre son silence et de révéler ce que le duc de Clarence leur avait avoué sous l'effet de l'hypnose. Le duc lui-même était précisément la pièce manquante entre les meurtres de

Whitechapel et la secte de Thot. Il suffirait de produire l'autorisation, qu'il lui avait établie, pour que tout change ; mais Sarah avait juré de ne pas dire un mot de ce qui s'était passé dans la salle d'audience. Il devait y avoir une autre possibilité de révéler la vérité au grand jour.

– Cela me désole aussi, se borna-t-elle à dire, et j'espère que vous n'aurez pas à regretter votre décision.

– Je suis sûr que non, fit Devine avec conviction.

Sarah et Du Gard tournèrent les talons et sortirent du cabinet du commandant.

Mortimer Laydon s'excusa d'une légère inclination de buste auprès de ceux qui étaient présents et prit congé à son tour. Il eut toutes les peines du monde à rattraper Sarah et Du Gard, car, dans sa colère, la fille de Gardiner Kincaid traversait à bonne allure les vénérables corridors du Yard, à la manière d'un ouragan de force moyenne dans le Yorkshire. Ce n'est que dans la cour, où stationnaient les voitures à cheval, qu'il réussit à la rejoindre.

– Les crétins, grommela Sarah sans égard aux sentinelles, postées aux portes, qui pouvaient l'entendre. Les fieffés abrutis !

– Sarah, pour l'amour du ciel, calme-toi, l'adjura Laydon qui était pourtant hors d'haleine.

– Me calmer ?

Ses yeux bleus lançaient des éclairs.

– Plus facile à dire qu'à faire, mon oncle, lorsque l'on a affaire à de pareilles mules.

– Il te faut pourtant te calmer, l'enjoignit le docteur.

– Tu as vu ce qui s'est passé ? Tu y étais, oui ou non ? Ils m'ont ridiculisée, ils m'ont traitée comme une gosse capricieuse.

– Sottises, et tu le sais, objecta Laydon. Mais tant que tu ne peux pas prouver ta théorie…

– *Mais si*, elle peut la prouver, le contredit Du Gard.

– Comment ?

– Maurice, l'interrompit Sarah avec brusquerie. Pas ici.

– *Au contraire, ma chère* : ici et tout de suite. Aurais-tu dit à ces *messieurs* peu agréables ce que tu as appris du duc, que tu ne serais pas en train d'exhaler ta colère, pieds et poings tout faits, *n'est-ce pas* ?

– Je ne comprends pas un traître mot, avoua Laydon, un peu décontenancé. De quel duc parlez-vous ?

– Du duc de Clarence, répondit Du Gard sans hésiter et au grand déplaisir de Sarah. Lors de notre dernière rencontre, l'héritier royal s'est laissé aller à dire des choses qui confortent la théorie de Sarah sur la secte de Thot et le Livre des Secrets.

– Est-ce vrai, Sarah ? demanda Laydon, ahuri.

– Oui, avoua-t-elle à contrecœur.

– Pourquoi donc, bon sang, n'en as-tu rien dit ?

– Parce qu'alors j'aurais dû révéler ce que le duc nous a indiqué ; or j'avais donné ma parole de n'en rien faire.

– Bon, fit Laydon, et ses traits marqués prirent une expression assez lointaine. Avec toute la sympathie que j'ai pour ton attitude et pour la loyauté que tu manifestes au petit-fils de Sa Majesté, je ne suis pas entièrement sûr qu'un serment prêté dans ces conditions ait une quelconque validité. Après tout, il s'agit quand même du salut de l'Empire tout entier, et je pense que…

– ... je doive rompre mon serment ?

Sarah rit sans entrain.

– Entendre cela de ta propre bouche ! Je ne peux pas croire que ce soit toi précisément qui exige que je puisse manquer de parole au duc. Ma loyauté indéfectible est acquise, en fait, à ce pays et à ceux qui sont chargés de le représenter ; et cela veut dire que je ne vais pas discréditer un membre de la famille royale simplement parce que ces andouilles ne sont pas capables de saisir l'étendue de la menace.

– *Bien*, que veux-tu faire alors ? demanda Du Gard.

Sarah prit une ample respiration.

– Je ne le sais pas encore. Mais je ne vais pas trahir tout ce à quoi je crois ; et, si vous y trouvez encore à redire, vous feriez mieux de n'en rien faire !

Elle monta dans l'un des Hansom Cab qui stationnaient dans la cour, prêts à partir. Sarah n'attendit pas même que son oncle et Du Gard lui aient emboîté le pas et donna tout de suite au cocher l'ordre du départ. L'homme fit claquer son fouet et la lourde voiture s'ébranla.

– *Merde*, remarqua Du Gard de manière peu raffinée, tandis que le cabriolet disparaissait par la grande porte cochère.

– Elle a le tempérament bouillant et l'obstination de son père, constata le docteur Laydon.

– Je sais, fit Du Gard. C'est bien pour cela que je crains tant pour elle…

IX

Carnet de notes
de Sarah Kincaid

Rien n'a changé. Mais d'ailleurs pourquoi cela aurait-il dû changer ?

L'histoire a toujours montré que les changements n'interviennent pas en quelques mois ni en quelques années. Et qu'il y a des constantes auxquelles même la roue du temps doit se conformer.

Pourquoi donc l'intelligence et la réflexion devraient-elles s'imposer soudain là où règnent l'arbitraire et l'ignorance ?

Je ne suis pas parvenue à convaincre les responsables que notre ennemi, dans ce cas précis, doit être recherché hors du pays et que la trace des meurtriers nous conduit jusque dans la lointaine Egypte.

Je suis désemparée. Est-ce qu'oncle Mortimer et Du Gard auraient raison ? Aurais-je dû rompre mon serment et dévoiler la vérité sur le duc de Clarence ? Ai-je commis une erreur en faisant passer les intérêts d'un particulier devant l'intérêt général ? Et cela aurait-il suffi à me relever de mon serment ?

Je considère depuis longtemps que la réponse n'est pas univoque. Je remarque comment le doute me ronge et me languis de la solitude et du recul du Yorkshire. Je regrette ma décision d'être venue à Londres et il y a une part en moi qui me pousse à reprendre le premier train et à retourner à Kincaid Manor. Car, quelque décision que je prenne pour agir, il semble bien qu'elle sera mauvaise...

Demeure de Mortimer Laydon, Mayfair
Nuit du 15 novembre 1883

Un bruit léger tira Sarah de ses pensées et lui fit interrompre les notes qu'elle prenait dans son calepin. A la lueur des bougies, penchée au-dessus du secrétaire, elle s'arrêta un instant et tendit l'oreille. Plus aucun son ne lui parvenait ; elle avait dû se tromper. Elle allait se remettre à ses notes quand elle entendit le bruit se reproduire, cette fois-ci plus fort, sans pouvoir être ignoré. Et, comme si cela ne suffisait pas, des pas précipités se firent soudain entendre depuis le rez-de-chaussée de la villa, montant au premier étage, là où se trouvait la chambre d'amis.

Alarmée, Sarah se leva. Sans plus faire attention qu'elle était en chemise de nuit, et qu'il pouvait passer pour inconvenant d'être vue dans cette tenue par un homme, fût-ce son propre parrain, elle quitta la chambre à coucher et se précipita dans l'escalier. Les bruits se firent plus nets et un cri étouffé se fit soudain entendre dans ce remue-ménage.

– Oncle Mortimer ?...

Une angoisse soudaine submergea Sarah qui dévala l'escalier en sautant les marches et recula d'effroi en remarquant la silhouette sans vie au pied de l'escalier.

C'était Norman, le maître d'hôtel, à qui l'on venait manifestement de trancher la gorge. Ses yeux étaient grands ouverts, la mort avait mis un masque d'effroi sur son visage. Du sang coulait sur les marches et sinuait en rigole sur le sol empierré du vestibule.

Du cabinet de travail du docteur parvenaient à présent des bruits qui indéniablement étaient ceux d'une lutte. Là-dessus, Sarah crut entendre son oncle appeler à l'aide.

Sans perdre son temps en tergiversations, la jeune femme se rua à travers le vestibule, ouvrit à la volée la porte de l'entrée du cabinet, et se retrouva face à plusieurs silhouettes.

Les quatre gaillards bâtis en force portaient des tuniques noires leur descendant jusqu'aux genoux et des burnous rabattus sur leur visage, de sorte qu'il ne restait plus que leurs yeux dardant des regards hostiles. Les hommes masqués étaient armés de revolvers qui semblaient provenir de vieux stocks de l'armée et de poignards recourbés qu'ils avaient passés à la ceinture.

Sarah vit aussi son oncle. Mortimer Laydon se trouvait aux mains des intrus qui avaient pénétré dans la maison par la grande fenêtre du cabinet de travail. Deux des forbans l'avaient maîtrisé et allaient l'emporter avec eux.

Le regard de Sarah rencontra celui de son parrain et elle put y lire de la peur. Pendant un moment, le temps parut rester en suspens, puis les événements s'accélérèrent.

– Sarah, échappe-toi, tu m'entends ? Tu dois t'enfuir, Sarah ! Suis la piste jusqu'en Egypte !... cria Mortimer Laydon avant que la poigne de l'un des sbires ne s'abatte sur lui.

Un coup brutal sur le crâne, donné avec la crosse d'un revolver, fit taire le médecin. Laydon s'effondra, inconscient, dans les bras de ses ravisseurs qui le firent passer par la fenêtre fracturée.

– Arrêtez ! fit Sarah, affolée.

Et elle voulut se jeter en travers du passage des malfaiteurs, mais deux autres complices alignèrent leurs armes et ouvrirent le feu.

Sarah n'attendit pas que le plomb mortel ait traversé l'air ; elle eut la présence d'esprit de plonger derrière l'un des fauteuils de cuir réservés aux visiteurs. Elle perçut le bruit assourdissant des détonations et vit le siège tressaillir sous les impacts. Puis elle entendit l'un des ravisseurs lancer un ordre bref, et les tireurs franchirent à leur tour la croisée de la fenêtre.

Sarah ne resta qu'un instant à couvert. Elle quitta en rampant l'abri du fauteuil dont le revêtement de cuir avait été déchiqueté par les balles. Lorsqu'elle vit que les hommes masqués allaient disparaître dans la nuit, elle se lança à leur poursuite.

Ce ne fut pas un acte mûrement réfléchi, plutôt un réflexe sous l'effet de la colère. Appelant au secours, Sarah se précipita à son tour à la fenêtre et l'enjamba, ce qu'elle fit, dans sa tenue, plus maladroitement que les ravisseurs, se coupant les mains aux débris de verre, et de la soie resta accrochée et se déchira ; Sarah n'en eut cure.

L'instant d'après, elle avait franchi l'obstacle et se trouvait dans le jardin qui, sur trois côtés, était entouré d'un mur élevé à hauteur d'homme. Sur la gauche, de ce côté de la tonnelle recouverte de lierre, se trouvait une petite porte restée à demi ouverte. Ce devait être par là que les ravisseurs s'étaient enfuis.

Continuant de crier au secours, Sarah remonta sa chemise de nuit et partit en courant à travers le jardin pour gagner la porte entrebâillée. Arrivée là, elle s'arrêta un moment, regarda à l'extérieur avec circonspection pour le cas où l'un des ravisseurs aurait voulu lui tendre un piège.

Mais il n'y avait personne en vue, de sorte que Sarah bondit dans la rue flanquée de murs blanchis et de platanes dépouillés. Les hommes déguisés avaient cependant bel et bien disparu. Pas de voiture, pas de chevaux, pas de silhouettes masquées ; exactement comme si les ténèbres de la nuit avaient avalé les ravisseurs et leur victime sans défense.

Sarah tourna en rond, fit quelques pas dans une direction, quelques-uns dans une autre ; ce qui ne changea rien au résultat. Un domestique avait été assassiné de sang-froid, son oncle avait été enlevé et elle n'avait aucune idée de la raison de ces actes.

Hors d'elle, Sarah retourna à la demeure. Dans le cabinet, où tout était sens dessus dessous, on pouvait nettement voir que Mortimer Laydon avait opposé une vigoureuse résistance.

Sarah regarda d'un œil distrait le bureau où des dossiers médicaux gisaient, que son oncle avait parcourus en dernier, lorsqu'elle prit conscience que les ravisseurs avaient laissé un message derrière eux.

C'était une information des plus succinctes qui se composait d'un fragment de papyrus sur lequel un signe d'ancien égyptien avait été tracé, mais il suffit d'une seconde à Sarah pour comprendre la signification du message.

Ces derniers jours, elle avait souvent eu l'occasion de le voir, et le retrouver ici lui causait une appréhension indicible.

C'était le signe de Thot.

– Et à par cela, vous ne vous souvenez de rien ?

La figure blafarde de Milton Fox examinait Sarah de haut en bas. L'inspecteur de Scotland Yard avait fermé ses yeux jusqu'à ce qu'ils deviennent de fines fentes et avait pincé les lèvres jusqu'à n'en faire plus que deux lames, ce qui le faisait de plus en plus ressembler à un animal.

– Non, rétorqua Sarah qui avait pris place sur un des sièges du cabinet de travail de son oncle.

Encore sous le choc des événements dramatiques venant de se dérouler, elle frissonnait de tout son corps et avait le plus grand mal à ordonner ses pensées. Elle tressaillit et rabattit sur elle l'ample robe de chambre sur ses épaules.

Tout autour, la maison bourdonnait d'hommes en uniforme bleu ; les agents de Scotland Yard fouillaient les lieux en quête de traces des ravisseurs.

– Je vous ai dit tout ce dont je me souviens, inspecteur, et je vous serais très obligée si vous permettiez maintenant que je me retire pour me reposer un peu.

– Mmm, fit le fonctionnaire.

– Est-ce que par hasard vous ne me croiriez pas ?

– Bien sûr que si, je vous crois, renâcla Fox. Je me demande simplement pourquoi personne n'a vu ce que vous racontez... Pourquoi aucun de vos voisins n'a-t-il remarqué quoi que ce soit ? Pourquoi les ravisseurs n'ont-ils été vus de personne d'autre que vous ?

– Je vous ai déjà dit que ces hommes étaient vêtus de noir et que l'on ne pouvait guère les distinguer dans l'obscurité. Hormis le fait que Mayfair n'est pas vraiment l'un des quartiers de la ville où les habitants déambulent après minuit, ce que vous devez savoir.

Fox laissa de nouveau échapper un *Mmm* d'un ton

grave, sans que l'on pût savoir toutefois s'il faisait crédit à Sarah ou pas.

– Et les dernières paroles de votre oncle ont été… ?

– Cela aussi, je vous l'ai déjà rapporté. Peu avant d'être assommé et emporté, mon oncle m'a dit que je devais suivre les traces en Egypte…

– Ce n'est pas vraiment croyable, ce que vous me racontez là...

Fox prit une mine pincée comme s'il avait mordu à pleines dents dans un citron.

– Ecoutez, inspecteur, fulminait Sarah, je sais très bien quel effet cela doit faire ; c'est en quelque sorte comme si je voulais moi-même, par tous les moyens, soutenir ma thèse sur le lien existant entre les meurtres de Whitechapel et la secte de Thot.

– Se faire valoir serait l'expression la plus appropriée, corrigea Fox. Car, tout bien considéré, il n'y a toujours pas la moindre preuve objective à l'appui de vos assertions.

– Qu'en est-il du message laissé par les ravisseurs ?

– Un message ? Ce n'est pas vraiment ainsi que je qualifierais un morceau de papier portant un signe de mauvais augure.

– Ce n'est pas du papier, mais du papyrus, indiqua Sarah. Et le signe est exactement le même que celui tracé sur les lieux des crimes : le signe Ibis de la divinité Thot.

– Cela ne prouve rien. Bien des habitants de Whitechapel connaissent désormais ce signe et auraient donc pu le reproduire.

– Je vous ai décrit exactement les ravisseurs, inspecteur, ils ne semblaient pas provenir de l'East End. Et comment des gens de Whitechapel serait-ils censés avoir accès à de l'authentique papyrus ? Vous ne voulez pas, ou vous ne pouvez pas, voir que le fait de laisser ce signe a une signification cultuelle ? Les buts poursuivis par les auteurs sont…

– Laissez-nous le soin de l'enquête, Lady Kincaid, l'interrompit Fox. Vous êtes tolérée à Scotland Yard comme conseillère et nous voulons en rester là. Les investigations, c'est moi qui les mène et c'est à moi qu'il revient d'apprécier ce que je dois faire, quels indices sont utiles pour la résolution de ce cas et lesquels ne le sont pas.

– Naturellement, répliqua Sarah, se forçant difficilement au calme. Et que comptez-vous entreprendre ?

– Très simple, répondit Fox tandis que les éclairs des appareils des photographes de la police explosaient et que se répandait l'odeur insistante due à la combustion du magnésium mêlé au permanganate de potassium. Nous allons procéder comme les instructions de police de Scotland Yard le prescrivent ; c'est-à-dire que nous allons nous mettre à rassembler des preuves, à enquêter dans les quartiers concernés de la ville à la recherche d'indices et à interroger les suspects habituels.

– Vous ne trouverez rien, prédit Sarah.

– Nous verrons bien. C'est, en tout cas, la ligne que nous suivrons sans nous en départir sous le prétexte que vous seriez d'une autre opinion. Et s'il vous tient à cœur de revoir votre oncle vivant et en bonne santé, vous feriez mieux de ne pas venir saboter notre travail. Me suis-je exprimé avec suffisamment de clarté, Lady Kincaid ?

Les yeux de l'inspecteur s'étaient écarquillés et il fixait Sarah de manière insistante. Sarah soutint le regard perçant, mettant tout en œuvre intérieurement pour recouvrer le calme afin de ne pas accabler l'arrogant enquêteur de propos désobligeants, de ceux que l'on n'apprend certes pas dans les écoles anglaises pour jeunes filles, mais plutôt dans les bouges de Hong Kong et Singapour.

– Tout à fait, se contenta-t-elle de répliquer.

Puis elle se leva et quitta le cabinet de travail de son oncle.

Tout avait été dit.

X

Journal personnel

Comme les événements se ressemblent !

Bien Que je me fusse juré de ne plus me retrouver dans une pareille situation, au grand jamais, cela vient de se répéter. Un homme qui m'est proche se trouve, de nouveau, dans une situation périlleuse pour sa vie, et la faute m'en incombe.

Aurais-je rompu mon serment fait au duc de Clarence et informé Scotland Yard de ce que celui-ci nous avait révélé sous l'influence de l'hypnose, alors Devine n'aurait pas pu faire autrement que mettre en route les investigations. La police peut ne pas être impressionnée par une femme, en revanche elle l'est par celle d'un héritier du trône, même s'il s'exprime en plein délire. Et oncle Mortimer n'aurait sûrement pas été enlevé.

Il est évident que les meurtriers de Whitechapel et les ravisseurs d'oncle Mortimer sont les mêmes. Du Gard aussi, qui, contre mon avis cette fois, a reconsulté le dragon, partage cette opinion. Quels objectifs ces gens peuvent-ils bien poursuivre : cela dépasse mon entendement. Je ne sais toujours pas qui est notre adversaire, mais il est clair que nous avons affaire, sans la connaître, à une puissance qui ne recule devant aucun forfait. J'ai touché à quelque chose qu'il aurait mieux valu ne pas réveiller et, par là, j'ai mis de nouveau en danger ceux qui me sont proches.

Plus j'y pense, plus j'en arrive à la conclusion que c'était une erreur que de vouloir tenir cet engagement auquel jamais je n'aurais dû consentir.

Il faudrait régler leur compte aux sectateurs, et le plus vite possible, avant même qu'ils ne soient en mesure de nuire à d'autres innocents. Après avoir longuement réfléchi, je me suis décidée à rompre le silence et à raconter à Sir Jeffrey et au commandant Devine la vérité sur mon deuxième entretien avec le duc. Placée devant le choix crucial entre ma loyauté à l'égard de la famille royale et la vie de mon ami, j'ai donné la priorité à ce dernier comme je l'avais déjà fait une fois.

A quel terrible sort dois-je que chaque être que j'aime voie sa vie mise en péril et que je paraisse être la seule à pouvoir le sauver ? Le parallèle avec Alexandrie saute aux yeux. Et je ne peux me défendre qu'avec difficultés contre le désespoir qui veut me saisir. Je regrette profondément d'avoir suivi l'appel de l'inconnu et d'être venue à Londres, mais il n'y a pas de retour possible. Je ne peux me dérober ; je dois prendre mes responsabilités et agir en conséquence. Oncle Mortimer avait raison lorsqu'il disait que je devais me confronter à la vie. Mais qui aurait cru que la sienne en dépendrait ? Une nouvelle de Jeffrey Hull m'est parvenue. Il souhaiterait me rencontrer au Club de la Ligue égyptienne, je vais donc me rendre à son invitation et lui rapporter ce que je sais du duc de Clarence. Il n'y a plus de place pour les idéaux dans ce bas-monde.

Bâtiment de la Ligue égyptienne, Pall Mall
16 novembre 1883

– Merci d'être venue aussi vite, Lady Kincaid.

C'est en ces termes que Jeffrey Hull salua Sarah dans

le salon de la Ligue où il l'avait attendue. Vous devez vous demander probablement pourquoi je vous reçois dans cet endroit plutôt inhabituel.

– A vrai dire, c'est le cas, dit Sarah en coulant un regard sur l'ambiance de bon aloi qui y régnait.

La Ligue égyptienne était un club extrêmement fermé. Comme seuls y évoluaient des gentlemen triés sur le volet, qui pour leur adhésion payaient de confortables cotisations, la Ligue offrait un décor grandiose. Les poteaux supportant les plafonds lambrissés avaient été copiés des piliers égyptiens, et aux murs pendaient des tableaux représentant des scènes de l'histoire égyptienne.

Sarah y reconnut Thutmosis, le vainqueur de la bataille de Megiddo, Achénaton et Nefertiti, le triomphe du roi des Perses Cambyse sur le pharaon Psammetique près de Pelusium, et enfin le suicide de la reine Cléopâtre.

Dans des niches avaient été placées des tables, sur lesquelles étaient présentées les dernières publications scientifiques ; mais, à vrai dire, Sir Jeffrey et Sarah étaient les seuls visiteurs qui se tenaient au salon du club à une heure aussi matinale.

– D'ailleurs, il y a quelque chose qui me surprend, c'est de ne pas avoir été arrêtée à l'entrée, remarqua Sarah, car enfin la Ligue n'ouvre habituellement ses portes qu'aux – comment les appelait mon oncle ? – « très honorables gentlemen qui ont rendu service à l'Empire ». Par ailleurs, je suis étonnée que ce soit vous, Sir Jeffrey, qui m'ayez donné rendez-vous ici. J'ignorais que vous étiez également membre de ce club.

Le conseiller de la reine eut comme un sourire d'excuse.

– L'archéologie est chez moi une passion secrète. Mais il y a une raison précise pour laquelle je vous ai priée de venir ici, Lady Kincaid.

– Je pars de ce principe, rétorqua Sarah avec prudence tandis qu'elle se demandait quand viendrait le meilleur moment pour raconter à Sir Jeffrey la vérité sur la deuxième audience avec le duc de Clarence. Et me ferez-vous part de cette raison ?

– Certes. Mais auparavant permettez-moi de vous poser encore quelques questions.

– Allez-y, l'invita Sarah. S'il m'est possible de vous répondre, je le ferai volontiers.

– Etes-vous toujours persuadée qu'il y a un lien entre les meurtres dans l'East End et ce mouvement… égyptien ?

– Evidemment.

– Et pensez-vous que ces gens pourraient être aussi derrière l'enlèvement de votre oncle ?

– Je l'ai assez clairement signifié, ne croyez-vous pas ?

– Lady Kincaid, dit Hull, passant par-dessus le reproche voilé, je vais vous poser une toute dernière question, et j'attends que vous y répondiez en toute franchise : tenez-vous pour possible que le Feu de Ré, dont vous nous avez parlé, existe ? Que cette secte se soit mise à sa recherche et que l'ensemble pourrait constituer un danger des plus sérieux pour l'Empire ?

Sarah soutint le regard scrutateur du conseiller de la reine.

– Oui, fit-elle sans sourciller.

– En ce cas, Lady Kincaid, je vous annonce que la Ligue égyptienne a décidé de monter une expédition en Egypte et de tenter sur place de décrypter l'énigme.

– Quoi ?

Sarah crut avoir mal entendu.

– Mais ne disiez-vous pas que mes soupçons ne suffisaient pas à – comment disait Mister Devine ? – à « partir à la chasse au fantôme dans la lointaine Egypte » ?

– Je sais très bien ce qui s'est dit durant notre dernière rencontre et acceptez, je vous prie, mes excuses. L'enlèvement de notre ami commun Mortimer Laydon a montré qu'il est bien possible qu'il se cache bien davantage derrière vos hypothèses que ce que nous avons admis initialement.

– En effet, dit Sarah en ayant alors l'impression de se retrouver dans un rêve.

Elle était soudain consciente qu'elle ne devrait pas rompre la parole donnée à l'héritier du trône et ne put s'empêcher de se demander, malgré elle, à quel heureux facteur elle devait ce changement.

– Entre-temps, vos théories sont parvenues aux oreilles du président de la Ligue, fit Jeffrey en toussant, légèrement embarrassé, et il a persuadé le conseil d'administration qu'elles mériteraient d'être vérifiées sur place. C'est d'ailleurs le souhait exprès du président que vous preniez la direction de cette expédition, Lady Kincaid.

– Le vœu exprès du président ?

Sarah leva les sourcils.

– Nous parlons bien du duc de Clarence ?

– Du Conseil, dit Sir Jeffrey en évitant de répondre directement. Celui-ci est arrivé à la conclusion qu'une action rapide est nécessaire. Supposons qu'il y ait effectivement des sectateurs fanatiques qui soient derrière l'enlèvement du docteur Laydon. Ils vont essayer de lui extorquer des détails compromettants sur l'état de santé du duc de Clarence. Après tout, en tant que médecin de la famille royale, il est en possession de détails confidentiels.

– Je comprends.

Sarah hocha la tête. C'était donc le duc qui se trouvait derrière ce revirement inattendu. Savait-il ce qu'il avait révélé sous hypnose ? Avait-il subodoré ce que Sarah avait l'intention de faire et avait-il, alors, voulu lui venir en aide ? Ou alors craignait-il simplement pour sa réputation ? Quoi qu'il en fût, il avait rendu un fier service à Sarah…

– Le but officiel de l'expédition, poursuivit Sir Jeffrey, sera d'amasser de nouvelles données scientifiques sur Hermopolis Magna. Mais officieusement – il baissa la voix – il s'agira de découvrir la vérité sur le culte de Thot et le Feu de Ré. Si des sectateurs fanatiques se cachent effectivement derrière les meurtres de Whitechapel, ils doivent être arrêtés et traduits en justice. Et j'espère, et je prie, pour que nous puissions ainsi venir aussi en aide à votre oncle, où qu'il ait pu être emmené.

– Nous ? interrogea Sarah.

– J'accompagnerai en personne l'expédition, fit Sir Jeffrey sur le ton du constat. Etant un vieil ami de Mortimer Laydon je considère comme de mon devoir de prendre part à sa libération.

– Sir Jeffrey, je ne sais pas si…

– Ne commencez pas à essayer de me mettre en garde. Votre parrain et moi, nous trouvions ensemble aux Indes lorsqu'eut lieu le soulèvement. C'était l'enfer sur terre. Durant un combat, je fus grièvement blessé par un obus, et Mortimer m'opéra et veilla à ce que je puisse garder ma dernière jambe. J'ai une grande dette envers lui et ceci est ma chance de m'en acquitter. D'ailleurs, ajouta le conseiller de la reine, Sa Majesté m'a prié personnellement d'accompagner l'expédition. Une sorte de caution, en quelque sorte.

– En tant qu'homme de confiance ? Pourquoi donc ?

– Afin que rien de notre véritable mission ne filtre à l'extérieur. Je n'ai pas besoin de vous dire ce qu'il adviendrait si l'opinion publique découvrait ce qui, jusqu'à présent, lui a été caché. Pour ne rien dire de votre théorie concernant l'ancien culte égyptien… Si vous avez raison, ce culte doit être découvert et anéanti avant d'avoir pu devenir une menace sérieuse.

– Et si nous ne réussissons pas ? demanda Sarah pour en avoir le cœur net.

– En ce cas, évidemment, Sa Majesté niera toute implication. D'ailleurs, le duc de Clarence fera de même ; ce matin même, il s'est retiré pour un séjour de plusieurs jours en Ecosse pour ensuite se consacrer à ses études qui commenceront à Cambridge.

– Je vois, fit sèchement Sarah.

– Alors, quelle est votre décision ? Allez-vous diriger l'expédition ?

– Qui accompagnera l'expédition ? demanda Sarah au lieu de répondre directement.

– Eh bien, rétorqua Sir Jeffrey avec un mince sourire, officiellement, Scotland Yard n'est pas disposé à se départir de la ligne suivie jusqu'à présent. Cependant, en sous-main, on est enclin à prendre en considération vos soupçons. On a donc décidé que l'inspecteur Fox accompagnerait l'expédition.

Sarah leva les sourcils.

– Fox ? Lui-même ?

– Je puis comprendre que vous ne soyez pas enthousiaste, mais, telles que sont les choses, nous devons nous plier aux nécessités.

– Pour vous, Sir Jeffrey, il peut en être ainsi, car vous êtes redevable vis-à-vis de la famille royale. Mais moi je suis venue de mon propre gré à Londres et je suis libre de quitter la ville à tout moment.

– Naturellement. Mais, dans ce cas, on vous retirerait ce qui vous tient le plus à cœur : la possibilité de commander une expédition et d'aller creuser le sable du désert à la recherche des secrets du passé. Mortimer Laydon m'a dit, un jour, que vous aviez en vous beaucoup de votre père, et je crois qu'il avait raison. Vous n'y pouvez rien, Sarah. Ai-je raison ? Vous êtes de la tête aux pieds une archéologue et, dès l'instant où vous avez entendu parler du culte de Thot et du Feu de Ré, vous avez été tentée de découvrir le secret. N'est-ce pas ?

Sarah aurait très volontiers répliqué, ne serait-ce déjà que pour éviter que l'histoire se répète et qu'elle redevienne un jouet entre les puissants, comme son père l'était devenu sur la fin de sa vie. Mais elle ne le pouvait pas, car Jeffrey Hull avait totalement raison.

Sarah avait hâte, effectivement, de résoudre cette énigme : d'une part, parce qu'elle avait le sentiment d'en être redevable aux victimes de Whitechapel ; d'autre part, parce qu'elle voulait tout mettre en œuvre pour libérer son parrain et mentor, Mortimer Laydon.

Mais aussi parce qu'au tréfonds de son être l'aiguillonnait l'appel de l'aventure.

De toutes ses forces, Sarah avait essayé de réduire au silence cette tentation, mais, comme un volcan en éruption qui ne pouvait plus retenir sa lave en fusion, elle n'avait guère pu s'opposer à la poussée jaillissant du plus profond d'elle-même. Après tout ce qui s'était passé à Alexandrie, elle en avait presque honte ; mais elle ne pouvait rien faire d'autre que de relever le défi.

– Vous avez raison, Sir Jeffrey, concéda-t-elle. Si la Ligue égyptienne et son président le souhaitent, je suis prête à prendre la tête de cette expédition, à une condition toutefois : que Maurice du Gard reçoive l'autorisation de m'accompagner.

– Cela ne devrait pas poser de problème, car nous pourrions avoir besoin de ses connaissances linguistiques le long du Nil ; comme vous le savez, les Français y ont laissé des traces évidentes. Au surplus, un autre gentleman va accompagner notre expédition ; j'aimerais vous le présenter. Si vous voulez bien patienter quelques instants...

Sir Jeffrey se leva avec un signe d'excuse, ouvrit la porte arrière du salon. Un homme entra, qui semblait n'avoir attendu que ce moment. Il était de haute stature, assez athlétique, et portait un manteau rouge de hussard lui conférant une apparence martiale.

Ses traits brunis par le soleil étaient acérés ; un nez aigu comme un coutelas partageait son visage ; les yeux sombres étaient placés dans des orbites profondes. Les cheveux coupés ras avaient une couleur aile de corbeau, et la moustache était taillée à la dernière mode. Les bottes étaient fraîchement cirées, et, pareillement astiquée, la poignée du sabre que l'homme portait au côté.

– Puis-je vous présenter, Lady Kincaid ? fit Sir Jeffrey. Voici le capitaine Stuart Hayden, officier au 19e régiment de hussards. Capitaine Hayden, voici Lady Kincaid, fille de Gardiner Kincaid et spécialiste en archéologie.

L'officier de cavalerie s'inclina avec déférence, ce que Sarah marqua d'un léger signe de tête. Elle ne cacha pas que la présence de cet individu ne lui plaisait pas. Que des militaires pussent participer à l'expédition, le conseiller de la reine n'en avait jusqu'alors soufflé mot, et elle se demandait naturellement à quoi tout cela rimait...

– Le capitaine Hayden est un officier qui s'est maintes fois distingué et dont l'unité s'est signalée par un courage particulier durant la campagne de l'année dernière, expliqua Sir Jeffrey pompeusement. Il vient à peine de rentrer d'Egypte.

– Je suis impressionnée, mentit ouvertement Sarah.

Hayden ne se laissa pas déconcerter.

– Lady Kincaid, dit-il dans un charmant sourire, c'est pour moi un honneur de faire votre connaissance. J'ai tant entendu parler de vous.

– Merci, répliqua Sarah avec raideur, pour se retourner ensuite vers Jeffrey Hull en laissant vivement exploser son tempérament. Que signifie ceci ? exigea-t-elle de savoir. Pourquoi la force militaire doit-elle être partie prenante à l'expédition ?

– Seulement pour nous protéger, assura le conseiller de la reine.

– Ah bon ? Et pas pour entrer en possession d'un chef-d'œuvre de l'Egypte antique qui serait susceptible d'être utilisé comme arme ?

– Cette réflexion a eu son rôle, je l'accorde, concéda Sir Jeffrey. Bien sûr, au quartier général de l'armée britannique, on est acquis à l'idée de disposer d'une telle arme miraculeuse, mais ce n'est pas le but réel de l'expédition. L'armée nous apporte son soutien en mettant à notre disposition des hommes et du matériel, et en contrepartie elle entend être informée du résultat de l'expédition. C'est assez fair-play à mes yeux. A moins que vous ne préfériez voir le Feu de Ré tomber aux mains de nos ennemis ?

– Non.

Sarah secoua la tête ; bien qu'elle n'éprouvât pas la moindre sympathie pour la chose militaire, elle était patriote et, naturellement, préférait que cette force inquiétante, si elle existait réellement, se retrouve dans les mains de son pays plutôt que dans celles de n'importe quel autre.

– Mais la direction de l'expédition me revient, est-ce exact ?

– C'est prévu ainsi, affirma Hayden dont la voix sonore avait un timbre plus doux que ne l'aurait laissé croire son maintien martial. Il en sera ainsi, en tout cas, tant qu'il n'y aura pas d'attaques ennemies menées par notre adversaire. Car, alors, nous l'assumerions, mes hommes et moi, et nous apprendrions à ces forbans ce qu'il en coûte de défier l'Empire.

– Je comprends, fit Sarah avec froideur. Comme vous l'avez enseigné aux habitants d'Alexandrie, n'est-ce pas ?

– Je vous demande pardon ? Je ne comprends pas…

Hayden adressa à Sir Jeffrey un regard déconcerté.

– Quel est le rapport entre les deux ? Le bombardement d'Alexandrie, l'an dernier, était une mesure militairement nécessaire qui…

– Militairement nécessaire ?

Sarah sourit sans gaîté.

– Croyez-moi, mon bon capitaine Hayden, vous auriez été d'un autre avis si au moment du bombardement vous vous étiez trouvé à l'intérieur des murs de la ville.

Le regard qu'elle lui envoya était si incisif que l'officier ne trouva rien à répliquer.

– Quoi qu'il en soit, fit-il avec prudence, notre objectif est de découvrir le repaire de ces sectateurs, s'ils existent, et de le réduire à néant comme on le fait d'un nid de crocodiles. Pour découvrir leur repaire, c'est vous qui êtes qualifiée, Lady Kincaid. Le reste, nous nous en occuperons.

– Comme c'est simple, n'est-ce pas ?

– Bien sûr.

– Dites-moi, capitaine, êtes-vous vraiment aussi naïf ? Croyez-vous sérieusement que nous pourrons surprendre les sectateurs ? Eux savent depuis longtemps que nous allons venir et, selon toute vraisemblance, ils nous attendent déjà. Vingt-quatre heures plus tôt, nous aurions eu des cartes en main pour négocier, mais à présent nous ne les avons plus. Quel que soit notre adversaire, c'est lui qui fixe les règles du jeu et nous ne pouvons que réagir à ses initiatives.

Sur ce, Sarah tourna les talons, laissant seuls les deux hommes plantés là, et voulut reprendre le même chemin que celui par lequel elle était venue.

– Où comptez-vous aller ? lui demanda Sir Jeffrey, interdit.

– Où cela donc ? répliqua Sarah par-dessus son épaule. J'ai à faire mes bagages. Si ces gentlemen veulent donc bien m'excuser…

– Il n'en est pas question, se défendit Hayden de manière décidée. Si vous avez raison et si votre oncle se trouve effectivement entre les mains de sectateurs, alors il n'est vraiment pas à exclure que vous aussi vous soyez en danger, Lady Kincaid.

– Ne vous inquiétez pas, rétorqua Sarah d'un ton léger. Je suis tout à fait en mesure de prendre garde à moi.

– Vous êtes une lady et vous avez besoin de protection, insista l'officier, et il bomba le torse tout en portant la main à la poignée de son sabre.

– Aïe, aïe, aïe !

Sarah resta figée sur le seuil.

– Voyons, capitaine, je vous en prie, je n'ai pas l'intention de vous empêcher de faire votre devoir d'homme d'honneur. Si cela vous fait plaisir, accompagnez-moi donc jusqu'à Mayfair, bien que je sois sûre qu'en plein jour aucun danger ne m'y menace.

– Quoi qu'il en soit, répliqua Hayden, piqué au vif et en la suivant, un ordre est un ordre.

Le vestibule du club était parsemé de statues en pierre ; non pas des originaux, comme Sarah avait déjà pu le constater à son premier passage, mais des répliques représentant les divinités égyptiennes Horus, Anubis, Chepre, Hathor et quelques autres encore. Les portes en chêne massif, qui se découpaient à intervalles, conduisaient aux salons du club.

A la différence du moment où Sarah était arrivée, cette fois-ci, les portes étaient entrouvertes, de sorte que Sarah pouvait jeter un regard sur la pièce attenante qui paraissait être de dimensions respectables...

Mue par une impulsion, elle poussa la porte et l'ouvrit toute grande. A sa stupéfaction, un large cercle s'offrit à ses yeux, formé de rangées de sièges disposés comme dans un amphithéâtre antique.

Au milieu s'élevait un obélisque de pierre qui, Sarah s'en rendit compte aussitôt, était une copie du monolithe de Cléopâtre. Devant lui se dressait un pupitre d'orateur orné d'ailes passées à l'or fin. Eclairant par en haut l'obélisque et les travées, une verrière en coupole filtrait la pâle lumière du jour. On y devinait le ciel gris de Londres, sillonné de nuages.

– Le grand auditorium, expliqua Sir Jeffrey qui, accompagné de Hayden, s'était rapproché de Sarah. La Ligue égyptienne est fière des liens qu'elle entretient avec les scientifiques et les artistes du monde entier. Charles Robertson est venu lire ici, de même que le Lepsius allemand et quelques élèves du Français Champollion...

– Incroyable ! commenta Sarah.

Disant cela, elle ne songeait pas aux élèves du fondateur de l'égyptologie qui s'étaient retrouvés ici, mais au fait qu'elle connaissait déjà cette salle.

Bien qu'elle n'y eût jamais mis les pieds de sa vie, elle la reconnaissait. Elle correspondait parfaitement à la description que le duc de Clarence en avait faite sous l'influence de l'hypnose. L'obélisque, un large cercle, l'air libre au-dessus, même s'il était filtré par le verre…

La révélation frappa Sarah comme un coup de marteau. L'héritier royal n'avait pas menti, pas plus que son imagination ne lui avait joué de tour. Il avait bien été ici, où il avait rencontré les divinités égyptiennes ! Ici exactement, dans la grande salle d'audience de la Ligue…

Sarah joua avec cette pensée et dut se faire violence pour ne pas laisser transparaître son trouble. Quelques morceaux du puzzle s'assemblaient soudainement et faisaient apparaître la Ligue égyptienne sous un jour entièrement nouveau.

Et si les conjurés, qui se cachaient derrière les meurtres de Whitechapel et qui en voulaient au Livre de Thot, s'avéraient être des membres de cette société respectable et honorablement connue de tous ? Cela signifierait que ce n'étaient pas des fanatiques ennemis qui menaçaient l'Empire, des émeutiers radicaux ni des ennemis extérieurs, mais des conjurés se cachant sous l'apparence de gentlemen honorables, des hommes partageant en réalité un sombre secret…

– Tout va bien, Lady Kincaid ? s'enquit Hayden, l'air vraiment soucieux. Vous êtes bien pâle.

– Je vais bien, assura Sarah.

– Peut-être devriez-vous encore réfléchir avant de vous décider à prendre part à cette expédition ; après tout, c'est la vie de votre oncle qui est en jeu et je ne suis pas certain qu'un tel fardeau vous...

– Je vais bien, réitéra Sarah avec énergie, tandis qu'elle se jurait désormais de montrer la plus grande circonspection.

L'ennemi pouvait être partout aux aguets.

Une pièce dépourvue de fenêtre, soustraite aux regards de tous. Deux hommes à s'entretenir à voix basse sans se regarder dans les yeux.

– Et à présent ?

– Je pense que nous n'avons plus de soucis à nous faire. L'expédition a été agréée. Le navire qui transportera Sarah Kincaid et ses compagnons en Egypte appareillera dans quelques jours.

– Kincaid se doute-t-elle de quelque chose ?

– Je ne pense pas. Elle est tout à fait concentrée sur la capture du meurtrier de Whitechapel et sur la libération de son oncle. Au point qu'elle ne songe pas un instant que son voyage pourrait servir à d'autres fins.

– Cela n'en est que mieux.

– Sarah Kincaid est une jeune femme avisée et courageuse, mais elle partage la naïveté de son père. Elle va nous rendre un service inappréciable, j'en suis convaincu.

– Je souhaiterais partager votre optimisme. Après toutes les erreurs qui ont été commises...

– Pas cette fois. Je suis persuadé que Kincaid va trouver ce que nous cherchons. Elle est capable de beaucoup plus qu'il n'y paraît et elle réussira là où personne n'est parvenu.

– On dirait presque que vous l'admirez.

– Peut-être bien un peu...

– Une admiration en tout bien tout honneur. Mais avez-vous bien conscience que Sarah Kincaid ne doit jamais revenir vivante d'Egypte ?

– Naturellement. Dès qu'elle aura retrouvé le Livre de Thot, elle mourra.

– Et le Français ? Qu'en est-il ?

– C'est un sujet de discorde, et cela me fâche qu'il soit encore en vie. L'incident de Tender Street était une erreur insensée. Qu'au lieu de ce Français trop curieux, cela ait été un inspecteur de Scotland Yard qui y ait laissé sa vie, a attiré sur nous l'attention au delà de ce qui pouvait nous convenir.

– Si Du Gard a effectivement réussi à soutirer quelques secrets au duc de Clarence, alors il est devenu extrêmement dangereux et il doit être écarté de notre chemin avant qu'il apprenne quoi que ce soit de nos véritables buts.

– J'avais cru comprendre que vous ne croyiez pas à ses talents ?

– Peu importe ce que je crois. Du Gard, une fois mort, ne pourra plus rien révéler et c'est la seule chose qui importe. Par la suite, plus personne ne viendra demander à combien de personnes tout cela a coûté la vie. Comme pour toutes les grandes entreprises, il s'agira seulement de savoir qui à la fin triomphe. L'Histoire est écrite par les vainqueurs ; il en a toujours été ainsi.

Livre deuxième

Egypte

I

Compte rendu de l'expédition
28 novembre 1883

Je peux à peine croire ce que j'ai fait.

A peine m'étais-je retirée dans le lointain Yorkshire, fidèle à mon engagement de me tenir à l'écart de tout, que maintenant me voilà prête à me lancer à corps perdu dans une nouvelle aventure dont l'issue est incertaine au plus haut point.

Parfois j'en viendrais à souhaiter pouvoir faire machine arrière, mais alors je ressens l'inquiétude qui me pousse à la recherche du secret. Je le dois aux victimes, à Mortimer Laydon et aussi à mon père. Peut-être avait-il raison lorsqu'il disait que je ne pouvais pas faire autrement que de suivre l'appel d'un étranger et que ma destinée était de partir sur la trace de secrets, comme lui-même l'a fait toute sa vie. Il est possible aussi que je sois attirée par la perspective de faire de cette expédition quelque chose comme une réparation. Car autrefois comme aujourd'hui, c'est la vie d'un être humain que j'aime qui est menacée.

Dès l'aube, le bateau mixte, à voile et à vapeur, répondant au nom de Rule Britannia, *a quitté le port de Londres. A bord, se trouvent, en dehors de ma personne et de Maurice du Gard, Q.C. Jeffrey Hull qui, malgré son âge avancé, n'a pas laissé passer l'occasion de se mêler à l'expédition, ainsi que l'inspecteur Fox de Scotland Yard qui ne manque aucune occasion de me faire savoir qu'il tient ce voyage pour un formidable gaspillage d'énergie. Le capitaine Hayden a la responsablité de la sécurité de l'expédition, mais j'ai quelquefois l'impression que son intérêt se borne aux uniformes impeccables et aux bottes cirées de frais. Ses tentatives permanentes pour m'impressionner finissent par me fatiguer et il me tarde déjà de toucher à la fin de l'odyssée...*

4 décembre 1883

Après avoir dépassé la côte espagnole par mer calme, nous avons essuyé une tempête à hauteur de Gibraltar, et deux membres de l'équipage du Rule Britannia *ont trouvé la mort.*

Je ne peux m'empêcher de penser aux paroles du duc de Clarence : lorsque jadis la colonne de pierre de Cléopâtre fut transportée d'Alexandrie à Londres, six marins périrent, ce qui fit conclure le duc à une malédiction du dieu Thot. En chrétienne convaincue, je ne crois pas à de pareilles choses, néanmoins il y a en moi une part qui se demande si la malédiction ne nous aurait pas rejoints...

6 décembre 1883

Après une escale de deux jours à Gibraltar pour y effectuer les réparations des dégâts causés au pont et aux machines par la tempête, le Rule Britannia *a repris sa croisière au matin. A tribord, je peux déjà reconnaître dans le halo la ligne lointaine de la côte algérienne.*

L'Afrique...

Jamais je n'aurais cru revenir si vite, pas après ce qui s'y est passé. Je n'ai rien fait d'autre que de prendre mes responsabilités, et voilà que cela m'a conduit ici, aux limites nord du continent noir. Est-ce le destin ?

A ce qui m'a été dit, un autre membre de l'expédition doit nous rejoindre au Caire, un Egyptien du nom de Kamal qui doit nous servir de guide. Là-dessus, quelques soldats de l'unité du capitaine Hayden nous escorteront. Je ne peux prétendre que j'en sois heureuse mais, compte tenu de la menace, je dois m'en accommoder…

17 *décembre* 1883

Alexandrie !

En mon for intérieur, j'ai redouté l'instant où apparaîtraient à l'horizon les contours familiers de la côte et, effectivement, un serrement de cœur m'a saisie lorsque le Rule Britannia *a dépassé le phare et la caserne britannique de la presqu'île, et s'est engagé dans le vieux port.*

Le spectacle de la ville, avec ses coupoles, ses tours et ses minarets, éveille des souvenirs, et je ne suis pas la seule à l'avoir ainsi ressenti. Du Gard se tenait au bastingage, en se taisant, et son regard semblait, en cet instant, se perdre dans le passé.

Dès l'accostage, nous avons quitté le bord. Tandis que Sir Jeffrey prenait sur lui d'expédier les formalités d'arrivée au poste de douane, le reste du groupe se mettait en route pour la gare de Moharrem Bey, située dans le nord, un peu à l'écart, afin de monter dans le train à destination du Caire.

Alors que j'écris ces lignes, je suis assise dans la solitude de mon compartiment et j'écoute le râclement, toujours le même, des wagons. Par la fenêtre, j'aperçois le paysage vaste et fertile de la vallée du delta du Nil que la lune éclaire de sa lueur blafarde, et je peux à peine croire que je suis revenue.

18 décembre 1883

En provenance de Kasr-en-Nuzha, nous nous rapprochons du Caire, environnés de la lumière du jour nouveau qui se lève à l'est au-dessus du désert. Passant entre la plaine qui s'étend à droite et les falaises abruptes du djebel Mokattam à gauche, nous atteignons la ville aux maisons couleur sable, aux coupoles et aux minarets, encadrée du vert soutenu des palmiers dattiers et irrigué par le bras du Nil qui étincelle dans le soleil du matin.

Après tout ce qui s'est passé, j'avais presque oublié combien l'Egypte pouvait être magnifique, mais je ne dois pas me laisser distraire. Je dois me concentrer sur l'immédiat. Dans peu de temps, notre train arrivera en gare du Caire ; c'est là que commencera l'aventure, et nous allons reprendre une recherche ayant commencé il y a trois mille ans.

Suis-je digne de cet honneur ? Suis-je faite pour relever le défi ?

Tant de choses sont en jeu…

Le Caire
19 décembre 1883

– *Yalla ! Yalla !*

Le cri strident par lequel les chameliers menaient leurs bêtes à travers les rues encombrées fut la première chose que Sarah Kincaid remarqua lorsqu'elle franchit la sortie du bâtiment de la gare et pénétra, alors, dans un tout autre monde.

Une chaleur de fournaise l'assaillit, chargée de poussière et de brouhaha. Des hommes en caftans clairs et en burnous sombres s'empressaient : les uns s'offrant comme guides ou comme *hammal* [1], d'autres faisant commerce d'eau ou de limonade de réglisse ou essayant de vendre des tapis et d'autres marchandises qu'ils portaient sur leurs épaules ; d'autres encore s'efforçaient d'attirer avec imagination les nouveaux arrivants au Caire vers les diligences qui stationnaient devant le bâtiment de la gare, de vieux attelages tombant en ruine pour la plupart et peu propices à susciter la confiance.

La route était flanquée d'immeubles bas, à deux étages simplement, qui avaient été construits en briques d'argile et dont la couleur claire renvoyait avec éclat les feux du soleil. Des auvents en tissu rayé dispensaient leur ombre aux passants qui circulaient dans les rues poussiéreuses. Des cireurs de chaussures, des barbiers et des couteliers s'affairaient à chaque coin en offrant leurs services. Les magasins avaient tous ouvert : des menuisiers, des potiers, des vanniers proposaient leurs marchandises ; même un *katib*, écrivain public, avait installé son échoppe et s'occupait de ceux qui ne maîtrisaient pas la lecture et l'écriture de la langue arabe. Des attelages lourdement chargés et des chameaux bâtés se frayaient un chemin dans les rues, accompagnés des vociférations des conducteurs et des cochers. L'air suffocant était chargé de l'odeur prenante des déjections de chameaux, mais aussi des senteurs épicées émanant des cuisines des *kahowa* [2] et des *ful* [3].

– Justes cieux, fut tout ce que Milton Fox trouva à dire, dans quel coin du monde sommes-nous tombés ?

---

1. *Hammal* : porteur.
2. *Kahowa* : café égyptien.
3. *Ful* : fève de marais.

– Bienvenue au Caire, inspecteur, répondit avec une certaine acidité Sarah qui avait troqué encore dans son compartiment sa robe de soie contre une jupe en laine claire d'une coupe plus simple.

Le chapeau à large bord qu'elle portait ainsi que la petite ombrelle lui dispensaient leur ombre.

– Y a-t-il ici quelque chose qui ne vous plaise pas ?

– Si cela me plaît ?

Fox eut une grimace.

– Il fait chaud comme en enfer et cela pue comme dans des latrines !

– Eh bien, vous avez raison, concéda Du Gard en fronçant le nez, mais si cela ne vous plaît pas, vous pouvez ne pas rester, *Monsieur l'inspecteur*. Le prochain train pour Alexandrie part dès cette nuit, et je suis sûr que je trouverai bien un navire qui vous ramènera à…

– N'y comptez pas, grommela l'homme de Scotland Yard. Croyez-vous que je n'ai pas le sens du devoir ? On m'a donné un ordre et, naturellement, je vais rester ici et l'exécuter, même si je tiens toute cette expédition pour une perte de temps à l'état pur.

– *Oui*, fit Du Gard avec acrimonie, vous l'avez déjà dit.

– Le messager que nous avons envoyé avant notre arrivée devrait avoir veillé à ce que nos chambres à l'hôtel Shepheard's soient déjà préparées, dit le capitaine Hayden. Je pense que le mieux, gentlemen, serait de nous y faire conduire ; de cette manière, Lady Kincaid aura tout loisir de se remettre des fatigues du voyage et de se rafraîchir un peu.

Sarah voulut répliquer qu'elle n'avait à se remettre de rien, pas plus qu'à se pomponner, mais elle n'en eut pas l'occasion.

– Très bien, quelle idée formidable, rétorqua aussitôt Du Gard, et Fox aussi parut être du même avis. Un bock bien frais et un peu de repos nous feront le plus grand bien après tout ce que…

– Lady Kincaid, attention !

Hayden avait crié. Sarah regarda tout autour d'elle, pour découvrir un homme d'âge moyen qui portait un caftan crasseux et se dirigeait droit sur elle. Son teint était sombre, ses cheveux noirs tombaient sur ses épaules, sa barbe était broussailleuse et peu soignée, et dans le fond de ses yeux noirs se trouvait quelque chose qui effraya Sarah. En continuant de la fixer, l'étranger se dirigea sur elle, mais pour tomber sur Hayden qui, vif comme l'éclair, s'était interposé.

L'uniforme rouge vif de l'officier faisait écran devant Sarah et, avant qu'elle eût compris ce qui arrivait, l'étranger était jeté au sol, la pointe du sabre de Hayden piquant sa gorge.

– Ne bouge pas, chien, intima l'officier, ou ton sang ira se mêler au crottin de chameau et de cheval.

– J-je v-vous en prie, maître, fit l'homme dans les traits défaits duquel Sarah ne vit pas la moindre trace de menace. Aie pitié, ne me fais rien de mal ! Je suis un ami !

– Sapristi, retentit l'officier qui visiblement jouissait de jouer au sauveur, les amis ne se faufilent pas par-derrière pour attaquer des femmes sans défense…

– Mais pourtant c'est vrai, je suis un ami ! insista l'autre dans un anglais assez compréhensible. Je devais vous rencontrer ici. Mon nom est Kamal…

– Tu es Kamal ? fit Sarah, interloquée.

– Oui, Milady.

Il la regardait, désemparé et roulant de grands yeux.

– Et vous êtes sûrement Sarah Kincaid, la fille du grand Gardiner Kincaid qui a tant fait pour mon pays.

– C'est exact.

– S'il vous plaît, maître, fit l'Egyptien en se tournant, suppliant, vers Hayden. Eloignez votre lame et laissez-moi me relever afin que je puisse saluer la lady comme il se doit !

– Bon, je…

– C'est bon, Hayden, le pressa Sarah, vous avez montré à merveille que vous étiez en état de me protéger, et manqué de peu d'embrocher notre guide. Mes félicitations.

Tandis que l'officier rougissait et replaçait dans un léger crissement la lame dans son fourreau, Du Gard aidait le malheureux Kamal à se remettre sur ses jambes. Celui-ci se lamenta sur son caftan tout sali et commença à épousseter à grand renfort de gestes ses vêtements de toute façon passablement misérables.

– Mon nom est Kamal, tint-il à se présenter de nouveau et, ce faisant, il s'inclina dans un geste inattendu de galanterie. A votre service, Milady.

– Merci, Kamal, répliqua Sarah, et excusez, je vous prie, ces salutations plutôt rudes ; le capitaine Hayden a tendance à voir un ennemi dans tout visage un tant soit peu bruni par le soleil.

– Et pas qu'un peu, rétorqua Hayden avant même que Kamal eût répliqué. Ne pas faire confiance à ces canailles s'est avéré juste en plus d'une circonstance.

– Une canaille ? Vous voulez injurier mon peuple, Sir ?

La silhouette de Kamal se ramassa et, malgré son caftan élimé et son aspect poussiéreux, ses traits traduisirent une fierté inflexible.

– Il n'y a pas d'injure qui tienne, fit Hayden avec conviction. Ou bien serais-tu d'une autre opinion, *boy* ?

L'officier avait utilisé à dessein l'expression la plus injurieuse dont le vocabulaire anglais pouvait disposer à l'égard d'un serviteur.

Sarah put voir comment les yeux de l'Egyptien s'enflammèrent de colère et comment il serra les poings ; mais Kamal maîtrisa sa colère et inclina humblement la tête.

– Non, maître, fit-il à voix basse, Kamal est à votre service.

– Eh bien, alors, fit l'officier, satisfait, va-t'en maintenant et veille à ce que nous ayons une voiture qui soit digne d'une lady. Tu ne voudrais pas que Lady Kincaid soit obligée de marcher dans la poussière et le crottin de chameau ?

– Non, maître, bien sûr, répliqua l'Egyptien à mi-voix en s'inclinant.

Il s'apprêtait déjà à partir lorsque Sarah le retint par le bras.

– Un instant encore, Kamal.

– Oui, maîtresse ?

– Il n'est pas nécessaire que tu continues de m'appeler « maîtresse ». « Lady Kincaid » suffira tout à fait. Et tu ne partiras pas tant que le capitaine Hayden ne t'aura pas présenté ses excuses dans les formes.

– Quoi ?

L'incrédulité se peignit sur les traits volontaires de Hayden.

– Vous avez bien compris, capitaine, fit Sarah froidement. Je souhaite que vous vous excusiez auprès de Kamal. Il n'est pas votre domestique, mais notre guide en vue d'un voyage à accomplir et je lui suis personnellement très reconnaissante de ses services. Le traiter comme vous l'avez fait n'est aucunement justifié.

Hayden aspira de l'air et ne parvint pas à formuler d'objection. Il était évident que son incrédulité était en train de se transformer en colère.

– Jamais, parvint-il à articuler dans une violente dénégation de la tête. S'excuser auprès d'un serviteur n'est pas digne d'un officier de la couronne britannique !

– Aucunement, Sir, objecta Sarah, ce qui n'est pas digne, c'est de se comporter comme si votre origine et votre couleur de peau vous rendaient supérieur aux autres êtres humains. Mais si vous n'en démordez pas, alors naturellement je peux aussi exiger de Sir Jeffrey que ce soit un autre officier qui accompagne l'expédition. Je suis sûr qu'il y a suffisamment de volontaires qui aimeraient être promus au grade supérieur à votre place…

– Ça va, articula Hayden d'une voix sans éclat. Je m'excuse pour mon comportement, grinça-t-il entre ses dents. Cela a été, comment puis-je dire… involontaire.

– Excuse acceptée, maître, répliqua Kamal, et son sourire ironique découvrit une denture irréprochable.

– Bien.

Sarah opina.

– Maintenant que nous avons éclairci ce point, il serait bon d'avoir un moyen de locomotion qui nous conduise à l'hôtel. Kamal, voudrais-tu, s'il te plaît, t'en charger ?

– Naturellement, maîtr…Milady, répliqua le guide en se prosternant profondément pour disparaître ensuite dans le dédale des rues.

Hayden le suivit d'un regard plein de haine.

– Laissez, capitaine…

L'inspecteur Fox ne put retenir une réflexion mordante :

– Nous devons nous accommoder de l'étrange sympathie que Lady Kincaid éprouve pour ce pays et ses habitants.

Sarah Kincaid et ses compagnons accomplirent le périple jusqu'à l'hôtel dans une sorte de diligence qui avait connu, sans aucun doute, des jours meilleurs et qui, vraisemblablement après de bons et loyaux services en Angleterre, avait fini par aboutir, après bien des détours, en Egypte.

A l'intérieur, on pouvait accueillir jusqu'à six passagers. Y prirent place Sarah, Maurice du Gard, Milton Fox et le capitaine Hayden ; Kamal s'assit là où l'appelaient son rôle et sa fonction : sur le banc des serviteurs, sur le toit de la voiture.

Le trajet à travers les rues poussiéreuses du Caire tira en longueur, non pas tant à cause de la distance entre la gare et Esbekija où l'on avait pris soin de faire réserver par un courrier des chambres à l'hôtel Shepheard's, mais plutôt parce qu'il n'y avait pas souvent d'espace où se faufiler dans les voies encombrées de chameaux, de bêtes de somme et de véhicules de charge. Des deux côtés de la rue s'élevaient les murs de maisons à plusieurs étages aux fenêtres de style oriental. Les bâtisses laissaient tomber assez peu de lumière du soleil dans la rue, mais cela ne rendait pas pour autant l'ombre moins étouffante ou moins oppressante.

– Dieu tout-puissant, cette chaleur va me tuer, fit Milton Fox qui s'était déjà débarrassé de son manteau, mais qui, assis dans la voiture, avait le visage toujours en feu.

– C'est cela que vous appelez de la chaleur ? lui demanda ironiquement Hayden. Que direz-vous quand vous serez dans le désert où, aussi loin que le regard porte, il n'y a ni ombre ni eau ? Je pourrais vous raconter des histoires de mon unité qui…

– Je vous serais reconnaissante, capitaine, si vous pouviez nous épargner vos anecdotes, l'interrompit Sarah. Chacun d'entre nous a son passé, mais personne, sauf vous, ne cherche à le caser à tout propos.

– Oui, elle a raison, souligna Du Gard à qui déplaisait la tendance de Hayden à jouer à l'homme important.

– Personne ne vous a demandé votre avis, Du Gard, rétorqua Hayden, agressif. De toute façon, comme Français, vous ne pouvez pas comprendre comment fonctionne un soldat de la couronne britannique.

– D'accord, admit Du Gard, et il leva les mains. Effectivement, je n'y arrive pas.

– Mais d'ailleurs, qui peut le faire ? ajouta Sarah avec mordant, et son regard ainsi que celui de Hayden se croisèrent dans un duel muet.

– Quoi qu'il en soit, dit Fox qui sentait confusément qu'il était à l'origine de cette discorde, en tout premier lieu je vais me rendre au bar de l'hôtel et y lever un verre à la santé de la reine et à la gloire de l'Empire ; il y aura bien quelque chose que l'on y servira avec de la glace. Qui m'accompagne ?

– C'est la dernière des choses à faire, l'avertit Hayden. L'action de l'alcool par une chaleur pareille est absolument désastreuse. Si vous voulez garder la tête claire et rester maître de vos esprits, vous devriez plutôt prendre une bonne tasse de thé. A moins que vous n'ayez aussi quelque chose à objecter à ce conseil, Lady Kincaid ?

– Absolument pas, capitaine, rétorqua Sarah avec le charmant sourire dont elle était capable. Il n'y a rien à ajouter à ces sages paroles.

– Alors, thé au bar de l'hôtel ? demanda Du Gard à la ronde.

– Je vous y rejoindrai plus tard, dit Sarah.

– Qu'est-ce que cela signifie ? demanda Hayden. Où voulez-vous aller ?

– Faire des courses. Vous n'attendez sûrement pas que je grimpe sur le dos d'un chameau en robe à crinoline ; il me paraît difficile d'infliger cela au pauvre animal. D'autre part, je dois encore recueillir certaines informations.

– Des renseignements ?

Fox dressa l'oreille.

– Comme vous le savez peut-être, gentlemen, ce n'est pas la première fois que je viens en Egypte, et je connais quelques personnes et des endroits auprès desquels on peut se procurer toutes sortes de marchandises et même des informations.

– Des endroits louches et borgnes, sans aucun doute, fit Hayden d'un air pénétré. Je ne vous laisserai sûrement pas y aller seule.

– Il ne vous restera pas autre chose à faire, cher capitaine. Mais, pour que cela vous console, je n'inviterai aucun des gentlemen ici présents à m'accompagner.

– *Quoi ?*

C'était au tour de Du Gard d'être inquiet.

– Tu veux vraiment y aller seule ?

– Pourquoi pas ? Je peux prendre garde à moi, tu sais.

– *Oui*, c'est vrai, évidemment.

– Et vous voilà encore en train de donner votre opinion alors qu'on ne vous l'a pas demandée, Du Gard, fit Hayden avec acidité, déversant sur le Français la frustration provoquée par sa conversation avec la lady.

Il ne connaissait pas d'exemple d'une telle obstination chez une femme.

– Lady Kincaid, une telle chose n'est absolument pas envisageable, ajouta t-il en insistant. Des membres de cette secte ont enlevé votre oncle et il faut partir du principe que vous êtes en danger. Si vous ne voulez pas de ma compagnie, au moins acceptez que deux de mes hommes…

– Non, répliqua Sarah d'un ton particulièrement net. J'ai pu être en danger chez moi en Angleterre, mais ici je suis protégée par l'anonymat de la foule. Nous ne sommes pas les seuls à avoir des difficultés à se frayer un chemin à travers les ruelles étroites, nos adversaires aussi. Par ailleurs ne surestimez pas la dévotion de la population pour les uniformes rouges, en croyant qu'en compagnie de deux soldats britanniques je pourrais me promener en ville librement.

– Mais j'ai reçu mission de veiller à votre sécurité. Comment vais-je expliquer à Sir Jeffrey que je vous ai laissée partir sans escorte ?

– Je ne serai pas seule, le tranquillisa Sarah. Kamal va m'accompagner.

– Kamal ? Cet Arabe crasseux ?

– Il nous a été désigné comme guide, cela veut dire qu'il jouit de la confiance de la Ligue égyptienne ; et de la mienne, par la même occasion.

– Mais vous ne le connaissez même pas !

– Vous non plus, capitaine.

– Et s'il travaillait pour la partie adverse ?

– Sur la base de quels indices vous fondez-vous pour dire une chose pareille ? Sur sa couleur de peau ?

Sarah secoua la tête.

– Ne vous y trompez pas, capitaine, j'ai toute raison de croire que nos adversaires n'ont pas la peau sombre, mais la même peau que vous et moi.

– Un instant, s'interposa Fox. N'avez-vous pas déclaré que les ravisseurs de votre oncle étaient des Orientaux ?

– Pas du tout, Sir ; j'ai seulement dit qu'ils étaient vêtus *comme* des Orientaux. Et même si cela était : ceux qui tirent les ficelles de ces événements menaçants ne sont que trop familiarisés avec les particularités politiques et sociales de notre patrie ; bien plus qu'il ne serait possible de l'être s'ils venaient de l'étranger. Quel que soit l'individu qui se cache derrière ce complot, messieurs, c'est l'un d'entre nous.

– L'un d'entre nous ? Exclu !

La voix de Stuart Hayden traduisait une indignation véritable, et Milton Fox jeta également un regard méfiant. Seul Du Gard se garda de toute manifestation de mauvaise humeur, un sourire entendu jouant sur ses lèvres.

Entre-temps, la vétuste diligence avait atteint son but. L'imposante façade de l'hôtel Shepheard's, dont le style de construction européen avec ses contours à angles droits et ses hautes fenêtres soulignait le contraste avec la masse des bâtiments alentour, se dressait devant la voiture, et plusieurs employés se pressèrent pour porter les bagages et aider les passagers à descendre.

– Cela fait trois mille ans que les hommes essayent de percer le secret de Thot, gentlemen, dit Sarah. Je ne vais pas jusqu'à supposer que tous étaient stupides, pourtant personne jusqu'à présent n'a réussi. Si nous voulons garder un coup d'avance sur nos adversaires, alors il nous faut des informations que l'on ne trouve ni dans les livres ni dans les inscriptions anciennes.

– Et vous voudriez de pareilles informations ? lui demanda Hayden d'un air de doute.

– C'est cela, capitaine. Sans informations, je n'ai pas la moindre chance de trouver le Livre de Thot. Et c'est seulement si nous réussissons à entrer en sa possession avant les autres que nous aurons quelque chose à échanger contre la libération d'oncle Mortimer. Vous devrez donc, dans cette affaire, me faire confiance.

L'officier scruta le visage de Sarah et parut se livrer à un dur combat intérieur.

– Bon, fit-il enfin, vous devez savoir ce que vous faites, Lady Kincaid, mais je prends ces gentlemen à témoin que je décline toute responsabilité et proteste énergiquement contre votre attitude.

– J'apprécie le souci que vous vous faites à mon sujet, capitaine, répliqua Sarah et, cette fois, sa voix ne contenait pas la moindre ironie. Mais maintenant partez. Et ne m'attendez pas avant le coucher du soleil.

– Faites attention à vous, Lady Kincaid.

– A vous aussi, capitaine.

L'officier la salua, puis se leva de son siège, poussa la portière et descendit. Milton Fox le suivit aussitôt, manifestement content d'en avoir fini avec l'exiguïté de la voiture. Et enfin Du Gard, qui était assis auprès de Sarah, se mit lui aussi à descendre.

– *Alors*, tu es sûre ? lui chuchota-t-il. Je peux deviner où tu vas aller et je t'accompagnerais volontiers…

– Ce n'est pas nécessaire, Maurice. Fais, s'il te plaît, ce que je t'ai demandé ; tu sais ce que je veux dire.

– Oui, je sais bien.

Il opina.

– Sois sur tes gardes, d'accord ?

– Toi aussi.

Leurs regards se rencontrèrent pour prendre congé, puis Du Gard quitta à son tour la voiture ; et donc, au lieu des siens, ce furent les traits de Kamal, brunis de soleil, qui apparurent à la portière ouverte.

– Puis-je aussi aider Milady à descendre ?

– Merci, Kamal, ce ne sera pas nécessaire. J'ai à faire encore quelques emplettes pour l'expédition et, comme tu es notre guide, j'aimerais que tu m'accompagnes.

– Bien sûr, si Milady le souhaite.

L'Egyptien se prosterna avec déférence :

– Où dois-je conduire Milady ?

– Chez un bon tailleur, répliqua Sarah en souriant. Je n'ai pas l'intention de voyager dans ces vêtements inconfortables. Ensuite au grand marché à Esbekija. Et enfin au vieil observatoire…

II

Journal personnel de Sarah Kincaid

J'ai passé la journée à faire des courses. Bien sûr, je n'ai pas fait cela uniquement pour me munir de vêtements et d'équipements, comme je venais de l'indiquer, en vue de l'expédition qui se prépare.

J'ai donc laissé mes compagnons de voyage à la garde de Maurice du Gard. Il faut, en effet, que je sache à qui j'ai affaire. Depuis la découverte que j'ai faite dans le bâtiment de la Ligue égyptienne, il est clair que les ennemis sont parmi nous, et le soupçon horrible que l'un de mes compagnons pourrait travailler pour le camp adverse ne me quitte plus. Comme Du Gard est le seul en qui j'ai une confiance sans réserve malgré ses travers, je l'ai prié de garder un œil sur les autres et de faire usage de ses talents particuliers en cas de besoin, afin de découvrir si l'un d'eux joue double jeu. Certes, je ne peux pas me figurer qu'un conseiller de la couronne, un inspecteur de Scotland Yard ou un officier hautement décoré en viendrait à trahir leur patrie, mais le passé m'a enseigné à faire usage de la plus grande circonspection.

Kamal, le guide que la Ligue nous a imparti, me paraît aussi foncièrement suspect. Mais comme en sa qualité d'autochtone il n'a pas accès à notre hôtel et, comme Du Gard ne peut pas être partout à la fois, j'ai décidé de le faire surveiller par quelqu'un d'autre.

Quelqu'un que j'ai connu dans ma jeunesse et que je n'ai pas revu depuis longtemps…

Abbasiye, Le Caire
19 décembre 1883

Le jour tirait sur sa fin lorsque Sarah Kincaid pénétra dans l'ancien observatoire érigé au nord-est de la ville. Le bâtiment s'élevait au-dessus des paisibles ondulations des hauteurs du djebel Mokattam. Edifié autrefois par les califes, il était en forme de coupole et pouvait, avec sa tour et sa terrasse en hauteur, contempler une histoire de plusieurs millénaires. Des érudits et des astronomes y avaient observé le firmament et relevé la course des étoiles, établissant déjà des calculs exacts à l'époque où l'Occident en était encore à imputer à des causes mystérieuses le mouvement des astres. Que les temps aient changé, qu'à présent les Barbares fussent en position de devenir les maîtres du monde, était aux yeux de Sarah l'une de ces ironies dont l'Histoire est friande.

Alors que le soleil s'éteignait dans la fournaise du désert, Sarah gravissait les marches larges et déjà entaillées conduisant aux portes de la tour. Elle avait donné l'ordre à Kamal de rester près de la vieille diligence et d'y monter la garde.

Depuis la balustrade qui courait le long de la base de la tour, taillée dans la roche, s'offrait un spectacle d'une beauté à couper le souffle : la ville sombrant progressivement dans l'obscurité. Cette mer de maisons, qui paraissait infinie avec ses jardins sur les toits et ses velums protégeant du soleil, disparaissait dans un bleu sombre percé seulement par les pointes des minarets et la masse imposante de la mosquée El Ashar s'élançant du milieu de l'ondulation des habitations. Sur la gauche, on découvrait, surplombant la ville, la citadelle dont les murs avaient été jadis érigés par Saladin. De l'autre côté s'étendait le large cours du Nil reflétant l'argent du clair de lune pour se dérouler autour des îles de Bulak, Roda et Tirse.

Et, loin à l'ouest, conçues pour susciter la vénération, les silhouettes mystérieuses des pyramides de Giseh semblaient, depuis des millénaires, veiller sur la ville. Les muezzins appelaient à la prière. Et plus le soleil se retirait derrière les contreforts du Mokattam, plus les étoiles resplendissaient, ce qui expliquait pourquoi le lieu avait été choisi par les astronomes dès les temps anciens pour observer le spectacle céleste de la nuit.

Sarah frappa à la porte en bois selon un code secret qui lui avait été communiqué alors qu'elle était encore enfant. Quelques instants s'écoulèrent, puis des pas se firent entendre. Une minuscule fenêtre s'ouvrit dans le vantail de la porte, où apparut des yeux brillant d'un éclat hostile.

– Bonsoir, dit Sarah calmement. Peut-on parler au sage ?

Le possesseur de la paire d'yeux à l'éclat dangereux laissa échapper un grondement faisant davantage songer au feulement d'un léopard qu'au grognement d'un être humain. Pourtant, peu après, Sarah entendit le lourd verrou que l'on poussait de côté. La porte pivota en grinçant et Sarah entra.

C'est alors qu'elle put prendre la mesure de la taille du gardien. L'homme était un vrai géant qui dépassait Sarah de deux têtes et demie. Ses seuls vêtements consistaient en un pantalon bouffant et en un turban ; son torse était entièrement nu. Malgré des yeux ardents comme du fer en fusion, son visage rayonnait d'une certaine bienveillance, presque enfantine. Cette impression était toutefois nuancée par le poignard courbe qu'il tenait à la main.

– Dis-moi, Kesh, dit Sarah au géant, tu ne me reconnais plus ? C'est moi, Sarah.

Le colosse roula des yeux et parut faire un effort extrême pour se concentrer. Peu après, ses traits s'éclairèrent et sa large bouche s'agrandit dans un rire sans bruit. Qu'il ne répondît rien ne tenait pas à ce qu'il n'avait pas reconnu Sarah, mais au fait qu'il était muet de naissance.

– Je dois voir le sage, Kesh, répéta Sarah. C'est très important. Peux-tu me conduire à lui ?

De nouveau le géant à l'expression enfantine parut prendre un moment pour réfléchir. Puis il opina de la tête et fit signe de le suivre.

Un escalier étroit creusé dans la pierre, escarpé, filant vers le haut, conduisait jusqu'au sommet de la tour où, il y a longtemps, avaient officié les astrologues des califes et où, à présent, vivait leur héritier. Le passage donnant accès à la partie supérieure de l'escalier était fermé par un rideau.

D'un geste gauche l'homme fit signe à Sarah de passer.

– Puis-je te demander un autre service ? demanda Sarah.

Le géant hocha la tête.

– Dehors, devant la tour, un homme m'attend, un Egyptien. Il s'appelle Kamal et je ne suis pas sûre de pouvoir lui faire confiance. Voudrais-tu, s'il te plaît, avoir un œil sur lui pendant que je ne suis pas avec lui ?

Kesh opina de nouveau, et un sourire se dessina sur la large bouche aux lèvres lippues.

– *Shukran,* dit Sarah pour le remercier.

Elle écarta le rideau et entra dans la pièce supérieure de la tour. La chambre de la tour était exactement telle que Sarah l'avait gardée en mémoire des jours de son enfance. A travers une fenêtre en forme de fer à cheval d'où s'offrait une perspective impressionnante sur la ville, un vent tiède venait s'engouffrer dans le cercle de pierre. Les étagères et les niches innombrables qui avaient été aménagées dans les murs débordaient d'objets extraordinaires : des flacons en argile ou en verre multicolore, des figurines façonnées dans du bois ou de l'ivoire, des talismans provenant des coins les plus reculés d'Afrique noire ; dans d'étroits vases en cuivre se dissimulaient des rouleaux très anciens ; aux murs avaient été peintes des représentations stylisées du soleil, de la lune et des étoiles ; au plafond en bois, au milieu duquel se dressait une échelle menant à la plateforme de l'observatoire, se balançaient des modèles de planètes en cuivre fin, formant comme une ronde éclairée mystérieusement par la lumière des lampes à huile.

Au milieu de tous ces trésors singuliers trônait sur des coussins de soie un vieil homme portant un turban et une djellaba rayée et tirant, à traits réguliers, sur une pipe à eau. Les traits du vieux étaient fatigués et comme tannés par le soleil et le vent. Le regard était vitreux et vide.

– *Salam Aleikoum*, Sarah, prononça-t-il pourtant en se tournant vers l'escalier.

– *Aleikoum Salam*, répondit Sarah, selon le salut traditionnel, en s'inclinant profondément, non pas par cette politesse superficielle qui a cours en Angleterre, mais avec une conviction profonde.

Elle n'avait pas vu Ammon el-Hakim depuis longtemps. Autrefois déjà il paraissait vieux, plus âgé que tout autre être humain qu'elle ait pu rencontrer et avait nourri la crainte secrète, elle, sa disciple, de ne plus jamais retrouver ce maître. Elle s'était trompée.

El-Hakim, c'est ainsi que les autochtones appelaient le vieil Ammon, ce qui se traduisait par « le sage » et ce n'était pas usurpé. La lignée de ses ancêtres remontait aux jours de l'antique Babylone et à la famille d'Ammourabis d'où étaient sortis de nombreux hommes sages et instruits : des astrologues et des astronomes, des médecins et des conteurs, mais aussi des sculpteurs et des philosophes. Le vieil Ammon était le dernier de cette lignée. En lui se réunissait le savoir d'innombrables générations. Dans ses jeunes années, Sarah l'avait pris pour un sorcier et un magicien disposant de forces surhumaines. Aujourd'hui, alors qu'elle en savait nettement plus, cela ne diminuait nullement son respect pour le vieillard.

S'il existait au monde une personne à pouvoir lui donner une information sur le Livre de Thot, c'était bien lui.

– Vous ne m'avez pas oubliée, maître, fit remarquer Sarah en souriant.

Elle se servait d'un arabe fluide et sans accent.

– Comment l'aurais-je pu ?

Le visage du vieux se plissa dans un sourire mélancolique.

– Comment oublier l'une de mes élèves les plus douées ?

– Vous voulez me flatter, maître, reprit-elle en baissant la tête avec humilité.

Il lui vint alors à l'esprit qu'Ammon continuait de regarder dans sa direction sans bouger, et elle comprit que les yeux du vieillard étaient sans regard parce qu'en fait ils étaient…

– Ne t'en fais pas pour cela, mon enfant, dit Ammon qui semblait avoir suivi ses pensées. Ma vie durant, j'ai contemplé la course des étoiles, et leur éclat m'a valu de perdre la vue. Mais j'ai contemplé davantage de magnificence et de plus grandes merveilles que la plupart des êtres qui circulent sur cette terre.

Sarah se mordit les lèvres. Si déconcertée qu'elle ait été de le retrouver aveugle, elle restait interloquée que celui-ci l'ait reconnue aussi vite.

Ammon sourit et de nouveau il parut avoir lu dans les pensées de sa visiteuse.

– Tu n'as pas changé, Sarah, constata-t-il. Le parfum de fleur de lavande fraîche te précède toujours, même dans les rues nauséabondes du Caire.

– C'est à cela que vous m'avez reconnue ? demanda Sarah avec un doute dans la voix.

– Oui et non. Je savais que tu reviendrais.

– Vous le saviez ?

– Oui, Sarah. Les étoiles me l'avaient dit à l'époque où je pouvais encore voir. Tu as des questions, n'est-ce pas ?

– C'est exact.

– Des questions concernant le passé.

– Cela aussi est exact, maître Ammon. Comment le savez-vous ?

Le vieux secoua la tête et, de ses doigts osseux, lui fit signe d'approcher.

– C'est sans importance. Assieds-toi près de moi, mon enfant. Buvons ensemble un peu de thé, nous allons parler.

– Merci, répliqua Sarah qui s'inclina et, tout en relevant sa robe, s'assit en face du sage sur les tapis recouvrant le sol.

Ils restèrent un long moment ainsi, tandis que le vieux se remettait à tirer sur l'embout de la pipe et que Sarah se complaisait à redevenir l'enfant de jadis. La retraite qu'offrait cet endroit avait un effet particulièrement apaisant.

Bien que le vieux ne pût rien voir, il saisit d'une main sûre la théière qui était auprès de lui et versa la boisson dans un gobelet d'argile qu'il tendit à Sarah. Elle l'en remercia et but à petites gorgées, goûtant la pointe acidulée de la menthe, adoucie par la saveur du sucre. Enfin Ammon el-Hakim rompit le silence.

– Que veux-tu savoir, Sarah ? Il y a si longtemps…

– Je sais, opina Sarah. Et tant de choses se sont passées depuis lors, maître. J'ai beau toujours me faire accompagner de cette odeur de fleur de lavande, je ne suis cependant plus la même. Mon père…

Elle s'interrompit et fixa le sol.

– Père est mort, expliqua-t-elle enfin, la voix étranglée, et j'ai continué à sa place à rechercher les secrets du passé.

– Une décision sage, reconnut le vieux en souriant. C'est ton destin.

– Peut-être, concéda Sarah. La recherche d'un secret, voici ce qui m'a conduit à vous, maître.

– Je comprends.

Ammon hocha la tête.

– Et de quel secret es-tu sur les traces ?

– Du Livre de Thot, déclara Sarah sans ambages. Il me faut savoir où il se trouve.

Le sourire disparut aussitôt du visage du sage, et ses traits prirent une expression grave et sévère.

– *Misch kwayyes*, prononça-t-il à voix basse. Ce n'est pas bon…

Instruit par les avertissements qui lui avaient été prodigués sur les méfaits de l'alcool, Milton Fox parvint à se contenir jusqu'à l'arrivée du soir. Mais, finalement, il n'y tint plus et, persuadé que la poussière des rues du Caire devait être chassée par une rasade d'un concentré de civilisation, il alla s'amarrer au bar du Shepheard's. Il passa commande d'un scotch qui n'était pas servi à la bonne température, n'avait pas connu le meilleur conditionnement pour sa conservation et ne pouvait donc être que très modérément apprécié. C'est donc avec une amertume renouvelée que l'inspecteur de Scotland Yard contemplait son verre lorsque Maurice du Gard et Stuart Hayden entrèrent dans le bar et se dirigèrent vers lui.

– *Quoi* ? Qu'est ceci, estimable inspecteur ? demanda Du Gard en ironisant. Auriez-vous perdu le goût des bienfaits de la culture britannique ?

– Moquez-vous, Du Gard, renâcla Fox. Il vous est facile de dire : votre scotch n'en est pas un, il a le goût de ce qu'un chameau fait dans un seau quand il y pi…

– Ce n'est pas une raison pour être grossier, répliqua le Français avant que l'inspecteur ait eu le temps de prononcer le mot au complet. Il n'y a ici ni gin ni ale. Les autochtones préfèrent le thé ou le café. Et comme le recommandent vos guides touristiques anglais : « Quand tu es à Rome, fais comme les Romains. »

– Que ne l'avez-vous dit plus tôt !

– En effet, ajouta Hayden se joignant à Du Gard. Les Arabes ont l'habitude de boire leur café très sucré et d'y ajouter des ingrédients exotiques. Et ce qu'ils font du thé, je n'en dirai pas un mot de plus.

– Vous n'appréciez pas particulièrement les Égyptiens, n'est-ce pas, capitaine ? demanda Du Gard.

Hayden rit sans entrain.

– Qu'y a-t-il donc à apprécier ? C'est une bande de terre brûlante et desséchée, dont la belle époque a pris fin il y a plusieurs milliers d'années. Leur avenir est avec l'Empire britannique, il n'y a aucun doute sur ce point.

– N'en soyez pas si sûr, *mon capitaine*, le prévint Du Gard. Aucun royaume terrestre n'est éternel ; le vôtre pas plus qu'un autre.

– Et c'est vous justement qui dites une chose pareille ? Vous, un Français ? Votre Napoléon ne voulait-il pas fonder un empire sur le modèle de l'Empire romain et qui devait en avoir la même durée ?

– Il était fou, déclara simplement Du Gard. Quelqu'un disposant d'une intelligence lucide doit reconnaître que rien de ce qui est obtenu par la guerre et par la conquête ne reste longtemps en possession.

– Vous êtes sérieux ?

Hayden et Fox échangèrent un regard amusé.

– Bien entendu, *messieurs*.

Hayden hocha la tête.

– Naturellement. C'est typique des Français. Comme l'époque de leur grandeur est révolue, ils regardent avec envie ce que réussit l'Angleterre.

– Vous croyez vraiment à ce que vous dites ?

– C'est pourtant évident. La France est une nation vaincue qui ne vit plus que de son passé glorieux. Nous, au contraire, nous pouvons nous enorgueillir d'un empire mondial comme il n'y en a jamais eu dans l'histoire de l'humanité. Il se perpétuera alors que tout le reste aura depuis longtemps disparu.

– Je lève mon verre à cela, approuva Fox en se mettant debout, bien que ses jambes le portassent à peine. Il leva solennellement son verre à demi vide déjà, et son visage prit une expression grave lorsqu'il prononça : A Sa Majesté la reine !

– A la reine ! confirma Hayden en levant à son tour le sien.

Du Gard ne put réprimer un sourire ironique.

– Peut-on savoir ce qu'il y a de comique à cela ? s'enquit Hayden, irrité.

– Rien, messieurs. Je me demande simplement ce que des personnes pourvues d'entendement trouvent de si fascinant à cette comédie.

– Cette comédie ? Vous appelez comédie l'amour pour la patrie et pour la reine ?

– Dans une certaine mesure.

– Alors, il va falloir vous expliquer rapidement, exigea Hayden. Sinon, Mister Fox et moi nous pourrions bien considérer vos paroles comme une offense impardonnable.

– Eh bien, je pense qu'il en va de la fierté à l'égard de sa propre nation de même que de l'alcool sous un soleil de plomb : on ne doit en faire usage qu'avec la plus grande modération. Sinon cela peut conduire tôt ou tard à une catastrophe d'une ampleur insoupçonnée.

– Une catastrophe ? De quoi voulez-vous parler ?

Maurice du Gard eut un sourire triste et entendu à la fois.

– Croyez-moi, mon capitaine, ne tenez pas à le savoir. Et même si vous y teniez, je ne serais pas autorisé à vous le dire.

– Vous n'y êtes pas autorisé ? Qu'est-ce à dire ?

– Quoi donc ? fit Fox avec présomption. Il joue de ses supposées capacités à prédire l'avenir.

– Est-ce vrai ? demanda Hayden.

– Les gens parlent beaucoup, esquiva le Français.

– Mais ont-ils raison ? Vous figurez-vous réellement savoir ce qui va arriver ?

– Bien entendu, opina Du Gard. Mais, croyez-moi, messieurs, ce n'est pas un privilège de connaître l'avenir, c'est une servitude. Car vous ne pouvez pas choisir ce que vous voyez et vous contemplez des choses qui vous font peur, des images de guerres à venir, de la mort de ceux que vous aimez, et même de votre propre fin.

– Cela veut-il dire que vous savez quand vous allez mourir ?

Du Gard lui adressa un regard aigu.

– Oui.

– Et… et ma mort ? demanda Fox avec angoisse. Vous pouvez aussi la voir ?

– Je regrette, Monsieur, répliqua Du Gard. Comme je l'ai dit, je ne peux voir l'avenir que de ceux qui me sont proches. Et, sauf votre respect, vous ne l'êtes pas.

– Et Lady Kincaid ? fit Hayden tandis que l'inspecteur, offensé, tournait le dos. Vous avez regardé dans son avenir ?

– *Oui.*

– Est-ce la raison pour laquelle vous restez si tranquille alors qu'elle est sans protection, là dehors, à vaquer à ses occupations parmi tous ces Arabes et ces gens de couleur ?

– Vous pouvez me croire, capitaine Hayden, quand je vous dis que Sarah, là où elle est, ne court aucun danger.

– D'où le savez-vous ?

– Je le sais, répondit simplement Du Gard.

– Alors vous savez aussi où elle est allée ?

– *Oui.*

– Et c'est maintenant que vous le dites ?

Du Gard haussa les épaules.

– A dire vrai, *mon capitaine*, je n'ai pas vu l'intérêt de vous le dire. D'autant plus que Sarah m'a demandé de garder le secret.

– Et si jamais elle se trouve en danger ?

– Aucun danger ne la menace.

– C'est *vous* qui le dites. Mais figurez-vous, Du Gard, que je ne crois pas du tout à la voyance ni à toutes ces histoires. Et si j'avais la possibilité de voir Lady Kincaid et de me rendre compte par moi-même qu'elle va bien, alors…

– Seulement vous n'avez pas cette possibilité, capitaine Hayden, répartit Du Gard froidement. Votre présence n'est pas souhaitée par Lady Kincaid.

Stuart Hayden renâcla comme un taureau ; l'instant d'après, il perdit toute retenue.

– Vous, arrogant Français…

Du Gard le rappela à la raison.

– *Se contenir, mon capitaine.* Ce n'était pas mon idée. Lady Kincaid m'a demandé personnellement de…

Il s'interrompit soudain, sursauta, ferma les yeux et se replia en lui-même.

– Quoi encore ? s'enquit Hayden, courroucé. Que cherchez-vous par cette mise en scène ?

Du Gard rouvrit les yeux. Son regard avait changé, exprimant un avertissement muet.

– Quelque chose ne colle pas, dit-il à voix basse.

Kesh était un serviteur loyal.

Du jour où, alors qu'il était encore enfant, Ammon el-Hakim l'avait sorti de la rue et lui avait offert le gîte et le couvert, il avait voué entièrement sa vie au vieil astronome. Et celui qui possédait l'estime du sage était sûr, alors, de pouvoir compter sur l'amitié de Kesh.

Kesh était un homme simple.

Il aimait se tenir aux pieds du sage et l'écouter raconter des histoires que le vieil Ammon savait narrer comme personne d'autre. Et, malgré son allure de géant, Kesh nourrissait une passion pour le miel turc et les autres friandises en vente à tous les coins de rue et dans les bazars. De temps à autre, le vieil Ammon lui remettait quelque argent pour qu'il puisse s'en acheter un peu ; rien que pour cela, la loyauté de Kesh lui était acquise sans limite.

Kesh n'avait pas été doté par le Seigneur d'une intelligence supérieure, mais il avait compris que Sarah Kincaid était quelqu'un de particulier. Tout jeune déjà il avait admiré sa beauté et son allant. Un temps, il avait été persuadé qu'elle devait être la descendante d'une reine et, à vrai dire, aujourd'hui encore il n'avait pas complètement abandonné cette certitude. Quand elle lui demandait quelque chose, il faisait tout pour répondre à ses vœux. Il en était ainsi jadis et il en était pareillement aujourd'hui.

Kesh observait à distance respectueuse l'homme que l'on appelait Kamal. Marchant de long en large au pied de l'escalier conduisant à l'entrée de la porte de la tour, le caftan resserré sur les épaules, il ne quittait pas des yeux l'Egyptien, exactement comme Sarah l'en avait chargé.

Avec quelque méfiance, Kesh remarqua à quel point ce Kamal était un gaillard peu tranquille. Celui-ci s'affairait tantôt au châssis de la voiture avec laquelle Sarah Kincaid était venue, tantôt auprès des chevaux. Puis il allait s'asseoir sur un rocher et contemplait la tour qui se dressait tel un vieil arbre noueux à l'assaut des pentes du Mokattam. De plus, Kamal semblait être un gaillard peu loquace. A plusieurs reprises, le cocher de la voiture, que le sens du devoir retenait assis sur son banc, avait cherché à lier conversation, mais il n'en avait reçu que des réponses monosyllabiques. L'attention de Kamal paraissait se concentrer sur la tour, ce qui ne plaisait pas du tout à Kesh.

Le serviteur d'Ammon résolut d'avoir non seulement un œil attentif sur Kamal, mais de renforcer encore sa vigilance pour être sûr de mener à bien la mission dont on l'avait chargé. Auparavant, il voulait juste reprendre un peu de ce miel turc dont il gardait toujours une portion dans les vastes poches de son caftan. Kesh ne mit pas longtemps à détacher un morceau de la friandise collante et à l'enfouir dans sa bouche ; mais lorsqu'il leva les yeux Kamal avait disparu.

Le serviteur du sage poussa un grognement de mécontentement et se remit debout, quittant son poste au pied de l'escalier pour mieux voir la voiture ; mais Kamal ne réapparaissait pas. Apparemment il avait profité du moment de distraction de Kesh pour s'éclipser...

Soudain Kesh perçut un mouvement du coin de l'œil. Il se retourna pesamment et aperçut une ombre qui dévalait du rocher en s'élançant droit sur lui. Le miel turc glissa de la bouche de Kesh ouverte dans une expression d'effroi lorsqu'il vit deux yeux briller dans le noir. L'instant suivant, la lame d'un poignard sortant de l'obscurité fila vers lui avec le tranchant d'un rasoir.

Le serviteur du sage eut juste le temps de porter les mains devant son visage et de protéger ainsi sa gorge ; la lame dévia de son axe et vint le frapper au ventre avec une force terrible. Kesh sentit la douleur le vriller comme un fer rougi pénétrant dans ses entrailles. D'instinct, il saisit son poignard qui se trouvait dans les replis de sa bandoulière, mais il ne lui restait plus assez de temps pour le tirer. Car, au même moment, le deuxième coup jaillissant de l'obscurité l'atteignit ; ce fut la fin.

– Pourquoi cela, Sarah ? demanda le vieil Ammon d'une voix chuchotante. Pourquoi tiens-tu tant à trouver le Livre des Secrets ? Scrute ta conscience et réponds-moi. Le fais-tu pour ta renommée ? Ou pour asseoir la réputation de ceux qui t'en ont chargée ?

– Ni l'un ni l'autre. Quelqu'un est en train de tout mettre en œuvre pour s'approprier le savoir du Livre ; quelqu'un pour qui la vie n'a pas d'importance. Dans mon pays, cet être a tué quatre jeunes femmes et enlevé quelqu'un qui compte beaucoup pour moi. Je ne peux pas…

– Quatre jeunes femmes ? l'interrompit le vieux.

– En effet.

– Et leurs organes ont été retirés ? Le foie, les poumons, l'estomac et les autres viscères ?

– Oui, confirma Sarah, interloquée, en même temps qu'elle se demandait si Ammon el-Hakim n'était pas, après tout, réellement un magicien. D'où le savez-vous ?

– C'est sans importance. Explique-moi plutôt pourquoi tu veux entrer en possession du Livre de Thot.

– Parce que la vie d'êtres humains en dépend, répliqua Sarah sans hésitation. Quelqu'un essaie de s'approprier le savoir du Feu de Ré et, si ce qui est écrit est exact, il s'agirait d'une force d'une ampleur insoupçonnée susceptible d'engendrer des destructions sans précédent.

– Cela est vrai, convint Ammon.

– En de mauvaises mains, une telle puissance pourrait être utilisée comme une arme et coûter la vie à des milliers d'innocents. Si vous savez quoi que ce soit à ce sujet, Maître, alors vous devez me le confier.

– Pourquoi donc ? se borna à demander le vieux.

– Parce que… de nouveau Sarah baissa la tête avec le sentiment de sa propre culpabilité. Parce que, Maître, je dois réparer, murmura-t-elle. Parce que je veux que l'assassin de ces jeunes femmes soit puni pour ses crimes. Parce que l'on m'a déjà pris un père et que je ne pourrai supporter de perdre encore un homme qui m'est cher. Et parce que je ne veux pas que des innocents continuent d'être sacrifiés.

– Tes paroles montrent de la noblesse, Sarah, constata le vieux. Mais, compte tenu de la force qui émane du Feu de Ré, elles ne sont que vent et fumée.

– Voyons, Maître, Comme pouvez-vous dire une chose pareille ? Vous me connaissez et vous savez bien que je…

– Promets-tu de détruire le savoir secret ? interrogea Ammon sans ambages. De manière que personne ne puisse s'approprier le Feu de Ré ?

– Comment ?

– Bien que je ne puisse pas voir ton visage, je sais qu'il est marqué par l'incompréhension… et encore le Livre de Thot n'est-il pas en ta possession.

– Eh bien, je... je ne comprends pas pourquoi je devrais le détruire. Le Livre des Secrets est un trésor scientifique d'une valeur inestimable, et il constituerait un apport sans précédent pour la science…

– Et voilà.

Le vieux opina.

– Les érudits de ton pays vont se jeter comme des chacals sur ce que le passé a laissé en héritage. Ils vont se sentir les maîtres du monde alors qu'ils ne seront rien d'autre que des charognards. Sarah, ne comprends-tu pas ? Le savoir qui se trouve consigné dans le Livre de Thot vient d'un temps et d'un monde très différents. Il s'agit du savoir des dieux, il n'est pas destiné aux mortels. Pas encore. Peut-être que le temps permettra de révéler tel ou tel secret lorsque l'humanité sera assez vieille et assez mûre pour cela ; mais, jusque-là, ce savoir ne doit tomber entre les mains de personne. Même la meilleure intention sera corrompue par la puissance que recèle le Feu de Ré. C'est pour d'excellentes raisons qu'il a été caché il y a très longtemps, et cela me remplit d'une grande inquiétude à la pensée de savoir que l'on est à sa recherche.

– Je comprends, fit Sarah à voix basse. Pardonnez mes paroles irréfléchies.

– N'en parlons plus, dit Ammon qui parut un instant s'être retiré en lui-même. Vas-tu alors me promettre de le détruire ? Fais-tu solennellement le serment de détruire le secret de Thot et ainsi de le soustraire à jamais au monde ?

– Eh bien, je…

– Je vais te dire ce que mes hypothèses concernant le Livre de Thot m'ont permis de savoir ; mais pour cela tu dois jurer sur la mémoire de ton père que tu mettras tout en œuvre pour que ni le Livre ni ses secrets ne tombent entre les mains de qui que ce soit.

Les yeux vitreux du vieillard fixèrent Sarah et, bien qu'elle sût que le vieux était aveugle, elle eut le sentiment qu'il la scrutait jusqu'au tréfonds d'elle-même. Comme autrefois lorsqu'elle n'était encore qu'une jeune fille naïve, elle avait l'impression de ne rien pouvoir lui cacher. Si elle lui donnait sa parole, cela serait définitif et irréversible. A la différence de ce qui s'était passé avec le duc de Clarence, elle ne pourrait plus, ensuite, avoir de doutes.

– Soit, fit-elle en signe d'accord. J'obéis à la nécessité.

– Le jures-tu ?

– Oui, Maître.

– Sur la mémoire de ton père ?

Sarah hésita un imperceptible instant.

– Oui, cela aussi, finit-elle par confirmer.

– Alors, je vais te raconter ce que je sais...

– Que voulez-vous dire par là ? demanda Hayden en jetant un regard plein de suspicion à Du Gard. Qu'est-ce qui ne va pas ?

– *Je ne sais pas*, répliqua le Français qui avait quitté sa place à table pour aller à la fenêtre.

A travers les persiennes, il pouvait contempler la rue en contrebas. Des commerçants avaient déployé dans la nuit leurs étals et ils offraient leurs marchandises aux autochtones comme aux étrangers. La lueur vacillante des flambeaux et des lampes à huile éclairait les façades opposées, avec leurs recoins et leurs baldaquins, leurs fenêtres en ogives et leurs arabesques, d'une lumière pâle.

– Vous ne le savez pas ?

– Pas exactement.

Du Gard secoua la tête.

– Durant un instant j'ai cru sentir...

– Une vision ? demanda Milton Fox sans masquer le doute qu'il éprouvait.

– Oui, quelque chose comme cela. Peut-être aussi seulement une impression. Mais pendant un court instant j'ai eu l'impression que quelqu'un était là au-dehors, en train de nous observer et...

A ce moment précis, les événements se précipitèrent.

Une détonation se fit entendre, aiguë, cinglante comme un coup de fouet. Du verre se brisa et le bois des persiennes vola en éclats une fraction de seconde après que Du Gard, obéissant à un réflexe, se fut jeté par terre.

Le Français sentit que quelque chose au-dessus de lui claquait comme un fouet, le manquait de peu et s'enfonçait avec un bruit désagréable dans le crépi du plafond.

– Un coup de feu, constata Hayden en saisissant son arme, un lourd revolver de l'armée, de marque Martini-Henry, tandis que Milton Fox se jetait à son tour au sol, un juron indistinct aux lèvres.

Son arme en main, Hayden se blottit à droite de la fenêtre, contre le mur, essayant de jeter prudemment un coup d'œil sur la rue. Mais au milieu de toute l'agitation il ne put rien distinguer de suspect. Malgré l'heure avancée, bien des gens continuaient de vaquer à leurs occupations et, au fond, n'importe lequel d'entre eux aurait pu être le tireur.

– Sacrebleu, siffla Hayden, frustré. Tout va bien, Du Gard ?

– Oui, fut la réponse qui parvint d'en dessous du banc de fenêtre. Croyez-vous, à présent, qu'il y a certaines choses que je puisse deviner ?

– Je veux bien le croire…

– Qui que ce soit, il en avait après moi.

– On dirait. Soyez heureux qu'il soit un piètre tireur, répliqua l'officier froidement. Et maintenant, Du Gard, allez-vous rompre le silence et me faire part de l'endroit où se trouve actuellement Lady Kincaid ?

– Pourquoi le devrais-je ?

En maugréant, le Français se releva et secoua la poussière de sa chemise à ruchés qui, ici, paraissait encore plus déplacée que dans la lointaine Londres.

– C'est simple : parce que ces gens qui voulaient justement votre mort en ont probablement aussi après elle. Peut-être que Lady Kincaid est exposée, sans le savoir, à un grand danger, et je ne vais pas rester sans rien faire, vous comprenez ? De plus, je tiens depuis le début pour une idée stupide d'avoir pris cet Egyptien avec elle !

Du Gard regarda d'abord Hayden puis Milton Fox toujours recroquevillé au sol et tremblant comme une feuille. Un instant, il se demanda ce qui était le plus important : laisser Sarah seule, comme elle le souhaitait, ou alors assurer sa sécurité. L'attentat contre Du Gard avait créé une nouvelle situation, le contexte avait entièrement changé…

– *D'accord*, vous avez raison. Compte tenu de la situation, je vais vous dire où Sarah se trouve.

– Alors ?

– Elle est actuellement au vieil observatoire, au nord de la ville. Sarah y connaît depuis sa jeunesse un homme, un vieil Egyptien appelé « le sage ». Elle voulait lui demander certaines informations.

– Alors, qu'est-ce que nous attendons ? demanda Hayden, furieux, en remettant son revolver dans son étui. En route pour le vieil observatoire. Et priez pour qu'il ne soit rien arrivé à Lady Kincaid, Du Gard, sinon j'en tirerai personnellement vengeance…

– Ne vous en faites pas, je vais prier, *mon ami*, répliqua promptement Du Gard. Mais pas pour moi, je n'en ai guère besoin…

– … sache donc, Sarah, que pour cette raison le Livre de Thot a été jadis conservé dans le sanctuaire d'Unu où des générations de grands prêtres du dieu de la lune l'ont veillé jusqu'en l'an 950 de votre ère. Puis le royaume des pharaons fut détruit dans une guerre sanglante qui le dévora de l'intérieur. Un puissant guerrier du nom de Scheschonk, qui n'était pas égyptien de naissance, mais mercenaire libyen, fut celui qui imposa son autorité et réunifia le royaume. Cependant, il fit chasser et persécuter la classe des prêtres qui lui avait opposé une farouche résistance jusqu'au dernier moment. Beaucoup de prêtres prirent donc la fuite en Nubie, et parmi eux les serviteurs de Thot qui emportèrent le Livre des Secrets. On dit de Tezud, un grand prêtre du culte de Thot, qu'il fut le dernier à se trouver en possession du Livre. Il l'aurait enfoui dans un endroit reculé pour éviter que la puissance qui y est renfermée ne tombe entre les mains des partisans de Scheschonk. Ils appelèrent cet endroit « l'Ombre de Thot ».

– Je comprends.

Sarah hocha la tête. La plupart des choses que le vieil Ammon lui racontait, elle les connaissait déjà, ou au moins avait pu les deviner. Mais le savoir du sage allait encore plus loin, comme elle l'avait supposé.

– Depuis lors, continua le vieillard d'une voix cassée, beaucoup ont essayé de trouver le Livre et de percer son secret. Les Macédoniens ont été les premiers, puis vinrent les Romains, qui tentèrent plusieurs essais, et enfin les Français. Mais les tentatives ont été faites sans persévérance et sans résultat, car tous ont cherché au mauvais endroit les pouvoirs cachés de la divinité de la lune.

– Au mauvais endroit ?

Sarah était tout ouïe.

– Ils l'ont cherché à Unu, dans ce qui a été de tout temps la demeure de Thot, et aussi à Memphis, où le dieu de la lune est pareillement vénéré… sans se douter que le Livre des Secrets avait pu être emporté depuis longtemps dans l'Ombre de Thot.

– Cette Ombre de Thot, demanda Sarah, cette cache où le grand prêtre Tezud est censé avoir apporté le Livre, savez-vous où elle se trouve ?

– Personne ne le sait exactement, répliqua Ammon, car l'étendue du désert est incommensurable, et le vent connaît beaucoup de directions. Mais il est dit que celui qui voudra trouver le Livre des Secrets devra chevaucher cinq jours et cinq nuits pour parvenir au but.

Sarah réfléchit à haute voix.

– Naturellement, cela a un sens. Thot a été célébré par les Egyptiens comme la divinité du chiffre cinq…

– C'est exact, lui accorda Ammon, et il y a une raison à cela. Selon la légende, le dieu du soleil, Ré, aurait voulu empêcher la naissance des cinq divinités Isis, Nephtys, Seth, Haroeris et Osiris en ordonnant que leur mère Nut ne mette pas au monde au cours des mois du cercle solaire de l'année. Thot déjoua la manœuvre de Ré en ajoutant cinq jours supplémentaires au cycle de la lune, que les Egyptiens inscrivirent à leur calendrier. Lors de chacun de ces jours naquit une divinité, contre la volonté expresse manifestée par Ré. Depuis lors, l'hostilité règne entre Thot et Ré et, selon ce qui se raconte, Thot aurait dérobé à Ré le secret du feu. Thot aurait couché par écrit ce secret sur des rouleaux portant son nom et l'aurait confié aux prêtres d'Unu qui en ont assuré la garde et l'ont conservé jusqu'à ces jours sombres où il a été perdu.

– Je vais rechercher cet endroit et le trouver, fit Sarah avec détermination.

– Alors, Unu doit être ton point de départ. C'est là-bas que se trouve un indice sur la direction que doit prendre celui qui veut percer les secrets de Thot. Mais tu dois te préserver, Sarah. Parmi tous ceux qui ont voulu s'assurer la possession du Feu de Ré, nombreux sont ceux qui l'ont payé de leur vie. Une guerrière du nom de Meheret, dont l'origine se perd dans la nuit des temps et qui aurait été au service de Scheschonk, passe pour avoir réussi à découvrir l'Ombre de Thot. Mais il lui serait arrivé quelque chose d'épouvantable. Aux portes de la ville que les prêtres de Thot avaient érigée à l'ombre de leur divinité, une bataille aurait été eu lieu, un affrontement dans lequel Meheret et ses guerriers auraient péri jusqu'au dernier. On suppose que c'est le Feu de Ré qui les a anéantis. Et, toujours selon ce qui se dit, les héritiers de Meheret seraient encore de nos jours en quête du Livre des Secrets.

– Ses héritiers ?

Sarah remarqua comment, malgré ses pantalons dégoulinants de transpiration, elle ressentait le froid de la rigole qui se mettait à couler dans son dos.

– Maître, voulez-vous dire par là que… ?

– Je suis trop âgé pour me laisser aller à des hypothèses, mon enfant ; mon temps sur cette terre est compté. Il est écrit que les héritiers de Meheret ne connaîtront ni trêve ni repos tant qu'ils n'auront pas vengé la fondatrice de leur ordre et qu'ils ne tiendront pas dans leurs mains le Livre de Thot. Ils ont constamment cherché à travers les siècles à entrer en sa possession, en se servant souvent des puissants de ce monde. Ou alors es-tu prête à croire qu'Alexandre le Grand a eu de lui-même l'idée de se mettre en quête du Feu de Ré ? Ou César ? Ou Napoléon ? Non, mon enfant, tous ses hauts faits ont eu besoin d'une impulsion de départ.

Sarah opina tandis qu'elle ressentait une frayeur de plus en plus grande. Effectivement, les conjurés avaient essayé de se servir, en la personne du duc de Clarence, d'un puissant de la cour, et apparemment les racines de leurs actions remontaient à des millénaires...

Ammon se fit plus précis :

– Il est possible que l'héritage de Meheret perdure jusqu'à nos jours. Mais, de la même manière que pour Meheret, la mort et la corruption seront lâchées aux trousses de celui qui voudra se rendre maître du Livre de Thot.

– Je dois pourtant le tenter, fit Sarah. Il s'agit tout de même de la vie d'êtres humains !

– Et de la tienne, n'est-ce pas ? ajouta le vieux, d'un air mystérieux.

Sarah hocha la tête.

– Oui, dans une certaine mesure.

– Tu ressembles beaucoup à ton père. Mon enfant. Tu veux faire le bien et tu es prête à tout entreprendre pour cela. Mais tu dois te préserver. Le danger ne te guette pas que de l'extérieur, de l'intérieur aussi.

– Que signifie cela ?

– Qu'un traître se trouve parmi les tiens, répliqua simplement le vieux. La trahison est la compagne de Thot depuis le jour où il a trompé le dieu du soleil. Protège-toi, Sarah, car la ruse et la fourberie circulent partout. Tu ne dois faire confiance à personne, entends-tu ? A personne !

Ammon ne faisait que confirmer ce que Du Gard et elle-même avaient déjà supposé. Mais lequel de ses compagnons de voyage pouvait bien être le traître ? Qui au sein du cercle le plus étroit pouvait travailler, en réalité, pour l'ennemi ?...

– Je sais, Maître. Soyez remercié pour tout ce que vous avez fait. J'apprécie la confiance que vous mettez en moi.

– Pense à ton serment, Sarah Kincaid. Ne l'oublie jamais.

– Je ne l'oublierai pas, soyez-en sûr.

Le visage du vieux prit une expression étrangement lointaine, et il prononça des paroles qui se gravèrent en lettres de feu dans la mémoire de Sarah :

Le sentier de la nuit parcourt
Qui cherche de la lune le secret
Que se garde pourtant qui au savoir aspire
De qui guette dans l'ombre.

– Quelle en est la signification, Maître ? demanda Sarah.

– Lorsque le temps sera venu, tu reconnaîtras la prophétie du sage. Allah puisse-t-il te garder, mon enfant.

– Vous aussi, Maître.

Sur ce, Sarah se leva et se prosterna avec respect devant le vieux qui, une fois encore, l'avait éclairée de son savoir et de sa sagesse. Même si Ammon ne pouvait la voir, elle aurait jugé inconvenant et irrespectueux de se tourner devant lui et de lui présenter son dos ; elle s'éloigna donc en marchant à reculons, le buste penché, ainsi qu'elle l'avait fait autrefois lors de sa présentation à la reine, à la cour de St James. Il y avait de cela bien longtemps.

Ce n'est que dans l'escalier que Sarah se retourna pour descendre les marches de pierre. Elle quitta les étages de la tour où le vieil Ammon gardait les rouleaux et tant de trésors que tout archéologue aurait rêvé d'examiner, et parvint au vestibule dans lequel les lampes à huile suspendues dispensaient quelque éclairage. Leurs flammes vacillaient, car la porte vers l'extérieur était entrebâillée.

– Kesh ? lança Sarah.

Pas de réaction.

– Kesh ? Où es-tu ?

Elle écarta le rideau derrière lequel le serviteur du sage avait ses aises ; mais le campement très simple, qui se composait d'un méchant matelas et de quelques coussins, était vide.

– Kesh ?...

Oubliant toute prudence, Sarah dévala en trombe les marches de pierre et tomba sur les genoux. C'était bien le serviteur du sage qui gisait au sol, sans vie, couvert de sang. En proie à la panique, Sarah essaya de prendre son pouls, mais, où qu'elle le cherchât, elle ne rencontrait que du sang et aucun signe de vie. Il était trop tard.

– Ô Kesh ! Comme je suis navrée ! Comme je suis navrée, mon ami...

Des larmes de chagrin et de peur jaillirent dans les yeux de Sarah.

Pendant quelques instants, elle fut incapable d'avoir une quelconque pensée claire. Elle parvint cependant à se forcer au calme. L'auteur de ce crime devait continuer d'errer dans les parages.

De ses yeux troublés par les larmes, Sarah regarda alentour, jusqu'à la voiture. Et elle s'aperçut que Kamal avait disparu. Le cocher s'occupait toujours de son attelage et attendait, mais il n'y avait plus trace du guide égyptien...

– Oh, non !

La révélation frappa Sarah avec une force terrible. Le traître n'était autre que Kamal, ce traître contre lequel le vieil Ammon l'avait encore mise en garde, sans savoir, bien sûr, que la trahison venait déjà de coûter la vie à son serviteur.

Le moment d'après, elle eut une autre pensée, encore plus effrayante. Elle saisit le manche ensanglanté du poignard de Kesh, le dégagea de sa bandoulière, bondit sur ses pieds et franchit les marches du portail pour revenir vers la tour.

– Kamal ! hurla-t-elle, de toutes ses forces, sa peine et sa colère à la nuit.

D'un seul élan, elle parcourut le vestibule et atteignit l'escalier dont elle gravit la volée des marches de pierre enroulées en raidillon. A mi-chemin, elle put déjà entendre des cris étouffés. Sarah accéléra autant que sa robe et son corset le lui permettaient.

Pourquoi n'y avait-elle pas pensé ? se demandait-elle. En tuant Kesh, l'assassin s'était ouvert l'accès à la tour. Il avait dû se cacher dans l'une des pièces construites en renfoncement à mi-étage, pour en sortir dès que Sarah était passée afin de pouvoir tuer le maître après son serviteur…

– Kamal ! sifflait Sarah entre ses dents serrées.

Ses traits étaient déformés par la colère, dans une fureur qui accélérait ses pas. Le rideau de la chambre de la tour avait été à moitié arraché. Hors d'haleine, Sarah le traversa pour s'apercevoir que le vieil Ammon était encore en vie !

Mais dans une situation désespérée.

Un homme portant un caftan et un burnous noir, et dont le visage était à ce point couvert que seuls ses yeux de braise restaient visibles, se tenait auprès du vieux, la lame sanglante levée, déjà prête à frapper.

Ammon rampait aux pieds de celui-ci, ses yeux aveugles implorant la pitié.

– S'il te plaît, supplia-t-il, je ne t'ai rien fait…

– Arrête ! cria Sarah à haute voix. Laisse-le en paix, espèce de bâtard !

L'assaillant masqué bougea. Si Sarah avait pensé qu'il délaisserait Ammon, elle avait atteint son but ; mais elle s'était mise dans le même temps dans une situation périlleuse.

La bouche sous le voile noir laissa échapper un rire sardonique, les yeux sombres la fixèrent avec une moquerie non déguisée. Sarah avala la boule qui s'était formée dans sa gorge et avança bravement vers l'assassin. Elle tenait fermement le poignard de Kesh, devant elle, le bras fléchi, comme les Bédouins ont l'habitude de faire.

L'assaillant masqué riait toujours, mais, à l'étonnement de Sarah, ne se décidait toujours pas à attaquer.

– Viens donc, qu'attends-tu ? siffla-t-elle en arabe. Ou bien tu ne sais que tuer par-derrière, toi le fils d'une chienne ?

Un homme aurait-il prononcé ces mots qu'ils n'auraient rien été d'autre qu'une provocation ; mais, venant d'une femme, ils constituaient une offense mortelle. Les yeux de l'assaillant se rétrécirent jusqu'à devenir une mince fente, mais il n'attaqua toujours pas, comme si un ordre supérieur le lui interdisait.

– Qu'y a-t-il ? jeta encore Sarah tandis qu'ils décrivaient un arc de cercle. Hésites-tu parce que je suis une femme ? Sois sans crainte, je sais me servir d'un poignard. Ceux qui me l'ont appris avaient autrement plus de courage que toi…

Elle fit un pas en avant et constata avec stupéfaction que l'homme masqué reculait jusqu'à l'escalier conduisant en bas. Il cligna des yeux. Sur une brusque décision, il parut vouloir se jeter dans l'escalier, mais il n'y parvint pas. Au lieu de cela, il se tint droit, comme frappé par la foudre.

Un gémissement sourd sortit de sa gorge et il écarta les bras. Il laissa échapper son poignard et ses yeux prirent une expression d'incrédulité mêlée d'effroi. L'instant d'après, il bascula en avant et tomba, sans plus faire de mouvement. Derrière lui, dans l'embrasure de l'escalier, se tenait Kamal, un poignard encore sanglant à la main. Il chercha Sarah d'un regard qui exprimait à la fois l'embarras et la détresse.

– Excusez-moi, Milady, articula-t-il, je sais que j'aurais dû vous attendre auprès de la voiture, mais je vous ai entendu crier mon nom et j'ai pensé…

– Ça va, l'interrompit Sarah.

Soulagée d'avoir soupçonné à tort son guide, elle se tourna vers Ammon resté accroupi au sol et qui la fixait de ses yeux vides.

– Cela va-t-il, Maître ? Allez-vous bien ?

– Je suis en vie, répliqua le vieux avec un calme étonnant. Cela seul compte. Tu dois t'en aller, Sarah, vite. Le Mal est déjà à tes trousses…

– Ô Maître, pardonnez-moi, le pria Sarah, et elle se jeta à genoux avec humilité. Par ma légèreté j'ai conduit mes ennemis jusqu'à vous et je vous ai mis en danger. Kesh est mort, Maître. L'homme qui voulait vous assassiner l'a poignardé de sang-froid…

– Kesh, répéta le vieux.

La perte de son serviteur fidèle, qui était comme un fils pour lui, l'affectait visiblement.

– C'était un être bon, et Dieu le placera parmi les siens. Maintenant, pars, Sarah…

– Pardonnez-moi, Maître. Mon imprudence a coûté la vie au pauvre Kesh…

– Tu n'y peux rien, mon enfant. Des forces sont à l'œuvre cette nuit. Elles sont plus anciennes et plus cruelles que tout ce que tu peux t'imaginer. Sarah, il ne faut pas que ces forces atteignent leur but. Tu dois trouver avant elles ce qu'elles cherchent, c'est pourquoi pars maintenant, tant qu'il en est encore temps.

Sarah obéit, non sans réticence.

– Vous devez également quitter l'observatoire, Maître. Nos ennemis savent à présent où vous trouver et ils exigeront les mêmes informations que celles que vous m'avez données.

– Ils ne me trouveront pas, fit le vieux avec conviction. Et toi non plus. Pars maintenant, mon enfant, et n'oublie pas ce que tu m'as solennellement juré.

– Je ne l'oublierai pas, Maître, je…

Sarah s'interrompit, entendant dans l'escalier des pas précipités. Plusieurs hommes montaient les marches à toute allure. De nouveaux assaillants ?

Kamal sembla penser la même chose, car il s'avança bravement, de manière à protéger sa maîtresse et le vieil Ammon.

– Quoi qu'il arrive, restez derrière moi, Milady, indiqua-t-il avec noblesse à Sarah, mais, une fraction de seconde plus tard, les intrus faisaient irruption dans la chambre de la tour.

Sarah réprima un cri lorsque le premier d'entre eux franchit le seuil. Pour s'apercevoir, l'instant d'après, que ce n'était autre que Stuart Hayden. La tunique rouge des hussards luisait dans la lueur des lampes à huile ; l'officier tenait en main son sabre levé. Le matin même encore, Sarah aurait douté qu'elle serait jamais contente de revoir Hayden un jour ; or, en ce moment précis, elle l'était vraiment.

Et il n'était pas venu seul.

Deux de ses soldats l'accompagnaient : des sergents qui portaient des fusils munis de baïonnettes. Milton Fox et Maurice du Gard étaient là également, armés l'un d'un revolver à canon court, l'autre de son charme habituel.

– Excuse-moi, *ma chère*, d'avoir révélé l'endroit où tu étais, mais, après que l'on eut tiré sur nous, notre bon capitaine a tenu absolument à…

– Allez-vous bien, Lady Kincaid ?

Hayden lui avait coupé la parole avec impatience.

– Merci, je n'ai pas à me plaindre, répliqua Sarah en faisant un effort pour que cela sonne le plus juste possible.

– Le gaillard est mort, constata Fox, penché sur l'homme masqué. C'est vous qui avez fait cela, Lady Kincaid ?

– Non, rétorqua froidement Sarah. Notre ami Kamal a eu l'à-propos de régler cette vilaine affaire…

D'un geste vif, Fox écarta le voile noir dont l'assaillant s'était couvert le visage. Les traits brunis d'un Arabe apparurent.

– Avez-vous une idée de qui peut être ce type ? demanda l'inspecteur.

– Absolument pas. Mais il est vêtu de la même manière que ces hommes qui ont enlevé mon oncle Mortimer Laydon. Me croyez-vous à présent lorsque je vous dis que les traces mènent jusqu'en Egypte ?

– Il n'y a toujours aucune preuve, glapit Fox avec une obstination puérile. Nous devons prévenir les autorités immédiatement. Cette affaire doit être instruite avec diligence. Je vais mettre à la disposition de mes collègues ici mes connaissances spéciales en…

– *Mon ami*, nous ne sommes pas à Londres, lui rappela Du Gard. Vous, les Britanniques, vous êtes établis ici, mais l'Egypte fait encore officiellement partie de l'Empire ottoman. Et qu'est-ce que la police locale va penser d'une explication au couteau impliquant des membres des forces d'occupation britanniques si peu appréciées ?

– Il a raison, dit Hayden. Nous ne pouvons nous permettre ni de nous faire repérer, ni d'avoir maille à partir avec les autorités. C'est pour cela que nous devons quitter Le Caire le plus vite possible. Avez-vous pu recueillir les informations que vous vouliez, Lady Kincaid ?

– Je le pense.

Sarah adressa un regard reconnaissant au vieil Ammon qui était toujours assis à même le sol, comme si de rien n'était.

– Où allons-nous ?

– Au sud, capitaine, répondit Sarah d'une voix très basse. Au sud.

III

Compte rendu sur l'expédition
20 décembre 1883

Une nouvelle fois, un innocent a payé de sa vie, d'autres n'en ont réchappé que d'extrême justesse. Malgré la disparition du pauvre Kesh qui me cause tant de chagrin, j'ai la certitude que nous devons mener à bien cette mission. L'adversaire inconnu auquel nous avons affaire a montré, une fois de plus, qu'il n'avait ni pitié ni scrupules.

Que la connaissance d'un secret vieux de plusieurs millénaires vienne à tomber entre ses mains, et j'ose à peine me figurer ce qu'il pourrait en faire.

Les paroles d'Ammon, que j'ai répétées à mes compagnons pour autant que je l'ai pu, m'ont profondément troublée. Ma découverte dans les locaux de la Ligue égyptienne m'avait déjà fait deviner que je dois me préserver d'adversaires se cachant dans nos propres rangs ; les paroles du sage ont permis de faire de mon soupçon une certitude. Qui donc est cet ennemi au sein de notre camp ? Plus je me pose cette question, moins j'ai d'espoir de trouver une réponse.

Le capitaine Hayden, malgré ses manières tranchantes, est à coup sûr un homme d'honneur et d'une grande loyauté qui, sans hésiter, serait prêt à donner sa vie pour sa patrie. Milton Fox, en sa qualité d'inspecteur de Scoland Yard, doit être mis au-dessus de tout soupçon, de même que Jeffrey Hull en sa qualité de barrister [1] *et de conseiller royal.*

Kamal, enfin, a prouvé, au péril de sa vie, à qui va sa loyauté.

Qui donc est le traître dont el-Hakim a parlé ?

J'ai caressé l'idée de demander l'aide de Maurice Du Gard et de ses talents particuliers pour retrouver la trace du renégat ; mais, par ailleurs, je dois prendre en considération l'hypothèse que Du Gard pourrait lui aussi travailler pour la partie adverse… si absurde que puisse paraître cette idée. Les semailles de la méfiance commencent à germer.

*Je sais que je ne dois faire confiance à quiconque et je me sens de plus en plus seule. Ce que le sage m'a révélé du Livre de Thot, je l'ai gardé pour moi, disant simplement à mes compagnons que Hermopolis, la capitale de l'ancien Unet, serait la prochaine étape de notre voyage. Comme Sir Jeffrey l'a appris, un navire du nom d'*Egypt Star *devrait d'ici peu quitter le port de Giseh pour remonter le cours du Nil. Puisque cela nous offre une occasion de quitter Le Caire rapidement et inopinément, nous avons réservé des places à bord.*

Si curieuse que je sois de découvrir ce qui nous attend dans notre périple, j'en éprouve aussi une intense crainte. Les derniers événements ont montré une fois de plus que la quête du Livre de Thot n'est pas un jeu, mais une lutte à la vie à la mort et qu'elle met en œuvre bien plus de choses que la raison n'est susceptible de saisir.

Depuis trois mille ans, des êtres humains ont assassiné, trompé et trahi pour entrer en possession de ce Livre.

---

1. *Barrister* : avocat de réputation irréprochable admis à plaider devant la *Court of Chancery*.

Maurice du Gard avait raison lorsqu'il disait que l'humanité, durant tout ce temps, n'a rien appris à ce sujet...

Port de Giseh
20 décembre 1883

C'était juste une étroite langue de terre, verte et fertile, qui ourlait à l'ouest le cours étincelant du Nil ; au-delà, les dunes prenaient leur essor dans un désert d'où se dégageaient dans un lointain tremblotant les pyramides comme autant de témoins muets du passé. Sur le fleuve aux reflets verts, circulaient de nombreux bateaux de pêche et navires de commerce, des felouques et des dahabijes, qui, avec leurs voiles triangulaires, ressemblaient à de grands oiseaux prêts à prendre leur envol. Des canards des criques accompagnaient les embarcations et se laissaient tomber sur l'eau en planant pour, au dernier moment, reprendre leur envol dès qu'une autre embarcation approchait.

Ce matin-là, il régnait une intense activité aux embarcadères de Giseh. Les navires qui avaient jeté l'ancre dans le port recevaient leur chargement ; des chameaux de bât et des charrettes à ânes se pressaient sur le quai ; les porteurs et les mendiants se disputaient la place, et il n'était pas rare que l'on en vînt bruyamment aux mains. Des injures définitives étaient échangées, et des marchands à la sauvette essayaient de conclure au plus vite leurs affaires. De l'eau potable et des dattes étaient offertes, mais aussi du pain turc ainsi que du poisson en saumure et de la viande de mouton. Quelques marchands allaient même jusqu'à proposer aux Européens aisés des pyramides miniatures et des répliques d'antiques talismans en guise de souvenirs.

Sarah Kincaid considérait cela avec dédain. A ses yeux, l'Egypte était un pays qui avait tout lieu d'être fier de son passé ; cette manière de faire des profits n'était pas digne de son histoire. Mais la plupart des passagers montant à bord de l'*Egypt Star* étaient sans doute d'un autre avis.

– Ne vous l'avais-je pas promis ? demanda Sir Jeffrey lorsqu'ils sortirent de la capitainerie du port qui n'était rien de plus qu'une cabane en bois dans laquelle un fonctionnaire, desséché par la chaleur et la poussière, assurait son office. A ce que l'on m'a assuré, l'*Egypt Star* est l'un des meilleurs navires en service actuellement sur le Nil.

– Assurément, Sir, approuva Fox avec enthousiasme. Ce navire est un magnifique exemple du savoir-faire des ingénieurs britanniques.

En effet, le vapeur, qui était à l'ancre à quai, avait une superbe apparence. Pourvu d'un large pont et d'un faible tirant d'eau, il avait été construit pour les croisières sur le fleuve, et ses superstructures élégantes à trois étages, au-dessus desquelles se trouvait la passerelle où se tenait le capitaine et la haute cheminée, offraient le summum du raffinement britannique au milieu de la chaleur, du bruit et de la poussière. Le navire était mû par une immense roue à aubes fixée à sa poupe.

– *Bien*. Ce serait presque comme chez nous sur le Mississipi, commenta Du Gard avec gaieté. Ici, on se sent vraiment chez soi.

– Si l'on tient à considérer un trou perdu, envahi de moustiques, comme sa patrie, alors pourquoi pas ? commenta à son tour le capitaine Hayden, avec hauteur.

Il avait baissé la petite moustiquaire qui recouvrait le pourtour de son casque d'officier pour se protéger des insectes gênants dont les abords des rives grouillaient.

– Avez-vous jamais été à La Nouvelle-Orléans ? demanda Du Gard d'un air de défi.

– Non. Ce que j'en ai entendu m'a amplement suffi.

– Alors, capitaine, remarqua Sarah, j'ose espérer que vos connaissances concernant ce pays-ci sont moins lacunaires et moins empreintes de préjugés que pour le sud des Etats-Unis !

Elle laissa l'officier planté là et parcourut la coursive menant au pont principal du vapeur, suivie de Maurice du Gard, de Sir Jeffrey et de Milton Fox. Hayden, interloqué, resta en arrière pour échanger quelques mots avec le sous-lieutenant Farnsworth, son adjoint qui, en son absence, assurait le commandement de la petite troupe. Hayden avait choisi huit de ses meilleurs hommes pour escorter l'expédition. Sarah Kincaid n'en avait pas voulu davantage, préférant avoir une troupe aussi réduite et aussi peu visible que possible. Uniquement avec la main-d'œuvre autochtone qui les attendait à Tehna el-Gebel, l'expédition atteindrait déjà une taille respectable. Kamal, pour lequel Sir Jeffrey avait pris un billet de troisième classe, avait fait jouer ses relations dans le caravansérail local pour assurer les préparatifs nécessaires.

Sarah et ses compagnons n'étaient pas les premiers passagers à embarquer sur l'*Egypt Star* ; d'innombrables voyageurs se pressaient sur le pont promenade, des Anglais pour la plupart, mais aussi des Français et des marchands turcs qui avaient des affaires à régler en aval du fleuve. Les hommes portaient, pour la plupart, des costumes de couleur kaki et des casques tropicaux qui n'étaient pas très différents de ceux des soldats. Les dames préféraient des vêtements clairs boutonnés jusqu'en haut, malgré la chaleur accablante, et les corsets et les cols étroits menaçaient d'étrangler leurs propriétaires.

Les femmes s'abritaient sous d'imposants chapeaux, grands comme des roues de carrosse, et la plupart d'entre elles agitaient, en plus, de petites ombrelles sous lesquelles elles espéraient pouvoir se protéger des rayons brûlants du soleil. Sarah s'était également glissée dans l'un de ces vêtements peu appréciés et se maudissait de n'avoir pas choisi d'habit plus commode. Mais, d'un autre côté, il fallait essayer d'éviter d'éveiller l'attention, en tout cas tant qu'ils n'auraient pas quitté Giseh et atteint le port de Minieh.

Sarah et ses compagnons découvrirent sur le pont-véranda du vapeur un salon avec panorama où, malgré la chaleur ambiante, il faisait bon se reposer. Ils s'installèrent sous des velums tendus dispensant une ombre bienfaisante, passèrent commande d'eau glacée, et observèrent le va-et-vient incessant sur le quai. Le temps passa vite et bientôt le signal du départ fut donné. Stuart Hayden parut sur le pont et se joignit à eux pour regarder le largage des amarres. L'*Egypt Star* quitta la rive.

Il se dégagea des remous du courant grâce à la puissance de sa grande roue à aubes dont les battements réguliers remplissaient l'air humide, et se plaça au milieu du fleuve, laissant s'échapper une fumée grise de sa cheminée. Les passagers lancèrent un dernier regard sur les pyramides et la mer de maisons couleur sable du Caire, encerclée par les hauteurs du djebel Mokattam.

La bande bleue du Nil était sillonnée d'innombrables embarcations dont les voiles se détachaient, claires et légères, sur le sable et le ciel. Des palmiers et des champs bordaient la rive occidentale en une ultime ligne de défense contre la tristesse désertique qui s'amorçait au-delà, là où était le but du périple.

– A notre expédition, mes chers amis, dit Sir Jeffrey qui s'était fait servir du scotch et levait son verre avec solennité. Puisse-t-il nous être donné de trouver ce que tant d'autres ont cherché en vain !

– A notre santé, tout à fait, Sir Jeffrey, répliqua Sarah. Simplement, je ne sais pas si nous devons réellement nous souhaiter cela…

– Pourquoi pas ? Ne voulez-vous donc pas percer le mystère ? N'avez-vous pas souhaité vous-même cette expédition ?

– C'est exact.

– Alors pourquoi soudain un tel doute ?

– Parce que je pense que nous n'imaginons même pas, en ce moment, jusqu'où nous nous sommes laissé entraîner, répondit Sarah en se remémorant les paroles du vieil Ammon.

– Que voulez-vous dire ?

Le conseiller de la couronne arborait un sourire jovial.

– Jusqu'à présent tout s'est bien passé. Seriez-vous d'un autre avis ?

– Bien passé ? Quatre jeunes femmes égorgées en plein Londres, mon parrain a été enlevé et un vieil ami à moi, poignardé dans le dos ; je ne pense pas que tout se soit bien passé, Sir, alors là, vraiment pas !

– Bon, mais toute affaire comporte une part de risque, ne croyez-vous pas ? C'est bien vous justement qui devriez le savoir, Lady Kincaid. Des pertes sont toujours inéluctables…

– Comme mon père, par exemple ? demanda la jeune femme avec amertume.

– Non, je…

Jeffrey Hull rougit.

– Pardonnez-moi, Lady Kincaid, je ne voulais pas…

– N'en parlons plus, Sir Jeffrey, restons-en là. Nous savons tous que cette expédition est une entreprise dangereuse et chacun sait clairement à quoi nous pouvons nous attendre. La quête du Livre de Thot a déjà provoqué plusieurs morts et il y en aura davantage encore, j'en suis sûre. Nous devons donc prendre garde, car nos ennemis peuvent être partout, et nul d'entre nous ne peut savoir qui sera la prochaine victime.

Elle jeta un regard circulaire sur ses compagnons de voyage qui l'observaient, consternés, sauf Maurice du Gard qui arborait, une fois de plus, un petit sourire entendu.

Le jour suivant, Sarah, le capitaine Hayden et l'inspecteur Fox se retrouvèrent pour une réunion dans la cabine de Sir Jeffrey. A la demande expresse de Sarah, Kamal prit part à l'entretien ; c'était tout de même lui le guide qui connaissait le pays et qui était chargé de conduire l'expédition à son but.

– Nous avons laissé Le Caire derrière nous, résuma Sir Jeffrey, soulagé. J'espère donc que nous pouvons partir du principe que nos ennemis ne nous ont pas suivis.

– Votre optimisme vous fait honneur, Sir, rétorqua Sarah, mais je pense que nous devrions rester sur nos gardes. Jusqu'à présent, nos adversaires ont toujours été parfaitement informés de nos faits et gestes.

– En effet, ajouta Hayden. Ils étaient même au courant pour le vieil observatoire, alors que vous n'en aviez informé aucun d'entre nous. En dehors d'un seul…

– Où voulez-vous en venir, capitaine ?

– Est-ce si difficile à deviner ? Votre ami Du Gard : c'est à lui seulement que vous avez dit où vous vous rendiez. N'est-il pas envisageable qu'il l'ait révélé à l'ennemi ?

– Vous oubliez qu'on lui a tiré dessus.

– Mais la balle l'a manqué, objecta Hayden. Comme par miracle, notre compagnon français a eu le bon réflexe, au bon moment, et a pu se jeter à couvert. Etrange coïncidence, non ?

– En effet, approuva Milton Fox. Au surplus, il est évident que Du Gard a eu, depuis cette nuit-là, un très étrange comportement. Il se tient à l'écart et ne nous adresse plus guère la parole. Quelque chose semble le préoccuper.

– Et vous en concluez que c'est un traître ?

Sarah leva les sourcils.

– Nous osons espérer que vos enquêtes à Londres se fondent sur des indices plus sûrs. Maurice du Gard peut certes passer pour un être un peu bizarre, mais à coup sûr ce n'est pas un traître.

– Pourquoi pas ?

– Parce qu'un traître, inspecteur, ne se tiendrait pas à l'écart, mais au contraire essaierait de participer aux réunions comme celle-ci, pour savoir ce que nous projetons.

– Bon argument, concéda Hayden. Mais je ne suis pas encore tout à fait convaincu…

– Vous n'avez pas d'autre choix, capitaine. Je connais Maurice du Gard depuis bien plus longtemps que vous et, si je dis qu'il s'agit d'un homme d'honneur, vous devez me croire.

– Cela, vous en jureriez ?

– Bien sûr, capitaine, que je le ferais. Et si vous deviez redire que vous soupçonnez Maurice du Gard d'être un traître, alors il vous faudrait en porter la responsabilité. Me suis-je bien fait comprendre ?

– Naturellement, répliqua Hayden, affichant une décontraction provocante. Je vous ai parfaitement comprise, Lady Kincaid. Mais vous devriez reconnaître que Du Gard doit être tenu à l'œil. Et si l'inspecteur Fox et moi devions avoir raison dans nos soupçons, alors ce serait à vous d'en porter la responsabilité. J'espère que cela est clair pour vous…

– Limpide, assura Sarah et, une fois encore, leurs regards se défièrent jusqu'à ce que Jeffrey Hull s'estime obligé d'intervenir en médiateur.

– Maintenant que nous avons éclairci ce point, fit le conseiller de la couronne sur un ton conciliant, nous devrions discuter de la manière dont nous envisageons de procéder. Peut-être Lady Kincaid souhaiterait-elle nous expliquer, à l'aide de cette carte, où notre voyage doit nous conduire ?

– D'abord ici, répondit Sarah en indiquant un point sur la carte de Haute Egypte que Sir Jeffrey avait disposée sur la table. Hermopolis Magna, une ville égyptienne qui n'est pas seulement connue pour avoir été la capitale du quinzième Nomos, c'est-à-dire un chef-lieu de circonscription administrative de l'Empire égyptien, mais aussi parce qu'elle a abrité le principal sanctuaire du culte du dieu Dehuti.

– En d'autres termes : Thot, dit Fox.

– Très juste. A l'époque moderne, il ne reste, bien sûr, pratiquement plus rien de Hermopolis, qui nous est aussi connue sous le nom d'Unu. Le désert a reconquis la plus grande part de ce pays fertile et enfoui sous le sable d'autres quartiers de la ville antique. Nous ne savons pas même à quoi pouvait ressembler le temple de Thot, mais par chance nous avons des indications assez précises de l'endroit où il se trouvait.

– Comment cela ? voulut savoir Milton Fox.

– D'une part parce que les statues de deux babouins nous sont parvenues intactes. Et comme Thot n'est pas seulement vénéré sous la forme de l'ibis, mais aussi sous celle du singe, nous pouvons augurer que ces statues constituent un premier indice. Mais, plus important encore, nous avons les vestiges de deux immenses colonnes en pierre qui ont appartenu jadis au portail principal du temple. Une expédition allemande a découvert en 1868, à proximité de ces colonnes, une entrée ensevelie dans laquelle ont été retrouvés les restes de quelques soldats de l'armée napoléonienne. Les Allemands s'en sont étonnés, mais n'ont pas cherché à explorer la galerie, sûrement parce qu'ils ne connaissaient pas le secret du temple.

– Et vous pensez que… ?

– J'espère, corrigea Sarah, que cette galerie n'aboutira pas à une impasse et qu'elle donnera accès à l'intérieur du temple. Ce ne serait pas la première fois qu'une construction de l'Antiquité aurait été conservée sous le sable. Quand il prend la forme d'une tempête, le sable peut se révéler extrêmement destructeur ; mais, s'il s'est réparti sur l'ensemble de la construction, il peut la conserver pendant des millénaires.

– Incroyable, commenta Sir Jeffrey, fasciné. Donc, il nous suffirait de découvrir le chemin qui mène à l'intérieur du temple pour découvrir le légendaire Livre de Thot ?

– Ce serait un premier pas, observa Sarah pour tempérer l'enthousiasme du conseiller de la couronne, mais le Livre lui-même ne s'y trouve plus depuis longtemps. Ce que j'espère trouver à sa place, toutefois, c'est un indice de l'endroit où il aurait été emporté lorsque la caste des prêtres a fui devant les sicaires de Scheschonk.

– Nous ne recherchons donc rien d'autre qu'un indice ? dit Fox d'un ton geignard.

– C'est cela.

– À peine croyable, grogna l'inspecteur. Nous voilà donc dans une damnée chasse au trésor en plein désert de Libye.

– Si vous tenez à l'appeler ainsi, répliqua Sarah. L'archéologie s'occupe de rechercher des traces et des indices, inspecteur, un peu comme la criminalistique. Nous ignorons ce que nous allons rencontrer en chemin. Tout ce que nous pouvons faire est de nous fier à nos sources.

– Cette confiance vous honore, Lady Kincaid, intervint Hayden avec acidité. Mais permettez-moi une question…

– Comme de toute façon vous allez la poser, que je vous y autorise ou non, allez-y, je vous écoute.

– A supposer que nombreux aient été ceux qui ont recherché le Livre de Thot avant nous, en voulant également le trouver à tout prix, comment expliquez-vous que nul n'ait réussi ? Croyez-vous que tous ces gens qui ont échoué aient été beaucoup moins intelligents que nous ?

– Au contraire, capitaine, répliqua froidement Sarah. Quelques-uns des plus brillants penseurs de l'Ancien Monde se sont mis à la recherche du Livre. Pour Alexandre, par exemple, on suppose que son professeur, Aristote, a été associé à cette recherche. Mais, ce faisant, vous négligez deux choses essentielles.

– Qui sont ?

– Tout d'abord, l'expérience montre que l'histoire a coutume de ne livrer ses secrets que lorsqu'une époque paraît prête à les recevoir ; or, l'on ne peut jamais savoir quand il est temps, justement. En second lieu, que le Livre soit resté caché durant trois millénaires ne signifie nullement que personne n'aurait pu le trouver.

– Que voulez-vous dire ? S'il avait été découvert, on en aurait évidemment entendu parler…

– Pas obligatoirement, capitaine, objecta Kamal qui, jusqu'alors, s'était tenu en retrait avec une prudente soumission.

– En quoi cela te concerne-t-il, boy ? lança Hayden. Je ne t'ai pas demandé ton opinion et je n'en ai que faire.

– Kamal est membre à part entière de notre expédition, tint à préciser Sarah, et naturellement il lui est permis d'exprimer son opinion. Alors, Kamal, que voulais-tu dire ?

– Je pense que le capitaine Hayden fait erreur s'il croit que personne n'a trouvé le Livre de Thot durant les trois derniers millénaires. Tout ce que nous savons, c'est que personne de ceux qui l'ont cherché n'est jamais revenu.

– Voilà, Kamal, c'est exactement cela, confirma Sarah. Et j'espère sincèrement, capitaine Hayden, qu'un pareil destin nous sera épargné.

IV

Compte rendu sur l'expédition
24 décembre 1883

Cinquième jour à bord…

Plus on se dirige vers le sud, et plus le pays qui s'étend des deux côtés du Nil devient austère ; et au fur et à mesure que le désert révèle sa nature inaccessible, destructrice, mes compagnons prennent conscience des risques de l'aventure dans laquelle ils se sont engagés.

Tandis que Sir Jeffrey se montre toujours d'une curiosité enjouée et fait volontiers moisson de nouvelles impressions, chez Hayden et chez Fox on sent croître au contraire une tension qui a encore augmenté depuis les événements du Caire. Du Gard, pendant ce temps, se tient davantage à l'écart, et même moi je ne parviens plus à l'approcher, comme s'il pressentait quelque chose et voulait garder pour lui un sombre secret.

Kamal, qu'initialement j'avais suspecté de travailler pour l'ennemi, se révèle au contraire un compagnon sociable et extrêmement loquace et, derrière ce parti pris de simplicité, un caractère noble et un esprit cultivé. Comme je l'ai appris, il a fréquenté une école anglaise et y a appris notre langue et nos formules usuelles, de sorte que je peux m'entretenir avec lui de nombreux sujets, à la nette désapprobation du capitaine Hayden qui ne lui fait toujours pas confiance.

Vers la fin de l'après-midi, nous avons atteint Minieh où, ayant jeté l'ancre, nous sommes restés jusqu'au matin suivant pour charger de l'eau potable et du fret. Il n'y a plus beaucoup de distance jusqu'à Hermopolis et j'en suis bien contente, car la chaleur du désert nous assaille et reste omniprésente, même durant cette nuit spéciale qui est, chez nous, plutôt associée au froid et à un bon feu dans la cheminée…

Sur le vapeur Egypt Star
24 décembre 1883

Selon la règle qui veut que nécessité fasse loi, en l'absence de sapin vert et de rameaux de gui, des feuilles de palmier avaient été reliées entre elles d'une manière à former un arbre de Noël certes assez bizarre, mais aisément reconnaissable. Une décoration de guirlandes multicolores, parvenue jusqu'aux rives du Nil par des voies obscures, complétait le tableau. Inutile de songer à des bougies : le suif aurait fondu dans cette chaleur accablante avant même que la flamme s'en empare.

C'était donc un arbre richement orné qui avait été érigé sur le pont supérieur et autour duquel les passagers de première classe s'étaient rassemblés. Le violoniste accompagnant la croisière et qui était chargé d'animer les dîners jouait ce soir-là des airs de Noël. Et il n'y eut pas beaucoup de passagers à ne pas succomber à la nostalgie des froides brumes d'Angleterre qu'évoquèrent pour eux les notes familières de *God Rest Ye Merry, Gentlemen*.

– Une bien agréable chose, reconnut Sir Jeffrey en goûtant à sa boisson.

Comme un punch aux œufs tel qu'on pouvait en boire en Angleterre n'était guère recommandé sous ces latitudes, on l'avait remplacé par un puissant vin rouge aux épices.

– En effet, accorda Milton Fox. Saviez-vous que Charles Dickens a composé cette chanson ?

– Réellement ?

– Avec votre permission, cher inspecteur, ce n'est pas tout à fait exact, objecta Sarah qui, comme les autres, avait choisi le menu de Noël. Dickens n'a nullement composé la chanson, il l'a simplement mentionnée dans l'une de ses nouvelles, ce qui a suffi à la rendre célèbre.

– *Un chant de Noël en prose*, récita Sir Jeffrey, rêveusement. Je me le rappelle… une bien belle histoire, n'est-ce pas ? Même si elle n'est pas tout à fait morale, à mon goût. Savez-vous ce que je me suis souvent posé comme question ?

– Quoi ?

– Eh bien, je me suis demandé ce que les esprits de Noël pourraient bien me montrer si jamais je devais les rencontrer. Serais-je satisfait de ce que j'aurais accompli ? Ou bien devrais-je endurer les souffrances de ce malheureux avare de Scrooge ? Et que pourrait bien avoir pour moi le revenant dans sa hotte, le Noël suivant ?

– Quoi qu'il en soit, dit Du Gard qui, ce soir-là, ne parlait que fort peu et se contentait de fixer son verre d'un regard pensif, vous devriez être plutôt content, *Monsieur*, qu'un tel esprit ne surgisse pas soudain pour vous prédire l'avenir.

– Vous trouvez ? Une idée intéressante, tiens.

– N'est-ce pas ? reprit Milton Fox en ironisant. Surtout si l'on songe que notre ami français parle de sa propre expérience…

L'inspecteur et le capitaine Hayden éclatèrent d'un rire moqueur. Sarah lança à Du Gard un sourire d'excuse. Mais l'ironie des deux ne parut pas avoir de prise sur le Français. Il secoua simplement la tête et se détourna.

– Peut-être votre vœu sera-t-il bientôt exaucé, Sir Jeffrey, s'amusa Hayden qui avait revêtu son uniforme de parade pour la circonstance, une tunique d'un rouge éclatant rehaussée de brandebourgs d'or. Regardez qui vient : en voilà un qui pourrait bien être l'esprit du Noël précédent...

Cette allusion peu flatteuse visait Kamal qui avait fait l'escalade du pont supérieur par l'échelle et s'approchait dans une attitude humble. Il était évident qu'il avait fait des efforts pour faire honneur à cette soirée. Le résultat était assez mitigé. Certes, Kamal portait un caftan différent, mais il n'était pas moins sale et taché que l'autre. Fox et Sir Jeffrey rirent de la plaisanterie aux dépens de leur guide indigène, et même Du Gard ne put réprimer un sourire moqueur ; seule Sarah ne rit pas.

– N'est-ce pas incroyable ? poursuivit Hayden. Est-ce que ce pont a l'air d'être la troisième classe ? Est-ce que cet Arabe ne sait pas où il doit se rendre ?

– Je vous l'ai déjà dit une fois, capitaine, dit Sarah en forme de mise au point. Kamal est un membre de cette expédition et il se trouve ici à mon invitation personnelle.

– Sur votre invitation, Lady Kincaid ?

Hayden en resta bouche bée de stupéfaction.

– Exact.

– Vous voulez fêter Noël avec quelqu'un qui ne croit même pas que le Seigneur est né ?

– Nous n'allons sûrement pas l'en convaincre en le renvoyant et en lui disant de se joindre à ses congénères, observa Sarah. *Paix sur la terre aux hommes de bonne volonté*, capitaine ; mais ce n'est pas exactement la devise que l'armée a inscrite sur ses couleurs ?

Son regard était si impérieux que l'officier ne trouva rien à répliquer. Sarah cessa de lui accorder de l'attention et se tourna vers Kamal qui s'approchait de la table et qui, visiblement, ne se sentait pas à l'aise.

– Bonsoir, Kamal, le salua-t-elle affectueusement. Viens, installe-toi avec nous. Mange et bois autant que tu veux. Aujourd'hui c'est Noël, la fête de l'amour du prochain, et nous avons l'habitude d'offrir des cadeaux à ceux qui nous sont proches.

– Je sais ce que Noël signifie, assura le jeune homme.

– Tant mieux, fit Hayden avec acidité, et il saisit son verre. Alors buvons à ta santé, Kamal. Si tu es si bien informé de nos coutumes, tu dois aussi connaître celle-ci.

– Certainement. Mais je redoute Dieu, et l'alcool m'est interdit.

– Voyez-vous cela !

Hayden adressa à Sarah un regard qui en disait long.

– N'ai-je pas dit tout de suite qu'il n'y avait rien à tirer de ces musulmans ?

– Laissez-le tranquille, fit Du Gard tout en se servant. Je vais ainsi pouvoir boire un verre de plus... Joyeux Noël à vous tous ; et paix sur la terre.

– Joyeux Noël, reprirent en chœur Sir Jeffrey et Milton Fox en levant leur verre.

– Et paix sur la terre, compléta Sarah qui devinait que Du Gard n'avait pas ajouté ces paroles pour rien.

Elle ne but que fort peu, mais, dans cette chaleur persistante, le vin ne manqua pas de produire ses effets. Au bout de quelques gorgées, Sarah conclut qu'il serait préférable de s'abstenir ; même chez Sir Jeffrey, Milton Fox et Du Gard l'action de l'alcool laissait rapidement des traces. Leurs langues s'empâtaient et leurs voix s'amplifiaient. Hayden s'efforçait à la modération, comme tout soldat de Sa Majesté soucieux de ses obligations. Il était visible que la présence de Kamal ne lui plaisait pas.

– Venez donc, Hayden, exigea même Fox avec un entrain inhabituel. Ne prenez pas les choses avec cette amertume. Pensez plutôt à vous servir un autre verre, à l'avenir et au bien-être de l'Empire !

– Non, merci, répliqua l'officier entre ses dents. Je tiens à rester sobre. Les ennemis de l'Empire ne dorment pas.

– Comme c'est poétique, *alors*, fit Du Gard. *Vraiment, mon capitaine*, vous avez manqué votre vocation d'écrivain.

– Vous vous moquez de moi ?

– Pas du tout. Vous ne devez pas confondre une plaisanterie innocente avec une raillerie blessante...

– Je crains, mon bon Maurice, que le capitaine Hayden ne partage pas ton humour, remarqua Sarah.

– Comme officier de la couronne, je ne trouve pas nécessaire d'être raillé par un Français de contrebande et, de surcroît, ce qui est un secret de polichinelle, qui...

Il s'interrompit en affichant une retenue de circonstance afin de laisser aux autres le soin de deviner la suite, mais Du Gard ne lui en laissa pas le loisir.

– *Quoi* ? Reprenez votre calme, mon capitaine. Ce n'est un secret pour personne que je chasse le dragon de temps à autre, et vous devriez plutôt vous en réjouir. Car, d'une certaine façon, si je puis m'exprimer ainsi, c'est le dragon qui nous a conduits ici. Et vous devez me croire lorsque je vous dis que je me trouve dans la meilleure compagnie qui soit en partageant cette passion...

Une soudaine quinte de toux de Sir Jeffrey, largement artificielle, l'interrompit.

– Il est tard, dit le conseiller de la couronne en changeant brusquement de sujet. Ne devrions-nous pas aller nous reposer ? A ce que j'ai entendu, demain nous allons devoir affronter une dure journée si nous voulons atteindre Hermopolis.

– Une pensée judicieuse, lui accorda Milton Fox. Le sommeil est exactement ce dont j'ai besoin. Avec votre permission, Lady Kincaid ?...

– Mais, naturellement, vous pouvez disposer, dit Sarah en souriant avec indulgence.

– Bonne nuit, Lady Kincaid.

– Bonne nuit, inspecteur. Dormez bien.

– Ne vous en faites pas, assura l'inspecteur de Scotland Yard d'une langue pâteuse. Assurément, je vais...

Sir Jeffrey prit congé à son tour et se retira, de même que Kamal qui avait fini son repas composé de pâtisseries et de dattes fraîches et qui se sentait toujours visiblement mal à l'aise sur le pont supérieur. Ne restèrent donc que Sarah, Maurice du Gard et Stuart Hayden, lequel se pencha au bastingage pour examiner le large cours du Nil brillant sous la lune.

– Quelle nuit magnifique, constata-t-il.

Sarah leva les sourcils.

– Depuis quand les militaires ont-ils le sens de la beauté de la nature ?

– Vous ne me connaissez pas, Lady Kincaid. Et tant que vous ne me connaîtrez pas, il vaudrait mieux ne pas porter de jugement sur moi.

– Accordé, concéda Sarah. Je ne vous connais pas, capitaine, mais je sais quel parti vous avez pris. Et cela me suffit.

– Ah bon ? Et, selon vous, pour quoi ?

– Pour l'arrogance des puissants, précisa bien volontiers Sarah, pour le droit absolu du plus fort et pour une société qui mesure toutes choses selon ses propres critères, sans tenir compte que toute œuvre humaine est périssable…

Hayden ne répondit pas immédiatement. Les paroles de Sarah semblèrent l'avoir atteint, car son regard devint fixe et ses mâchoires se serrèrent.

– J'ai une autre expérience des hommes de ce pays que vous, Lady Kincaid, dit-il enfin, y compris comme adversaires au combat ; et j'ai vu beaucoup de mes hommes périr d'une mort atroce dans le désert.

– Je suis désolée, capitaine, répliqua Sarah avec un regret sincère. Pourtant, ce n'est pas l'Egypte qui a tué vos soldats, mais ceux qui les ont envoyés ici au nom du seul profit.

– Que voulez-vous dire ? Faites-vous partie de ceux qui émettent des doutes sur l'intérêt des colonies ?

– Je dis simplement que nous nous sommes lancés sur une voie dangereuse dont nous ne connaissons pas l'issue.

– Je comprends.

Hayden se détourna et regarda de nouveau le fleuve en contrebas. Puis il vida son verre, le déposa sur un plateau disposé à cet effet et s'inclina avec raideur. A présent, si vous voulez bien m'excuser, Lady Kincaid, j'ai à prendre mon tour de garde.

– Naturellement, répliqua Sarah, et l'officier s'en alla, ses pas résonnant sur le plancher.

– Tu ne devrais pas agir comme cela, *chérie*, la taquina Du Gard.

Entre-temps, les autres convives avaient également quitté le salon pour aller se reposer, de sorte qu'ils étaient absolument seuls.

– Que veux-tu dire ?

– Tu ne devrais pas te faire de Hayden un ennemi.

– Et c'est toi qui viens me dire cela ?

Du Gard eut un sourire rentré.

– C'est un bon officier et il connaît son devoir. Et, de plus, il a un faible pour toi.

– Hayden ? Pour moi ? Exclu !

Du Gard rit à voix basse.

– Crois-moi, c'est ainsi. Même si tu ne partages pas ses sentiments, tu devrais être plutôt contente d'avoir quelqu'un sur qui te reposer. De tous ces gens qui accompagnent l'expédition, Hayden me paraît être le moins susceptible d'être un traître.

– Restent encore Sir Jeffrey et Milton Fox…

– Fox est un Anglais comme on en voit dans les livres : arrogant, borné et étroit d'esprit. Mais je ne crois pas qu'il trahirait le Yard.

– Et Sir Jeffrey ?

– Attends-tu de moi que je dise du mal d'un conseiller de la couronne ? interrogea Du Gard dans un sourire.

– Je n'attends rien du tout, Maurice. Je veux juste que tu me dises ce que tu penses.

– Bon ; eh bien, Sir Jeffrey est un membre de la Ligue égyptienne, *n'est-ce pas* ? Et cela, en soi, est déjà hautement suspect. Mais je ne vois dans son comportement aucun motif de s'alarmer…

– Alors nous sommes toujours aussi perplexes qu'auparavant, en déduisit Sarah. Car Kamal a pleinement prouvé au Caire qu'il était de notre côté.

– N'oublie pas ma modeste personne, objecta Du Gard.

– Absurde. Tu n'es pas un traître. Fox et Hayden ont beau le croire, ce n'est pas mon cas.

– Oserais-tu prétendre que l'idée ne t'a pas traversé l'esprit, *chérie* ?

– Bien sûr que l'idée m'en est venue, rétorqua Sarah, mais seulement un bref instant. D'ailleurs tu as prouvé que tu ne pouvais pas être le traître.

– Comment ?

– Si tu l'étais vraiment, ferais-tu exprès de me mettre la puce à l'oreille ?

Du Gard eut un sourire désabusé.

– Tu dois te protéger, Sarah. Dans le combat qui s'annonce, tu auras affaire à des adversaires qui seront incomparablement plus forts que toi. Si tu veux survivre, il te faudra apprendre à penser comme eux. Que j'exprime l'hypothèse que je pourrais être l'espion pourrait même être de ma part une tactique…

– Comment cela ?

Du Gard sourit.

– Nomme-le, si tu veux, principe de la double tromperie. Je pourrais, par exemple, essayer de gagner ta confiance pour me rendre moins suspect à tes yeux.

– Tu n'as pas besoin de gagner ma confiance, Maurice, répliqua Sarah. Tu l'as déjà.

– Et si je ne méritais pas ta confiance ?

– Que veux-tu dire par là ?

La jeune femme le regarda avec défi.

– Ne t'es-tu jamais demandé pourquoi je participais à cette expédition, *ma chère* ?

– J'ai supposé que tu tenais, comme moi, à découvrir la vérité. De plus, tu sais que tu dois te racheter. Et une mauvaise conscience est un puissant stimulant.

– Tu parles d'expérience, *n'est-ce pas* ?

Du Gard sourit de nouveau.

– La pensée ne t'est jamais venue que je pourrais suivre mon propre programme ? Que je pourrais avoir mes propres raisons de découvrir le Livre de Thot ?

– Lesquelles ?

– Est-ce que le nom d'Eteilla te dit quelque chose ?

– Non.

– C'est le *nom de voyage* de l'un de mes compatriotes, un certain Jean-François Aliette, qui vivait voici environ un siècle. C'était un maître des tarots. Il a inventé quelques règles dans la manière de tirer les cartes et il a même ajouté des cartes.

– Possible.

Sarah secoua les épaules.

– Je ne connais rien à ces choses. Qu'est-ce que cela a à voir avec le Livre de Thot ?

– Eteilla, poursuivit Du Gard, fonda en 1788 une association, *les Exégètes du Livre de Thot*, et qui soutenait la thèse que les ultimes secrets du tarot avaient été consignés dans ce livre. Tu comprends où je veux en venir ?

– Je crois.

– Le livre disparu recèle un savoir secret, Sarah. Depuis des centaines d'années, des personnes sont à sa recherche pour les raisons les plus diverses, y compris ceux qui veulent voir l'avenir. Tu constates donc que je pourrais avoir de bons motifs de te trahir et de m'assurer la possession du livre. Le problème est que je ne le ferai pas. Tu veux savoir pourquoi ?

– Je le sais déjà, assura Sarah.

– Réellement ?

– Je crois bien. Tu as beau être un écervelé et un viveur, Du Gard, et il y a eu un temps où je t'ai maudit, tu n'es sûrement pas un traître. Car, pour trahir, il faut n'avoir aucun respect de soi. Et tu es l'être le plus narcissique que je connaisse !

Du Gard rit de nouveau, un peu plus librement cette fois, bien que durant un court instant Sarah eût l'impression qu'il allait lui dire quelque chose d'autre.

– Tu le crois vraiment ?

– Evidemment.

– *Eh bien*, garde ceci en mémoire, Sarah. Surtout au cas où il devrait m'arriver quelque chose.

– Comment ça, pour le cas où il t'arriverait quelque chose ?

Sarah en eut la chair de poule malgré la chaleur ambiante. Le tour que prenait la conversation ne lui plaisait pas du tout.

– Te souviens-tu de cette soirée dans ma chambre ? Quand j'ai interrogé le dragon et que j'ai eu la vision de la quatrième victime ?

– Naturellement.

– Ce soir-là, poursuivit le Français d'une voix basse presque inaudible, ma vision est allée plus loin encore.

– Je sais. Tu as vu quelque chose, n'est-ce pas ? Mais tu n'as jamais voulu en parler.

– J'avais mes raisons, *chérie*, car il n'est pas bon qu'un être humain en sache trop sur l'avenir. Si je t'avais dit ce que j'ai vu, tu aurais cherché à tout prix à m'empêcher de prendre part à cette expédition. Mais il est important que je sois là, en cet instant précis. Tout ce qui arrive, Sarah, même la conversation que nous avons là, relève du plan d'ensemble.

– Quel plan d'ensemble ?

Sarah leva les sourcils ; toute cette soirée, Du Gard n'avait cessé de se comporter de manière vraiment étrange, mais alors là…

– Qu'as tu vu exactement, Maurice ?

– Quelque chose de terrible, répondit-il en détournant le regard.

– Quoi donc exactement ?

Il la regarda droit dans les yeux.

– J'ai vu, poursuivit-il à voix basse, ma propre mort, *chérie*.

Sarah fut comme frappée par la foudre. Avec tous les sous-entendus que son compagnon avait laissés filtrer, elle avait bien senti qu'il s'apprêtait à dire quelque chose de semblable. Mais la partie rationnelle de sa conscience se défendait avec la dernière énergie contre cette révélation.

– Foutaises, rétorqua-t-elle abruptement. Tu te montes la tête, Maurice, c'est tout ! *L'avenir* n'est pas déjà écrit. Il est entre nos mains. Il nous appartient de l'infléchir et de le modifier.

– Pas cette partie-là de notre avenir, répliqua Du Gard avec un sourire vaillant. Ne comprends-tu pas, Sarah ? Tout se tient : les meurtres à Londres, notre voyage ici, la mort de ton père, le traître parmi nous et jusqu'à cette partie de ton enfance dont tu ne veux plus te souvenir…

– Les temps obscurs ?

Sarah tendit l'oreille.

– Quel est le lien ?

– Tu le trouveras, fit Du Gard, avec conviction. Petit à petit, ton destin va se dévoiler, Sarah, mais garde-toi de tes ennemis.

– Qu'est-ce que cela signifie ?

Sarah sentit monter en elle une irrépressible colère.

– Sacrebleu, Du Gard, sois plus clair ! Que sais-tu de mon père ? Et de ces temps dont je ne me souviens pas ?

– Patience, Sarah. L'avenir t'éclairera.

– Mais je n'ai pas envie d'attendre, protesta-t-elle. Dis-moi maintenant ce que tu sais !

– Je ne dois pas. J'en ai déjà vraisemblablement trop dit. N'aie pas peur, Sarah. Aie confiance dans la lumière. Elle te mènera au but.

Du Gard vida son verre de vin d'un coup et le reposa sur la table. Pour le Français, tout paraissait avoir été dit, mais pas pour Sarah. D'innombrables questions se pressaient dans sa tête et se précipitaient sur ses lèvres.

– Mais qui donc ?... Comment ?... balbutia-t-elle, désemparée.

C'est à ce moment qu'un fort tremblement secoua tout le navire, suivi d'un bruit assourdissant. Par-dessus le pont supérieur jaillit une boule de flammes orangées qui s'éleva dans le ciel et se perdit dans un nuage de fumée.

Du Gard resta tranquillement assis, comme s'il avait toujours su ce qui allait se passer. Tandis que des clameurs s'élevaient désormais du pont avant, Sarah se précipita au bastingage pour regarder vers la proue. Ce qu'elle vit lui glaça le sang. Des langues de feu se reflétaient dans l'eau du Nil. Les superstructures de l'avant étaient la proie des flammes et, à entendre les cris perçants, il devait y avoir de nombreux blessés...

Sarah dévala les marches menant à l'entrepont, où la plus grande agitation régnait. Des passagers, qui s'étaient déjà mis au lit, se ruaient à présent hors de leur cabine, tandis que les stewards et les matelots en proie à une panique incontrôlable couraient à droite et à gauche. Le chaos était à son comble. Il n'y avait aucune coordination pour les opérations de sauvetage et nul n'essayait d'éteindre le feu.

– Toi, là ! cria Sarah en saisissant le poignet d'un jeune serveur qui cherchait à lui passer devant. Il nous faut des seaux ! Faire la chaîne ! Vite, as-tu compris ?

Le jeune homme lui jeta un regard affolé, hocha la tête et disparut dans les remous de la foule. Sarah se débattit contre le flux des passagers qui, dans leur panique, se hâtaient vers la poupe.

Déjà l'odeur âcre de la fumée la prenait à la gorge, et la chaleur suffocante lui sautait au visage. Soudain elle vint buter sur l'obstacle d'un uniforme rouge. Stuart Hayden…

– Où voulez-vous aller ? demanda l'officier, sans cacher sa désapprobation.

– Laissez-moi passer, protesta Sarah en essayant de le dépasser. Je dois venir en aide…

– Trop tard pour cela, constata Hayden. Pour ces pauvres diables que l'explosion a atteints, toute aide vient trop tard.

– Alors nous devons essayer d'arrêter l'incendie…

– Oui, bien sûr, assura l'officier. Mais maintenant vous allez vous mettre à l'abri et nous laisser faire.

– Sacrebleu, Hayden ! explosa-t-elle. Pour qui me prenez-vous donc ? Une jeune fille au pair ?

– Je suis responsable de votre sécurité pendant tout le voyage et je ne permetttrai pas que…

Hayden s'interrompit soudain et fixa le pont du dessus où se trouvaient les canots.

Lorsqu'à son tour Sarah se retourna, elle aperçut ce qui avait tant surpris l'officier : une silhouette s'y tenait, drapée de pied en cap. Dans son vêtement noir et avec le burnous rabattu sur le visage, elle était à peine visible et ce n'est que la clarté des flammes qui la dessinait sur le ciel.

– Une manœuvre de diversion, lâcha brusquement Sarah. L'explosion n'est qu'une manœuvre de diversion. Nos ennemis sont ici, à bord !

– Gardez votre calme, l'enjoignit Hayden, nous ne pouvons pas…

L'instant d'après, la silhouette disparut. Sarah se lança à sa poursuite. A toute vitesse, elle fila à l'escalier et fit irruption sur le pont suivant, suivie de Hayden qui cavalait sur ses talons en jurant et en tirant de l'étui son revolver de service.

Sarah courut aussi vite que ses jambes le purent et que sa robe le permit. La perspective de capturer vivant l'un des criminels et de pouvoir le questionner accélérait son allure.

La plupart des passagers ayant quitté les ponts supérieurs, la coursive où se succédaient les portes de cabines s'ouvrait devant elle, totalement vide.

Sarah la parcourut à pas rapides et parvint à une transversale. Les deux directions conduisaient à l'extérieur ; les lueurs dansantes de l'incendie les éclairaient, et l'on pouvait distinguer les cris des passagers affolés. Il n'y avait plus trace de l'homme masqué.

Soudain des coups de feu se firent entendre. Net et clair, leur son se détacha du tumulte des passagers et du ronflement des flammes.

– Cela vient de la poupe ! lança Sarah.

Et elle réalisa avec terreur que c'était là justement qu'était Du Gard.

Elle voulut continuer, mais Hayden l'arrêta.

– Attendez, cria-t-il hors d'haleine. Savez-vous vous en servir ?

Il lui tendit son revolver. Elle hocha la tête et prit l'arme avant de tourner les talons et remonter le passage menant au pont supérieur, suivie de l'officier qui tenait maintenant son sabre.

Ils atteignirent ensemble l'extrémité de la coursive et couvrirent au pas de course les derniers yards vers le pont supérieur. Tandis que des passagers affolés les bousculaient en se ruant vers la plage arrière, et que les canots de sauvetage étaient mis à l'eau, Sarah et Hayden atteignirent le salon tendu d'un dais pour protéger les passagers contre le soleil.

Du Gard était encore là où Sarah l'avait vu pour la dernière fois, sur son siège près de la table ronde. Mais sa tête était penchée de côté et sa chemise avait pris une teinte rouge sang.

– Non ! hurla Sarah, tandis que de nouveaux coups de feu éclataient. Le bruit fut terrible. Le plomb crépita en se fichant dans le bois des madriers juste à côté de sa tête.

Obéissant à son instinct de survie, elle s'empara d'une petite desserte et se jeta à couvert. Les assaillants se tenaient toujours sur le pont supérieur. Ils étaient en train de quitter le navire lorsque Sarah et Hayden avaient surgi. Une rage incontrôlable submergea Sarah. Le revolver de l'armée au poing, elle se leva, visa, tira et atteignit l'un des gaillards qui étaient en train de passer par-dessus le bastingage.

L'homme poussa un cri étouffé, ouvrit les bras, tomba à la renverse et disparut dans les profondeurs. Ses deux comparses lancèrent des jurons en arabe et firent feu une nouvelle fois. Tout comme les ravisseurs de Mortimer Layden, ils étaient armés de carabines à canon court à l'effet terriblement destructeur.

Deux coups de feu claquèrent et Sarah sentit sa protection vibrer sous les impacts. Le plateau de la table céda en plusieurs endroits et le dessus vola en éclats. Sarah changea d'abri en se faufilant à travers les madriers, achevant de mettre en lambeaux sa robe, ce dont elle se fichait éperdument. En rampant, elle répliqua aux tirs et atteignit un nouvel assaillant à l'épaule. L'homme laissa échapper son arme et s'effondra, tandis que son complice abandonnait la partie et sautait par-dessus bord.

– On peut dire que vous savez vous servir d'un revolver ! lança sur un ton élogieux Hayden qui s'était également réfugié derrière une table. Qui aurait pu penser qu'une lady…

– Capitaine ! Attention ! cria Sarah lorsqu'une ombre menaçante se détacha de l'obscurité pour se jeter sur l'officier.

Un nouvel agresseur masqué s'était faufilé derrière Hayden.

Sarah remit son arme en position, mais ne put faire feu sur l'assaillant sans mettre en péril Hayden. Un instant, l'assaillant au poignard courbe et l'officier luttèrent au corps à corps. Puis Hayden parvint à rejeter l'homme. Aussitôt, il repartit à l'attaque, levant le poignard turc pour en assener un coup mortel. Mais l'officier fut plus rapide. Dans un mouvement souple, il tira son sabre et fit à l'assaillant une nette entaille à la poitrine. L'homme pirouetta dans un hurlement de douleur et Hayden n'eut qu'à lui donner le coup de grâce.

Sarah se releva et s'élança vers Du Gard. Autour de sa chaise s'étalait une large tache de sang miroitante. Elle allait l'atteindre lorsqu'elle perçut un nouveau hurlement de haine. Elle se retourna et aperçut l'homme masqué qu'elle avait touché se hisser sur le pont et retomber sur ses pieds. Il avait rechargé sa carabine courte et la dirigeait maintenant sur Hayden qui restait là sans protection et sans abri derrière lequel se précipiter. L'homme pressait déjà le doigt sur la détente lorsque Sarah fit feu.

Le Martini-Henry qu'elle tenait à deux mains tressauta en envoyant sa décharge de plomb. Elle atteignit le spadassin avant même qu'il puisse tirer. La balle traversa sa poitrine et, cette fois-ci, il ne se releva pas. Sarah laissa tomber le revolver encore fumant et courut enfin vers Du Gard. Le Français vivait encore, mais son pouls était faible et sa respiration, fragile et irrégulière. Une salve à bout portant avait déchiré sa poitrine. Partout du sang…

– Maurice ! gémit Sarah au désespoir. Pardonne-moi, Maurice ! Je ne voulais pas que cela aille si loin…

– Tu n'y peux rien, Sarah…

La réponse était à peine audible, le sang coulait des commissures de ses lèvres.

– Tu n'as fait que ce que tu devais, c'est ton destin de…

– Ne parle pas, ordonna-t-elle. Tu dois garder tes forces, tu m'entends ?

– A quoi bon ?

Il sourit doucement, sur quoi un flot de sang submergea ses lèvres.

– Mon voyage touche à sa fin.

– Non, Maurice, s'il te plaît, non. J'ai besoin de toi…

– Non, Sarah… Tu n'as pas besoin de moi… Tu n'as jamais eu besoin de moi, pas même jadis…

Il crachait du sang et fut secoué d'un accès de toux qui parut lui ôter ses dernières forces.

– Sarah…

– Maurice ?

– … dois te dire… encore quelque chose… articula-t-il avec difficulté, à bout de forces.

– Oui ?

– Ton passé, les temps obscurs…

– Qu'en est-il ?

– Tu n'es pas…, commença Du Gard, mais ses paroles furent couvertes par un hoquet lorsque la douleur le submergea.

– Qu'en est-il du passé, Maurice ? le pressa Sarah. Que sais-tu à ce sujet ?

Du Gard voulut répondre, mais il en fut incapable. La douleur devenait trop forte. Un gémissement s'étouffa dans sa gorge, son regard devint vitreux.

– Sarah… murmura-t-il, et sa main, tremblante et sanglante, chercha la sienne.

– Oui ?

Elle prit sa main et la pressa contre elle.

– J… je t'aime, hoqueta-t-il dans un ultime souffle. Je t'ai toujours aimée…

Une fois encore son corps torturé s'arqua, puis sa tête retomba sur sa poitrine ensanglantée. La mince silhouette du Français se tassa, tandis que se contractait la main que Sarah serrait.

C'était fini.

Longtemps Sarah resta ainsi, incapable de faire le moindre mouvement. Penchée sur le corps de Maurice du Gard, elle regardait le flot de sang qui s'écoulait jusqu'au sol. Semblant venir de très loin, le mugissement de la sirène d'incendie, puis les cris des matelots et des passagers parvinrent à ses oreilles.

Ensuite arriva le chagrin.

Et la douleur.

V

Journal personnel de Sarah Kincaid

Le passé…

Après avoir essayé, des mois durant, de lui échapper, il m'a rattrapé, plus rapidement et plus cruellement que je ne l'aurais pensé.

C'est comme si, avec Maurice du Gard, une partie de moi-même était morte. Bien que je n'aie plus éprouvé pour lui de passion, c'est seulement maintenant que m'apparaît combien il était pour moi un ami fidèle. Et, à mon deuil, s'ajoute la certitude que j'ai perdu mon dernier allié fidèle dans cette mission.

Il reste de nombreuses questions en suspens.

*Pourquoi cette attaque de l'*Egypt Star *? Et pourquoi précisément cette nuit ? Je peux seulement supposer qu'un être diabolique se cache derrière tout ceci ; il a dû considérer Maurice du Gard comme un risque et il l'a fait écarter. Peut-être que Maurice, avec ce qu'il a vu, est parvenu trop près de la vérité. Mais quelle vérité ? De quoi s'agit-il, en réalité, dans cette course derrière un mythe antique ? Plus j'y pense, plus j'ai le sentiment que la réponse m'échappe.*

Y a-t-il d'ailleurs une explication, quelque chose comme un principe supérieur, qui donnerait la clé de tout cela ?

Est-ce que tout serait l'œuvre du destin, réellement, comme le sage Ammon le pensait ? Ou bien sommes-nous tous devenus les jouets d'un hasard cruel ?

Et que faut-il comprendre des dernières paroles de Maurice ? Que savait-il sur mon passé ? Je ne l'apprendrai probablement jamais, car Maurice du Gard, qui prévoyait sa propre fin, a emporté avec lui son ultime secret dans la tombe.

Le désespoir s'empare de moi, comme jadis à Alexandrie, et je me demande si je suis vraiment taillée pour affronter tout cela. Ne devrais-je pas plutôt renoncer et retourner d'où je…

Sarah cessa d'écrire en entendant frapper doucement à la porte.

– Oui ? demanda-t-elle avec circonspection.

– C'est moi. Hayden.

Sarah posa la plume et se leva, alla à la porte de la cabine, la déverrouilla et l'ouvrit.

Stuart Hayden avait connu, sans conteste, de meilleurs jours. Son visage était ruisselant de sueur, son uniforme rouge était taché de gris et fripé, ses cheveux, ébouriffés, et l'odeur âcre de la fumée froide le poursuivait comme son ombre.

– Puis-je entrer ?

– Faites donc, l'invita Sarah, mais que je vous prévienne, capitaine, je suis trop fourbue pour me disputer avec quiconque.

– A vrai dire, je n'en avais pas l'intention, fit-il dans un bref sourire. Je voulais seulement vous annoncer que nous avons réussi à éteindre le feu sur le pont avant. La plupart des passagers ont déjà quitté le navire, mais l'on nous a permis d'y demeurer jusqu'à l'aube.

– Très bien.

Sarah s'efforçait de garder une contenance.

– Comment vont les autres ?

– Sir Jeffrey et Fox sont sortis d'affaire, de même que votre ami Kamal. Mais quatre marins et deux passagers ont trouvé la mort lors de l'explosion. Et naturellement Du Gard…

Sarah hocha la tête en silence. Ses yeux brillaient de larmes.

– Lady Kincaid, si je peux faire quelque chose pour vous…

– Merci, capitaine. J'ai ce qu'il faut.

L'officier hocha la tête et s'apprêtait à partir lorsqu'il se ravisa.

– Si cela peut vous être une consolation, je regrette beaucoup ce qui est arrivé, dit-il doucement, et je suis désolé d'avoir soupçonné Du Gard d'être un espion.

– Ça va, capitaine.

Sarah secoua tristement la tête.

– Cela n'a plus d'importance. Saviez-vous que Du Gard vous appréciait beaucoup ?

– Réellement ?

– Evidemment.

Sarah arbora un sourire.

– Même si c'était d'une manière étrange, comme vous pouvez l'imaginer. Il m'a dit que je ne devais pas vous traiter si durement.

– C'est vrai ?

Hayden pinça les lèvres.

– Voyez-vous cela, j'avais un allié et je ne le savais même pas.

– Il y avait, chez Du Gard, beaucoup de choses dont personne n'avait idée.

– Etait-il réellement médium ? Avait-il réellement le don de prédire l'avenir ?

– Je le pense, oui.

– Pourquoi n'a-t-il pas prévu sa fin ?

– Il l'avait fait, capitaine, indiqua Sarah avec de l'amertume dans la voix. Peu avant de mourir, il me l'avait dit. Il voyait sa mort comme étant si inéluctable qu'il n'a même pas tressailli lorsque l'explosion s'est produite. Il m'a adressé un regard entendu, le dernier, et d'une manière si étrange, si détachée... Comme si Du Gard avait déjà vécu par ses visions tout ce qui allait arriver.

Elle ne put réprimer plus longtemps ses larmes. Sans retenue, elles coulèrent le long de ses joues pâles, et Hayden, qui se rendait compte à quel point le tour pris par la conversation la touchait, changea rapidement de sujet.

– Vous vous êtes superbement battue, reconnut-il. Où avez-vous appris à tirer ?

– L'archéologie n'est pas la seule chose que mon père m'a enseignée, expliqua Sarah tandis qu'elle essuyait ses larmes d'un geste énergique. Le reste, on l'apprend lorsque l'on tient à rester en vie. Mais à quoi bon ? Cela ne m'a pas aidé à sauver mon père ni ce pauvre Maurice, ni à empêcher l'enlèvement de Mortimer Laydon.

– Vous ne devez pas vous faire de reproches. Ce qui est arrivé fait partie du passé. Si quelqu'un doit porter la responsabilité de la mort de Du Gard, c'est plutôt moi. Mon devoir était de veiller à la sécurité de l'expédition et j'ai failli à ma tâche. Si vous voulez que je quitte mon poste...

– Non, capitaine.

Sarah secoua la tête de manière décidée.

– Il n'en est pas question. Maurice a cru en vous, et je fais de même. Si jamais je poursuis cette expédition, ce sera avec vous.

– *Si* vous poursuivez l'expédition ? En doutez-vous donc ?

– Oui, avoua Sarah. Vous êtes le dernier à qui je devrais le dire, mais je ne suis pas sûre d'être faite pour une telle entreprise. Et si d'autres innocents le paient encore de leur vie ? Et si tout ceci – elle fit un geste circulaire – n'était qu'une effroyable erreur ?

– Ce n'est pas la Lady Kincaid que je connais, commenta Hayden. Où est passé votre esprit de décision ? Où est passé ce à quoi vous croyez ? Votre foi ?

– Peut-être que je l'ai perdue, capitaine.

– A cause de quoi ? Du Gard ? Croyez-vous qu'il voudrait que vous abandonniez ?

– Non, je…

Sarah s'interrompit. Le chagrin nouait sa gorge et elle s'aperçut qu'elle était sur le point de s'effondrer complètement.

– Partez, capitaine, exigea-t-elle. Laissez-moi seule, je vous prie.

– Comme vous voudrez. Mais, avec votre autorisation, je vais poster deux sentinelles devant la porte de votre cabine.

Trop épuisée et trop abattue pour le contredire, Sarah donna son accord, et l'officier s'en alla. Il ne restait plus dans la cabine qu'une jeune femme venant d'éprouver une nouvelle perte et qui s'en faisait, une fois de plus, le reproche.

– Père, pourquoi donc tout cela ? murmura-t-elle en s'adressant à la photographie posée sur sa table de nuit, celle de Gardiner Kincaid. Pourquoi ne m'as-tu pas dit que ce serait si difficile ?

Anéantie, elle se laissa glisser sur le bord de sa couchette et donna libre cours à ses larmes. Une fois seulement elle s'était retrouvée aussi seule et désespérée. A Alexandrie, jadis. Son unique ami était mort, un ennemi sans pitié la pourchassait et un traître agissait dans l'ombre : des conditions plutôt défavorables pour percer le secret d'une des plus grandes énigmes de l'archéologie.

Sarah était obnubilée par le besoin de savoir si elle avait seulement une chance de trouver le Livre de Thot, et, surtout, avant ses adversaires. Elle était remplie de la crainte de voir se répéter ce qu'elle avait déjà vécu. Une fois encore, elle aurait préféré être restée au fin fond du Yorkshire, loin de la chaleur et de la poussière. Naturellement, elle savait que c'était impossible.

– Pourquoi donc, père ? sanglota-t-elle de nouveau. Pourquoi ne m'as-tu jamais dit la vérité ?

Elle fut incapable de dire, par la suite, combien de temps elle resta assise ainsi. Et elle serait peut-être restée prostrée jusqu'au lever du jour si elle n'avait pas perçu des éclats de voix devant la porte de sa cabine.

– … non, on ne passe pas ! File, mon gaillard, à moins que tu ne veuilles qu'on te jette dehors ?

– Mais je dois parler à Lady Kincaid. C'est très important !

– Une Lady ne reçoit pas d'Arabe dépenaillé et encore moins s'il est aussi sale et déguenillé que toi ! Qu'est-ce que tu te figures ?…

– Qu'y a-t-il, caporal ?

Sarah avait entrouvert sa porte. Kamal se trouvait dans le corridor, le désespoir peint sur son visage tandis que les deux sentinelles, que Hayden avait postées pour veiller à la sécurité de Sarah, croisaient leurs baïonnettes sous son nez.

– Allah soit loué ! s'écria Kamal. Maintenant tout ira bien. Lady Kincaid, dites à ces hommes que je ne suis pas un ennemi, sinon ils vont me transpercer comme un mouton !

– Ça va, gentlemen, dit calmement Sarah aux deux sentinelles qui n'avaient rejoint l'expédition qu'à Minieh et qui ne connaissaient pas Kamal. Cet homme est notre guide, il jouit de toute ma confiance.

– Très bien, Lady Kincaid.

Le caporal et son subalterne décroisèrent les baïonnettes et reprirent leur faction. Kamal découvrit ses dents éblouissantes en un large sourire, et Sarah le fit entrer. En Angleterre, il aurait été considéré comme un faux pas du dernier mauvais goût qu'une dame laisse entrer dans sa chambre un homme, et, de surcroît, un musulman. Mais ici, loin de la patrie, d'autres usages prévalaient. Et, bien qu'elle eût préféré rester seule, Sarah sentit soudain que la visite de Kamal n'était aucunement mal venue.

– Qu'y a-t-il ? Souhaites-tu quitter notre service après tout ce qui est arrivé ? Je le comprendrais assez…

– Absolument pas, Lady Kincaid, dit Kamal dans son anglais littéral. Je suis toujours prêt à prendre part au voyage vers l'inconnu, en tout cas si vous l'êtes aussi.

– Que veux-tu dire par là ?

– Je veux dire que je sais ce qui vous arrive. Kamal aussi a déjà perdu des amis, des êtres qui comptaient beaucoup pour lui. Et lui aussi a été prêt à tout abandonner.

– Qui dit que je veux abandonner ?

– Vos yeux, répliqua Kamal avec une spontanéité presque blessante. Ils disent tout.

– Vraiment ?

Désarmée, Sarah se laissa retomber sur le bord du lit.

– C'est si flagrant ?

– Je crains que oui, fit Kamal en opinant. C'est pourquoi je suis venu vous changer les idées. Puis-je vous raconter une histoire ?

– Excuse-moi, Kamal, mais je ne suis pas d'humeur à écouter des histoires.

– Celle-là va pourtant vous intéresser, fit-il avec conviction. C'est une histoire de Touareg qui se raconte aux feux de camp depuis de nombreuses générations. Il s'agit de Nefar le chamelier qui jadis se mit à la recherche d'une oasis qui devait être plus verte et plus florissante que tout autre dans le désert. Donc, il suivit les indices qu'on lui avait fournis ; mais, si longtemps qu'il cherchât, il ne trouva pas l'oasis. Il erra des milliers de jours et de nuits dans la mer de sable, comme les Bédouins appellent le désert. Au début, il restait de l'eau pour ses chameaux, mais, lorsque les provisions vinrent à manquer, il n'en resta plus que pour lui, et il dut abandonner un chameau après l'autre. A la fin, il fut seul, lui, Nefar, ayant perdu tout ce qu'il avait possédé. Après avoir bu la dernière goutte, il regarda la mort en face.

– Que s'est-il passé ? voulut savoir Sarah à qui l'histoire de Kamal procurait effectivement une distraction.

– Alors que Nefar était déjà déshydraté et n'avait plus qu'une étincelle de vie en lui, un éclaireur des Touaregs le découvrit. Il l'emmena dans sa tente, lui donna à boire et à manger, et Nefar revint à lui et recouvra ses forces. Une nuit, il entendit des Touaregs parler entre eux : d'une oasis plus verte et plus prospère que toutes les autres dans le désert, à un jour de monture du lieu. Milady, que croyez-vous que Nefar fit ?

– Bon, il a demandé aux Anciens de lui indiquer le chemin, a suivi leurs indications et a trouvé l'oasis.

– Faux, dit Kamal en secouant la tête, son regard ayant quelque chose d'implorant. Nefar n'a plus voulu chercher l'oasis qui avait failli lui coûter la vie. Il est retourné à son village, y a fondé une famille et est devenu un très vieil homme. Seul le fou cherche ce qu'il ne peut atteindre. Le sage suit son destin.

– Veux-tu dire que je serais folle ?

– Je n'ai pas dit cela. Mais Allah vous a envoyé un signe, Milady, et l'on n'a pas besoin d'être un savant pour en connaître la signification. N'attendez pas d'avoir perdu tout votre cheptel dans le désert comme cela est arrivé à Nefar. Faites demi-tour, tant qu'il en est encore temps.

Sarah ne répondit pas tout de suite. D'une part, tout en elle s'insurgeait contre les paroles de Kamal, d'autre part, le jeune Egyptien, dont la valeur n'avait pas attendu le nombre des années, venait d'exprimer exactement ce qu'elle pensait. Une partie d'elle-même était prête à tout abandonner, voulait retourner à la maison, laisser tout en plan, pour se consacrer au chagrin et au désespoir.

Mais Sarah savait, d'expérience, que ce chemin ne menait nulle part ; c'était un voyage au pays de l'oubli de soi où rien d'autre ne comptait que la douleur intime. Elle avait déjà parcouru cette vallée de larmes et n'avait pas l'intention d'y retourner. Son père ne l'aurait pas voulu et Du Gard sûrement pas plus.

– Tu as raison, Kamal, dit enfin Sarah. Certes, il serait sûrement mieux de revenir et je t'accorde que j'en ai eu la pensée. Mais il y a une différence entre ton histoire et notre situation.

– Et c'est ?

– Ce n'est pas la violence que l'on trouve dans la nature qui a coûté la vie à Kesh et à Maurice du Gard, mais celle des hommes. Ce n'est pas le désert qui les a tués, mais des meurtriers déguisés qui n'étaient pas assez courageux pour se montrer à visage découvert. Kamal, ce n'est pas un coup du sort qui a frappé mes amis. Ils ont été les victimes de l'ambition humaine et il s'agit de donner un coup d'arrêt à cette ambition avant qu'elle coûte davantage de vies humaines.

Le regard de Kamal était devenu impénétrable.

– C'est la différence entre vous et nous.

– Que veux-tu dire, Kamal ?

– L'abîme qui sépare l'Orient de l'Occident, Lady Kincaid, ne se trouve pas dans les différences de couleur de peau ou de religion. C'est la manière de vivre qui nous différencie. En Orient, on a coutume de s'en remettre au destin ; en Occident, au contraire, on agit comme si le destin n'existait pas, comme si tout n'était qu'une question de volonté humaine. Remettez-vous-en au destin, Lady Kincaid, je vous en conjure, ou cela n'en ira que plus mal !

– Je ne peux pas, Kamal, répondit Sarah qui pouvait lire le désespoir dans les yeux de l'Egyptien. Je dois mener à son terme ce que j'ai entrepris, ne serait-ce déjà que pour mon oncle qui a été enlevé par nos ennemis, et en espérant le libérer. Mais tu es libre de quitter l'expédition. Personne ne t'en voudra…

– Kamal restera, fit l'Egyptien. Il sera là, même s'il doit survenir encore plus de sang et plus de désolation sur Sarah Kincaid et sur les siens. Bonne nuit, Milady.

Là-dessus, il fit demi-tour et quitta la cabine. La colère dans ses paroles était perceptible et, au plus profond d'elle-même, Sarah avait le sentiment d'avoir commis une erreur. Pourtant elle ne voyait pas comment revenir en arrière. Tant de victimes auraient-elles déjà péri pour rien ?

– Non, fit-elle à voix basse, et elle alla à la grande valise de cuir qui contenait son nécessaire de voyage.

Elle l'ouvrit et en retira une pochette de cuir. Avec précaution, elle en sortit le revolver qui avait appartenu à son père, un colt modèle 1878 Frontier. D'un geste exercé, Sarah fit basculer le barillet et commença à y charger les balles.

Jusqu'à présent, ils avaient laissé l'initiative à la partie adverse ; ils n'avaient fait que réagir, se laissant dicter les règles du jeu. Il était temps, maintenant, de changer les règles.

Sarah Kincaid était prête.

VI

Compte rendu sur l'expédition
25 décembre 1883

*Nous avons quitté l'*Egypt Star *peu après le lever du soleil. Sous la protection de l'escorte du capitaine Hayden qui nous a attendus à Minieh, nous nous sommes dirigés vers Tehna el-Gebel, petite ville se trouvant en bordure du désert et qui, dans l'Antiquité, était connue sous le nom de Dehenet. Dans les caravansérails locaux doivent se trouver les chameaux et les portefaix que nous avons réservés, ainsi que quelques terrassiers expérimentés ayant déjà travaillé auparavant sur des programmes de la Ligue égyptienne.*

L'ambiance est morose. Le capitaine Hayden se retranche derrière ses devoirs d'officier, Sir Jeffrey et Milton Fox ont à peine laissé échapper un mot depuis ce matin. Aucun d'entre eux n'arrive à réaliser que dans la lointaine Angleterre on fête Noël alors que nous avons à déplorer la perte d'un compagnon et d'un ami.

Nous avons enterré Du Gard dès le matin et il m'en a beaucoup coûté d'abandonner sa dépouille en terre étrangère.

Plus que jamais, je suis déterminée à percer le secret du Livre de Thot. Maintenant, j'y suis vraiment résolue, même si Kamal est d'un autre avis et aurait préféré rebrousser chemin.

Est-ce le destin ou notre propre volonté qui nous a amenés ici ? Je ne sais plus. Les choses me paraissent confuses et inextricablement imbriquées, à un point que je ne suis guère capable de les démêler. Mais je sais que je dois faire mon devoir et qu'il n'y a plus de retour possible.

Les victimes sont déjà trop nombreuses.

Caravansérail de Tehna el-Gebel
25 décembre 1883

– Par les reliques de saint Edward !

Jeffrey Hull en resta coi. Stuart Hayden, tout comme Milton Fox, ne furent pas peu surpris lorsque Sarah Kincaid pénétra dans la cour intérieure du caravansérail. La jeune femme se présentant devant eux ne semblait pas être la même que celle qui avait voyagé avec eux.

Sarah avait en effet troqué ses vêtements contre un pantalon de cavalier couleur sable ajustés au corps, et ses chaussures de ville contre des bottes de cuir montantes s'arrêtant juste sous les genoux. Un corsage blanc à manches larges et un gilet en cuir de bouc souple complétaient la tenue.

Au lieu d'une écharpe et d'un chapeau, elle avait noué autour de sa gorge un foulard blanc, pas très différent de ceux que portent les Bédouins pour se protéger du soleil et du sable. Des lunettes aux verres fumés, ronds, hardiment juchées sur son nez, lui offraient leur protection contre la réverbération aveuglante. Ses longs cheveux étaient désormais relevés. Mais ce qui choqua le plus ses compatriotes, ce fut qu'une Anglaise, une lady qui plus est, fût armée.

Comme en témoignait la crosse dépassant de l'étui, elle portait un revolver de fabrication américaine, suspendu à la large ceinture de cuir Sam Browne provenant des dotations de l'armée britannique. L'œil d'expert de Hayden reconnut le colt modèle Frontier, une arme fiable qui ne convenait toutefois qu'à des tireurs entraînés. Sarah avait également, suspendu contre sa hanche gauche, un coutelas de chasse qui, avec sa poignée très ouvragée et son fourreau orné de franges, donnait plutôt l'impression d'être un souvenir du Nouveau Monde. Une expression d'ébahissement se lisait sur le visage des trois hommes.

– Vous devriez penser à refermer vos bouches, gentlemen, leur recommanda Sarah en souriant. Ne vous a-t-on jamais dit que ça ne donne pas vraiment l'air intelligent ?

– Euh… excusez-nous, dit Sir Jeffrey en rougissant, sans pouvoir détacher son regard du pantalon couvrant les jambes de Sarah. Mais une lady en pantalon ?…

– Avez-vous jamais essayé de monter sur un chameau en robe, Sir Jeffrey ? s'enquit Sarah avec ironie.

– Non, naturellement pas.

– Je m'y attendais.

Elle estima, par cette remarque, avoir clos le sujet. Elle tourna les talons pour aller examiner les chameaux déjà sellés et prêts au départ. Serviables et endurantes, les bêtes grattaient le sol de leurs sabots comme si elles étaient impatientes de se mettre en mouvement pour ce difficile périple.

Kamal tenait la monture de Sarah par la bride. C'était une femelle un peu plus petite que les autres, mais dégageant une impression de santé et de vitalité. La jeune femme remarqua que sa monture comptait deux outres d'eau de plus que ses voisins, ce qu'elle imputa à la bienveillance de Kamal.

– Vous êtes vraiment sûre de vouloir le faire, Milady ? demanda le guide, l'air soucieux.

– Je ne peux plus rebrousser chemin, répliqua-t-elle.

– Je comprends.

Kamal lui tendit les rênes. Sarah les prit et fit s'agenouiller l'animal sur ses pattes avant, puis, d'un mouvement souple, se mit en selle. La chamelle se redressa de toute sa hauteur en blatérant vigoureusement.

– Sapristi ! laissa échapper Milton Fox. Devons-nous également monter sur de telles bêtes ? Ces chameaux puent à dix milles à la ronde, même par vent debout. Ne pourrait-on tout aussi bien utiliser des chevaux ?

– Ecoutez, inspecteur, rétorqua Sarah. Prenez un cheval si vous préférez. Mais cette chamelle continuera de me porter lorsqu'il ne restera plus qu'un tas d'ossements blanchis de votre coursier.

Fox prit une mine contrite et se fit aider de Kamal pour escalader sa monture. Il ressemblait plutôt à un ivrogne essayant de retrouver son équilibre à califourchon sur un tonneau de vin en train de rouler. Son expression n'était vraiment pas celle du bonheur…

Sir Jeffrey parut également ne pas être très enthousiasmé par la perspective d'un long voyage sur cette sorte de vaisseau du désert, mais, comme ce n'était pas la première fois qu'il montait sur un chameau, il s'en sortit incomparablement mieux que l'inspecteur de Scotland Yard. Hayden et ses hommes, tous des vétérans de la campagne d'Egypte, éprouvés et entraînés, avaient déjà enfourché leurs montures. La plupart des trente portefaix accompagnant l'expédition allaient à pied, à quoi s'ajoutaient les chameliers menant les bêtes. Celles-ci portaient non seulement les provisions et l'eau, mais aussi les tentes, les outils et le reste de l'équipement dont une partie provenait des surplus de l'armée, l'autre ayant été achetée par Sarah au Caire et transportée ensuite en bateau.

Le capitaine Hayden ordonna que trois de ses hommes partent en éclaireurs ; Sarah suivait avec Kamal ainsi que Jeffrey Hull et Milton Fox qui, juché au haut de sa selle, donnait l'impression qu'il pouvait vomir à tout moment. Venaient ensuite les bêtes de somme avec les chameliers et les portefaix, Hayden et le reste de sa troupe fermant la marche. Les soldats étaient équipés comme l'exigent ces latitudes et leur climat : des vareuses rouges qui, sous l'effet de la transpiration et de la poussière, perdaient rapidement de leur tenue, un haut casque tropical recouvert de tissu, des lunettes contre la poussière, ainsi qu'une moustiquaire portative. Leurs manteaux étaient déployés en travers de la poitrine. Chacun des hussards était armé d'un sabre et du fusil Martini-Henry de rigueur, placé en bandoulière dans le dos. Leurs cartouchières avaient été abondamment pourvues afin qu'elles soient prêtes au cas où l'ennemi sans visage lancerait une nouvelle attaque.

Sarah, du haut de sa selle, contemplait le cortège formé dans la cour du caravansérail. Lorsque le murmure des hommes commença à s'élever et que l'impatience des bêtes devint palpable, lorsque le souffle brûlant du vent du désert passa sur son visage et que l'odeur musquée des chameaux monta à ses narines, elle ne put faire autrement que de répondre à l'appel de l'aventure.

– A Hermopolis ! cria-t-elle en lançant son chameau, et la caravane se mit en mouvement.

Ils franchirent la grande porte pour descendre la rue principale de la ville, à l'extrémité sud de laquelle se trouvait le caravansérail. Il n'y avait que quelques milles jusqu'à Hermopolis, cette ville se situant entre le fleuve et Tehna el-Gebel. Mais ce n'était que la première étape d'un long, probablement très long, périple. Il fallait réussir à trouver l'indice dont avait parlé le vieil astronome, faute de quoi la quête du Livre de Thot risquait de s'achever sans résultat pour Sarah et ses compagnons, comme cela avait été le cas pour tous leurs prédécesseurs durant trois mille ans.

Le désert à leur droite et le Nil serpentant à leur gauche, la caravane se rapprochait des ruines s'élevant dans la plaine et qui ne dataient pas toute de la Haute Antiquité égyptienne. Quelques colonnes corinthiennes semblaient plutôt remonter aux premiers temps chrétiens, et les vestiges d'un temple dédié à Ptolémée étaient encore visibles.

De l'ancienne Unu, comme Hermopolis s'était appelée jadis, le temps et le sable impitoyables n'avaient apparemment rien laissé debout ; seules quelques arcades témoignaient de l'importance et de l'étendue de cette capitale placée sous la protection du dieu Thot. Le grand temple, dans lequel les prêtres vénéraient jadis le dieu de la lune, était depuis longtemps tombé en ruine et avait disparu sous les tonnes de sable. Seuls demeuraient quelques statues, quelques piliers et quelques socles ; et c'est là que voulait aller Sarah.

– Sapristi, commenta Milton Fox avec dédain, lorsque la caravane eut atteint le but de l'étape. Et cela passe pour une ville ? On dirait plutôt une de ces damnées carrières de pierres…

– Un peu de respect pour les réalisations des cultures anciennes conviendrait mieux, inspecteur, le sermonna Sarah. Les origines de cette carrière de pierres, comme vous l'appelez, remontent à six mille ans. A cette époque, nos ancêtres en étaient encore à s'asseoir sous les arbres et à se chamailler entre eux.

– Soit, soit. Mais comment voulez-vous découvrir au milieu de ces ruines l'entrée cachée de cette galerie dont vous avez parlé ? Allons-nous juste creuser le sable ?

– Sans travail physique et sans huile de coude, on n'arrivera évidemment à rien, inspecteur, confirma Sarah avec un sourire sec. Mais je n'ai pas du tout l'intention de creuser à l'aveuglette. La technique moderne des relevés de mesures va nous aider à trouver l'endroit où les archéologues allemands sont tombés sur les squelettes des Français.

Avec adresse, elle dirigea son chameau de sorte qu'il s'agenouille sur les pattes avant et la dépose délicatement au sol. Les pieds de la jeune femme s'enfoncèrent dans le sable tandis qu'elle se dirigeait vers les vestiges des statues et du portail d'entrée qui offraient, en dépit de leur état de semi-ruines, un aspect saisissant.

Elle fit un signe à Kamal qui déchargea une longue caisse mise en travers du dos de son chameau. Il l'ouvrit et révéla différents instruments de mesure : un théodolite monté sur trépied ainsi que d'innombrables appareils à l'aide desquels Sarah entendait chercher l'endroit décrit dans son livre par Dümichen.

Bien sûr, elle ne savait pas exactement où les Allemands avaient effectué leurs fouilles, mais elle avait pris note des angles sous lesquels avaient été prises les photographies. En combinant les données, Sarah espérait trouver l'entrée de la galerie enfouie.

Tandis qu'elle prenait les premières mesures et que Kamal installait le trépied du théodolite, le reste de la caravane établissait le campement. Les tentes à l'abri desquelles Sarah et ses compagnons s'apprêtaient à passer la nuit furent dressées. Les soldats de Hayden installèrent aussi une grande tente commune pour s'y mettre à l'abri des scorpions et des serpents, tandis que les autochtones passeraient la nuit à la belle étoile.

Sir Jeffrey et Milton Fox trouvèrent refuge contre la morsure des rayons du soleil sous un dai déployé en toute hâte par les serviteurs.

De là, ils observèrent comment Sarah mesurait les dimensions des ruines du temple.

– Puis-je vous poser une question, Sir Jeffrey ? s'enquit Fox auprès du conseiller de la couronne.

– Naturellement, inspecteur. Demandez.

– Que faisons-nous exactement ici, Sir ? Y a-t-il vraiment un sens à cette course pour trouver un bouquin perdu qui, si ça se trouve, n'existe même pas ?

Jeffrey Hull hésita un instant avant de répondre.

– Pour dire la vérité, je ne sais pas ce que je dois en penser, avoua-t-il finalement. Mais, indépendamment de nos propres opinions, nos adversaires croient en tout cas à l'existence de ce livre et, pour l'obtenir, ils sont capables de tuer de sang-froid. Il faut que nous fassions notre possible pour les empêcher de nuire.

– Et sinon ? demanda Milton Fox. Sir, vous est-il venu à l'esprit que l'on ferait peut-être mieux de laisser ces choses ainsi, sans y toucher ? Peut-être que ces morts sont autant d'avertissements…

– Des avertissements ?

Des plis d'amusement se formèrent au coin des yeux de Jeffrey Hull. Vous êtes sérieux ? Je vous en prie, inspecteur ! Où est passée votre raison, votre sens du rationnel ? Il n'y a pas d'avertissements, ni d'anciennes malédictions qui vaillent. Mais si effectivement quelque chose se cache sous ce sable, une chose qui serait susceptible de menacer l'Empire, alors elle doit être trouvée, à tout pris. Vous comprenez ?

Fox se recroquevilla. Jamais le conseiller de la couronne, qu'il avait toujours tenu pour un homme sage et pondéré, ne s'était exprimé avec tant de virulence.

– Tout à fait, Sir, assura-t-il, et il reporta son attention sur Sarah qui avait délimité plus étroitement le périmètre.

Elle donnait ses indications aux terrassiers qui commençaient à déblayer le terrain devant les fondations antiques.

– Creusez ! lança Sarah aux ouvriers. Creusez et avertissez-moi quand vous tomberez sur quelque chose d'inhabituel. Le moindre indice peut être important…

– C'est aussi ce que j'ai l'habitude de dire aux témoins d'un meurtre, dit Fox que la curiosité avait poussé à se rapprocher. Mais cela ne sert que dans une infime minorité de cas.

– Attendons, inspecteur, rétorqua Sarah en se couvrant la tête et le visage de son foulard pour se protéger de ce vent du soir qui soulevait des tourbillons de poussière et de sable. Attendons…

VII

Journal personnel de Sarah Kincaid

Un jour et une nuit, voilà ce que les fouilles ont déjà duré.

Pelletée après pelletée, coin par coin, les terrassiers ont exploré les dunes formées devant les ruines, sans découvrir quoi que ce soit. Je ne suis pourtant pas prête à abandonner.

A la tombée de la nuit, j'ai fait allumer des torches et répartir les ouvriers en quarts successifs pour que le travail se poursuive toute la nuit. Autour du camp et de la zone de fouilles, le capitaine Hayden a installé des sentinelles. Bien que je ne sois pas d'accord avec lui sur beaucoup de points, je dois reconnaître que c'est un officier consciencieux qui me soutient en proportion des forces dont il dispose, parfois même un peu trop. Tandis que Jeffrey Hull et Milton Fox se bornent à rester assis sous un velum et à méditer dans une chaleur desséchante, Hayden s'intéresse de plus en plus aux fouilles, et je me demande quelle peut bien en être la raison. Maurice du Gard avait-il raison en disant que je pouvais m'en remettre à Hayden ? Ou bien, derrière le masque d'un officier irréprochable, se cache-t-il le traître contre lequel Ammon m'a mise en garde ?

Je me mets à considérer mon entourage avec une suspicion grandissante, et, plus les fouilles s'éternisent sans résultat, plus mon inquiétude grandit.

Kamal, qui s'affaire comme cuisinier du camp, nous prépare toujours à manger, mais je n'ai plus beaucoup d'appétit. J'ai le sentiment, pour la première fois depuis le début de cette aventure, que l'initiative nous appartient ; jusqu'alors, nous n'avons pu que réagir, notre adversaire inconnu paraissant avoir un temps d'avance. Maintenant, pour la première fois, une chance de changer cela se présente.

Si ce que el-Hakim m'a révélé est exact, et le sage ne m'a jamais donné de motif de douter de ses paroles, alors il se cache ici une indication de l'endroit où les partisans du culte de Thot auraient pu placer le Livre des Secrets lorsque les hordes de Scheschonk ont envahi le pays et que les prêtres ont fui dans le désert. Je dois trouver cet indice, car, si je n'y parviens pas, le brave Kesh et Maurice du Gard seront morts pour rien.

Cette pensée m'est insupportable.

Dans les ruines de Hermopolis
26 décembre 1883

Cela se produisit à la fin de l'après-midi du deuxième jour de fouilles. L'obscurité avait déjà commencé à s'installer et les torches venaient d'être allumées lorsque retentit le cri d'excitation de l'un des pelleteurs.

Sarah venait de se retirer afin de boire un peu d'eau et de se ménager un moment de repos. Dès qu'elle entendit qu'un ouvrier avait découvert quelque chose, elle sauta de son siège pliant et se hâta vers la tranchée.

– Qu'y a-t-il ? lança-t-elle à Kamal du plus loin qu'elle put.

– Les pelleteurs ont trouvé quelque chose, Milady ! On dirait bien que c'est une entrée !

Sarah pressa le pas tout en remarquant comment son cœur se mettait à battre plus vite. Cette excitation, qu'elle avait déjà ressentie dans sa jeunesse lorsque son père avait découvert des objets cachés et des secrets perdus, reprenait possession d'elle. Pendant un moment, elle fut de nouveau cette petite fille qui avait tant aimé l'aventure, fascinée par les énigmes du passé.

Des mains se tendirent pour l'aider, et elle descendit dans la tranchée que les ouvriers avaient creusée durant les dernières trente-six heures et consolidée de planches afin d'éviter que le sable fluide ne vienne tout recouvrir trop vite. Au fond de la tranchée, qui mesurait bien deux yards de profondeur, des hommes paraissaient effectivement être tombés sur quelque chose. Une arête de pierre haute d'environ un pied perçait sous le sable que les ouvriers avaient dégagé, d'abord à la pelle, puis de leurs seules mains nues.

Les hommes lui firent respectueusement place, et Sarah se glissa en bas pour pouvoir mieux examiner l'arête qui ressemblait effectivement à un petit chambranle de porte.

Avec le pinceau dont elle s'était munie, elle dégagea complètement la roche et serra le poing en un geste de victoire lorsqu'une inscription apparut.

C'étaient des hiéroglyphes disposés à l'horizontale. Le premier des signes que Sarah remarqua était un ibis stylisé, l'emblème de Thot que l'assassin de l'East End londonien avait laissé en signature.

Elle se mit à traduire l'inscription à haute voix au fur et à mesure qu'elle déchiffrait les caractères de l'étrange inscription.

– *Croyant… pénètre dans le royaume du dieu de la lune avec crainte, car il est le maître du temps.*

– Que signifie cela ? demanda Stuart Hayden qui était arrivé sur les lieux.

– Que nous avons fait une découverte, capitaine, répliqua Sarah, soulagée. Ce doit avoir été jadis l'accès à un chemin de procession.

– Un chemin de procession ?

– Les maîtres d'ouvrage de l'Antiquité égyptienne avaient l'habitude de faire précéder les grands sanctuaires de vestibules reliés au temple par des corridors plus ou moins longs. Les prêtres formaient des processions dans ces corridors pour aller rendre hommage à la divinité ou lui apporter des offrandes. Je parie que, naguère, les Allemands ont justement découvert cette galerie.

– Je comprends ; mais pourquoi est-elle maintenant ensevelie ?

– Capitaine, les Allemands sont venus ici il y a quinze ans. Ce laps de temps a largement suffi au désert pour recouvrir l'entrée avec des tombereaux de sable.

– Non, dit Kamal en s'immisçant dans la conversation. Ce n'est pas la seule raison, Lady Kincaid, c'est un heureux hasard qui en a été à l'origine afin d'éviter que l'on puisse découvrir le Livre de Thot !

– C'est absurde, commenta Hayden. Garde pour toi tes superstitions, boy.

– Ce n'est pas une superstition. Pourquoi ne prêtez-vous pas attention à ce que dit le destin ?

– Parce qu'il est dans mon intention d'ouvrir cette entrée et d'explorer le secret de Thot, expliqua Sarah d'un ton décidé. Je suis désolée, Kamal.

– Oui, répliqua le jeune homme d'un air sombre. Moi aussi je suis désolé, Lady Kincaid.

Il se retourna et indiqua aux ouvriers de continuer de creuser pour dégager le reste des vestiges. Comme Sarah l'avait supposé, des colonnes apparurent des deux côtés de ce qui était bien une porte. Plus on s'enfonçait, plus il devenait évident qu'ils étaient effectivement tombés sur l'entrée qu'ils recherchaient. Les tempêtes de sable qui avaient soufflé pendant les quinze dernières années avaient comblé jusqu'à mi-hauteur le corridor qui partait de l'ouverture.

Lorsque les forces des ouvriers déclinèrent et que le rythme de fouille ralentit, Hayden enjoignit à ses propres gens de se munir de pelles et de venir les aider. A la fin, et au grand étonnement de Sarah, l'officier mit lui-même la main à la pâte.

Les travaux se poursuivirent à la lueur vacillante des flambeaux qui entouraient l'excavation, jusqu'à ce que l'entrée du boyau apparût, enfin dégagée, et les regardât comme une immense gueule menaçante.

– Des torches, ordonna Sarah Il nous faut davantage de torches.

– Ne faites pas cela, Lady Kincaid, l'en conjura Kamal. Il est encore temps…

– Ne t'inquiète pas, dit Sarah, cherchant à calmer le guide qui paraissait très inquiet. Il n'arrivera rien.

– *Inch Allah*, répliqua Kamal à voix basse. Si Dieu le veut.

– Ah bon ? demanda Sarah en s'emparant de la torche qu'un des terrassiers lui tendait. Qui vient avec moi ?

– Moi, bien sûr, déclara Hayden sur-le-champ. Denham, Lester, vous m'accompagnez.

– Compris, Sir.

– Lieutenant Farnsworth ?

– Oui, Sir ?

– Vous prenez le commandement en mon absence. Ayez les yeux grands ouverts, compris ?

– Oui, Sir.

– Je vais venir avec vous, déclara Kamal, manifestement à contrecœur.

– Tu n'y es pas obligé.

– Je sais, Milady. Mais je veux le faire.

– Et nous aussi aimerions nous joindre à cette partie, si cela est permis…

C'était Sir Jeffrey qui venait de parler. Attiré par les exclamations des ouvriers, Milton Fox et lui avaient quitté leur place sous le velum.

– En êtes-vous sûr ? demanda Sarah, plutôt sceptique.

– Bien sûr, car enfin c'est pour cela que nous sommes ici, ne croyez-vous pas ? Qu'attendons-nous pour y aller ?

Les ouvriers aidèrent le conseiller royal et l'inspecteur du Yard à rejoindre les autres dans l'excavation. Sarah scruta les visages de ses compagnons et y lut l'impatience et la tension. Elle-même finissait par apprécier la peur au ventre qu'elle ressentait à cette occasion.

– Allons-y, dit-elle simplement. En même temps que Kamal, elle franchit l'ouverture dans les ténèbres béantes.

– Fascinant. Absolument fascinant !

La voix de Jeffrey Hull se répercutait sous le plafond voûté qui, peint avec art il y avait de cela plusieurs milliers d'années, représentait un ciel parsemé d'étoiles. Le fait que les couleurs n'étaient pas passées et que les astres brillaient toujours à la lueur des torches était à mettre au bénéfice du sable qui avait obstrué le corridor et l'avait ainsi préservé. Les influences néfastes, le vent et les intempéries avaient été tenus en échec, et les pilleurs de tombes semblaient également n'avoir pu y commettre leurs habituels forfaits. Les murs du tunnel étaient également peints, essentiellement de motifs représentant des plantes et des animaux. Sarah reconnut les palmiers dattiers et les bosquets de papyrus, puis des figurations d'hippopotames, de crocodiles et de flamants.

Avec une crainte mêlée de respect, les membres de l'expédition traversèrent le corridor, dont l'extrémité ne pouvait être décelée à la lumière des flambeaux. Pas à pas, ils s'efforçaient de progresser, et Sarah remarqua à quel point la tension augmentait chez Kamal.

– Tout va bien ?

– Non, répliqua-t-il sombrement. Rien ne va.

La fin de la galerie arriva brusquement. Au bout de cinquante yards, le corridor débouchait dans une pièce dont le plafond était bas et porté par des piliers. Dans des niches situées entre les piliers se dressaient des représentations en pierre de différentes divinités du panthéon de l'Egypte antique.

– L'esplanade, annonça Sarah. Le hall du temple... c'est là que les prêtres avaient l'habitude de préparer leurs cérémonies avant leur déroulement solennel dans la partie principale du temple.

– Je comprends, mais qui étaient tous ces gaillards ?

Fox désignait les portraits en pied.

– Ces gaillards, comme vous les appelez, étaient vénérés comme des dieux dans l'Egypte antique, inspecteur. Celui à tête de chacal est Anubis, le dieu des morts. A côté de lui, vous distinguez Apophis, l'ennemi héréditaire de Ré, toujours figuré sous la forme d'un serpent. Et, là-bas, c'est Suchos que les Egyptiens vénéraient sous l'apparence d'un crocodile.

– Et où est Thot ? s'enquit Sir Jeffrey. Ne disiez-vous pas que le temple lui était consacré ?

– La croyance dans les dieux revêtait bien des aspects différents dans l'Egypte ancienne. Il n'y avait pas de religion monothéiste au sens où nous l'entendons. Souvent, on vénérait des divinités très locales. Même parmi les prêtres, il y avait beaucoup de déviances et de cultes particuliers. L'un d'eux englobait les divinités Apophis, Suchos et Anubis comme les alliés de Thot dans sa rivalité avec le dieu du soleil Ré ; cela explique pourquoi nous les trouvons aujourd'hui dans le vestibule d'entrée.

– Mais cela n'explique tout de même pas encore où demeure Thot, objecta Sir Jeffrey.

– Nous finirons bien par le trouver.

Elle voulut longer la rangée de piliers, mais à peine avait-elle parcouru quelques yards que la galerie toucha à sa fin. Le boyau qui partait du côté opposé et qui avait autrefois conduit de l'esplanade au quartier principal du temple était à présent éboulé. Des gravats et du sable obturaient le corridor qui avait dû s'effondrer au cours des millénaires.

– Terminus, lança Milton Fox de manière superflue. Maintenant, au moins, nous savons pourquoi les Allemands n'ont pu aller plus loin !

– Pas eux, mais plutôt les Français qui sont venus ici soixante-dix ans plus tôt, précisa Sarah.

– Qu'est-ce qui vous fait dire cela ?

– Ce sont les Allemands qui ont trouvé ici, en bas, les squelettes des Français. Et même vous, inspecteur, vous devrez convenir qu'il a bien fallu que quelque chose tue ces soldats…

– Peut-être ont-ils été surpris par une tempête de sable, dit Sir Jeffrey. Il est possible que l'entrée du corridor se soit refermée alors que les soldats se trouvaient encore dedans.

– Peu probable, car alors on aurait retrouvé leurs cadavres desséchés par l'absence d'air dans un état proche de la momification, expliqua Fox en mettant en valeur son savoir. Et les Allemands auraient sûrement mentionné cela dans leur rapport.

– Merci, inspecteur.

Sarah fit un signe d'assentiment.

– Nous pouvons donc partir de l'hypothèse que ces hommes ont été blessés, quelque part, et qu'ils se sont retirés ici et y sont morts des suites de leurs blessures.

– D'accord, fit Hayden. Mais *d'où* venaient-ils ?

– Cela, cher capitaine, il nous incombe de le découvrir, répliqua Sarah en commençant à explorer les murs à la lueur des torches.

– Que faites-vous ? demanda Fox.

– Je cherche un indice, inspecteur, quelque chose dans la pierre, un courant d'air… quelque chose qui nous indiquera où se trouve la sortie de l'esplanade.

– La sortie ? Mais la sortie est bouchée !

– Cette sortie-là, oui, confirma Sarah. Mais les bâtisseurs de l'ancienne Egypte étaient de vrais maîtres qui n'avaient pas leur pareil pour agencer des pièces et des galeries cachées et pour en camoufler les entrées. Je parierais volontiers que cette galerie comporte une deuxième issue.

– Sauf qu'il n'est guère convenable pour une lady de parier, objecta Sir Jeffrey. Pourquoi êtes-vous si sûre de votre fait ?

– Appelez cela l'instinct, répliqua Sarah. Les hommes de Bonaparte sont venus ici, et je pense qu'ils ont découvert cette sortie cachée. Mais ensuite ils ont dû tomber sur un obstacle…

– Ou sur quelqu'un, ajouta Kamal avec une mine sombre.

– Mon jeune ami, dit Sir Jeffrey en se tournant vers l'Egyptien, y a-t-il quelque chose que vous aimeriez nous dire ? En ce cas, allez-y ! Car vos remarques lugubres commencent à me porter sur les nerfs.

– Nous ne devrions pas être ici ! Ce temple est maudit et la malédiction atteint quiconque passe outre l'interdiction d'y accéder.

– Superstition, rien d'autre, fit Stuart Hayden en balayant ainsi toutes les objections.

A la lumière vacillante des torches, ils scrutèrent les murs de la salle aux piliers, et Milton Fox lui-même ainsi que Sir Jeffrey s'associèrent à cette recherche. Seul Kamal n'y prit pas part, se bornant à rester les bras croisés au milieu de la salle et à jeter des regards sombres à ses employeurs.

Les murs furent examinés centimètre par centimètre. Sarah utilisait son couteau, tapant sur la roche avec le manche à la recherche de cavités, grattant les joints avec la lame… sans résultat. Ses compagnons étaient également bredouilles dans leurs recherches, ce que Sarah trouva curieux.

– C'est étrange, j'étais tout à fait sûre que…

– Ne vous l'avais-je pas dit ? fit Fox de l'air de celui qui a toujours raison. N'ai-je pas dit depuis le début que toute cette expédition était une entreprise absurde ? Que nous aurions dû rester à la maison en Angleterre au lieu de venir avaler de la poussière et nous laisser rôtir vifs par cette chaleur…

L'inspecteur continuait de se plaindre, mais Sarah ne l'écoutait plus. Elle jetait des regards fiévreux tout autour de la salle et se demandait ce qu'elle avait pu ne pas remarquer. Où pouvait-il bien y avoir une issue ? Où l'architecte de ce temple pouvait-il avoir aménagé la porte secrète ?…

La solution lui sauta aux yeux lorsqu'elle remarqua Kamal debout au milieu de la pièce sur une dalle de pierre gravée du symbole de l'ibis, le signe de Thot.

– Voilà la solution ! lança-t-elle en se dirigeant sur Kamal et en le forçant à reculer.

Avec précaution, elle se mit à genoux et tapa sur la dalle. Un son grave et profond retentit, révélant une cavité.

– Vite, Kamal ! ordonna Sarah. Nous avons besoin de lampes, d'huile, de corde aussi, et de quelques hommes solides avec leur équipement.

L'Egyptien répliqua quelque chose d'incompréhensible et disparut pour revenir peu de temps après, suivi d'une cohorte d'ouvriers portant des leviers d'acier. Sarah et Hayden avaient déjà dégagé les bords de la dalle de pierre. Les ouvriers, se conformant aux indications de Sarah, disposèrent les barres, pesèrent dessus et soulevèrent la dalle qui devait mesurer un yard carré.

La plaque se souleva et, en réunissant leurs forces, car Hayden et les siens s'y étaient joints, ils réussirent à la déplacer sur le côté. En dessous apparut un puits qui tombait à la verticale dans les profondeurs et dont sortait un courant d'air froid.

– Tonnerre, Lady Kincaid, bien peu de personnes seraient capables de cela ! reconnut Sir Jeffrey. Je dois reconnaître que j'ai trouvé votre théorie assez osée et que je n'ai pas pu me figurer ce qu'elle impliquait… Mais, à présent, il ne me reste rien d'autre que de vous faire entièrement confiance.

– Soyez-en remercié, Sir, répliqua Sarah, légèrement vexée. Mieux vaut tard que jamais, n'est-ce pas ?

Elle se laissa de nouveau glisser sur les genoux, se pencha en avant et jeta un coup d'œil dans le puits. Comme elle ne pouvait pas apercevoir le fond du trou noir, elle prit sa torche et la jeta au fond

– *La* [1] *!* s'écria Kamal.

Mais il était trop tard.

La torche n'arrêtait pas de tomber, comme si le puits avait été sans fond, ce qui montrait qu'il était beaucoup plus profond que Sarah l'avait supposé. La flamme continua de descendre indéfiniment jusqu'à ce qu'elle finisse par s'éteindre brusquement.

– C'était quoi, ça ? demanda Sir Jeffrey, interdit.

– Les ténèbres ont absorbé la flamme, dit Kamal d'un ton funèbre.

Mais Sarah ne s'y trompa pas ; elle ordonna d'allumer une lanterne et de la lier à une corde qu'elle fit lentement descendre dans l'ouverture.

On pouvait voir à présent que le puits, dans sa moitié supérieure, était cimenté et que, plus loin, il avait été simplement creusé dans la roche nue. D'après la longueur de la corde à laquelle le fanal descendait, le puits mesurait dans les trente yards. Mais la plus grande surprise les attendait au fond.

– Qu'est ceci ? demanda Milton Fox, interdit, lorsque la lanterne parut soudain se dédoubler.

Sarah tint fermement la corde, de sorte que la première lanterne s'immobilisa tandis que l'autre lanterne commença à se balancer de ci de là, et qu'il devint clair qu'il devait s'agir d'une image renvoyée comme par un miroir ; à quoi s'ajoutait tout autour un léger frémissement un peu mat.

---

1. *La* : non, en arabe.

– De l'eau, dit Stuart Hayden, exprimant ce qui paraissait tellement incroyable. Il y a de l'eau là-dessous, au milieu du désert…

– Probablement une citerne, dit Sarah. Peut-être aussi un lac souterrain qui alimente le Nil. Il faut que quelqu'un aille voir.

– Je vais m'en charger, fit Hayden sans hésiter.

– Merci beaucoup pour votre offre, capitaine, répliqua Sarah, tandis qu'elle tirait son revolver de son étui et le tendait à Hayden afin qu'il le garde. Mais je vais le faire moi-même si vous le permettez.

– Je ne le permets pas ! protesta énergiquement Hayden. Je n'autoriserai pas que vous mettiez votre vie en péril…

– Dois-je vous rappeler, capitaine, que vous n'avez pas la direction de cette expédition, mais que c'est moi ?

Hayden respira profondément.

– Non, répondit-il en grinçant des dents. Vous n'en avez pas besoin.

– Bon, je dois descendre, capitaine. Il faut que je voie ce qui se cache en dessous. Je suis la seule à pouvoir vraiment en juger correctement.

Elle fit un geste décidé, tira la lanterne du puits et l'attacha ; elle accrocha d'un geste machinal le bout de la corde à une élingue pour former une sorte de marche pour son pied droit.

– Bien, maintenant faites-moi descendre. D'accord ?

– Entendu, répondit Hayden contre son gré. Denham, Leister, laissez filer la corde pour Lady Kincaid, mais allez-y tout doucement !

– Oui, Sir.

Les soldats prirent le cordage sur leurs épaules de sorte que celui-ci ne pouvait pas leur échapper. Ensuite ils descendirent lentement Sarah, qui s'était assise au bord de la margelle, laissant ses jambes se balancer au-dessus du vide.

– Milady, s'il vous plaît, n'y allez pas ! implora une nouvelle fois Kamal.

– Trop tard, la décision est prise, rétorqua Sarah, dont la voix, caverneuse et assourdie, s'élevait du puits.

D'une main, Sarah s'était agrippée à la corde qui crissait doucement sous l'effet de la tension et, de l'autre, elle tenait la lanterne pour éclairer les parois du puits.

Effectivement, la maçonnerie s'arrêtait au bout de quelques yards, et la roche nue lui succédait. Le conduit avait été creusé au terme d'un dur labeur, et Sarah, oppressée, se demanda combien d'esclaves avaient bien pu laisser leur vie dans la construction.

Sa curiosité pour ce qui l'attendait au fond du puits augmentait à chaque instant. Quoi qu'il en fût, Sarah était heureuse de s'être imposée à Hayden ; la quête du Livre de Thot avait coûté beaucoup trop de vies humaines. Et elle n'avait pas l'intention de regarder tranquillement combien de ses gens viendraient à la perdre. C'est aussi pour cette raison qu'elle avait tenu à explorer elle-même le puits.

Alors qu'elle avait déjà fait un bon bout de chemin, elle perçut un miroitement. Elle descendit encore de quelques yards, et le puits se termina. Sarah était au beau milieu d'une grande voûte souterraine, au sommet de laquelle elle se trouvait suspendue.

– Stop ! cria-t-elle en direction de l'ouverture du puits.

Elle fut effrayée par la résonance de sa propre voix, ce qui permettait d'imaginer que la voûte était de dimensions considérables. Elle n'aurait su le dire précisément à cause de l'obscurité qui régnait là où la lanterne n'éclairait plus du tout.

Les soldats arrêtèrent aussitôt la corde, et Sarah ne fut plus qu'à un pied de distance de la surface de l'eau qui brillait.

– Tout va bien ? lança Hayden d'une voix inquiète.

– On ne peut mieux ! cria Sarah.

L'eau présentait une certaine clarté ; à la lueur de sa lanterne, Sarah pouvait apercevoir le fond du lac souterrain.

– Lady Kincaid !

Cette fois, c'était Sir Jeffrey qui se faisait du souci. Est-ce que réellement tout va bien pour vous ?

– Absolument, répliqua Sarah en pataugeant dans une eau qui lui arrivait aux hanches, je me suis décidée à prendre un bon bain froid après avoir enduré toute cette chaleur et cette poussière…

– Que voyez-vous ?

– Pas grand-chose, répondit Sarah en cherchant à en savoir davantage en déplaçant la lumière de la lanterne. Je suppose qu'il y a un lien souterrain entre le Nil et ce lac. Les concepteurs du temple l'ont probablement utilisé comme une sorte de citerne naturelle.

– Qu'est-ce qui vous faire croire cela ?

– Eh bien, d'une part un tel procédé ne serait pas inhabituel, d'autre part le puits indique… que se pass… ?

Sarah s'interrompit lorsqu'elle perçut un brusque mouvement ; elle saisit le couteau à sa ceinture avant de reconnaître une paire de jambes descendant à son tour du haut de la voûte.

Les membres appartenaient à Hayden qui avaient pris sur lui de suivre la jeune femme. L'officier avait laissé en haut son casque, sa tunique rouge et son arme à feu.

– Qu'y a-t-il, capitaine ? Appréciez-vous à ce point ma compagnie que vous ne puissiez y renoncer cinq minutes ?

– Vous avez mis le doigt dessus, répliqua l'officier dans un accès d'humour plutôt inhabituel chez lui.

Et il sauta à son tour dans l'eau. Aussitôt la corde repartit vers le haut. Peu après, les caporaux Denham et Lester descendirent à leur tour.

Et enfin, Sarah n'en croyait pas ses yeux, Kamal vint se joindre à eux.

– Holà, es-tu bien sûr de vouloir venir ? demanda-t-elle.

– Comme je vous l'ai déjà dit, Milady, je sais où est ma place, ce qui ne veut pas dire que j'y suis volontiers.

– Je comprends.

– Bon, fit Hayden, qu'avons-nous à faire ?

– Je propose que nous avancions en étoile, énonça Sarah. De cette manière, nous nous ferons une idée des dimensions de cette grotte. Le premier qui trouve quelque chose le dit aux autres.

Hayden n'avait pas d'objection. Ils se déployèrent donc et pataugèrent dans l'eau sombre dans différentes directions. Denham et Lester portaient leur fusil au-dessus de leur tête pour ne pas les mouiller. Sarah avançait prudemment.

Au bout de quelques pas, elle commença cependant à grelotter, non pas que l'eau fût vraiment froide, mais parce que tout son corps s'était accoutumé à la fournaise du désert.

– Damnation ! entendit-elle Lester pester. Quelle est cette curieuse odeur ?

– Personne ne vous a demandé votre avis, répliqua Hayden avec mordant.

– Oui, Sir…

– Ouvrez l'œil et n'ouvrez la bouche que si c'est strictement nécessaire, compris ?

– Compris, Sir.

Sarah ne put rien faire d'autre que de sourire. Stuart Hayden avait beau être un homme terriblement vaniteux et un gaillard obstiné, il n'en demeurait pas moins qu'il prenait son affaire au sérieux et s'y impliquait vraiment. Peut-être, après tout, Maurice du Gard avait-il eu raison en affirmant que Hayden était son plus fidèle allié.

Pendant un court instant, Sarah repensa à Du Gard tout en poursuivant sa progression aquatique dans la semi-pénombre. Le chagrin était bien près de la submerger une fois encore, mais elle se maîtrisa, trouvant que ce n'était ni l'endroit ni le moment de s'y complaire. La priorité allait à sa mission; elle devait enfouir sa douleur au plus profond d'elle-même.

Un clapotis dans l'eau éveilla une nouvelle fois son attention. Sarah regarda dans la direction d'où était venu le bruit et vit dans le halo de son fanal, à quelque distance, le caporal Lester patauger dans l'eau. Il était probablement à l'origine des clapotis.

Sarah poursuivit sa progression et aperçut soudain quelque chose devant elle. Non loin, la paroi de la grotte émergeait de l'obscurité. Plus elle s'en approchait, plus il devenait visible que la roche n'était pas restée dans son état d'origine, mais qu'elle avait été taillée : des représentations de divinités égyptiennes étaient sculptées dans la pierre.

La couleur avec laquelle les artistes de l'Antiquité avaient eu coutume de peindre leurs œuvres s'était pâlie à cause de l'humidité, mais on distinguait toujours les images elles-mêmes. Au bas de la paroi se trouvait une saillie rocheuse large d'environ deux pieds, le fruit d'un ingénieux travail qui paraissait surplomber tout le tour du bassin.

– J'ai quelque chose ! clama Sarah, à qui le rocher tout proche donna un écho sinistre. J'ai ici une paroi.

– Ne bougez plus, dit Hayden. Nous allons à votre rencontre et nous explorerons ensemble le mur.

Tandis que les quatre lumières des lanternes de ses compagnons changeaient de direction pour converger vers elle, Sarah examina de plus près les fresques. Que les parois de la grotte aient été taillées d'une manière artistique était pour Sarah un indice qu'il s'agissait effectivement d'une citerne, probablement avec une signification religieuse. Parmi les nombreuses scènes rupestres qui représentaient des événements de la mythologie égyptienne, elle reconnut Suchos. Et, presque en même temps qu'elle contemplait la face au masque de crocodile, son pied buta sur quelque chose gisant au fond du bassin de pierre.

Sarah dirigea son fanal pour voir ce que c'était. Elle dut attendre un moment, le temps que le sable soulevé par ses pas se redépose au fond.

Petit à petit, les contours de l'objet devinrent plus distincts.

Et Sarah eut un geste de recul effrayé, car l'obstacle sur lequel son pied venait de buter était un crâne humain !

Sarah constata avec effroi qu'il y avait encore bien davantage d'ossements parsemant le bord du bassin. Il ne s'agissait pas seulement de restes humains, mais aussi d'animaux. Il était en tout cas indubitable que des humains avaient rencontré la mort dans cette grotte. La jeune femme sentit le sang affluer dans ses artères lorsqu'elle prit conscience de l'horrible vérité.

– Stop ! cria-t-elle à ses compagnons. Pas un pas de plus !

– Pourquoi ? Qu'est-ce qu'il y a ? dit Hayden.

– Ce n'est pas une citerne, répondit Sarah d'une voix tremblante.

– Non ? Quoi donc alors ?

Sarah s'apprêtait à répondre quand le caporal Denham poussa un cri terrifié. Sarah et les autres se précipitèrent, mais tout ce qu'ils virent fut une sorte de fontaine jaillissante au milieu de laquelle le malheureux Denham disparut. Le fanal du soldat s'éteignit instantanément et la partie de la grotte dans laquelle il s'était aventuré sombra dans l'obscurité.

– Denham ! cria Hayden, incrédule. Denham ! Damnation, qu'est-ce qui vous arrive ?

Il ne reçut aucune réponse. Un bref instant, tout resta calme dans la grotte ; mais quelque part dans le lointain retentit un léger clapotement, et Sarah comprit que ce bruit pouvait marquer leur fin à tous.

– Sortons d'ici ! cria-t-elle de toutes ses forces, lorsque soudain, juste devant elle, l'eau s'ouvrit, livrant passage à quelque chose qui semblait n'être fait que de dents et de mâchoires.

Une gueule, dont le fond était si vaste qu'un enfant aurait pu y tenir debout, lui fonçait dessus. Médusée d'effroi et de terreur, Sarah fit la seule chose qui lui vint à l'esprit : elle jeta sa lanterne dans la gueule ouverte.

Les mâchoires mortelles se refermèrent dessus et broyèrent le verre. L'huile prit feu et une flamme jaillit de la gueule de la créature, l'illumina un instant et agit comme un monstre des anciennes légendes ; ivre de douleur, l'animal se précipita dans l'eau s'agita et, l'instant d'après, disparut. Sarah savait qu'elle devait courir pour sauver sa vie. Elle s'élança, s'aidant de ses bras, à la rencontre des autres.

– Damnation, c'était quoi ? s'exclama Hayden.

– Ce n'est pas une citerne, capitaine, cria Sarah, mais une réserve de crocodiles…

Comme pour confirmer ce qu'elle venait de dire, des vagues se formèrent soudain, convergeant, à la lueur des lanternes restantes, vers les trois hommes.

– Lester, tirez ! ordonna Hayden à son subordonné qui épaula la carabine et fit feu lorsque l'eau s'ouvrit devant lui et que deux créatures, comme issues d'un lointain passé avec leurs dents acérées, leur cuir noueux et leur gueule béante, crevèrent la surface.

La flamme au bout de l'arme. Le claquement de la détonation. L'écho de celle-ci renvoyé par la voûte…

L'un des deux sauriens se dressa dans l'eau, puis y retomba dans un rugissement sauvage. L'animal, long de quatre yards, reflua, à l'opposé de son congénère progressant toujours en direction du groupe.

Kamal qui, en un éclair, avait sorti son poignard, lança un cri de combat et passa à l'attaque, mais le coup porté à la hâte ne put entamer la peau cuirassée du saurien. Comme s'il avait voulu venger la mort de son congénère, l'animal se rua gueule ouverte sur le caporal Lester.

Le soldat fit feu à nouveau ; mais le coup avait été mal ajusté et il manqua sa cible ; le reptile avait atteint sa proie et, aussi vite qu'il avait émergé de l'eau, il y replongea ; Lester avait été pris aux jambes et arraché du sol par une force semblant venue de la nuit des temps. Le fusil et la lampe décrivirent un arc de cercle tandis que le sous-officier parut chevaucher une fontaine jaillissante qui se colora de rouge. Ses hurlements retentirent sous la voûte jusqu'à ce que l'obscurité l'ait avalé et que ses cris prennent fin.

– Mon Dieu, sanglota Sarah quand le silence fut revenu.

– *Inch Allah*, murmura Kamal.

– Au puits ! intima Hayden qui avait tiré son sabre, tout en sachant que cela ne lui servirait à rien contre les crocodiles.

– Non, le contredit Sarah. Les bêtes nous auront dévorés avant même qu'un seul d'entre nous ait pu quitter la grotte. Il y a, sur la paroi, de l'autre côté, une saillie rocheuse qui pourrait nous sauver. A pied, nous irons plus vite qu'en nageant dans l'eau.

Il n'y avait rien à redire à cela, et les trois survivants changèrent de direction, pataugèrent, coururent et nagèrent aussi vite qu'ils le purent en direction de la paroi de la grotte. Il s'agissait aussi de faire attention à ce que les éclaboussures n'éteignent pas les lanternes. Sans lumière, Sarah et ses compagnons auraient été condamnés à une mort certaine.

– Là-bas ! cria soudain Kamal en faisant un signe sur sa droite. Il y en a encore davantage !...

Des nouvelles vagues naissaient, chargées de menaces. Les animaux fouettèrent la surface sombre de l'eau à grands coups de queue, face à leurs proies pratiquement sans défense.

– Plus vite ! enjoignit Sarah à ses compagnons. Ce n'est plus très loin...

De nouveau la paroi de la grotte émergea de l'obscurité avec ses images aux couleurs passées, et de nouveau Sarah reconnut les traits de Suchos paraissant rire, la bouche grande ouverte, en les regardant.

– *Yalla ! Yalla !* cria Kamal, atterré, derrière qui une vague était en train de se former et qui donna naissance à un nouveau monstre.

Le guide égyptien laissa échapper un cri perçant lorsque la bête creva la surface et voulut le saisir. Le sabre de l'officier fendit l'air et s'abattit de tout son poids sur le crocodile. La blessure que l'arme avait ouverte n'était pas profonde, mais elle était suffisante pour inspirer du respect à l'animal ; il retomba en arrière, ce qui accorda le répit de quelques secondes dont ils avaient besoin pour se mettre au sec.

Sarah fut la première à atteindre l'avancée rocheuse. Epuisée, elle se hissa et roula sur la roche.

Le deuxième crocodile filait sous l'eau et risquait à tout instant d'atteindre l'officier.

– Hayden, venez ! Vite ! cria Sarah.

Pataugeant et courant, l'homme se rapprocha aussi vite qu'il put. Atterrée, Sarah vit que le saurien jaillissant hors de l'eau avait pris son élan au moment où l'officier atteignait le bord du bassin. Fiévreusement, elle le saisit et, avec l'aide de Kamal, ils le sortirent de l'eau à l'instant même où les mâchoires du crocodile se refermaient là où se trouvaient quelques instants plus tôt les jambes de l'officier. Au tout dernier moment, l'officier avait échappé au danger mortel et les dents du crocodile claquèrent dans le vide. Dépité, l'animal se détourna et disparut, mais, pour tous, il était évident qu'il n'avait pas renoncé définitivement à sa proie.

– Merci, suffoqua Hayden. Il était temps…

– Je vous en prie, répondit Kamal.

Durant un moment, leur rivalité et leurs particularités furent oubliées, et tous deux partirent d'un rire hardi.

– Ah, les hommes ! ironisa Sarah en secouant la tête.

Ils se levèrent et descendirent de l'étroite avancée pour prendre sur leur droite alors que l'eau miroitante se réfléchissait toujours à la lueur des lanternes. Hors d'haleine et grelottants, ils coururent aussi vite qu'ils le purent, dans l'espoir que cette avancée rocheuse les conduirait en lieu sûr. Au bout de quelques pas à peine, l'attaque des crocodiles leur parut étrangement irréelle, jusqu'à ce que, de nouveau, l'horreur jaillisse des ténèbres.

Ce fut une ombre mince et fugace que Sarah enregistra du coin de l'œil et qui l'amena à pousser un cri perçant d'avertissement. Une fraction de seconde plus tard, une immense gueule munie de terribles dents émergea des profondeurs et s'élança sur les fugitifs.

Hayden, avec beaucoup de présence d'esprit, leva son sabre et, de nouveau, parvint à mettre l'animal en fuite. Mais, dès l'instant suivant, le monstre était de retour et, cette fois, il n'était pas seul.

Plusieurs gueules voraces émergèrent de l'eau le long de l'avancée, s'élancèrent et claquèrent. Pire même : dans leur soif de sang et leur envie de proie, les crocodiles cherchèrent à se hisser sur le petit promontoire de terre ferme, révélant leurs monstrueux corps cuirassés. Sarah s'aperçut qu'il ne s'agissait pas de crocodiles ordinaires.

Leur peau n'était pas, comme d'habitude, verte ou d'un brun tirant sur le jaune, mais d'un blanc laiteux, ce qui laissait supposer que ces bêtes avaient passé l'essentiel de leur vie dans l'obscurité de la grotte. Sarah connaissait des inscriptions qui faisaient état de crocodiles blancs vénérés en Egypte comme des animaux sacrés parce que l'on croyait alors qu'ils étaient chargés d'une mission secrète par Suchos. Jusqu'à présent, elle avait toujours cru à une légende. Maintenant, elle savait à quoi s'en tenir.

Juste derrière elle, l'un des sauriens chercha à escalader la saillie rocheuse. D'un coup de pied, Sarah le renvoya dans l'eau avant de se remettre à courir. Cela ressemblait à cette course sous les verges infligée aux jeunes recrues. Il fallait, pressé contre la paroi, courir le long de la saillie et, en même temps, faire attention non seulement aux gueules grandes ouvertes, mais aussi au danger de glissade sur le rocher humide.

– Ces saloperies de bêtes, il en vient toujours plus ! s'écria Hayden.

L'officier n'exagérait nullement.

Sept, huit crocodiles, chacun mesurant pas moins de trois yards, s'agitaient dans l'eau paraissant bouillir sous les battements de leur queue. Où que l'on regardât, on devinait dans la pénombre les gueules béantes et leurs dents mortelles. Les grondements et les sifflements des créatures remplissaient l'air.

Soudain, Kamal, qui était en tête du groupe, poussa un cri étouffé. Juste devant lui, le piton rocheux s'était effondré et l'Egyptien, qui l'avait remarqué trop tard, avait basculé dans le vide.

Sarah, qui était sur ses talons, le vit chuter et voulut le retenir, mais elle n'agrippa que de l'air. Battant des bras désespérément, Kamal atterrit dans l'eau.

– Kamal ! Non !

Le cri de Sarah retentit sous la voûte. Sans hésiter, elle tira de sa ceinture son coutelas de chasse. Les couteaux bowie avaient beau ne pas avoir été conçus pour une rencontre avec les crocodiles, ils n'en étaient pas moins pourvus d'une lame aiguisée et pointue.

– Tirez-le de là, capitaine ! cria Sarah avant de plonger à la suite de Kamal avant que Hayden ait pu tenter ou répondre quoi que ce soit.

Sarah, qui avait de nouveau de l'eau jusqu'aux hanches, vit l'un des corps oblongs plonger sous la surface. Elle ne commit pas l'erreur d'attendre que le crocodile sorte de l'eau et prenne son élan pour se jeter sur elle, mais au contraire elle plongea et partit à sa rencontre. Elle pouvait à peine voir quoi que ce soit dans la maigre lumière régnant sous la surface. De la pénombre teintée de vert allait surgir une ombre portant le masque de la mort.

Sarah affermit l'arme dans sa main, plongea jusqu'au fond du bassin, se retourna et, lorsque le crocodile, dont l'attention était entièrement tournée vers Kamal, passa devant, elle le frappa de toutes ses forces.

Le couteau atteignit l'animal juste sous le crâne, la lame s'enfonçant profondément dans la gorge. Dans un réflexe, la gueule du reptile se referma. Il se débattit et donna des coups de son immense queue. Sarah parvint encore à extirper son couteau de l'animal et vit encore le sang sombre gicler de la blessure, avant d'être frappée à la tête par quelque chose de dur et jetée de côté.

Pendant un moment elle coula, assommée, dans l'eau jusqu'à ce que ses poumons en feu lui fassent reprendre conscience. Sarah comprit qu'elle devait chercher de l'air. De toutes ses forces, elle prit appui sur le fond, remua les bras et les jambes et creva enfin la surface.

Elle aspira goulûment, heureuse d'être encore en vie. Pourtant, lorsqu'elle ouvrit les yeux, elle se trouva face à une gueule béante qui fondait sur elle. Elle avait perdu son poignard qui gisait quelque part au fond du bassin et elle était trop faible pour fuir. Il fut clair pour Sarah Kincaid que la quête du Livre de Thot touchait à sa fin.

Résignée, elle regardait la chose horrible qui paraissait se diriger très lentement droit sur elle, alors qu'en réalité la scène ne dura que quelques fractions de seconde ; elle s'attendit à ce que les terribles mâchoires du monstre se referment sur elle et la déchiquètent.

Si Sarah leur échappa, ce fut grâce aux mains puissantes qui s'emparèrent d'elle et la sortirent de l'eau, juste avant que la bête soit sur elle. Comme un éclair jailli d'un ciel clair, un sabre de hussard fendit l'air et s'abattit sur la gueule grande ouverte de la créature qui retomba, son rugissement étouffé dans un gargouillis.

Sarah atterrit sur une roche dure. Elle adressa un regard à Kamal dont le visage souriait de sa témérité. Aussitôt après, elle se remit sur pied et, bien que ses genoux fussent encore un peu flageolants et qu'elle fût presque à bout de forces, elle bondit et courut avec ses deux sauveteurs jusqu'à la roche formant une saillie de l'autre côté.

Les crocodiles, derrière eux, se retirèrent, parce qu'ils entendaient d'abord faire un sort à leur congénère blessé à mort, mais aussi parce qu'ils savaient que leurs proies humaines ne leur échapperaient pas.

Sarah, dont les poumons brûlaient comme dans du feu et dont les jambes tremblaient comme le feuillage d'un peuplier, vit avec soulagement que le rebord s'élargissait devant eux.

Ils atteignirent enfin le côté de la grotte où se dressait une plateforme en pierre avec le grand autel pour les sacrifices. Immédiatement derrière, on devinait les contours menaçants et sombres d'une statue géante.

Le socle était couvert de hiéroglyphes qui, même après tout ce temps, étaient encore nettement lisibles. En revanche, la statue elle-même avait passablement souffert de l'humidité ; sa tête ne reposait plus sur ses épaules, mais sur les décombres qui parsemaient la plateforme. Sarah distingua ce qui avait jadis été le cou d'un ibis. Aucun doute, cette statue avait bien représenté Thot, le dieu de la lune et seigneur de ce temple.

Hayden et Kamal la relâchèrent et elle s'effondra. Ses compagnons s'assirent aussi à même le sol, reprenant leur respiration. Tous avaient conscience d'avoir frôlé de très près la mort.

– Merci, gentlemen, reprit Sarah. C'était un sauvetage de toute dernière minute.

– Non, Lady Kincaid, je dois plutôt vous remercier, rétorqua Kamal, haletant toujours. *Mutaschakkir-ktir* [1]. Votre intrépidité est stupéfiante. Vous avez risqué votre vie pour sauver celle sans valeur d'un serviteur.

– Tu es un ami, Kamal. Par ailleurs, ajouta-t-elle avec un sourire exténué, tu m'as sauvé la vie juste après. Tu vois donc que mon geste n'était pas aussi désintéressé qu'il pouvait en avoir l'air.

– Désintéressé ? souffla Hayden qui semblait passablement éprouvé.

Son uniforme était trempé et froissé, ses cheveux en désordre.

– Ce que vous avez fait était de la pure folie et complètement irresponsable. Et, par le diable, quelles sont ces bêtes féroces ?

– Des crocodiles blancs. Les Egyptiens les ont vénérés comme des animaux sacrés.

– Que ne l'avez-vous dit plus tôt… Leurs crocodiles sacrés viennent de dévorer deux de mes hommes.

– Cela ne m'a pas échappé.

– Et maintenant ?

– Les crocodiles vont attaquer à nouveau, c'est sûr. C'est pour cette raison qu'ils sont ici. Ce sont les gardiens du temple. Selon toute vraisemblance, ils campent ici depuis trois mille ans.

– Formidable, grogna Hayden. On peut désormais imaginer sur quoi les Français sont tombés autrefois…

– Evidemment. La question est donc de savoir comment passer devant les bêtes sans être dévorés.

---

1. *Mutaschakkir-ktir* : merci, en arabe.

– Et comment, je vous prie ?

Hayden la regardait, les yeux écarquillés.

– J'ai sûrement mal entendu ! Du diable si nous nous exposons une nouvelle fois à ces bêtes sanguinaires ! Nous ferions bien de nous installer ici et d'attendre que mes gens reviennent.

– Pour qu'à leur tour ils terminent dans les estomacs de ces bêtes féroces ? demanda Sarah. Réfléchissez, capitaine. Si ces crocodiles ont été mis ici pour garder le temple, alors c'est qu'il doit y avoir aussi un mécanisme capable de les en faire sortir.

– Pourquoi donc ?

– Parce que c'est le principe même du mécanisme de protection : les pièges sont conçus pour les visiteurs indésirables. Pour les initiés, il y a toujours un chemin par lequel ils peuvent s'en aller.

– Ah bon, et à quoi ressemble alors un tel chemin dans notre cas ?

Sarah réfléchit et leva les yeux sur la statue qui allait presque jusqu'en haut de la voûte.

– Je ne le sais pas. C'est une effigie de Thot… ce qui signifie que nous sommes sur la bonne piste. Peut-être l'indice nous sera-t-il donné par l'inscription.

Bien que ses membres lui fissent un mal de chien et qu'elle se sentît faible et épuisée, Sarah se releva, se saisit de l'une des deux lampes restantes et commença à examiner de plus près le socle de la statue ; elle passa ses doigts sur les signes gravés dans la pierre il y a bien longtemps et commença à traduire.

– Voilà… nous avons le signe pour le mot « alliés », dit-elle davantage pour elle-même que pour ses deux compagnons.

Puis elle reprit sa traduction :

– « Alliés sont les dieux de la lune et de la fertilité, par l'âge, le porteur de l'ibis et le maître des… des… *sobek.* »

– Qu'est-ce que cela signifie ?

Hayden leva les sourcils.

– C'est un mot de l'ancien égyptien pour « crocodile », capitaine.

– Encore une fois, des crocodiles ?

– « Les saints crocodiles ont la couleur de la lune, c'est pourquoi leur maître Suchos les a confiés à Thot pour qu'ils… »

Sarah interrompit sa traduction.

– Pour qu'ils fassent quoi ?

– Pour « qu'ils aident à préserver les secrets de Thot ». Comprenez-vous ce que cela signifie, capitaine ? dit Sarah à voix basse. Cela signifie que nous sommes sur la bonne piste ; il y a bien quelque part un indice sur l'endroit où le Livre de Thot a été jadis emporté. Il ne nous reste plus qu'à le trouver.

– Ah bon ? Et où devons-nous chercher ?

– Il n'y a aucune indication.

– En êtes-vous sûre ?

– Ecoutez, capitaine, je vous proposerais volontiers de faire votre travail et de me laisser faire le mien, rétorqua Sarah, un peu indignée. Quand me suis-je mêlée de vos affaires ?

– Depuis notre première rencontre, vous ne faites rien d'autre ! lança Hayden, un peu pris au dépourvu et, cette fois, Sarah ne répondit pas.

– Aidez-moi à chercher, gentlemen. Il doit y avoir quelque part un mécanisme caché, un levier ou quelque chose de semblable qui permette de désamorcer le piège.

– Si vous le dites…

Hayden, qui paraissait sur le point d'abandonner toute idée de résistance, commença tout de même à scruter les parois rocheuses et le socle de la statue. Kamal y prit part tout en lançant des regards soupçonneux à l'eau qui s'écoulait de ce côté de la plateforme. Il était impossible de deviner ce qui se passait derrière ses traits brunis par le soleil et ses yeux sombres. Eprouvait-il des regrets d'avoir rejoint l'expédition ? Etait-il reconnaissant à Sarah de l'avoir sauvé ? Ou la vouait-il en secret aux gémonies pour s'être mise en quête d'un secret si bien gardé pendant des milliers d'années ?

Soudain, on entendit un bruissement dans l'obscurité, quelque chose qui ne pouvait en aucun cas venir d'une gorge humaine.

– Les gardiens, fit Kamal sombrement. Ils reviennent…

Effectivement, dès l'instant d'après, on put entendre un barbotement et des éclaboussures, qui se rapprochaient assez vite ; Sarah interrompit ses recherches pour jeter un coup d'œil à la partie ombreuse que l'éclairage de la lanterne n'arrivait pas à percer ; elle pouvait voir comment l'eau se mettait à remuer.

Du plus profond de la caverne surgirent en même temps plusieurs crocodiles ; leurs corps blafards luisaient dans la lumière vacillante qui semblait les attirer comme par magie ; à tout moment, ils pouvaient réussir à atteindre la plate-forme.

– Ces saloperies de bêtes féroces ! lança Hayden, furibond. Sans arme à feu, nous ne parviendrons pas à les tenir bien longtemps à distance…

– Si je trouve le mécanisme, nous n'en aurons peut-être pas besoin, répliqua Sarah en cherchant fiévreusement la moindre cavité pouvant former une niche.

– Eh bien, tant mieux, fit Hayden. Je vais essayer de vous accorder le plus de répit possible. Faites-en le meilleur usage…

Sur ce, il se retourna, saisit son sabre à pleine main et se rua vers les crocodiles qui avaient atteint la rive et étaient près à se hisser sur la terre ferme. Kamal adressa à Sarah un regard sur lequel il n'était pas possible de se méprendre, puis il se plaça derrière Hayden, levant à son tour son poignard courbe pour frapper.

Les deux hommes parvinrent à rejeter à l'eau les premiers crocodiles, en frappant vigoureusement de taille et d'estoc, mais le nombre des prédateurs devint tel que leurs efforts parurent vite voués à l'échec.

– Sarah ! cria Hayden avec une familiarité incongrue, mais la situation rendait les formules d'usage superflues.

– Encore une minute, implora Sarah, qui entendait bien, au son de la voix de Hayden, combien la situation devenait critique. Mais l'exploration minutieuse de la statue et du mur rocheux la jouxtant ne donnait toujours rien…

Les crocodiles étaient sortis de l'eau en cinq endroits sur la plate-forme ; en avançant d'abord leurs crânes allongés, puis en s'agrippant de leurs courtes pattes, ils conquéraient la terre ferme.

Comme un derviche tourneur, Hayden sautait parmi eux, donnant des coups, mais sans plus parvenir à les mettre en fuite. Au contraire, plus les crocodiles approchaient de la rive, plus ils savaient que leurs proies ne pourraient désormais leur échapper.

Ce fut Kamal qui eut l'idée qui les sauva. Tandis que Stuart Hayden continuait de ferrailler à l'arme blanche, tel saint George voulant terrasser le dragon, l'Egyptien attrapa une lampe, en cassa le verre, renversa le pétrole et y mit le feu. De cette manière, il traça au bord de la rive une frontière qui ne resta pas sans effet. Aveuglés par l'éclat des flammes, les crocodiles se jetèrent à l'eau.

– Bien joué, Kamal ! cria Hayden.

Bien sûr, il était clair pour tous que l'effet de ce feu miraculeux ne tiendrait pas éloignés les monstres très longtemps. Dès que le combustible serait épuisé et que les flammes s'éteindraient, ils ressurgiraient de l'eau et convergeraient vers leurs proies. Et dans l'obscurité qui régnerait alors, il n'y aurait plus de défense possible.

Hayden étaient obsédé par l'image des dents coupantes comme des rasoirs auxquelles il risquait d'être confronté, lorsque Sarah poussa enfin un cri de victoire.

Dans la partie inférieure du socle, elle venait de découvrir deux hiéroglyphes : l'un symbolisait l'eau, l'autre, le crocodile. Faute d'instrument adéquat, Sarah se saisit sans autre formalité d'une pierre et l'abattit sur les hiéroglyphes. La roche céda avec un bruit clair et se brisa.

Sous la dalle peu épaisse, insérée comme une brique dans le socle et donc parfaitement camouflée, apparut quelque chose qui était également taillé dans la pierre. C'était un levier faisant dans les deux mètres de long, que Sarah saisit immédiatement et tira. Malgré le fait d'y avoir mis toute son énergie, seul un tout petit bout bougea.

Elle appela Hayden et Kamal au secours, et, avec leurs forces réunies, ils réussirent à le manœuvrer.

Pendant un moment, rien ne se passa. Puis un bruit énorme se fit entendre qui tout d'abord ne fut rien de plus qu'un lointain murmure, mais qui, quelques secondes plus tard, se transforma en un fort mugissement.

– Qu'est ceci ? demanda Hayden, essayant de couvrir le bruit.

– Du sable, répondit Sarah. Les anciens bâtisseurs égyptiens avaient l'habitude de l'utiliser pour mettre en mouvement de lourds contrepoids et d'autres charges…

Comme pour en apporter la preuve, un grondement assourdi se fit entendre, auquel se joignit le frottement de la pierre sur de la pierre, suivi, un moment après, du clapotement de l'eau. Ce dernier bruit semblait, comme les autres, irréel et lointain, mais pour atteindre ensuite le volume sonore d'une cascade d'eau. Et ceci aux portes du désert de Libye !

– C'est une écluse, cria Sarah pour couvrir le bruit infernal. Je crois que nous avons ouvert une brèche.

Effectivement, il y eut des mouvements dans l'eau du bassin. Un courant se forma au milieu, un courant contre lequel, au début, les crocodiles luttèrent avec succès. Mais, au bout de quelques instants, l'eau du bassin se transforma en un flux emportant tout. L'un après l'autre, les sauriens furent aspirés et disparurent dans l'obscurité. Au même moment, le niveau des eaux s'abaissait par paliers, ce qui confirmait la théorie de Sarah.

Quelques instants plus tard, il ne restait plus trace des crocodiles. La lueur des flammes qui s'éteignaient progressivement éclairait encore le fond du bassin recouvert de flaques de boue. Il n'était pas lisse, mais sculpté de vasques étranges qui, au premier coup d'œil, paraissaient ne suivre aucune logique.

– Soyez-en remerciée ! Je n'aurais pas pensé que…

Hayden voulait faire un beau discours de louanges. Pourtant, Sarah ne l'écoutait pas. Elle avait découvert quelque chose. Sans autre formalité, elle sauta dans la cuvette asséchée, sans prendre garde à l'odeur nauséabonde se dégageant des flaques d'eau, et examina le sol de plus près.

– Que faites-vous là ? demanda Hayden, interdit.

– Vous rappelez-vous ce que nous cherchons. Cet indice sur l'endroit où le Livre de Thot a bien pu être transporté ?

– Eh bien ?

– Il est ici, lança Sarah, triomphante, tandis qu'elle se mettait à genoux et commençait à dégager la boue à mains nues. C'est là l'indice, capitaine ! Ne le voyez-vous pas ? Chacune de ces vasques représente une étoile, et elles sont agencées comme les constellations. Celle-ci, par exemple, figure la constellation des Egyptiens qui correspond chez nous à la Grande Ourse. Celle-là, là-bas – elle fit quelques pas et se pencha de nouveau – c'est la Petite Ourse, dont l'extrémité la plus pointue n'est rien d'autre que l'étoile Polaire. Comme elle forme un point fixe dans le ciel et indique toujours la route du nord, elle et les étoiles l'entourant ont été décrites dans l'Antiquité comme « immuables ». Vous ne comprenez pas, Hayden ? Ceci est une carte qui nous montre la direction à suivre !

– Fichtre, laissa échapper l'officier. Vous avez raison…

– Ce dessin vient d'un grand prêtre du nom de Nechepso, du culte de Thot, qui aurait vécu vers l'an 300 avant Jésus-Christ. Nous savons que c'était un maître dans la science des étoiles. Mais cette carte passe pour avoir été établie environ sept cents ans plus tôt. Durant tout ce temps, elle est restée cachée ici.

– *Naram* [1], fit Kamal. Les crocodiles se sont chargés de la garder.

– C'est exactement cela, confirma Sarah que la fièvre de la chasse avait à nouveau saisie.

---

1. *Naram* : oui.

Les événements et les vies que la quête avait exigés jusqu'à présent étaient oubliés, en tout cas pour l'instant. La perspective de décrypter le secret vieux de milliers d'années captivait entièrement la jeune femme. A chaque nouvelle seconde, elle découvrait d'autres détails : il n'y avait pas seulement des étoiles stylisées, mais aussi des piliers avec l'étoile Polaire prise comme point fixe pour déterminer une route.

– Kamal, dit Sarah, j'ai besoin d'ouvriers qui m'aident à me faire une idée de l'ensemble du dessin. Par ailleurs, j'ai besoin de papier, de crayon et d'instruments… Et ici, en bas, nous avons besoin de lumière avant que la nôtre ne s'éteigne.

Kamal opina. Il n'objecta rien, ne contredit pas, mais les plis reflétant sur son visage ses préoccupations étaient visibles. Sarah Kincaid était parvenue à élucider la première énigme et à trouver l'indice qui, pendant des millénaires, avait reposé au fond d'un réservoir souterrain. Mais qu'adviendrait-il ensuite ?

Cette lady anglaise finirait-elle par trouver ce qui était demeuré caché si longtemps ?

Ce jour-là, Kamal entendait bien être prêt.

VIII

Compte rendu sur l'expédition
27 décembre 1883

Nous nous sommes dirigés vers l'ouest en suivant les indications de direction découvertes dans le temple de Hermopolis. Si nous combinons ces éléments aux éléments du vieil Ammon el-Hakim, nous disposons maintenant d'une idée assez précise de l'endroit où nous devons chercher l'Ombre de Thot. Car, en l'honneur du nombre cinq qui joue un rôle particulier dans le culte de Thot, celui qui veut trouver le Livre des Secrets *doit chevaucher cinq jours et cinq nuits. C'est ensuite qu'il parviendra à l'endroit où, selon la légende, le prêtre Tezud et les siens auraient jadis enfoui les rouleaux secrets.*

Comme il aurait été trop dangereux de voyager dans l'obscurité, je me suis entendue avec le capitaine Hayden pour que nous ne fassions la route que de jour. Nous espérons couvrir en douze étapes le chemin qui s'offre à nous ; douze courses qui nous conduiront au beau milieu de la fournaise du désert libyen et de ses dangers mortels.

L'inquiétude règne parmi les chameliers et les terrassiers. Comme Kamal me l'a dit, des bruits circulent. Notre expédition serait placée sous la mauvaise étoile et vouée à la malédiction des anciens dieux à l'existence desquels beaucoup ici croient encore…

31 décembre 1883
Le désert !

Celui qui lit ce mot anodin dans la quiétude de ses quatre murs, au coin du feu domestique, ne peut se faire une vraie idée de ce que nous vivons ici.

L'obscurité bleutée disparaît dès les premiers rayons que le soleil envoie au-dessus de l'horizon, et la mer infinie de dunes se transforme en cette fournaise qui nous enserre depuis des jours. Tandis que nos chameaux et leurs conducteurs prennent avec sérénité la chaleur et la désolation omniprésentes, elle pèse bien lourd à mes compagnons et à moi. Comme pendant la chevauchée nous parlons à peine, chacun reste livré à ses pensées, et je commence à comprendre ce que les Bédouins veulent dire en affirmant que, dans le désert, chacun est chargé de tout ce qu'il a autrefois laissé derrière lui.

Devant la toute-puissance du désert où une vie humaine n'est rien de plus qu'un grain de sable, l'éclat des choses pâlit et l'homme est réduit à ce qu'il est : une créature faible, fragile, qui au milieu de cet environnement hostile ne pourrait pas survivre trois jours sans eau. Un lieu de mort et de dangers. Mais aussi d'une surprenante beauté.

Des dunes aux formes douces, découpées comme des croissants, dont les crêtes flamboient comme des braises de cheminée à la lumière du soleil couchant, alternent avec des formations étranges de roches et de chaux, composant des tours et des monuments qui n'ont pas été façonnés par la main de l'homme, mais dessinés par la seule force du vent.

Nous découvrons parfois, à moitié recouverts par le sable, les vestiges de villages ou de ruines de l'ancien temps, témoins muets de la fertilité de ce pays dans un passé lointain. Les êtres humains peuvent avoir fui, il reste toujours de la vie : des corbeaux du désert volent dans le matin en croassant vers le ciel, des alouettes voltigent de tour en roche et, inscrites dans le sable, nous avons trouvé des traces de la vipère à corne dont la morsure est autant redoutée des hommes que des bêtes.

Bien que j'aie déjà parcouru le désert auparavant, je le vois avec une lucidité bien plus grande qu'auparavant. Peut-être faut-il avoir éprouvé la perte d'un être cher pour comprendre ce pays désolé et mort. J'aspire pourtant à la vie et à replonger mes mains dans une eau froide, et je savoure à l'avance le moment où la palmeraie de l'oasis de Baharia apparaîtra entre les dunes…

Désert de Libye
31 décembre 1883

– Savez-vous ce que je ne saisis toujours pas ? demanda Milton Fox qui, juché sur le dos de son chameau, offrait une image plutôt pitoyable.

Le costume kaki de l'inspecteur était imbibé de sueur, et ses traits rougis par le soleil étaient couverts de poussière.

Les lunettes, qu'il mettait la plupart du temps pour se protéger du vent et du sable, avaient laissé autour de ses yeux deux taches pâles, rouges sur les bords, rendant Fox encore plus proche du renard dont il portait le nom.

– Qu'est-ce que vous ne saisissez pas, inspecteur ? fit Sarah à qui la question s'adressait. Ses vêtements étaient également poussiéreux et sales, mais le voile qu'elle portait noué autour de la tête et de la gorge à la manière arabe avait très bien protégé son visage.

– Nous sommes maintenant en route depuis cinq jours, calcula Fox, mais je parie que nous aurions déjà fait le double de chemin si nous n'avions pas fait sans cesse des détours.

– Des détours, inspecteur ?

– En effet. Ce Kamal, que vous tenez en si haute estime, ne paraît pas savoir exactement où il veut aller. Tantôt il prend la direction du nord, tantôt il reprend au sud, bien que nous devions aller plein ouest. Cela n'a aucun sens. Pourquoi, après tout, ne nous dirigerions-nous pas d'après le compas, comme on a l'habitude de le faire dans tous les pays civilisés ?

– Pour la bonne raison, cher inspecteur, qu'il n'y a ici aucune route, comme vous l'avez peut-être constaté. Avez-vous déjà essayé d'aller en ligne droite dans le désert ?

– Bien sûr que non, soupira Fox. Comme vous le savez, je n'y suis encore jamais venu…

– Croyez-moi, la joie de le faire vous quitterait bien vite. Franchir une dune exige d'énormes dépenses physiques de la part des montures et des cavaliers. Au bout de quelques heures, les uns et les autres seraient épuisés, et nous n'y aurions rien gagné. Celui qui voyage dans le désert apprend vite à s'adapter et à suivre les crêtes des dunes.

– C'est donc cela la raison…

L'inspecteur tira de la manche de sa veste salie un mouchoir qui avait été blanc il y avait une éternité de cela, ôta son casque colonial et se tamponna le front.

– Je comprends. Reste juste à se demander pourquoi les musulmans ne construisent pas de routes…

Sarah ne trouva rien à répondre, car les deux éclaireurs que le capitaine Hayden avait envoyés à l'avant revenaient. Sarah poussa son chameau en tête du convoi, où Hayden et Kamal chevauchaient.

– Alors ? s'enquit-elle. Qu'y a-t-il ?

– Baharia n'est plus très loin, dit Hayden, plein de bonne volonté. Mes gens ont reconnu le premier village dans l'oasis qui débute de l'autre côté des rochers.

– Bawiti, dit Kamal. Les gens dans ce village sont amicaux et ils nous offriront sûrement l'hospitalité. Mais il serait tout de même plus sûr d'entrer dans l'oasis. Là aussi, on nous donnera une place où camper et de l'eau. C'est la loi du désert qui l'exige.

– Fort bien, répliqua Sarah. Cela veut dire que nous terminerons l'année au milieu d'un cercle d'amis, comme cela doit être.

– *Inch Allah*, fut tout ce que Kamal trouva à dire.

Là-dessus, il poussa son chameau et partit en avant pour annoncer leur arrivée à Baharia.

D'un clin d'œil, Hayden commanda à ses éclaireurs de l'escorter.

– Lady Kincaid, fit le militaire en hésitant, vous savez, je me suis peut-être trompé…

– Dans quelle mesure, capitaine ?

– Peut-être que ce Kamal n'est pas le vaurien que j'ai cru initialement. Il s'est révélé extrêmement courageux face aux crocodiles. Naturellement, pour autant qu'on puisse l'attendre d'un musulman…

– Bien sûr, confirma Sarah qui avait du mal à garder son sérieux.

– Evidemment, reprit Hayden, faisant mine de ne pas remarquer son ironie, il y a aussi chez lui différentes choses qui ne me plaisent pas du tout.

– Et qui seraient ?

– Eh bien, je me demande pourquoi ce bon Kamal s'éloigne du camp la nuit et disparaît toujours dans la journée pour refaire surface à l'improviste.

– C'est pour reconnaître le terrain, expliqua Sarah. Cela fait partie de ses attributions. Après tout, il est notre guide.

– Réellement ? Et cela fait aussi partie de ses attributions de vous dévisager sans cesse à la dérobée ?

– Comment ?

– Vous ne voulez tout de même me faire croire que vous n'avez pas remarqué que Kamal vous observe constamment ? Parfois même comme un fauve guettant sa proie.

– Vos comparaisons sont sinistres, capitaine, fit Sarah, avec aigreur.

– Peut-être, mais Kamal poursuit un but, je le sens. Et croyez-moi, Lady Kincaid, j'ai du flair quand il s'agit d'éventer un guet-apens. Autrement je n'aurais pas survécu, l'an dernier, à Tel el-Kebir.

Sarah reprit haleine et s'apprêtait déjà à rétorquer à Hayden que les histoires d'anciens combattants et de campagnes sanglantes ne l'impressionnaient pas, lorsqu'elle se remémora ce que Maurice du Gard lui avait dit.

Il lui avait recommandé de ne pas se moquer de Hayden, car il considérait l'officier comme son plus loyal allié, alors qu'en revanche il n'avait rien dit de Kamal…

– Et, selon vous, quel serait le but de Kamal ? s'enquit prudemment la jeune femme en masquant l'ironie de sa voix.

– Je n'en sais rien, mais nous devons être sur nos gardes. Dans l'oasis, on semble connaître Kamal, ce qui signifie qu'il y a des alliés. Je n'ai pas la moindre envie de finir la gorge tranchée…

– Moi non plus. Mais pourquoi Kamal nous trahirait-il maintenant ? Il aurait déjà eu toute une série d'occasions de nous tuer, s'il l'avait voulu.

– Possible. Mais jusqu'à présent il était seul. Or, l'oasis fourmille d'indigènes : des Fulani, des Hausa, des Touaregs ; ils s'y donnent tous rendez-vous et ils n'aiment pas spécialement les Britanniques. Si Kamal entendait nous attaquer et nous détrousser, il ne trouverait pas de meilleure occasion.

– Alors, que voulez-vous faire, capitaine ? Contourner l'oasis ?

– Si c'est plus sûr, pourquoi pas ?

– Parce que nous avons besoin d'eau et que les porteurs doivent se reposer. Nous allons utiliser ce temps pour nous préparer à la suite de notre mission, car, depuis l'oasis, il restera encore cinq à six journées de voyage pour atteindre l'Ombre de Thot.

– Vous y croyez vraiment, n'est-ce pas ? demanda Hayden. Vous croyez réellement qu'il y a quelque chose à trouver ; quelque chose que l'on a cherché en vain depuis des milliers d'années…

– … et qui pourrait mettre sens dessus dessous le monde que nous connaissons, compléta Sarah. Il n'y a pas d'autre moyen, capitaine. Nous avons besoin de cette oasis et il nous faut de l'eau. Tranquillisez-vous, moi aussi j'ai l'impression que nous sommes observés et que quelqu'un n'attend que l'occasion de nous donner le coup de grâce, mais tant que ce quelqu'un ne se dévoile pas, nous ne pouvons rien faire d'autre qu'attendre et nous montrer prudents. Et, poursuivit-elle un peu plus bas, permettez-moi, capitaine, de vous assurer que je suis contente que vous et vos hommes accompagniez la présente expédition.

– Réellement ? demanda Hayden, un peu interloqué.

Il lança à Sarah un regard perçant pour vérifier si elle pensait sérieusement ce qu'elle venait de dire.

– Vraiment, confirma-t-elle sans hésiter. Vous avez raison en pensant que nous sommes entourés d'ennemis et que nous ne pouvons pas nous permettre de nous diviser. Les prochains jours, capitaine, nous devrons rester soudés, ou alors nous n'aurons pas la moindre chance contre la partie adverse.

– Je vois exactement les choses de cette manière.

– Alors je vous demanderai à vous et à vos hommes de garder l'œil ouvert. Et je vous assure que je ferai de même.

– C'est une offre de paix ?

– Appelez cela un armistice…

Sarah Kincaid était sûre que l'instant où la caravane atteindrait Baharia lui resterait longtemps en mémoire.

Après toute la poussière avalée et la désolation sablonneuse traversée, la seule existence de l'oasis leur parut une merveille. Le cœur en était formé par de vertes surfaces autour desquelles un vaste cercle de palmeraies et de jardins se dessinait ; entre eux, des campements s'étiraient, des huttes et des tentes ainsi qu'un enclos pour les chameaux.

Baharia n'était pas seulement l'une des plus grandes oasis de la région, mais aussi l'une des plus fréquentées parce qu'elle était située au carrefour de plusieurs voies commerciales. Des caravanes de l'oasis de Siwa venaient de l'ouest et du sud : des oasis de Koufra venaient les marchands transportant les denrées venant des confins de l'Afrique noire ou qui avaient traversé cette contrée que les Touaregs désignent globalement sous le nom de *ténéré*, « rien ». Quelque part en lisière de ce gigantesque rien était caché le secret que Sarah était bien décidée à décrypter.

Bien que la fièvre de la chasse la poussât à aller de l'avant aussi vite que possible, Sarah savait pertinemment que l'expédition avait besoin de repos.

A Baharia, ils trouvèrent à se ravitailler. Epuisés, mais heureux d'avoir achevé cette première étape de leur randonnée dans le désert, les porteurs déchargèrent les chameaux et les pansèrent, leur donnèrent de l'eau et du fourrage avant même de s'occuper d'eux-mêmes.

Le capitaine Hayden répartit son détachement en deux tours de garde ; avec la perte de deux hommes, il décida que le sous-lieutenant Farnsworth et lui-même prendraient également leur tour de garde.

Sir Jeffrey et Milton Fox se retirèrent une nouvelle fois sous leur velum et, d'une manière ou d'une autre, l'inspecteur réussit à se procurer une bouteille de vin. Bien qu'il eût appris l'effet que l'alcool associé à la grande chaleur pouvait avoir sur l'organisme, il déboucha la bouteille pour, dit-il, la laisser respirer. Il voulait la garder pour le dîner afin de fêter, d'une manière à peu près civilisée, le passage à la nouvelle année. Il en fut autrement. Fox ne put résister au plaisir d'en goûter une petite lampée et, avant de comprendre exactement ce qui se passait, il avait, dans un accès de nostalgie pour son pays, vidé toute la bouteille.

Les conséquences étaient inéluctables : l'inspecteur Fox de Scotland Yard passa les ultimes heures de l'année à ronfler sous sa tente.

Bien que Sarah eût deviné comment cette affaire finirait, elle l'avait laissé faire. Fox, durant la traversée du désert, s'était montré plus coriace qu'elle ne l'aurait pensé et, bien qu'au début ils aient été adversaires, l'archéologue et l'enquêteur de Scotland Yard avaient par la suite tacitement enterré la hache de guerre.

Toute la soirée, Sarah s'interrogea sur l'identité de l'éventuel traître, tout en se soumettant, ainsi que ses vêtements, à un nettoyage complet. Elle recherchait dans le comportement de ses compagnons un indice révélateur. Mais, comme si souvent auparavant, cette réflexion n'apporta pas non plus de solution.

Lorsque Sarah revint au campement où Kamal avait allumé le feu et découpé la viande de mouton, elle n'y retrouva que Sir Jeffrey. Le ronflement sortant de la tente de Milton Fox montrait que l'inspecteur n'avait pas fini de cuver son vin, tandis que Hayden avait commencé la garde avec ses hommes. Le crépuscule colorait l'horizon d'un orange lumineux sur lequel se découpaient les silhouettes minces des palmiers.

– C'est beau, ici, dit Sir Jeffrey qui s'était assis sur son siège pliant, visage face au soleil déclinant. On pourrait presque oublier la désolation qui nous encercle.

– En effet, fit Sarah, dont les cheveux tombaient en cascades souples sur les épaules et qui s'assit à son tour.

– Ce bon Mortimer n'avait pas exagéré, reprit Sir Jeffrey.

– Comment cela ?

– Il disait que vous seriez la meilleure aide que nous pourrions avoir, ma chère. Je dois reconnaître que j'ai été sceptique au début, car, enfin…

– … je suis une femme, compléta Sarah lorsque le conseiller royal, par politesse, laissa sa phrase en suspens. Dites-le carrément, Sir Jeffrey ! Je suis simplement celle que je suis.

– Sans doute, Lady Kincaid, mais vous êtes quand même différente de toutes les autres femmes que j'ai connues dans ma vie. Vous savez précisément ce que vous voulez et vous poursuivez votre objectif avec une rudesse inflexible. Vous m'accorderez que vous possédez des qualités plutôt reconnues aux hommes…

– C'est assez vrai, Sir Jeffrey, mais ce sont les hommes qui ont fixé cette échelle de valeurs. Je n'ai pas l'impression que nous, les femmes, ayons été consultées sur ce sujet.

– Il est possible que vous ayez raison. Probablement suis-je trop vieux pour cela, mais je suppose que des générations futures seront moins bornées que moi. Je reconnais qu'au début j'ai fait peu de cas de vos théories, ne m'associant à cette expédition qu'en mémoire de votre père et de votre parrain. Mais je n'ai rien eu à regretter. Et je concède volontiers que j'ai eu tort et que vous aviez raison… Pouvez-vous pardonner à un vieil homme obtus ?

Le conseiller royal souriait.

– Sir Jeffrey, reprit Sarah avec un sérieux feint, si je ne vous connaissais pas mieux, je dirais que vous utilisez la magie de cet instant pour tenter sans vergogne de me séduire.

– C'est la chaleur qui en est la cause, répliqua Sir Jeffrey en secouant les épaules, et tous deux éclatèrent de rire.

Kamal leur apporta une galette de pain et de la viande, ainsi que du fromage et des dattes. Tous les deux furent d'avis que c'était le meilleur dîner de la Saint-Sylvestre de toute leur vie. Vers onze heures du soir, tout était devenu calme à Baharia. Sir Jeffrey alla se coucher.

– Ne voulez-vous pas rester jusqu'à minuit et attendre le début de la nouvelle année ?

– Non, mon enfant.

Il secoua la tête.

– J'ai vécu déjà de nombreux débuts d'année et chaque fois je me suis senti un peu plus vide et un peu plus vieux. Mais je vous souhaite quand même une heureuse nouvelle année, Sarah…

– Merci, Sir Jeffrey. Je vous le souhaite également.

Le conseiller royal prit congé et se retira sous la tente qu'il partageait avec Milton Fox. Lorsqu'il rabattit la toile pour entrer, il fut accueilli par un ronflement sonore, ce qui provoqua chez Sarah un rire involontaire. Mais à peine Hull fut-il dans sa tente, que l'espièglerie s'effaça du visage de la jeune femme.

La réalité la rattrapait, avec toutes ces questions sans réponse qui la préoccupaient. La mélancolie associée à l'année finissante l'assaillit, et elle pensa tristement à son père et à la dernière aventure de celui-ci, aventure à laquelle elle avait pris part bien malgré elle.

– Père, murmura-t-elle, le regard tourné vers les étoiles, pourquoi m'as-tu laissée toute seule ? J'aurais bien besoin de tes conseils, sais-tu ? Et si là-haut tu rencontres Maurice, dis-lui qu'il me manque…

Sa voix se brisa. Elle essuya les larmes qui lui étaient montées aux yeux.

Tout était calme au campement ; il n'y avait que quelques voix s'élevant de l'enclos aux chameaux où les chameliers passaient le dos blessé de leurs bêtes au fer rouge. Perdue dans ses pensées, Sarah fixait les flammes lorsque, derrière elle, le sable crissa sous des pas. Effrayée, elle se retourna et tendit la main vers la ceinture de son arme, qu'elle avait suspendue au dos du siège pliant. Mais ce n'était que Kamal qui s'avançait dans la lumière du feu.

– Tout va bien, Milady ?

– Oui, Kamal, tout est en ordre.

– Vous paraissez triste, fit remarquer l'Egyptien. Vous avez pleuré, n'est-ce pas ? Les fils et les filles du désert pleurent rarement ; ils considèrent cela comme un gaspillage, car l'eau est absolument nécessaire à la survie. Si, cependant, ils laissent couler des larmes, c'est seulement parce que quelque chose les a profondément blessés, plus que la soif qui est mortelle ou que la lame de l'ennemi ne pourraient l'avoir fait.

– Les fils et les filles du désert sont très avisés, reconnut Sarah et, pour changer de sujet, elle se saisit ostensiblement d'une sacoche de cuir contenant ses notes.

– Pourquoi ? demanda Kamal en s'asseyant près d'elle sans y avoir été invité.

– Que veux-tu dire ?

– Pourquoi faites-vous cela ? insista-t-il. Pourquoi mettez-vous tout en œuvre pour retrouver un secret enseveli depuis si longtemps, au risque que des innocents y perdent la vie ?

– Ce n'est pas moi qui ai commencé, lui rappela Sarah. Ce sont nos adversaires qui ont, les premiers, répandu le sang. Ils font tout pour entrer en possession du Livre de Thot. Nous pouvons seulement essayer de les gagner de vitesse.

– Et ensuite ?

– Nous ferons ce que nous devrons faire.

– C'est-à-dire ?

L'intonation de Kamal était devenue impérieuse, son regard si sombre et si aigu que Sarah en ressentit un vrai malaise.

– Kamal, je ne pense pas que j'aie à te répondre, dit-elle avec une certaine brusquerie. Je dirige cette expédition et je n'ai pas à t'en rendre compte.

– Je sais, Milady. Pourtant, vous devriez vous demander quels motifs vous poussent à retrouver le Livre de Thot.

– On me l'a déjà demandé.

– Et qu'avez-vous répondu ?

– Qu'il y a plusieurs raisons à cela. Qu'il faut mettre fin aux meurtres absurdes que la chasse au Livre a déclenchés. Et que je ferai tout pour libérer mon oncle qui a été emmené par nos ennemis.

– Je comprends, dit Kamal à voix basse. Mais vous le faites aussi pour votre père, n'est-ce pas ?

– Comment ?

– J'ai entendu le capitaine Hayden et l'inspecteur Fox s'entretenir à votre sujet. Ils étaient tous deux d'avis que c'est votre père le véritable motif de toute votre entreprise.

– Ah bon ?

– Evidemment. A en juger par les apparences, vous vous rendez responsable de la mort de votre père et vous essayez de réparer.

– Voyez-vous donc !

Sarah fit une moue moqueuse.

– Qui aurait cru que le capitaine Hayden et le bon inspecteur Fox s'intéresseraient autant à ma personne ?

– Ce qu'ils disent… est-ce fondé ?

– Qui sait ? C'est bien possible.

D'une part, cela irritait Sarah que Hayden et Fox parlent d'elle dans son dos ; d'autre part, cela ne l'ennuyait nullement d'en parler avec Kamal.

– Alors, reprit le guide d'un ton presque soulagé, ce n'est pas le Livre de Thot que vous recherchez. C'est plutôt, en réalité, ce à quoi tous les êtres mortels aspirent : la rédemption.

Sarah réfléchit un instant.

– Sans doute.

– La curiosité dévorante pour le secret de Thot n'a pas encore pris entièrement possession de vous, et il n'est donc pas trop tard pour interrompre cette quête.

– Kamal, je ne vais pas interrompre cette expédition, dit clairement Sarah. Je l'ai déjà dit une fois et je le redis : il faut que nous trouvions le Livre de Thot avant la partie adverse. Telle est notre mission. Et nous allons la remplir.

– Mais ne comprenez-vous pas que cela mène à la catastrophe ? Que l'expédition est condamnée à l'échec ?

– Comme peux-tu savoir cela ? s'enquit Sarah, soudain prise de méfiance.

Kamal cherchait-il à la menacer ?

– Il n'est pas besoin d'être un voyant comme *effendi* Du Gard pour le prédire, répondit Kamal. Des rumeurs circulent chez les chameliers. Il se dit que vous seriez sur le point de susciter la colère des anciennes divinités. Certains croient qu'une malédiction a été lancée sur l'expédition et que nous mourrons tous à la fin.

– Vraiment ? Et qui répand ces bruits parmi les gens ?

– Les fils du désert sont superstitieux, Milady, répliqua Kamal, ignorant délibérément le reproche voilé. Il n'y a pas besoin d'une voix étrangère pour leur inculquer la peur, car c'est la peur qui est garante de leur survie depuis des milliers d'années. Ecoutez les hommes et rebroussez chemin tant qu'il en est encore temps !

– Kamal, je ne le peux pas.

– Mais…

– Fin de la discussion ! ordonna Sarah avec énergie.

Le jeune homme ne chercha plus à la faire revenir sur sa décision.

Un moment, ils restèrent à se taire l'un à côté de l'autre en fixant les flammes du feu qui s'éteignait progressivement. Une demi-heure encore et là, dans cette partie de la terre, une nouvelle année commencerait…

Sous l'effet d'une impulsion soudaine, Kamal se leva et voulut aller se coucher à son tour. Sarah le retint.

– Non, Kamal, s'il te plaît, reste…

– A quoi bon, Milady ?

– Pour me tenir compagnie. Les gens de ma patrie ont l'habitude de passer les derniers instants de l'année en compagnie de camarades et d'amis, peut-être juste parce qu'ils redoutent de trop penser à leur sort et à leur vie.

– Sommes-nous donc amis, Milady ?

– En tout cas, j'aimerais bien, répliqua Sarah.

Et cela sonnait si juste que Kamal se rassit, comme s'il pouvait ressentir la solitude qui tourmentait Sarah au plus intime de son être.

– Voulons-nous tirer parti de ce moment pour jouer à un jeu, Milady ?

– Quel genre de jeu ?

– Les Touaregs dans les oasis ont l'habitude de ce passe-temps. Cela s'appelle « la flamme de vérité ».

– Comment cela fonctionne-t-il ?

– Deux voyageurs, qui se rencontrent autour d'un feu, se révèlent mutuellement un secret, énonça Kamal. Chacun d'eux dit quelque chose qui lui tient à cœur. Peu de temps après, leurs chemins se séparent. Dans la plupart des cas, ils ne se revoient plus. Mais chacun garde le secret de l'autre au plus profond de son cœur. Et il se raconte que plus d'un homme, après avoir confié son secret à un frère du désert, a mieux dormi les nuits suivantes.

– Je comprends.

Sarah eut un rire contenu ; elle n'était pas bien sûre de vouloir se livrer à ce jeu.

– Alors, Kamal, veux-tu me confier un secret ? demanda-t-elle.

– Seulement si vous aussi, Lady Kincaid, m'en confiez

un, rétorqua le jeune homme. Etes-vous prête à faire cela ?

– Je pense que oui, répliqua Sarah prudemment tout en prenant conscience qu'elle s'aventurait en terrain inconnu.

Se confier à un étranger n'était absolument pas une attitude britannique et ce n'était sûrement pas cela qu'elle avait appris dans les écoles pour jeunes filles.

– Alors c'est moi qui commence. Saviez-vous que ma mère était anglaise ? Et que j'ai passé là-bas une partie de ma vie ?

– Non, je ne le savais pas... Mais cela explique, en tout cas, pourquoi tu parles si bien notre langue. Pourquoi n'as-tu rien dit ?

– Qu'est-ce que cela aurait changé ? rétorqua-t-il. Le capitaine Hayden m'aurait-il traité avec moins de dédain s'il avait su que, lors de mon éducation, j'ai été instruit des bienfaits de l'Empire ?

– Eh bien, je…

– Je vais être franc avec vous, Lady Kincaid. Ce que le capitaine Hayden pense de moi m'est complètement égal. J'admets avoir beaucoup appris en Angleterre, mais, à mon retour en Afrique, j'ai constaté qu'il y avait fort peu de choses pouvant m'être utiles pour survivre dans le désert. Ici, l'homme est livré à lui-même, et les seules leçons importantes sont celles que la nature dispense.

– Je te l'accorde, confirma Sarah. Est-ce là le secret que tu voulais me confier ?

– Pas du tout. Je ne vous ai pas encore dit pourquoi j'ai dû quitter l'Angleterre.

– Alors ?

Sarah sourit. Kamal semblait prendre ce jeu très au sérieux, et elle ne voulait pas lui couper ses effets.

– En Angleterre, on me recherche pour meurtre, répondit-il d'une voix dure.

– Quoi ?

Le sourire de Sarah disparut aussitôt. Elle ne s'était pas trompée.

Kamal prenait ce jeu *très* au sérieux !

– Avec l'argent que ma mère m'a légué, j'aurais pu mener à Londres une vie agréable. J'aimais une jeune femme qui était une sang-mêlé, comme moi. Elle attendait notre enfant et nous voulions nous marier.

– Que s'est-il passé ?

Sarah devinait que cette histoire ne se terminerait pas bien.

– Elle s'est trouvée au mauvais moment au mauvais endroit. Deux soldats britanniques complètement ivres l'ont coincée dans une ruelle sombre et ils se sont jetés sur elle comme des fauves. Comme elle s'est défendue, ils l'ont rouée de coups jusqu'à ce qu'elle ne bouge plus. Elle est morte dans cette ruelle sombre et sale, Lady Kincaid, et mon enfant avec elle.

– Oh, Kamal… je te demande pardon...

– On a appelé la police et les deux auteurs ont été arrêtés. Savez-vous ce qui s'est passé ensuite ?

Kamal eut un sourire crispé.

– On les a libérés tous les deux pour manque de preuves, alors même que cette nuit-là une demi-douzaine de témoins avaient pu voir ce qui s'était passé. Je n'oublierai jamais le ricanement de l'un d'eux lors de la lecture du jugement. Ce jour-là, il me fut évident que, dans ce bas-monde, il n'y a pas de justice, à moins que l'on ne la fasse soi-même.

– Qu'as-tu fait ? demanda Sarah d'une voix douce, bien qu'elle ait déjà deviné la suite.

– Ce qui aurait été la tâche d'un tribunal normal ! J'ai vengé le meurtre de ma femme.

– Tu les as tués ?

– L'un d'entre eux. L'autre m'a demandé grâce d'une manière si pitoyable que je n'ai pu lui plonger la lame de mon couteau dans la poitrine. Je l'ai donc laissé en vie, mais j'ai fait en sorte que plus jamais il ne puisse faire à une femme ce qu'il avait fait subir à la mienne. Ensuite, j'ai quitté l'Angleterre et je suis allé en Afrique pour prendre soin de l'héritage de mon père.

Le silence s'installa. On n'entendait plus que le crépitement des flammes. Sarah ne savait pas si elle devait ajouter quelque chose aux révélations de Kamal, de sorte que leur silence se prolongea un long moment.

– Vous êtes le seul être à qui j'en ai jamais parlé, Lady Kincaid, dit enfin Kamal. La loi du désert vous oblige à garder pour vous ce que vous aurez entendu. Mais, bien sûr, étant chrétienne et anglaise, vous n'êtes pas liée par cette obligation… Je suis sûr que cela serait avantageux pour la carrière de l'inspecteur Fox de mettre la main sur un meurtrier en fuite !

– Mais l'inspecteur Fox n'est pas ici, dit Sarah, tandis que l'on entendait un ronflement à l'arrière-plan. Et, selon toute apparence, il ne va pas nous tenir compagnie de sitôt ; il ne va guère avoir de moyen d'apprendre ce qui se sera dit entre nous.

– Je comprends.

Kamal hocha la tête.

– Et vous ? Me prenez-vous pour un meurtrier ?

– Je ne peux pas approuver ce que tu as fait, mais vraisemblablement j'agirais d'une manière semblable si je devais m'occuper du meurtrier de l'un des êtres qui me sont chers.

– *Mutaschakkar-ktir*, dit Kamal en faisant une brève inclination. Maintenant vous connaissez mon secret. Dites-moi le vôtre.

Sarah aspira profondément l'air, savourant dans ses poumons la bise froide et claire de l'oasis ; ce qu'elle avait tout d'abord pris pour un passe-temps inoffensif se révélait être la confession d'une vie.

Kamal devait-il réellement apprendre son plus grand secret ? Devait-elle lui révéler à lui, un étranger, ce que jusqu'à présent trois hommes à peine avaient su ? D'un autre côté, deux de ces hommes étaient morts et le troisième se trouvait aux mains de l'ennemi. Peut-être, se disait Sarah, le moment était-il venu d'élargir le cercle de ceux à qui elle faisait confiance ?

– Mon secret, commença-t-elle sans transition, s'appelle *tempora astra* ; c'est du latin et cela signifie….

– … quelque chose comme « les époques obscures ou cachées », traduisit Kamal sans effort. Je sais.

– Excuse-moi. J'avais oublié que…

– Ce n'est pas trop grave.

Il sourit.

– Qu'entend-on par « époques obscures » ?

– L'expression est de mon père, dit Sarah. Elle sert à décrire une partie de mon enfance que je ne me rappelle pas.

– Qu'est-ce que cela signifie ?

– Que je ne me souviens pas de ma petite enfance. Tout ce qui s'est passé avant mon huitième anniversaire a été comme effacé et reste enfoui au fin fond de l'abîme. La première chose dont je me souviens est un visage qui me regarde, que je ne peux cependant pas reconnaître, parce que tout est indistinct et flou. Comme on me l'a expliqué des années plus tard, cela pourrait bien être le visage de mon père qui se penche, inquiet pour moi, parce qu'il redoutait que je meure. Une mystérieuse fièvre m'aurait assaillie et c'est à la seule intervention d'un médecin du nom de Mortimer Laydon que j'ai dû de survivre.

– C'est l'homme qui a été enlevé, n'est-ce pas ?

– C'est mon parrain. Lorsque je suis tombée malade, mon père a craint de me perdre comme il venait de perdre ma mère. Et c'est ainsi qu'il a confié à Mortimer Laydon le soin de me guérir. Il a employé tous les remèdes imaginables, à l'époque, pour faire tomber la fièvre et, un beau matin, j'ai soudain rouvert les yeux. La fièvre avait disparu et, avec elle, tout ce que j'avais vu et vécu. Je ne peux me souvenir de rien de tout cela, Kamal. Ni de mon enfance ni de ma mère. C'est comme si elle n'avait jamais existé. Depuis la mort de mon père, il m'arrive de me demander s'il y a seulement eu quelque chose de réel dans ce que j'aurais vécu antérieurement.

– Cela doit avoir été réel, fit Kamal avec douceur. Sinon, Sarah, vous ne seriez pas ici.

Cela ne la dérangea pas de s'entendre appeler par son prénom ; au regard de l'intimité à laquelle ils se livraient, cela convenait parfaitement. Et elle dut même s'avouer que cela faisait du bien de parler de ce qui l'avait tenue éveillée et angoissée durant tant de nuits…

– Avez-vous essayé de récupérer vos souvenirs ?

– Naturellement. D'abord, c'est Mortimer Laydon qui a tenté sa chance. Lorsqu'il ne put plus m'être d'aucun conseil, nous avons demandé à d'autres médecins, pas seulement à Londres, mais aussi dans d'autres villes européennes : aucun n'a pu me venir en aide. Un jeune médecin à Vienne a soutenu l'idée qu'un événement dans mon enfance pouvait avoir été le déclencheur de cette perte de souvenirs, un incident si terrible que ma conscience, jusqu'à aujourd'hui encore, s'interdirait de se souvenir. Et sais-tu, Kamal, ce qui est le plus fou ?

– Quoi donc, Sarah ?

– Bien que cette théorie me semble la plus hasardeuse, j'ai l'impression que c'est elle qui se rapproche le plus de la vérité, car, depuis la mort de mon père, je fais des rêves étranges. Ce sont, le plus souvent, des images floues, mais on dirait que tous ces souvenirs voudraient bien revenir d'un coup. Pourtant, dès que j'essaie de me saisir de l'un ou de l'autre, aussitôt ils m'échappent, et cela me conduit aux limites de la folie…

– Chez les Touaregs, il y a un proverbe : « Seul le fou cherche à garder le sable. » Sarah, il vous faut être patiente. Si cela est écrit, le secret vous sera révélé un jour. Il y a sûrement un motif pour que la vérité vous demeure cachée.

Sarah sourit d'un air las.

– Et la voilà de nouveau, cette vieille question de la prédétermination et du libre arbitre !

– Rien ne se produit par hasard, fit Kamal sur un ton convaincu. Ce qui vous est arrivé permet de conclure qu'Allah a en vue quelque chose de grand pour vous. Ce qui est survenu est un signe, un clin d'œil du destin. Ce que cela signifie, je préfère ne pas le révéler, mais il m'apparaît clairement que vous êtes parmi les élus.

– Elue ? Pourquoi ?

– Je ne sais pas. Mais il doit y avoir là une cause remontant à votre passé. Sarah Kincaid, vous possédez quelque chose de particulier ; cela, je l'ai su dès l'instant où nous nous sommes rencontrés pour la première fois.

Kamal la regarda fixement et, pendant un instant, leurs regards se croisèrent juste au-dessus des flammes, un moment qui dura une fraction de plus qu'il n'eût été convenable. Sarah eut alors le sentiment de chavirer dans les yeux sombres de l'Egyptien.

– Je garderai votre secret dans mon cœur et n'en dirai mot à quiconque, promit-il.

– J'en ferai de même, reprit-elle.

– Je sais.

Kamal opina, puis il se leva.

– Bonne nuit, Sarah.

– Bonne nuit, Kamal.

Il hésita, parut vouloir ajouter quelque chose, mais tourna finalement les talons vers le parc aux chameaux où les chameliers avaient dressé leur camp, là où se trouvait également son couchage.

Sarah le rappela.

– Kamal ?

Il se retourna de nouveau.

– Oui ?

– Il est minuit passé : je te souhaite une bonne nouvelle année !

L'Egyptien sourit énigmatiquement.

– *Inch Allah*, se contenta-t-il de dire.

IX

Journal personnel
de Sarah Kincaid

Le sommeil cette nuit n'a pas duré longtemps. Aurais-je pressenti ce qui m'attendait, que je n'aurais vraisemblablement pas fermé l'œil. Au moins ai-je pu trouver le repos pendant quelques heures.

Est-ce que cela a tenu à ma conversation avec Kamal ou simplement aux fatigues des derniers jours? Je n'arrive pas à le savoir; en tout cas cette nuit-là les images terribles qui me poursuivent depuis la mort de père ne sont pas venues.

Est-ce un signe du destin ? Le pays du levant défend la thèse que tout dans cette vie est prédestiné, alors que nous, Britanniques, nous berçons facilement de l'illusion selon laquelle nous sommes les artisans de notre propre destinée.

La vérité, je suppose, doit se trouver quelque part entre les deux...

Oasis de Baharia
1er janvier 1884

Sarah se réveilla en sursaut lorsque quelqu'un lui toucha l'épaule. Elle ouvrit les yeux et vit une immense silhouette sombre qui avait pénétré dans sa tente sans y avoir été invitée et qui l'examinait. La jeune femme réagit alors même qu'elle n'avait pas fini de recouvrer ses esprits et étendit la main d'un mouvement souple pour saisir son revolver.

– Ce n'est que moi, Hayden, dit une voix familière.

Une bougie fut allumée, et Sarah distingua effectivement, à la lumière avare, les traits de l'officier dans lesquels, tout de suite, elle lut les soucis.

– Qu'est-il arrivé ? interrogea-t-elle en s'asseyant et en chassant de ses yeux le sommeil d'un mouvement énergique.

C'était le petit matin, l'aube pointait à peine, et une lueur d'un bleu mat filtrait par la porte ouverte de la tente.

– Mauvaises nouvelles, annonça Hayden sans ménagement. Les ouvriers ont disparu.

– Quoi ?

Furieuse, Sarah sauta hors du lit de camp, ce qui fit se détourner Hayden par pudeur, bien qu'il n'eût pourtant aucune raison d'être gêné puisque Sarah n'avait ôté que ses bottes. A grands pas, elle se précipita dehors, et ce qu'elle vit confirma les paroles de l'officier.

Le campement avait été déserté.

Là où la veille au soir s'étaient installés les porteurs et les terrassiers, il n'y avait plus personne. Profitant de la nuit profonde, ils avaient fait leur bagage et avaient disparu.

Sarah jeta un coup d'œil à l'enclos des chameaux. Toutes les bêtes de bât et de monte, sauf celles des Britanniques, avaient disparu ainsi que leurs chameliers et, bien sûr, tout leur chargement.

– L'équipement ? demanda Sarah, alarmée.

Hayden secoua la tête.

– Les appareils de mesure ? Les outils de forage ?

Nouveau signe de dénégation.

– Où est Kamal ? demanda Sarah, décontenancée. Il faut qu'il m'explique tout cela.

– Kamal n'est pas là, répondit simplement Hayden.

– Comment ?

– Cela veut dire que lui aussi a levé le camp, répliqua l'officier, et Sarah ne put se défendre d'avoir l'impression qu'il savourait de pouvoir prononcer ces mots.

– Je ne peux pas y croire. Je ne veux pas y croire !

– Vous n'avez pas d'autre choix, Lady Kincaid. Mes gens ont déjà tenté de retrouver Kamal, mais il n'est nulle part dans tout Baharia. Si vous me demandez mon avis, votre ami égyptien nous a tout simplement trahis !

– Ce n'est pas possible.

Sarah secoua la tête, refusant de croire ce que Hayden lui disait. Si Kamal n'était rien d'autre qu'un vulgaire voleur du désert, pourquoi avait-il alors raconté tant de choses sur lui ? Mais avait-il seulement dit la vérité ? Ou ne lui avait-il confié tout cela que dans le but de l'installer dans une confiance trompeuse ? Si oui, il avait atteint son but, car Sarah n'avait pas éprouvé le moindre soupçon à son égard. Mieux même : elle avait eu l'impression que leurs cœurs battaient à l'unisson…

– C'est la vérité, répétait Hayden impitoyablement. Tel que cela apparaît, le noble Kamal n'a pas mérité votre confiance. Il n'a apparemment poursuivi qu'un seul but durant tout ce temps : nous conduire à cette oasis et nous dévaliser. N'était-ce pas son idée à lui, d'aller à Baharia ?

– Oui… c'est vrai, dut reconnaître Sarah, submergée par le chagrin, la colère et une déception sans borne.

Elle se rappela les paroles du vieil Ammon qui lui avait enjoint de ne se fier à quiconque.

Comme il avait eu raison…

Milton Fox et Sir Jeffrey, que Hayden avait également réveillés, accoururent à elle. Aucun ne soufflait mot, mais le reproche se lisait sur leurs traits.

Hayden lui-même abandonna sa retenue.

– Vous n'auriez jamais dû faire confiance à ce fourbe d'Arabe ! jeta-t-il à Sarah avec condescendance. Je vous l'ai tout de suite dit qu'on ne pouvait rien tirer de ces gens. Ce ne sont rien d'autre que des voleurs et des détrousseurs, tous autant les uns que les autres !

– Pas d'accusations, capitaine. Cela ne nous mène à rien, rétorqua Sarah. Car je pourrais pareillement vous demander comment il se fait que vos hommes n'aient rien remarqué alors que trente ouvriers et dix chameaux ont disparu au beau milieu de la nuit.

– Mais ils l'ont remarqué, répliqua Hayden déjà un peu plus doucement. Seulement il était déjà trop tard. Mais je peux vous assurer que je saurai en tirer les conséquences pour le sous-lieutenant Farnsworth…

– Comme je vous l'ai déjà dit, capitaine, cette recherche de responsabilité ne nous est d'aucune utilité. Ce qui est passé est derrière nous. Nous devons trouver comment nous en sortir sans guide et sans équipement.

– Comment cela, s'en sortir ? demanda Fox, interloqué. Que voulez-vous dire par là ?

– Quoi donc, sinon que nous avons perdu une bataille, mais que nous n'avons pas perdu la guerre, répliqua Sarah froidement. Nous allons poursuivre l'expédition avec nos propres moyens.

– Avez-vous perdu la tête ? explosa l'inspecteur. Nous n'avons plus de guide et plus de porteurs ; de surcroît, nos chameaux de bât sont partis avec notre équipement et nos provisions. Il n'y a plus qu'une option : nous arrêtons notre voyage et nous rentrons. Si vous me demandez mon avis : toute cette expédition est, d'ailleurs, d'une complète absurdité !

– C'est votre opinion, Mister Fox, et j'en ai pris note, répliqua froidement Sarah. Naturellement, vous êtes libre de quitter l'expédition et de rester sur place. Pour ma part, je vais poursuivre.

– Lady Kincaid..., Sarah, tenta de l'apaiser Sir Jeffrey, je puis comprendre que vous soyez hors de vous. Nous le sommes tous, mais je pense que nous devrions examiner de manière approfondie la proposition de l'inspecteur Fox. Car, compte tenu des circonstances...

– A quoi vous attendiez-vous, Sir Jeffrey ? A ce qu'une expédition dans le désert soit une partie de plaisir ? Que le Livre de Thot nous tomberait droit dans les mains après avoir disparu durant trois mille ans ?

– Bon, je...

– Je ne vous ai pas demandé de m'accompagner, poursuivit Sarah d'une voix tremblante. Ni vous, Sir Jeffrey, ni vous, inspecteur. Vous êtes venus de votre plein gré, ce que je respecte. Mais je ne vais pas me laisser imposer par vous ni quand ni comment je dois mener cette expédition à son terme !

– Ce n'était pas non plus notre intention, se défendit le conseiller de la couronne. Il serait pourtant peut-être plus judicieux de trouver un nouvel équipement et de recruter de nouveaux terrassiers, avant que nous...

– Cela prendrait trop longtemps. Or, si nous voulons trouver le Livre et faire libérer mon oncle, nous n'avons plus de temps à perdre. De plus, nous ne trouverons pas d'autres creuseurs.

– Qui vous fait croire cela ?

– Kamal m'a dit hier que, parmi les indigènes, se répandait le bruit d'une malédiction pesant sur notre expédition. Que les anciens dieux d'Egypte auraient voué notre entreprise à l'échec et que tous ses membres périraient. Les fils du désert sont superstitieux, Sir Jeffrey. Des rumeurs comme celle-ci ont la capacité de se répandre à la vitesse du vent.

– Par tous les diables ! tempêta Fox. Cette ânerie, c'est Kamal lui-même qui l'a répandue pour nous empêcher de le suivre.

– C'est vraisemblable, lui accorda Sarah. Mais s'il pense que je vais abandonner pour cette raison, il se trompe. Nos stocks de provisions vont être reconstitués ici, à Baharia. Si je vois bien, on nous a laissé nos montures. Est-ce exact, capitaine ?

– C'est exact, confirma Hayden, furibond. Nos propres chameaux étaient apparemment trop bien gardés pour ces chenapans !

– Bien. Alors, nous allons immédiatement reconstituer nos stocks et utiliser la dernière lueur des étoiles pour tracer notre nouvelle route. Au lever du jour, nous partirons.

– Etonnant, commenta Sir Jeffrey. D'où tenez-vous cet esprit de décision, vous, une aussi jeune femme ?

– Très simple, Sir Jeffrey. Je ne veux pas que les meurtres de Londres restent impunis. Je veux revoir mon oncle vivant. Et surtout je ne veux pas que mes amis qui ont laissé leur vie dans cette quête soient morts pour rien. Pouvez-vous comprendre ?

– Je pense que oui.

– Alors, gentlemen ? Allez-vous nous accompagner, le capitaine Hayden et moi, dans la suite de la recherche ? Ou bien préférez-vous rester ici et attendre notre retour ?

Le conseiller de la couronne et l'inspecteur de Scotland Yard échangèrent un regard aussi long qu'éloquent.

– Je ne sais pas ce qu'il en est pour vous, Sir, finit par dire Fox, mais après être parvenus aussi loin, j'aimerais volontiers savoir comment cette aventure va se terminer.

– Vous parlez d'or, cher inspecteur, concéda Sir Jeffrey en réussissant à tirer un sourire las du visage tendu de Sarah. Vous parlez du fond du cœur…

Livre troisième

L'Ombre de Thot

I

Journal personnel de Sarah Kincaid

Nous avons quitté Baharia il y a trois jours. Comme nous avions fait un détour afin de parvenir à l'oasis, nous avons dû chevaucher une journée complète plein sud afin de reprendre l'ancienne route devant nous conduire à l'Ombre de Thot.

L'ambiance est morose.

Aucun de mes compagnons ne le formule, mais tous pensent que je porte la faute de notre malheur. Hayden, qui s'est méfié de Kamal depuis le début, voit confirmés ses préjugés ; Sir Jeffrey et Milton Fox estiment bien sûr que j'aurais dû percer à jour les plans de Kamal…

En cela, ils ont raison.

Quelle idiote j'ai été !

Je me suis laissé séduire par de beaux yeux et des mots doux, alors que Kamal n'a recherché ma confiance que pour en tirer partie. Je peux à peine croire que je lui ai confié mon plus grand secret et j'espère, je prie pour cela, que nos chemins ne se croiseront plus jamais.

Kamal est-il le traître contre lequel le vieil Ammon m'a mise en garde ? Ou n'est-il rien d'autre qu'un simple voleur comme il y en a tant dans le désert ?

Ma raison sait ce qui est arrivé, mais mon cœur ne peut ni ne veut croire à cela. Après la nuit de la Saint-Sylvestre, j'ai eu le sentiment d'être, d'une certaine manière, liée à Kamal. Davantage même : il s'est confié à moi comme seuls le font des êtres se connaissant depuis très longtemps. Tout n'a-t-il été qu'illusion ? La duperie d'un menteur profitant de ma naïveté ?

Tandis que je cherche encore les réponses, il devient évident que mon attention doit aller tout entière à notre mission et à notre objectif. Avec ou sans l'aide de Kamal.

Désert de Libye
4 janvier 1884

L'après-midi touchait à sa fin lorsque les éclaireurs envoyés en reconnaissance revinrent. La colonne de l'expédition, qui se composait, à présent, de douze cavaliers et de quatre bêtes de bât, parcourait depuis le milieu de la journée une vaste cuvette de sable.

Le soleil cognait dur et, au loin, la silhouette des montagnes sur lesquelles se profilaient les ruines d'une ancienne forteresse disparaissait derrière des écharpes de brume tremblotante.

Attraper la gourde pour en tirer une gorgée d'eau était devenu pour Sarah et ses compagnons un geste machinal.

Dans cette fournaise, le corps humain avait besoin de deux gallons d'eau par jour et dès l'évaporation du premier gallon les symptômes de déshydratation apparaissaient. La peau devenait rêche et cassante. Des malaises étaient la règle et une poussée de fièvre n'était pas rare. Que le corps perde encore davantage de liquide et les suites étaient funestes.

Quand les cavaliers revinrent, Sarah poussa plus vite son chameau et se joignit à Hayden. Ce qu'ils leur annoncèrent n'était pas une bonne nouvelle.

– Il n'y a aucun doute. Ces montagnes ne devraient pas du tout se trouver au nord, mais au contraire dans notre sud... Nous devons nous être fortement écartés de notre route.

– C'est exclu, caporal ! rétorqua Hayden à son subalterne. Dans ce damné désert, une montagne ressemble à une autre. Vous vous êtes sûrement trompés.

– Non, Sir, maintint le sous-officier en pointant la carte qu'il avait avec lui. La route que Lady Kincaid a calculée aurait dû, en fait, nous faire passer au nord de ces montagnes, mais nous nous trouvons au sud de celles-ci. Tel que cela apparaît, nous avons dû nous écarter d'environ quarante milles de notre chemin.

– Quarante milles ? Comment est-ce possible ?

Hayden jeta un regard interrogateur à Sarah qui, naturellement, n'avait pas de réponse.

Après le coucher du soleil, ils avaient souvent essayé de corriger d'éventuels écarts de route en se basant sur les constellations. Comme les notes prises par Sarah dans le temple de Hermopolis étaient restées sur elle en permanence, au moins elles n'avaient pas été volées. Le jour, s'orienter était difficile tant que le soleil était haut dans le ciel et là, les membres de l'expédition n'avaient pu que s'en remettre au compas.

L'instrument les avait-il induits en erreur ?

Sarah et Hayden eurent tous deux la même pensée. Hayden sortit de sa selle le compas qui leur avait indiqué le chemin quatre jours durant. Précautionneusement, il fit tourner le compas de sa main droite exercée, le considéra sous tous les angles et ne découvrit rien de particulier. Puis il le tendit à Sarah qui secoua légèrement l'appareil et vérifia la position de son aiguille. Au premier coup d'œil, le compas paraissait en état de marche.

D'un geste bref, Sarah pris le poignard que, depuis la perte de son coutelas de chasse, elle portait à la ceinture, et fit passer sa lame au-dessus de l'aiguille du compas. A sa stupéfaction, elle constata que l'aiguille magnétique ne réagissait plus au métal.

– Il y a bien quelque chose qui cloche !

Elle se servit de son arme pour ouvrir le coffrage de bois. Ce qu'elle y découvrit n'expliquait que trop bien pourquoi l'expédition s'était écartée de sa route initiale. Quelqu'un avait manipulé le compas en plaçant un minuscule morceau de métal dans le boîtier, de sorte que l'aiguille n'indiquait plus exactement le nord, mais plutôt le nord-nord-ouest. Cela expliquait l'écart, mais laissait une question en suspens…

– Qui a fait cela ? râla Sarah. Qui ?

– Vous n'avez pas une idée ?

– Si, reconnut Sarah, amère. Kamal a eu, depuis le début, un intérêt majeur à ce que nous n'atteignions pas notre but. De plus, il savait où le compas était rangé. Il n'y a aucun doute, c'est lui.

– Bon, déclara Hayden avec une sorte de volupté. Voilà qui nous indique définitivement à quel camp est allée la loyauté de notre guide, n'est-ce pas ?

Sarah ne répondit pas, mais se reprocha une nouvelle fois son imprévoyance. Du Gard n'avait-il pas dit qu'elle ne devrait pas être aussi crédule ? Qu'elle devrait apprendre à voir avec les yeux de l'ennemi, à penser comme lui ?

Kamal n'avait pas seulement capté la confiance de Sarah, il lui avait aussi soutiré son secret le plus important à seule fin de la dépouiller. Bien des détails indiquaient que le jeune homme travaillait effectivement pour l'ennemi. N'avait-il pas supplié à plusieurs reprises d'arrêter l'expédition ? Tout ce discours sur le destin et la prédestination n'avait servi en fait qu'à un seul but : la détourner de ses plans pour ensuite frapper au moment où personne ne s'y attendrait…

– Attends un peu, mon gaillard, gronda Sarah. Tu crois au destin ? Alors tu vas voir comment il va vite te rattraper. Car personne ne me nargue en vain !

– Que voulez-vous faire à présent ? demanda, l'air inquiet, Sir Jeffrey.

– Nous allons attendre la tombée de la nuit pour recalculer notre position par rapport aux étoiles, répondit Sarah avec fermeté. Et à l'aube nous reprendrons notre ancienne route. Nous mènerons cette mission à son terme.

– Vous voulez repartir en arrière ? demanda Fox, déconcerté. Mais cela signifie quatre ou cinq jours de plus sous un soleil de plomb…

– Si nous voulions aller en ligne droite, il faudrait franchir ces montagnes et cela n'est pas envisageable avec nos chameaux et leur chargement, répliqua Sarah. Nous devons prendre en compte le temps perdu, mais je n'ai pas l'intention de me laisser intimider par Kamal. S'il entend mettre fin à nos recherches, il lui faudra employer des moyens d'un tout autre calibre.

– Qu'il essaie, fit Hayden. Mes hommes et moi nous sommes prêts. Il est possible que nous ayons à livrer combat et nous aurons alors l'occasion de régler…

Il s'arrêta et sa bouche resta ouverte d'étonnement tandis qu'il regardait, déconcerté, dans le lointain.

Sarah tourna sa monture et vit ce qui avait perturbé l'officier.

C'était un mur.

Une muraille se mouvant comme sur d'immenses roues et se rapprochant à une vitesse inquiétante. Un véritable rempart de vents cinglants. Un gigantesque château fort composé uniquement de poussière et de sable…

– Une tempête ! lança Sarah, n'osant en croire ses yeux.

Depuis son enfance, elle n'avait plus eu à affronter ces phénomènes du désert qui offrent, par les masses de sable qu'ils soulèvent, un spectacle à couper le souffle et une annonce de mort.

On entendait déjà le grondement de tonnerre du tourbillon de sable qui se lancerait sur la colonne de l'expédition. Lorsque la tempête aurait atteint la cuvette où aucun obstacle ne s'y opposerait, elle gagnerait encore en violence. Elle soulèverait chaque individu qui trouverait une mort effroyable dans le maelström de poussière.

– Par saint George ! cria Sir Jeffrey.

Et, malgré le rougeoiement du soleil couchant, Milton Fox devint d'une pâleur de craie.

Les chameaux manifestèrent également de l'inquiétude en grattant le sol de leurs sabots tandis que le mur de vent et de sable gagnait en hauteur et en danger à l'horizon.

– La tempête vient dans notre direction, constata Sarah, et elle se déplace très vite. Elle nous aura bientôt rejoints.

– Pas de doute, accorda Hayden, furieux. Mais elle nous trouvera prêts à la recevoir. Hommes, pied et à terre et enterrez-vous !

Les hussards royaux réagirent instantanément. Ils descendirent de leurs montures et sortirent de courtes bêches de leurs fontes. Tandis que les uns se dépêchaient de creuser, les autres déchargeaient le barda et déroulaient les pans d'une tente collective.

– Qu'avez-vous l'intention de faire ? demanda Sarah, un peu perdue.

– Quoi d'autre que nous enterrer et nous mettre à l'abri sous la toile de cette tente ? Comme les dispositions le prévoient !

– Avez-vous perdu la raison, Hayden ? Ce n'est pas une simple tempête. Ce qui arrive sur nous est un véritable enfer. Et vous voulez vous laisser balayer ?

– Vous avez une meilleure idée ?

– Et comment ! Si nous poussons le pas des chameaux, nous pourrons atteindre les montagnes. Nous trouverons un abri plus sûr dans les ruines de l'ancienne forteresse.

Hayden regarda au loin, essaya de mesurer la distance, mais sans y parvenir à cause de l'air tremblotant.

– Non, décida-t-il très vite. Le risque est trop grand. Si nous ne réussissons pas à temps, la tempête nous surprendra à découvert et nous périrons tous.

– Ce n'est pas un risque, mais notre seule chance. Si vous restez ici et si vous engagez la lutte avec le sable, vous perdrez.

Les traits de Hayden se durcirent.

– Je suis prêt à la recevoir, déclara-t-il avec raideur tandis que le front de la tempête prenait, derrière lui, des dimensions titanesques.

On pouvait, à présent, s'apercevoir que le mur géant avait entamé une valse effrayante au-dessus du désert à une vitesse époustouflante. Il aurait tôt fait d'atteindre la cuvette.

Sarah, lèvres pincées, réfléchissait. Naturellement, il restait la possibilité de s'enterrer dans le sable en espérant que la violence de la tempête les épargnerait. Même les Bédouins avaient l'habitude de procéder ainsi, mais seulement quand ils n'avaient aucune autre possibilité et que la tempête n'était pas trop puissante.

Au regard de l'horreur de sable et de poussière qui se profilait, elle ne voyait dans cette possibilité aucune chance de succès.

– C'est de la folie, capitaine. Même si vous réussissiez à vous maintenir sous la bâche, le sable vous enterrera et vous étoufferez.

– Sérieusement ?

Les traits de Fox avaient à ce point pâli qu'ils avaient pris la couleur du sable.

– Il y a un risque, concéda Hayden. Mais je le juge moins grand que celui d'être rattrapé, en pleine fuite, par la tempête.

– Et je suis certaine du contraire, soutint Sarah. Puis-je vous rappeler que je conduis…

– Plus maintenant, fit l'officier, lui coupant la parole. Je me suis conformé à vos instructions tant qu'il s'agissait de l'expédition. Maintenant qu'il y va de la vie de mes hommes, c'est moi qui prends les décisions.

– Ce n'est pas ce qui a été convenu, protesta Sarah.

– Je sais. Pardonnez-moi, Lady Kincaid. Cette fois, vous allez devoir suivre mes consignes...

– Mais c'est la mauvaise décision, sacrebleu ! s'emporta Sarah. Sir Jeffrey, dites-lui, à ce type borné, que…

Le conseiller de la reine prit une mine contrite.

– Je suis désolé, Sarah. Je crains, quand il s'agit de questions de survie, d'avoir davantage envie de faire confiance au capitaine Hayden qu'à…

– … qu'à mon instinct féminin, n'est-ce pas ? explosa Sarah.

– Rien de personnel, s'empressa d'ajouter Sir Jeffrey. Je vous en prie, ne le prenez pas mal…

– Ne vous en faites pas, glissa Sarah. Mais j'ai le regret de vous annoncer que nos chemins se séparent ici, gentlemen.

– Vous…. vous voulez nous quitter ?

– Je veux surtout survivre à cette tempête.

Elle mit rapidement ses lunettes de poussière et rabattit son foulard sur son nez et sa bouche. Et avant même que Hayden ait pu tenter quoi que ce fût, elle avait détalé ; le chameau, qui était déjà difficile à tenir, prit son élan et fila au triple galop.

Sarah entendit Hull lui crier quelque chose, mais elle ne se retourna pas. Des larmes lui montaient aux yeux et elle ne pouvait dire si c'était à cause de la frustration provenant de la stupidité de ses compagnons masculins ou de la fine poussière qui précédait la tempête et tourbillonnait sans que les lunettes puissent totalement l'arrêter.

Le chameau progressa aussi vite que le lui permettaient ses pattes effilées, de cette allure dansante et balancée si propre aux animaux à bosse. Echapper à la tempête relevait de l'instinct de survie, et Sarah n'eut pas besoin de l'inciter à faire vite. Lorsqu'elle jeta un coup d'œil par-dessus son épaule, elle vit que la tempête de sable venait d'atteindre la cuvette. Désormais tout irait très vite. Sir Jeffrey et les autres n'étaient plus que des petits points. Elle pouvait seulement espérer que l'entêtement de Hayden ne leur coûterait pas la vie.

La roche brun rouge des montagnes, parsemée des vestiges de tours et de murs hors d'âge, semblait se rapprocher, mais la distance restait considérable. La pensée détestable que Hayden avait peut-être eu raison et que les ruines étaient trop éloignées pour être atteintes à temps traversa Sarah. Sa tentative de convaincre l'officier de s'enfuir lui avait coûté un temps précieux, un temps qui lui manquait au moment où elle en avait cruellement besoin.

Le chameau commença à renâcler, et de l'écume apparut à sa bouche. En dépit du vent arrivant à toute vitesse, l'air était toujours chaud et sec. Malgré le foulard, Sarah sentait le sable s'infiltrer entre ses dents.

– *Yalla ! Yalla !* cria-t-elle à l'animal en se mettant à le harceler. Un mugissement s'éleva pareil à celui d'un monstre venu du fond des âges, et Sarah, lorsqu'elle regarda cette fois-ci par-dessus son épaule, vit le tourbillon submerger la cuvette. Le sable se souleva soudain, mû par la fureur de la tempête. Le mur ainsi formé faisait de ses nuages jaunes un écran au soleil. Sarah sentit comment le vent, qui s'approchait, la faisait déjà osciller.

– Plus vite, sacrebleu ! Plus vite !

A ce moment, le rouleau de sable atteignit l'endroit où Hayden et les autres s'étaient enterrés avec les chameaux. Un rideau de sable et de poussière les recouvrit, et Sarah adressa au ciel une prière pour ses compagnons et pour elle-même.

La distance jusqu'à la ruine pouvait être de quatre-vingts yards environ… c'était probablement encore beaucoup trop.

La tempête hurlait son souffle horrible. Sarah cherchait désespérément à lui échapper, silhouette ridiculement petite dans l'enfer déchaîné qui s'était lancé à ses trousses. Le premier signe avant-coureur de la bourrasque atteignit Sarah et, d'un seul coup, elle cessa pratiquement d'y voir, malgré ses lunettes.

Une rafale voulut la soulever de sa selle. Des milliers de grains de sable criblèrent son visage de leurs piqûres d'aiguilles. Avec difficulté, elle continua vers une ruine émergeant du tourbillon mortel et qui devait avoir été jadis une tour de garde. Les créneaux en étaient depuis longtemps tombés et les murs, en partie effondrés, mais c'était le seul abri que Sarah pouvait encore atteindre.

Encore trente yards.

L'intensité de la tempête augmenta. Tout devint sombre et tout ce que Sarah retint fut le mugissement du vent dans ses oreilles et les morsures du sable sur ses joues. Un cri désespéré lui noua la gorge. C'était comme si elle essayait d'opposer sa voix à la toute-puissance de la nature.

Vingt yards.

Un sifflement, plus strident et plus perçant que tout ce que Sarah avait pu entendre, lui vrilla les oreilles. Elle avala du sable et toussa. Elle avait de la peine à se tenir encore en selle. Mais sa volonté de fer lui fit pousser la bête toujours plus près de la tour qui pouvait les sauver.

Dix yards…

Les pans de ruine prenaient, dans cette nuit prématurée, les allures d'un havre où se réfugier. Brusquement, Sarah mis à l'arrêt le chameau qui s'effondra sous elle. La jeune femme fut catapultée de selle et atterrit dans le sable mou. Aussitôt, elle se releva, voulut attraper les rênes de la monture, pour la conduire à l'abri des ruines, mais sa main ne trouva que le vide.

Le chameau avait disparu.

Il ne restait plus de temps à Sarah pour se demander si l'animal avait pris la fuite ou s'il avait été emporté dans un tourbillon. Elle se retourna et entreprit de progresser vers la ruine, mettant tout son poids contre la violence de la tempête. Epuisée et frémissant de chaque parcelle de son corps, elle s'écroula au milieu de l'étroite entrée, juste au moment où la tornade atteignait le pied des montagnes.

Le sifflement atteignit des aigus insupportables. Sarah s'arc-bouta des pieds et des mains à l'angle opposé de la ruine circulaire qui offrait encore un semblant de toit. C'est ainsi qu'elle se blottit, accroupie contre le mur et tirant son foulard sur son visage. Elle entendait les hurlements terrifiants de la tempête, sentant combien cette force cognait contre la ruine dont les blocs effrités tremblaient sous les coups déchaînés. Tremblant de tout son être, Sarah ne put faire autrement que se mettre à prier le Seigneur et à attendre.

Ou bien sa propre fin.

Ou bien l'enfer hurlant.

II

Compte rendu sur l'expédition
5 janvier 1884

A un moment donné la tempête a cessé.

Je ne sais plus combien de temps elle a soufflé. Ni combien de temps j'ai dû rester dans l'obscurité de la caverne, les jambes pliées sous moi, et tremblante de peur.

Je me rappelle seulement que l'obscurité s'est progressivement dissipée et qu'un rayon de soleil isolé est tombé sur l'abri.

Je me suis relevée et j'ai secoué le sable qui s'était glissé dans mes vêtements et dans mes cheveux.

J'ai regardé dehors et j'ai eu le sentiment d'avoir été transportée dans un lieu bien lointain.

Le paysage était très différent d'avant la tempête. Les dunes s'étaient modifiées, quelques-unes transformées en collines escarpées, d'autres érodées par la force du vent.

Le désert se reposait, calme et paisible, et plus rien ne rappelait la tempête qui avait soufflé avec une telle violence.

Mais aussi loin que le regard portât, je ne voyais aucune trace de mes compagnons.

– Hayden ? cria Sarah lorsqu'elle se fut dégagée de l'entrée à demi ensevelie de la grotte et se retrouva à l'air libre. Hayden, vous m'entendez ?

Sa voix lancée dans l'air surchauffé fut renvoyée par les ruines.

– Capitaine Hayden ? lança Sarah une nouvelle fois. Sir Jeffrey ! Inspecteur Fox ! Sous-lieutenant Farnsworth…

Elle appela encore et encore ses compagnons, mais ne reçut aucune réponse. La jeune femme se sentit gagnée par une véritable panique. En toute hâte, elle escalada un rocher, essayant à partir de là de reconstituer ce qui avait pu les séparer. Comme les dunes s'étaient modifiées et qu'il n'y avait plus les repères sur lesquels s'orienter, c'était un exercice voué à l'échec. Aussi loin que la vue pouvait porter, elle ne parvenait à voir ni traces dans le sable ni indices quelconques de ses compagnons, comme si la tempête avait complètement aspiré les dix hommes et leurs chameaux. Au bout d'un moment, le constat terrifiant s'imposa à Sarah Kincaid.

Elle était la seule à avoir survécu à la tempête de sable.

Ses genoux fléchirent et elle dut s'asseoir sur la roche, se forçant à retrouver un semblant de calme, à respirer à fond avec régularité. La seule chose qui la préserva de l'effondrement total fut de savoir que dans sa vie antérieure elle avait vécu des situations aussi délicates. Dans une telle situation, on ne pensait plus aux compagnons que l'on avait perdus, mais purement et simplement à sa propre survie. Et celle-ci était manifestement compromise.

Le chameau de Sarah avait disparu et, avec lui, les provisions et l'eau. A part la gourde encore à demi pleine accrochée à sa ceinture, Sarah était livrée, sans la moindre défense, aux puissances du désert ; suivre ses compagnons dans la mort n'était plus guère qu'une question de temps. Même la sacoche avec les relevés topographiques, qu'elle portait toujours sur elle, ne pourrait rien y changer.

Est-ce ainsi que la quête du Livre de Thot était appelée à s'achever ? Sans doute l'énigme serait-elle malgré tout un jour élucidée, se dit Sarah. Et peut-être aussi ses ossements blanchis et ceux de ses compagnons serviraient-ils de poteaux indicateurs…

Malgré la chaleur accablante qui se répandait de nouveau sur le désert, elle eut une sensation de froid glacial. De toutes les forces que son esprit épuisé pouvait encore mobiliser, elle ne succomba pas à la résignation ni à au chagrin sur le point de la submerger. Après tout, elle n'était pas encore morte ! Et il s'agissait d'en tirer le meilleur parti.

Elle attendrait l'arrivée de l'obscurité pour s'orienter à partir des étoiles. Elle poursuivrait de nuit sa route, cherchant de jour un refuge dans les cavernes et derrière les rochers, et essayant toujours d'atteindre le but initial.

L'Ombre de Thot…

Sarah passa le reste de la journée dans la tour en ruine qui lui procurait de l'ombre. Dans une touffeur presque insupportable, elle attendit que la nuit tombe, ne buvant que de temps en temps une gorgée d'eau. Le rougeoiement du ciel indiqua la fin de la journée, et la jeune femme sortit de son abri.

Le soleil disparaissait derrière les dunes à l'ouest, aucun souffle de vent ne se levait, le désert était si calme et immobile que l'on aurait pu croire qu'il n'y avait pas eu de tempête. Il ne restait plus aucune trace de ses compagnons, ce qui la conforta dans son amère résolution. Elle savait quelles étaient ses chances, avec une gourde à moitié vide, de pouvoir traverser le désert, mais elle n'avait pas d'autre choix. Ou bien elle tentait de forcer son destin, ou bien son destin la rattraperait.

Plus le soleil s'enfonçait derrière l'horizon, plus les étoiles se détachaient nettement. En aucun autre endroit au monde, le firmament ne se montre davantage dans sa majesté et dans sa gloire que dans le désert, comme si les étoiles voulaient offrir une compensation à la désolation régnant à la surface.

Contempler les astres dans tout leur éclat offrit à Sarah une maigre consolation, et elle essaya d'imaginer qu'elle n'était pas seule au milieu de l'infini, mais que son père, où qu'il fût, la regardait de là-haut et l'accompagnait.

Elle parvint à se réorienter sur l'étoile Polaire en se référant à ses notes prises à Hermopolis et à déterminer la direction dans laquelle il lui fallait marcher. Revenir sur ses pas, comme l'avaient proposé les éclaireurs de Hayden, était hors de question. Si Sarah voulait encore conserver une chance de trouver le Livre de Thot, il lui fallait prendre la voie directe, à travers les montagnes, ce qui, dans l'obscurité, serait un exercice hautement hasardeux. Elle risquait de repérer beaucoup trop tard les innombrables éboulis et les crevasses, sans parler des serpents et des scorpions…

La pensée d'obliquer vers le sud et de tenter d'y atteindre l'une des oasis traversa fugitivement l'esprit de Sarah. Mais, sans carte ni compas, ses chances de trouver Farafrah ou Nesla étaient des plus réduites.

– Non, dit-elle à haute voix pour se donner du courage, je n'ai pas entrepris cette quête pour mourir finalement de soif. Je veux apprendre la vérité sur Thot, même si cela doit être la dernière chose que je vivrai !

Elle s'empara du revolver toujours logé dans son étui et qu'elle avait eu tout le temps de nettoyer de la poussière et du sable durant cette longue journée. Dans la lutte contre le désert, une arme serait utile à une déshydratée, ne serait-ce que pour lui épargner les ultimes tortures de la soif…

Sarah vérifia que ses bottes de cuir tenaient bien et que son ceinturon était bouclé, puis s'accorda une dernière gorgée d'eau pour se réconforter. Enfin, lorsque l'ultime bloc de soleil en fusion eut disparu à l'horizon, elle entreprit sa marche à travers les montagnes.

A l'éclat de la lumière des étoiles répondait la pâle lueur du croissant de lune qui était montée au-dessus des dunes et les recouvrait d'un éclairage bleuté. Une brise légère se leva, offrant un agréable changement.

Après une escalade éprouvante qui la mena sur un terrain rocheux abrasé par le sable et la fit passer à travers les murailles effondrées de l'ancienne forteresse, le terrain s'adoucit quelque peu. Il n'y avait pas de chemin. Sarah dut tracer sa propre voie, et plus elle progressa sur cette montagne qui évoquait le dos d'un immense crocodile de pierre s'élevant au-dessus des dunes, plus les concrétions rocheuses prenaient des formes bizarres, façonnées par le vent.

Des aiguilles rocheuses se dressaient comme des arbres morts dans le ciel nocturne. Sarah frissonna plusieurs fois en croyant reconnaître une silhouette vêtue de noir. A chaque fois, elle s'aperçut avec soulagement qu'il s'agissait seulement d'un rocher faisant illusion. Pourtant, elle se sentait inquiète, ayant même l'impression d'être observée. Tandis que sa raison voulait mettre cela sur le compte de la fatigue, l'impression que quelqu'un la suivait dans la nuit ne la quittait pas.

Quelqu'un ou quelque chose…

Sarah se concentra sur sa marche. Le parcours se raidissait fortement à l'approche du sommet et elle devait rester à chaque instant sur ses gardes pour ne pas glisser. Ses mains cherchaient fiévreusement des prises dans la roche et elles auraient été rapidement entaillées et ensanglantées si Sarah n'avait pas porté ses gants de cuir. Lorsque, parfois, l'ascension devenait particulièrement difficile, elle poursuivait à quatre pattes, jusqu'à ce qu'elle atteigne une falaise rocheuse qui se dressait droit devant elle, lui masquant la lune.

Hors d'haleine et cherchant son souffle, la jeune femme s'accorda une courte pause. Elle s'accroupit sur la roche et prit une gorgée d'eau, savourant le liquide tiède et réprimant l'envie de tout boire jusqu'à la dernière goutte. Mais, bien que sa gorge fût desséchée et que son larynx la brûlât, elle se contint. Ce reste d'eau, si minime qu'il fût, était la seule chose pouvant faire reculer l'échéance d'une mort assurée.

Sarah eut, de nouveau, l'impression désagréable d'être observée, et elle entendit soudain un bruit suspect : une pierre qui se détachait. Des cailloux dégringolèrent la pente, un léger éboulement suivit, puis le silence revint.

Un silence fantomatique.

Sarah avait considéré, depuis longtemps, le silence du désert comme un bienfait. Les Bédouins avaient coutume de dire que le silence régnait dans le désert depuis la nuit des temps. Nulle part ailleurs, on n'approchait autant du divin. Sarah avait éprouvé la même chose, mais, durant cette nuit-là, le silence lui pesait en lui faisant prendre conscience de sa solitude extrême.

Que n'aurait-elle donné, à présent, pour une présence humaine ! Même celles de Milton Fox ou de Stuart Hayden auraient été les bienvenues. Elle ne reverrait aucun d'eux. Ils étaient morts, en proie à la fureur du désert. Peut-être y avait-il réellement une malédiction lancée sur le secret de Thot, et cette malédiction les avait-elle maintenant rattrapés…

Epuisée, à bout de forces comme elle l'était, elle se força à se relever et à escalader la falaise rocheuse dont la hauteur pouvait atteindre les quinze pieds. Il semblait qu'au-dessus il y eût un plateau à partir duquel Sarah espérait pouvoir mieux s'orienter.

Utilisant les aspérités et les moindres fentes, elle se hissa le long de la roche rouge, encore chaude de la fournaise de la journée. Sarah, qui n'avait pas mangé depuis des heures et avait à peine bu, sentait ses forces décliner, mais elle n'abandonnait pas. Avec une volonté de fer, elle se hissa petit à petit jusqu'au sommet. Elle glissa une fois et dut se rattraper pour ne pas tomber, reprenant sa progression mètre après mètre. Enfin elle atteignit le rebord de l'à-pic, pour constater qu'elle n'était pas seule sur le plateau.

Un iguane du désert rampait exactement là où Sarah s'était mise aux aguets. Un instant, ils se mesurèrent du regard. Puis tout alla très vite.

Avant même que le reptile, long d'un pied, ait pu prendre la fuite, Sarah lança sa main droite en avant et l'attrapa. Le reptile poussa des couinements étouffés, son corps s'agitant et sursautant, mais Sarah ne le laissa pas filer.

Tenant l'animal dans une main, elle acheva de se hisser de l'autre et se retourna lourdement par-dessus le bord dans un dernier sursaut. D'un geste vif, elle saisit le couteau à sa ceinture et, sans éprouver le moindre embarras ou le moindre scrupule, sépara la tête du corps de l'iguane et but le sang coulant de la gorge tranchée. Elle disposa ensuite le corps sur une pierre plate, lui coupa le ventre et mangea la viande crue. C'était tiède avec un goût écœurant, mais Sarah savait qu'elle n'était pas en mesure de faire la fine bouche. Un iguane était un mets de choix qu'elle ne devait pas laisser passer, surtout s'il s'offrait aussi spontanément. Cela signifiait un nouveau jour de répit, au moins…

Ce n'est que lorsqu'elle eut fini son étrange repas que Sarah se releva et examina les environs. Son chemisier et son foulard étaient constellés de sang, de même que sa bouche et son menton. Si elle s'était montrée dans cet état dans les rues de Londres, il y a fort à parier qu'elle aurait été arrêtée puis conduite à Bedlam. Une pensée qui amena un mince sourire sur son visage.

Du haut de l'étroit plateau qui s'étendait vers l'est s'offrait un vaste panorama baigné de la clarté froide de la lune. Comme une mer dont les vagues auraient été figées par une insondable magie, le désert se déroulait à perte de vue.

Aussi loin que le regard portât, on ne distinguait aucune trace de civilisation. Pas de campement, pas de construction, pas de fumée et pas de feu. Juste le sable bleuté et l'infini étincelant des étoiles.

Subjuguée par ce spectacle, Sarah eut l'impression de faire corps avec le désert. La lumière des étoiles venait souligner l'insignifiance de son existence. Si jamais il était écrit qu'elle devait mourir ici, alors c'était son destin, mais cela n'arriverait pas avant qu'elle tente tout pour rester en vie et atteindre son but.

Elle serra les dents, qui grinçaient toujours de sable, et se remit sur ses jambes dont les muscles souffraient de la difficile ascension. Dans trois heures environ, l'aube apparaîtrait et d'ici là Sarah voulait avoir trouvé refuge au pied de la montagne, dans une caverne si c'était possible.

Elle se remit en marche d'un pas décidé et entama la descente entre les aiguilles rocheuses, sur l'autre versant du plateau. C'était abrupt, mais il y avait beaucoup de paliers, et la lueur blême de la lune lui indiquait le chemin.

Sous des aiguilles rocheuses se déroulait un labyrinthe formé de profondes crevasses que Sarah suivit jusqu'en bas. Là, dans l'étroitesse des falaises dénudées, elle eut de nouveau l'impression d'être suivie.

III

Compte rendu sur l'expédition
6 janvier 1884

Cela fait deux nuits que j'ai laissé derrière moi la crête montagneuse et que j'ai pris la direction nord-ouest avec l'espoir de me rapprocher ainsi de l'ancienne route.

Ma réserve d'eau s'est épuisée et je n'ai pas même eu la chance de retomber sur un lézard. Après avoir marché dans le sable une nuit complète sans eau, j'éprouve des signes indubitables de déshydratation.

Ma peau est devenue crevassée et cassante, ma langue a gonflé, la température de mon corps s'est élevée. Mais, beaucoup plus grave, et de loin : à l'est, un nouveau jour se lève et, où que le regard porte, il n'y a rien qui puisse m'offrir une protection contre le soleil impitoyable.

Tout autour, je ne vois rien d'autre que des dunes sans fin, dont les sommets brillent dans la lumière du jour nouveau. Je sais que ce jour sera le dernier pour moi.

Sans eau et sans ombre, je suis livrée à la fournaise du soleil et condamnée à mourir.

Seul un miracle pourrait désormais me sauver…

Sarah avait souvent essayé d'imaginer sa propre fin. Mais jamais elle n'avait pensé que son destin serait de périr de soif, seule et abandonnée, en plein désert.

Pas à pas, elle avançait. Ses pieds s'enfonçaient dans le sable jusqu'à la cheville, ce qui lui retirait des forces et en faisait de sa progression une vraie torture. Pourtant, elle s'obstinait à continuer, sachant très bien qu'à l'instant où elle abandonnerait et se laisserait glisser au sol, son destin serait scellé.

Le soleil était haut dans le ciel. Ses rayons rendaient le sable étincelant, et les rochers que la fantaisie de la nature avait dispersés çà et là sur cette terre désolée paraissaient se mouvoir légèrement dans l'air surchauffé.

Sarah croyait sans cesse apercevoir des gens, mais depuis longtemps elle n'essayait plus de saisir son arme. Il lui était devenu indifférent de savoir qui la trouverait, ami ou ennemi. Pourvu que la torture prît fin.

Sarah était au bord de l'effondrement. Ses jambes la soutenaient à peine encore, sa langue n'était plus qu'une épaisse étoupe.

La tentation revenait, sans cesse plus forte, de se blottir dans le sable et d'attendre simplement que la fièvre inéluctablement terrasse les organes, et que le combat s'abrège puisqu'il était perdu d'avance. Elle commençait déjà, même si elle restait debout sur ses deux jambes, à marcher courbée sans plus pouvoir se maintenir droite.

Encore…

Lorsque quelque chose bougea sur sa gauche, elle ne se donna même pas la peine de regarder. Elle enregistra juste le mouvement du coin de l'œil et le tint pour une nouvelle illusion de ses sens provoquée par l'air surchauffé. Elle ne vit que plus tard qu'il s'agissait d'un être vivant, qu'il bougeait et qu'il la regardait. Ce n'était pas un homme, en effet. C'était un animal, qui surveillait sa fin.

Les yeux du chacal brillaient de l'appel du sang, mais l'animal n'éprouvait pas le besoin de se hâter. Il lui suffisait de regarder sa proie pour savoir que ce n'était qu'une question de temps pour qu'elle s'effondre. Pourquoi donc dans ce cas livrer un combat ?

– Saloprie de bestiole, grogna Sarah que sa langue gonflée empêchait d'articuler distinctement, rendant horrible le son de sa voix. C'est Anubis qui t'envoie ?

Elle eut un rire sardonique…

– Il veut apparemment me convier dans son ténébreux empire…

Elle fut prise d'un ricanement dément lorsqu'elle réalisa que c'était le chacal qui l'avait suivie tout du long. La mort avait été sur ses talons depuis qu'elle avait quitté la caverne, alors qu'elle croyait encore pouvoir gagner la lutte contre le désert. Quelle imbécile ! Désormais, Anubis, le seigneur des ténèbres, avait dévoilé ses cartes.

Sarah sut que c'était la fin.

Elle fit encore un pas, et un autre, puis elle perdit l'équilibre et s'effondra.

Elle tomba la face contre le sol, la bouche grande ouverte d'épuisement et de soif, mordant le sable, suffocante. Elle essaya de se relever dans un ultime sursaut de désespoir, mais elle n'en avait plus la force. Le désert avait gagné la partie et, à travers les ombres dansantes, Sarah vit le chacal s'approcher lentement.

– L-la fin…

Sarah fouilla son vêtement de ses mains tremblantes, attrapa le revolver et le sortit de son étui. Mais, lorsqu'elle voulut mettre en joue l'animal, celui-ci avait disparu.

A sa place, se dressait dans l'air tremblant un homme en qui Sarah, à son immense soulagement, reconnut les traits familiers de Gardiner Kincaid.

Son père se tenait là, debout, exactement comme dans le souvenir qu'elle en avait gardé, avec sa vieille tunique qu'il avait portée durant tant de voyages, le casque tropical sur la tête. Le regard qu'il lui adressa trahissait un immense regret.

– Père… tu es vivant ?

– Non, dit Gardiner Kincaid d'une voix faible qui vrilla la tête de Sarah. J'ai moi aussi parcouru le chemin que tu vas prendre, Sarah. N'aie pas peur…

– Je suis heureuse de te revoir…

– Moi aussi, ma fille. Mais, avant que tu franchisses la frontière avec l'au-delà, je voudrais que tu me pardonnes.

– P-pourquoi te pardonner ? Père, que… ?

– Pour tout ce que je t'ai fait subir. Ce que je t'ai caché.

– Tu m'as… caché quelque chose ? Quoi ? …

– Tu le sais déjà, répliqua le vieux Gardiner. En ton for intérieur, tu connais la réponse, Sarah, et je te demande de me pardonner de te l'avoir caché.

– Quoi qu'il en soit, je te pardonne, père… murmura Sarah d'une voix à peine audible.

– Moi aussi je voudrais te pardonner, dit une autre voix.

La silhouette de Gardiner Kincaid s'était évanouie. A la place de celle-ci, se dressait le pauvre Kesh, les traits d'une blancheur de craie et les vêtements tachés de sang, tel qu'elle l'avait trouvé au bas de l'escalier montant au vieil observatoire du Caire.

– Kesh…

– Je suis content que tu me reconnaisses, dit le serviteur du sage.

– Tu… tu peux parler ?… s'étonna-t-elle.

– Je suis délivré des liens de la terre, grâce à ton aide, plaisanta Kesh, et ses gros yeux se mirent à rouler dans leurs orbites avec une lueur d'hostilité. Après avoir disparu tant d'années, tu es revenue sans que l'on te l'ait demandé et tu m'as chargé d'une mission qui m'a coûté la vie.

– C-ce n'était pas mon intention, Kesh, dit Sarah dans un murmure. Tu dois me croire… que je... ne voulais pas… pardonne-moi…

Kesh ne répliqua pas. La silhouette du visiteur inquiétant se métamorphosa une nouvelle fois pour prendre les traits familiers de Maurice du Gard.

– *Chérie*, dit simplement celui-ci, et le mot sonnait comme un regret et un reproche à la fois. Que fais-tu là ?

– Ce que je… fais ?

Sarah peinait à rassembler ses idées avec tout le sable qu'elle avait avalée.

– Je meurs, crétin de Français…

– *Non*, la contredit du Gard d'un ton décidé. Tu ne vas pas mourir. Tu vas vivre, Sarah Kincaid, tu entends ?

– Non, Maurice… c'est fini…

– Te souviens-tu de mes paroles ? lui demanda du Gard. Sais-tu encore ce que je t'ai dit sur le bateau au sujet de la lumière ?

– Oui, hoqueta Sarah d'une voix sans timbre, tandis que ses mains s'agrippaient au sable. Tu disais… faire confiance à la lumière… me conduirait au but…

– *C'est ça*, répliqua le Français tandis que sa mince silhouette commençait à se dissoudre dans la chaleur tremblante.

– Maurice ! cria Sarah, désespérée. Ne me laisse pas seule…

Mais du Gard avait disparu et, à l'endroit où il se tenait encore l'instant d'avant, une brève lumière flamboya, une lumière contre laquelle même l'éclat du soleil parut pâle.

C'était comme si une porte s'ouvrait vers un au-delà infini. D'un coup, Sarah se sentit calme et apaisée. *Faire confiance à la lumière*, avait dit Du Gard. *Se laisser conduire au but…*

Sarah, enfouissant ses pieds et ses mains dans le sable, tira son corps épuisé vers la porte lumineuse que, pourtant, elle n'atteignit pas. Plus elle s'en approchait, plus la lumière paraissait s'éloigner. Il devint clair pour Sarah qu'elle devrait franchir le seuil d'une autre manière. Elle se rappela le revolver dans sa main.

Réunissant littéralement ses dernières forces, elle souleva l'arme et la retourna contre elle. Le pouce sur la détente, elle voulut mettre fin à son existence afin de franchir les portes la séparant de son père, de Maurice du Gard et de tous ceux dont elle avait croisé le chemin parmi les mortels.

Une ombre silencieuse se glissa vers elle. C'était le chacal qui continuait de tourner en rond. Maintenant il va venir, se dit Sarah. Après avoir attendu si patiemment.

L'écho assourdissant de la détonation fut renvoyé par les rochers avant de se perdre dans la fournaise. Et Sarah sombra dans les ténèbres.

IV

Lorsque Sarah Kincaid rouvrit les yeux, elle eut la conviction d'être déjà morte.

Tout ce qui était autour d'elle lui était si étranger – la lumière blafarde, les odeurs montant à ses narines, les bruits frappant ses oreilles – qu'elle eut besoin de plusieurs instants avant de réaliser qu'elle n'était pas dans l'au-delà, mais bel et bien toujours en vie.

La dernière chose dont Sarah se souvenait était la douleur et le désespoir, la douleur qui avait envahi la moindre parcelle de son corps et le désespoir tellement profond qu'elle avait songé à se donner la mort. Elle ne parvenait que difficilement à se rappeler ce qui était arrivé : son père et du Gard l'avaient accompagnée. Elle avait été tout près de succomber à la folie, ayant pratiquement perdu la raison sous l'effet de la chaleur impitoyable – et maintenant elle se trouvait dans cet endroit étrange, irréel.

Elle était dans une tente dont le toit et les pans filtraient une lumière parcimonieuse, une tente qui n'était pas dressée à la mode des Bédouins : il n'y avait pas de tringles pour soutenir la partie haute. Au contraire, un bâti de bois formait une voûte au-dessus de la jeune femme, servant de charpente. Des couvertures de couleurs, rayées et croisées les unes sur les autres, ne laissaient que faiblement passer le soleil. Les pans de la tente étaient constitués de nattes de palmes tressées.

Transparentes, celles-ci veillaient à ce que l'air circulât dans la tente agréablement tempérée, alors qu'à l'extérieur régnait vraisemblablement une véritable fournaise. Le sol n'était pas recouvert de tapis selon l'usage des Bédouins, mais de ces mêmes couvertures rayées. Ces éléments joints au mode de construction firent que, finalement, Sarah se douta de l'endroit où elle était. Sa certitude grandit lorsqu'elle remarqua qu'elle n'était pas seule dans la tente.

Derrière elle, se tenait un homme d'assez haute taille portant un *tagelmust*, un turban, dont les extrémités entouraient le visage de façon que seuls les yeux pouvaient être vus. Son caftan était d'une couleur sombre, bleu indigo, et Sarah sut en présence de qui elle se trouvait.

Cet homme était un Touareg.

La jeune femme tressaillit. Elle avait déjà souvent entendu parler de ces mystérieux et belliqueux guerriers du désert, sans en avoir jamais rencontré. Le Sahara était leur patrie, mais jusqu'alors Sarah avait toujours cru que les Touaregs, qui étaient des nomades, avaient leur territoire plus à l'ouest, entre les défilés du Tibesti et les crêtes de l'Aïr. Apparemment, elle s'était trompée, car ses gardiens, qui conservaient dans leur écharpe une lame étincelante, appartenaient sans le moindre doute à ces tribus.

Des yeux sombres jaugèrent Sarah sans qu'elle puisse deviner ce que pensait l'homme derrière son voile.

– *Aslama*, le salua Sarah en arabe.

– Toi te réveiller, répliqua-t-il simplement, se servant aussi de l'arabe qu'apparemment il ne maîtrisait pas entièrement.

Les Touaregs s'exprimaient habituellement dans leur propre dialecte.

– Oui, fit sobrement Sarah.

Le timbre de sa voix était encore rauque et enroué, mais au moins le fait de parler ne lui causait-il plus de douleur.

Le guerrier hocha la tête et quitta la tente. A peine eut-il disparu que Sarah reçut une autre compagnie sous la forme, cette fois, d'un groupe de femmes touaregs qui, en silence, pénétrèrent sous la tente. Elles aussi portaient des voiles sur la tête et des vêtements indigo mais, à la différence des hommes, leur visage était découvert. La beauté des femmes touaregs jouissait d'une renommée légendaire parmi les peuples du désert, et Sarah ne put que la trouver justifiée. Des yeux noirs à l'expression mystérieuse la regardaient depuis des visages brunis par le soleil, aux formes pleines, encadrés de cheveux d'un noir de jais.

Les femmes s'occupèrent de Sarah, qui s'aperçut à ce moment-là qu'elle était entravée aux pieds. On lui avait préparé son couchage à même le sol de la tente, qui, pour autant, était très confortable. Lorsque les femmes eurent ôté la couverture, Sarah s'aperçut qu'elle était nue. Les femmes s'esclaffèrent en voyant la blancheur de sa peau, avant de se mettre à la badigeonner d'huiles parfumées comme on coutume de le faire les filles du désert.

Au début, Sarah se rebella contre ces attouchements, mais il fut vite clair que ces mains étaient saines et soignées et qu'elles pouvaient faire de vraies merveilles. En peu de temps, son visage cessa de lui faire mal, sa langue et sa gorge ne furent plus irritées, et elle put recommencer à bouger. A quel destin favorable devait-elle que ces gens l'aient recueillie, Sarah l'ignorait. Une seule chose lui paraissait évidente : si ces Touaregs lui avaient voulu du mal, ils auraient aussi bien pu la laisser mourir dans le désert.

– *Mutaschakkir-ktir*, fit Sarah en remerciement, tandis que les femmes se mettaient à l'habiller, non dans une tunique indigo, mais avec ses propres vêtements qui avaient été lavés et repassés. De surcroît, on lui ôta les chaînes et on l'aida à se mettre debout. Un vertige la fit chanceler. Aussitôt, des mains secourables s'affairèrent et quelqu'un lui tendit un gobelet de terre glaise rempli d'eau. Dès que Sarah en eut bu quelques gorgées, elle se sentit mieux. Elle fit un signe pour exprimer sa reconnaissance, rendit le gobelet puis enfila ses bottes. Comme pour tous les peuples du désert, chez les Touaregs aussi l'hospitalité était sacrée. Exprimer de la méfiance n'aurait pas été seulement impoli, mais dangereux.

Les femmes s'éloignèrent tout en s'inclinant avec politesse. Sarah répondit par le même geste et, lorsqu'elle releva la tête, le guerrier masqué était de nouveau devant elle, lui faisant signe de le suivre.

– Tu peux partir, dit-il simplement.

C'était plutôt un constat qu'une question.

Sarah hocha la tête et le suivit hors de la tente, à l'air libre. La lumière éclatante du soleil l'aveugla, c'était déjà la fin de l'après-midi. Sarah n'avait pas la moindre idée du lieu où elle se trouvait, ni du temps qui s'était écoulé.

Le village des Touaregs consistait en une douzaine de tentes en forme de coupoles et encerclées de dunes. Le milieu du camp était occupé par une autre tente plus grande que les autres et constituée de plusieurs coupoles recouvertes de pièces de drap de couleur indigo. Les nattes de fibre d'écorce, sur les côtés, avaient été rabattues. Devant le portail de la tente, deux guerriers touaregs montaient la garde, armés de la lance et du bouclier allongé sur lequel figurait un signe que Sarah ne connaissait que trop bien.

Le symbole de l'ibis.

Le signe de Thot.

Elle en déduisit qu'elle se trouvait aux mains de l'ennemi, et une pulsion intérieure lui commanda immédiatement de prendre la fuite. Pour aller où ? Il semblait n'y avoir que le désert tout autour du camp. Quant à devoir avancer dans la fournaise, misérablement et lentement, Sarah avait une idée précise de ce que c'était. Elle n'avait donc pas d'autre choix que de rester. Peut-être, après tout, apprendrait-elle enfin ce que ses adversaires mystérieux comptaient faire d'elle…

L'homme chargé de la surveiller rabattit la tenture fermant l'accès de la tente et lui fit signe d'entrer. Sarah opina.

A l'intérieur de la tente régnait une agréable pénombre. Le sol, ici aussi, était recouvert de tapis. De la charpente de la tente pendaient des lampes à huile et quelques objets à la signification manifestement religieuse : de petits talismans en argile ou en ivoire qui pouvaient provenir de régions reculées d'Afrique et rappelaient que les Touaregs n'étaient pas tous musulmans, mais que d'autres religions trouvaient également place dans leur foi. Le port du voile était un autre signe : c'était censé protéger les hommes des mauvais esprits. Il était possible aussi qu'il se rattachât, chez les guerriers du désert, au culte d'une divinité très ancienne et depuis longtemps oubliée dans d'autres contrées.

– Comment vas-tu ? demanda quelqu'un en anglais.

Sarah regarda autour d'elle.

Ecartant un rideau qui séparait la pièce principale de la tente, elle vit un homme qui portait des pantalons bouffants, une tunique d'un bleu foncé par-dessus et, également du même bleu, le *tagelmust*, le turban. Le voile sur le visage assourdissait le son de cette voix, mais Sarah avait l'impression de la connaître.

– Merci, dit-elle d'un ton hésitant. Je vais bien et j'ai l'impression que c'est à vous que je le dois.

– Tu es revenue de loin, répliqua le Touareg tandis que Sarah cherchait à découvrir l'identité de l'homme en scrutant ses yeux. Qui l'aurait cru ?

– Qui êtes-vous ? voulut savoir Sarah, mais le personnage voilé ne tint pas compte de la question.

– Mon peuple, poursuivit-il, parle de ce pays comme du *ténéré*, ce qui signifie tout simplement « rien ». Et dans ce grand vide, ici, il n'y a rien d'autre à rencontrer que la mort. Et c'est ce qui a failli t'arriver. Le chacal avait relevé tes traces et il allait se jeter sur toi alors que la vie t'avait presque quittée. Mais c'est sa vie qui a été prise, de ma main.

Dans la conscience de Sarah, un souvenir resurgit avec netteté.

– Le coup de feu, murmura-t-elle. C'était vous…

– Lorsque nous t'avons trouvée, le désert t'avait pratiquement vaincue. Il n'y avait presque plus de vie en toi. Il s'en est fallu de peu que ce ne soit la mort, et non la vie, qui triomphe. Mais il y a en toi une telle volonté qu'elle t'a donné la force de survivre. Tu as enduré la fièvre dix jours et dix nuits, mais finalement…

– Dix jours et dix nuits ? demanda Sarah avec incrédulité. Cela fait si longtemps que je suis ici ?

– Bien sûr. Mais, à la fin, tu as eu raison de la fièvre. Le destin est bienveillant pour toi, Sarah Kincaid.

– Vous... vous connaissez mon nom ?

– Pas seulement cela. J'ai aussi regardé dans ton cœur et je sais que tu ne portes pas de noir dessein ; sinon, je ne t'aurais pas amenée ici. Je t'aurais laissée mourir dans le désert.

– Qui êtes-vous ? demanda de nouveau Sarah, tandis qu'un soupçon commençait à se faire jour. Pouvait-il réellement se faire que...

Le Touareg hocha la tête en signe d'assentiment et ôta le voile lui masquant le visage. A la stupéfaction de Sarah apparurent alors les traits familiers de Kamal. Mais comme ils avaient changé !

Toute expression de soumission ou d'humilité en était bannie. L'homme faisant face à Sarah n'était pas un subalterne qui aurait à guider ses maîtres à travers le désert. Tout dans son attitude, dans son regard et dans sa mine impassible respirait l'honneur et inspirait le respect, impressionnant Sarah au plus haut point.

– Kamal ! ne put-elle s'empêcher de s'exclamer avec stupéfaction. C'est toi ?

– Je conclus de ton étonnement que tu ne t'attendais pas à me revoir. Quel effet cela fait-il de découvrir que l'on a été abandonné de tous à son réveil ?

– C'était humiliant, reconnut Sarah. Mais cet état n'a pas duré longtemps... J'ai décidé que nous allions poursuivre l'expédition par nos propres moyens.

– Et cette décision a failli vous coûter la vie, à toi comme à tes compagnons.

– Mes compagnons ? s'enquit Sarah. Est-ce à dire...

– Ils vont bien, assura Kamal. Ils s'en sont sortis et ils jouissent de notre hospitalité au même titre que toi.

Sarah prit une longue inspiration. Ainsi Hayden et les autres avaient, d'une manière ou d'une autre, réussi à survivre à la tempête, même si cela avait été dû à l'aide apportée par les Touaregs. Le sentiment de ne plus être seule désormais au milieu des Touaregs lui rendit un peu de courage.

– Hospitalité ? demanda-t-elle. Lorsque je me suis réveillée, j'avais les pieds entravés.

– C'était pour te protéger, indiqua Kamal.

– Pour me protéger de quoi ?

– De toi-même, et de ce que tu pourrais être tentée de faire sous l'effet de la fièvre. Tu n'es pas une prisonnière, tes compagnons non plus. Veux-tu les voir ?

– Plus tard, répliqua Sarah, se forçant au calme. Je voudrais tout d'abord savoir ce que tout ça signifie. Pourquoi t'es-tu costumé en Touareg ?

– Parce que je suis un Touareg.

– Je croyais que tu avais été élevé et éduqué en Angleterre…

– Oui, bien sûr. Mais je t'ai également raconté que j'étais retourné en Afrique pour recueillir l'héritage de mon père. Sarah, ceci est son héritage ; il était le chef de cette tribu dont le territoire s'étend vers l'est, dans le voisinage des anciens sanctuaires. Et c'est également lui qui m'a instruit de la mission.

– Quelle mission, Kamal ? demanda la jeune femme qui ne revenait pas de sa stupéfaction.

Comment avait-elle pu se tromper à ce point sur le compte du guide ? N'avait-elle pas voulu voir la réalité ou bien Kamal était-il un acteur accompli ?

– La mission de tout mettre en œuvre pour que le secret de Thot, durant le temps où je suis en vie, ne soit ni découvert ni décrypté.

Sarah hocha la tête.

– Je comprends… C'est pour cela que tu as cherché constamment à m'en détourner. C'est pourquoi tu as essayé, à Hermopolis, de cacher l'accès à la citerne. Et c'est pourquoi tu as fini par circonvenir les chameliers pour qu'ils quittent le campement et nous laissent en plan.

Kamal eut un signe d'assentiment.

– Je ne voulais que le secret soit décrypté et j'ai tout fait pour vous en éloigner, tes compagnons et toi.

– Et il s'en est fallu d'un cheveu que tu ne sois responsable de notre mort !

– Ce n'était pas dans mes intentions. Si je l'avais voulu, sur un simple signe de ma part, mes guerriers du désert vous auraient tous tués.

– *Tes* guerriers du désert ? Damnation ! Mais qui es-tu donc ?

La silhouette de Kamal se redressa.

– Mon nom est Kamal Ben Nara et, comme mon père, je suis le chef de cette tribu dont la mission n'a pas changé au cours des millénaires : patrouiller ce territoire frontalier et empêcher tout intrus d'entrer dans l'Ombre de Thot.

– Alors dis-moi ce qu'il en est. Pourquoi ne dois-je pas y aller ?

– Parce que cela n'amènera rien de bon de découvrir le secret. Ceux qui l'ont tenté ont péri d'une fin misérable. Seul un fou persisterait dans cette quête.

– Ou une femme, ajouta Sarah sur un ton amer.

– Tu ne devrais pas plaisanter à ce sujet, la sermonna Kamal, car, sans le savoir, tu évolues dans une tradition ténébreuse. Tu as montré du courage et de la bravoure, sinon tu ne serais pas ici. Mais, à présent, le temps est venu de renoncer à cette quête, tout comme l'a fait Nefar le chamelier. Tu te rappelles l'histoire ?

– Je m'en souviens, assura Sarah, qui réalisa alors pourquoi Kamal la lui avait racontée. Mais je n'ai pas bien compris son sens, ni hier ni aujourd'hui. Pourquoi la recherche doit-elle prendre fin ? Et pourquoi t'es-tu fait passer pour notre guide et pourquoi as-tu, au début en tout cas, soutenu notre expédition ?

– Pour vous espionner, reconnut Kamal. Les habitants de l'Occident ont coutume de montrer leur vrai visage en présence de ceux-là mêmes qu'ils méprisent.

– Je ne t'ai pas méprisé.

– C'est vrai.

– J'ai toujours été correcte avec toi, Kamal, et j'attends que tu te comportes de même à mon égard. Donc, pourquoi es-tu ici ? Quel objectif poursuis-tu ?

– Mon seul but est de préserver le secret de Thot, rétorqua Kamal sèchement. As-tu déjà entendu parler de Tezud ?

– Bien sûr. C'est le grand prêtre qui a caché le Livre de Thot aux sicaires de Scheschonk et qui s'est enfui avec, dans le désert.

Kamal opina.

– Alors, tu sais aussi que ce grand prêtre avait fait jadis le serment solennel de mettre le Livre à l'abri de toute découverte par tous les moyens disponibles, parce qu'il ne voulait pas que le savoir destructeur tombe entre les mains de Scheschonk et de son armée de bouchers.

– Et alors ?

– Savais-tu que ce Tezud était l'un de mes lointains aïeux ?

– Tu es l'un de ses descendants ?

– La lignée de ma maison remonte à plus de trois mille ans, confirma Kamal, et, durant tout ce temps, le serment de protection du secret fut renouvelé à chaque génération. Lorsque notre sang s'est mêlé à celui des Touaregs et qu'il en est résulté une branche à part, celle-ci s'est vouée à la préservation du secret de Thot.

– Je comprends, dit Sarah, qui peinait à suivre le rythme de ces révélations.

– El-Hakim ne t'a rien dit de tout cela, n'est-ce pas ?

– Tu connais le vieil Ammon ?

Kamal hocha de nouveau la tête.

– Le sage de Mokattam connaît bien des secrets de l'ancien temps, mais pas tous, et uniquement de loin. T'a-t-il parlé de Meheret ?

– Oui, confirma Sarah en essayant de se souvenir. Il disait qu'elle avait été une guerrière d'origine inconnue ayant recherché le Livre de Thot pour le compte de Scheschonk. Apparemment, elle aurait réussi à découvrir l'Ombre de Thot. Il y aurait eu un affrontement entre ses guerriers et les partisans de Tezud. La bataille aurait été perdue parce que le Feu de Ré aurait été déchaîné et l'armée de Meheret aurait été détruite. Mais ses successeurs sont encore de nos jours à la recherche du secret...

– C'est vrai. Tes adversaires dans cette chasse au Livre de Thot se réclament de ces derniers. Bien qu'en réalité ils poursuivent leurs propres buts.

– Qui sont-ils ? A qui avons-nous affaire ?

– A des êtres qui veulent détourner les secrets de l'ancien temps pour acquérir la puissance et la gloire. Certains hommes du peuple sont leurs instruments obéissants, mais les vrais auteurs se cachent dans ta patrie, Sarah.

– C'était donc vrai, fit Sarah. Je le savais…

– Sais-tu aussi ce qu'il est advenu de Meheret ?

– Eh bien, d'après ce que le vieil Ammon a dit, quelque chose d'épouvantable…

– Et il a eu raison. Elle a été la seule à réchapper du Feu de Ré et à survivre à la bataille. La caste des grands prêtres a exigé la mort pour elle, mais Tezud s'y est opposé de toutes ses forces, car il s'était secrètement épris de cette femme qui était d'une beauté à couper le souffle. La guerrière le récompensa bien mal, car elle prit la fuite en essayant de dérober le Livre de Thot. C'est là qu'elle fut prise et, bien que Tezud l'eût aimée plus que sa propre vie, il ne put plus s'opposer au destin. Meheret fut condamnée à mourir, et de la manière la plus terrible. Son corps fut brûlé, mais seulement après qu'on lui eut ôté, encore vivante, tous ses organes les uns après les autres.

– Elle était encore vivante ?

Sarah frissonnait.

– Les organes, poursuivit Kamal, furent embaumés et placés dans des urnes, son corps livré au feu. Les urnes funéraires furent remises à la garde de Tezud qui ne se consola jamais de la mort de sa bien-aimée. Selon ce qui s'est dit, il fit des restes mortels de Meheret une clef en mémoire de sa beauté.

– La clef ? dit Sarah, beaucoup plus captivée par toute cette histoire qu'elle n'aurait voulu se l'avouer, ce qui était sans doute une conséquence de l'affaiblissement de son état physique. Pourquoi cette clef ?

– Pour pouvoir accéder aux Portes éternelles conduisant à l'Ombre de Thot et qui n'ont pas été ouvertes depuis trois mille ans, répliqua Kamal avec un ton dramatique. Mais tu devrais cesser de te poser de telles questions, Sarah Kincaid, car tu ne fouleras jamais le sol de la Chambre aux Secrets.

– Qui dit cela ?

– Moi, répliqua Kamal avec simplicité. Et ma parole a force de loi dans ce désert. J'ai pris beaucoup sur moi pour explorer ton cœur, Sarah Kincaid, et je n'ai pu y trouver aucune malice. C'est pour cette raison que j'ai jusqu'à présent épargné ta vie et celle de tes compagnons. Cependant, si tu devais ne pas renoncer à ta quête, je me verrais forcé de te tuer. L'humanité n'est pas encore mûre pour le secret de Thot. Elle ne l'utiliserait que pour le mal, la guerre et la destruction.

– C'est ce dont tu me crois capable ? demanda Sarah. Crois-tu donc que je sois venue pour dérober le secret et le vendre au plus offrant ?

– Tes intentions sont plus nobles, mais ceux qui t'ont envoyée n'en ont pas d'aussi hautes. Il existe de puissants partis qui attendent juste que tu franchisses le seuil du temple et que tu fasses la lumière sur ce qui y est caché depuis des millénaires. Sarah, ne sois pas leur instrument !

– Je ne suis l'instrument de personne, je suis mon seul maître ! Et je n'avais pas l'intention de voler le secret de Thot, ni de l'emporter. El-Hakim, que tu sembles aussi connaître, m'a arraché le serment de détruire sur place le Livre de Thot et ainsi, avec lui, tous les secrets qu'il contient, afin d'éviter une fois pour toutes que le monde en prenne connaissance.

– L'empêcher, c'est la tâche de mes guerriers, répliqua Kamal. Tu vois donc que ton aide n'est pas indispensable.

– Mais je veux découvrir le secret ! Il faut que je voie de mes yeux le Livre de Thot !

– Pourquoi donc ?

– Pour en avoir le cœur net, expliqua Sarah. Pour la vérité historique. Pour que mon oncle, qui a été capturé par nos adversaires, soit libéré.

– Et tu crois qu'ils te le rendront, tout simplement ?

– Peut-être, s'ils croient, par ce moyen, entrer en possession du Livre. Mais finalement, je tiendrai mon serment et détruirai le Livre.

– Et si ton plan échoue ?

Kamal secoua la tête.

– Non, le risque est trop grand. Aucun être humain depuis trois mille ans n'a foulé le sol de la Chambre aux Secrets et il doit en être ainsi pour les trois mille prochaines années. Ce n'est que lorsque l'humanité sera prête pour cela que le secret sera dévoilé.

– Mais, Kamal, je…

– C'est mon dernier mot, dit le chef des Touaregs d'un ton ne souffrant pas de réplique.

Une fois de plus, Sarah eut l'impression que cet homme, auprès duquel elle avait été assise autour d'un feu, et avec lequel elle avait échangé des pensées, n'était plus le même. Une métamorphose étonnante s'était produite chez Kamal. D'après le code en vigueur dans le désert, il était un prince de sang élevé et avait donc cessé d'être son subalterne. Et, avec un certain étonnement, Sarah reconnut qu'elle se sentait son obligée alors même qu'il était son adversaire.

Kamal semblait ne pas considérer autrement les choses. Il s'avança vers elle avec circonspection, le visage toujours couvert, tandis que du vent passait sous la tente. Sarah ne s'effaça pas et soutint son regard. Kamal s'immobilisa tout auprès d'elle et, un instant qui parut à tous deux une éternité, leurs visages se frôlèrent : traits sombres du fils du désert et traits pâles de la lady anglaise.

Et sans qu'ils l'aient vraiment voulu, ni qu'ils l'aient évité, leurs bouches se rapprochèrent. Sarah ferma les yeux, lutta contre les sentiments contradictoires qui l'assaillaient et attendit que les lèvres de Kamal s'appuient sur les siennes.

Mais il n'alla pas jusque-là.

Un claquement sonore brisa le silence du désert, suivi d'un impact assourdi qui souleva le sable.

Le campement était attaqué.

Kamal restait debout, immobile, une expression sombre passant sur ses traits.

– Trop tard, murmura-t-il, ils sont déjà là.

– Qui ? demanda Sarah tandis qu'un cri d'effroi retentissait.

– Nos ennemis, dit Kamal. Ceux-là mêmes qui, depuis des millénaires, s'efforcent de s'emparer du Livre de Thot et qui, à cette fin, ne reculent devant aucun forfait. Les héritiers de Meheret.

– Les héritiers de Meheret ? Tu penses que… ?

Elle ne parvint pas à poser la question jusqu'au bout, car des hennissements se firent entendre haut et fort. A travers les fibres d'écorce des parois de la tente, on pouvait distinguer les ombres fugaces de cavaliers qui chargeaient, arborant leurs caftans noirs et leurs voiles également noirs, cet ennemi sans visage que Sarah reconnut aussitôt pour l'adversaire qu'il lui fallait de nouveau affronter. Ses soupçons se trouvaient ainsi confirmés : les héritiers de Meheret étaient bien ceux qui ourdissaient cette conjuration contre l'Empire…

Les cavaliers masqués poussèrent leurs montures droit vers la tente. La charpente en bois s'effondra sous les coups des sabots antérieurs, le bâti et les tentures cédèrent et, l'instant d'après, les cavaliers firent irruption dans la tente de Kamal, armés jusqu'aux dents, de lances, de sabres et de carabines à canon court.

Sarah recula en laissant échapper une exclamation, à la différence de Kamal qui agit avec détermination. Le Touareg avait sorti de l'un des replis de son manteau un revolver de fabrication américaine que Sarah reconnut comme étant le sien. Kamal fit feu et l'assaillant le plus proche tomba de sa selle en poussant un cri.

Le deuxième cavalier émit une exclamation de colère en lançant un regard plein de haine à travers la fente de son turban. En un tournemain, il dirigea sa carabine sur Kamal et s'apprêta à faire feu. Le revolver claqua une seconde fois. La balle manqua l'agresseur, mais le cheval, effrayé par le bruit, se dressa sur ses postérieurs en hennissant et jeta son cavalier à bas, juste sur les piquets brisés de la tente où il s'empala.

– Sarah ! cria Kamal en lui lançant le colt tandis que lui-même tirait son yatagan de son fourreau.

Elle attrapa l'arme au vol et fit face aux assaillants juste au moment où le suivant se présentait sur la brèche, à pied cette fois-ci.

Sarah déchargea son arme à bout portant. L'homme, qui s'apprêtait à fondre sur elle, la lame couverte de sang, s'effondra. Kamal affrontait un autre adversaire, un véritable géant au caftan noir tendu sur son torse puissant.

Proférant des imprécations incompréhensibles, l'homme se rua avec une lourde lame turque sur Kamal qui, vif comme l'éclair, para le coup, mais perdit l'équilibre. Il vacilla et tomba en arrière.

Aussitôt, le colosse fut sur lui et prit son élan pour assener le coup de grâce. La lame turque s'abattit comme la hache du bourreau, mais, au tout dernier moment, Kamal leva son arme pour parer le coup mortel. Des étincelles jaillirent lorsque le métal courbé des deux armes s'entrechoqua, et la lame de Kamal se brisa dans un son clair. Un rire cruel se fit entendre sous le voile du visage masqué qui, des deux mains, souleva sa lame pour décapiter son adversaire.

Sarah n'essaya pas vraiment de tirer. Le danger d'atteindre Kamal eût été trop grand. Au lieu de cela, elle saisit une lance fichée en terre qui avait appartenu à un cavalier et fonça sur le géant. L'homme masqué, les yeux écarquillés, la vit se ruer sur lui et fut forcé de modifier l'axe de son sabre pour parer l'attaque.

Sa lame cingla l'air et coupa la hampe en bois de la lance. Le coup suivant aurait dû frapper Sarah, mais il en fut autrement. Car Kamal, toujours au sol, plongea la lame tronquée de son sabre dans le ventre de son adversaire. Le géant laissa échapper une plainte étouffée, ses yeux paraissant vouloir sortir de leurs orbites. Avec incrédulité, il regarda autour de lui tandis qu'il s'effondrait sur ses genoux, puis basculait vers l'avant, sans vie.

– Merci, répliqua Sarah, hors d'haleine, tenant encore en main la hampe en morceaux. C'était de justesse.

– Pour moi aussi, dit Kamal en se relevant rapidement. Tous deux se précipitèrent vers l'endroit où les coups de feu, les clameurs et le vacarme du combat retentissaient.

Le campement était à peine reconnaissable. De la plupart des tentes, il ne restait plus que des piquets de bois qui se dressaient au-dessus du sable comme des squelettes de morts. Deux autres abris étaient la proie des flammes. Comme les ténèbres s'étaient installées, le feu éclairait d'une lumière tremblotante une scène chargée de poussière et de nuages de fumée de poudre. Un âpre combat se déroulait entre les décombres des tentes. Les assaillants drapés de noir, pas moins de trois douzaines, menaient leur charge à travers le campement sur des chevaux également noirs, tirant sauvagement tout autour d'eux, tandis que les Touaregs, parmi lesquels des femmes et des enfants, se retranchaient dans les décombres de leurs habitations et tentaient de se défendre de tous les côtés. Leur armement consistait en d'antiques fusils se chargeant par le canon, munis de baïonnettes rouillées, ainsi qu'en arcs et en flèches, dont les guerriers du désert se servaient remarquablement. Sarah vit un assaillant passer devant elle au triple galop et être rattrapé par la mort ailée. Il tomba, comme arraché à sa selle.

Cependant les agresseurs, avec leurs carabines, leurs lances et leurs revolvers, étaient incomparablement mieux armés, et leurs attaques se soldaient par un lourd tribut payé par les défenseurs. Les cris de guerre des assaillants remplissaient l'air, couverts par le claquement des détonations et par les cris des blessés. Le moment où les Touaregs finiraient par succomber semblaient poindre...

– Sarah ! Par ici !

Au milieu du tumulte et des bruits effrayants, Sarah avait entendu son nom. Elle vit, à son grand soulagement, que les Touaregs de Kamal ne menaient pas seuls le combat. Elle découvrit dans les ruines d'une tente une demi-douzaine d'uniformes rouges : Stuart Hayden et ses hussards, se battant pour leur survie aux côtés des guerriers du désert. Les fusils Martini-Henry crachaient la mort et la désolation, mais leurs rangs s'éclaircissaient sous les charges répétées des cavaliers masqués.

Tandis que Kamal s'élançait vers ses hommes pour les soutenir dans le combat, Sarah se hâta vers les soldats. Ce faisant, elle rentrait sa tête dans les épaules et courait aussi vite qu'elle pouvait en espérant ne pas être atteinte par une balle. Soudain, elle remarqua juste devant elle une silhouette sombre : c'était un immense étalon, cabré, menaçant de l'écraser de ses sabots.

La jeune femme fit un bond en arrière et n'échappa que d'extrême justesse aux ruades de l'animal. Mais pas à la poigne du cavalier qui s'abattit sur elle avec la vigueur de la gueule d'un crocodile et la saisit par les cheveux. Durant un instant, Sarah ne ressentit rien d'autre qu'une douleur aiguë tandis qu'elle était tirée en arrière et enlevée par le cavalier.

Elle se souvenait encore vaguement du revolver dans sa main, mais avant qu'elle puisse presser la détente, la prise se relâcha soudain. Sarah tomba dans le sable, sur les genoux, suivie de près par le corps de son bourreau que le tir ajusté d'un revolver de l'armée britannique venait de jeter à bas.

– Venez donc ! cria Hayden en remettant Sarah sur ses jambes et en la soutenant sur les derniers yards les séparant des restes de la tente, tandis que le sous-lieutenant Farnsworth et les hommes restants les protégeaient de leur feu nourri. Sir Jeffrey et Milton Fox comptaient également au nombre des défenseurs. Elle fut soulagée de les voir tous sains et saufs, même si l'on pouvait se demander combien de temps encore cela durerait…

– Bonsoir, Lady Kincaid, la salua Sir Jeffrey d'une voix chargée de sarcasmes. Qui aurait pensé que nous allions nous retrouver en de si fâcheuses circonstances ?

– En effet, Sir Jeffrey, confirma Sarah avec courroux, tandis qu'elle mettait en joue un autre cavalier masqué qui passait devant eux en galopant.

– Choquant, n'est-ce pas ? Qui aurait cru que notre bon Kamal serait en réalité le chef d'une tribu touareg ?

– Choquant en effet.

Sarah pressa la détente, et le revolver tressauta dans sa main. Le cavalier agrippa son épaule touchée et bascula de sa selle.

Hayden et ses hommes tiraient également inlassablement, se défendant de tous les côtés, mais les furieux assauts des guerriers vêtus de noir prélevaient un lourd tribut de sang. L'un d'eux, bravant la mort, sauta sur son étalon, une lueur fanatique dans les yeux, la lance serrée sous son bras comme pour une joute du Moyen-Âge. Le soldat le plus proche de Sarah fit feu, mais le coup avait été donné sans viser suffisamment bien pour pouvoir atteindre l'assaillant. Une fraction de seconde plus tard, le cavalier fut sur lui et le fer de la lance transperça le soldat. L'homme masqué salua son œuvre de mort d'un hurlement de triomphe avant que la balle de Sarah ne l'abatte. Pour le soldat, tout secours était désormais inutile.

Il n'était plus temps pour la pitié ou le chagrin. L'assaut et la boucherie insensée se prolongeaient, et il ne restait rien d'autre à faire pour Sarah et ses compagnons que de vendre leur peau le plus chèrement possible. Inlassablement les fusils tonnaient, le plomb volait dans l'air en miaulant et la fumée âcre de la poudre flottait sur tout le village. C'est à ce moment que le sous-lieutenant Farnsworth leur annonça, au milieu du vacarme des détonations et des cris des combattants, une nouvelle peu réjouissante.

– Sir, nos munitions touchent à leur fin. Nous n'aurons bientôt plus que les baïonnettes pour affronter ces sauvages…

– Alors, nous devons prendre les armes et les munitions de nos ennemis, décida Hayden. J'ai besoin d'un volontaire.

– Je vais y aller, dit brusquement Farnsworth.

Et, immédiatement, le jeune et orgueilleux officier sortit du couvert, pressé de se jeter dans le combat.

– Feu ! Couvrez-le ! ordonna Hayden.

Ils s'efforcèrent tous de créer avec leurs balles une couverture pour Farnsworth.

En courant courbé, le sous-lieutenant se rua sur un homme masqué qui gisait sur le sable et lui prit son revolver ainsi qu'une cartouchière.

Il ne mit pas longtemps à trouver un autre cadavre étendu sur le sable dans une posture grotesque et, de nouveau, l'officier s'appropria les armes et les munitions.

Pendant ce temps, le combat se poursuivait pour la possession du village touareg. Les hordes d'assaillants revenaient sans cesse, passant entre les tentes en déchargeant leurs armes, tandis que les défenseurs s'efforçaient de tenir bon malgré leur infériorité numérique. Kamal et ses guerriers combattaient avec l'énergie du désespoir, car pour beaucoup d'entre eux il ne s'agissait pas seulement de défendre leur propre vie, mais celles de leur famille.

Des flèches volaient sans bruit dans l'air et abattaient montures et cavaliers. De sanglants affrontements eurent lieu lorsque les assaillants masqués, bravant la mort, se jetèrent à bas de leur selle et poursuivirent l'attaque à l'arme blanche. L'un des îlots de résistance où s'étaient retranchés les défenseurs succomba à une attaque ; les quatre guerriers et les deux femmes qui s'étaient réfugiés dans les décombres de la tente furent massacrés sans pitié, ce qui indiqua de la manière la plus claire aux survivants quelle serait l'issue du combat.

Farnsworth avait pris plus d'armes et de munitions qu'il ne pouvait en porter. Lourdement chargé, il voulut retourner à l'abri lorsque deux cavaliers surgirent, fonçant juste sur lui.

– Farnsworth ! cria Sarah en mettant son revolver en position.

Tenant l'arme à deux mains, elle visa et tira, mais le percuteur ne rendit qu'un claquement métallique creux.

Le barillet était vide. Les munitions étaient épuisées.

Farnsworth, qui entre-temps avait perçu le danger, courait, les armes prises à l'ennemi pendant à sa ceinture.

Hayden fit feu. Mais le coup ne partit pas et les cavaliers masqués atteignirent Farnsworth. Leurs chevaux d'un noir de corbeau se pressèrent les uns contre les autres, bloquant l'officier au milieu d'eux et, avant d'avoir compris ce qui lui arrivait, il fut soulevé et enlevé. Les cavaliers s'en allèrent, dans un tonnerre de sabots, traînant au sol le malheureux sous-lieutenant. On entendait Farnsworth hurler à faire pitié, mais personne n'osa tirer, de peur de le toucher. Les ravisseurs et l'officier captif disparurent dans un nuage de poussière sombre.

Obéissant à une impulsion, Sarah voulut leur courir après, mais Hayden la retint d'une main de fer.

– Stop !

– Comment ? Ne voulez-vous pas venir en aide à Farnsworth ?

– Trop tard pour lui venir en aide.

– Damnation ! Comment pouvez-vous dire ça ? Il est votre subordonné, vous êtes responsable de lui !

– Justement. Je suis aussi responsable de tous les hommes qui sont ici, et je suis également responsable de vous. C'est pourquoi je vous ordonne de rester à couvert…

Il s'interrompit au milieu de la phrase lorsque quelque chose se déchira sur son bras droit. Ebahi, il vit la manche de son uniforme prendre une sinistre teinte sombre. C'est ensuite seulement qu'il ressentit la douleur.

– Damnation ! Je suis touché… laissa-t-il échapper en serrant les dents, tandis qu'une nausée le submergeait. Ses genoux fléchirent et il tomba.

Sarah le soutint et l'allongea sur le sable.

– Sir Jeffrey, vite ! Occupez-vous de lui…

Tandis que le combat se faisait plus âpre autour d'eux, Sir Jeffrey rampa sur les genoux et sur les coudes pour se rapprocher de l'officier. Sarah, au contraire, s'empara en un tournemain du revolver de Hayden et se jeta tête baissée dans le combat. Elle fit tomber de selle l'un des cavaliers. Deux autres coups manquèrent leur cible. Puis le Martini-Henry rendit, à son tour, ce son détestable que Sarah avait déjà entendu. Et elle n'était pas seule dans ce cas.

– Je n'ai plus de munitions ! lança un caporal depuis l'autre bout de la ligne de feu.

– Moi non plus, s'exclama l'un de ses camarades.

Et, à l'expression dépitée de Milton Fox, on pouvait deviner que lui aussi avait tiré sa dernière cartouche.

– Eh bien, nous y voilà, grommela Sarah avec amertume. Prêt à l'assaut ? Baïonnette au canon !

Le peu de soldats restant en état de combattre se regardèrent, sans savoir s'ils devaient exécuter l'ordre d'un civil, d'autant plus s'il s'agissait d'une femme…

– Allons, qu'attendez-vous ? clama Hayden, blessé, à ses soldats. Lady Kincaid assume désormais le commandement !

Les paroles de l'officier s'achevèrent dans un gémissement rauque. Il roula des yeux, lança un juron à faire frémir, puis perdit connaissance. Les soldats, manifestement contents que quelqu'un leur eût dit quoi faire, suivirent l'ordre donné par Sarah. Ils emmanchèrent, en toute hâte, leur baïonnette sur le canon des fusils et attendirent, avec des mines menaçantes, ce qui allait survenir.

Sarah, saisissant en un tournemain l'arme de Hayden, mit sabre au clair. Elle n'avait pas l'habitude de se battre ainsi, mais elle était fermement décidée à vendre chèrement sa peau.

A travers les fentes de son turban, la jeune femme cherchait à percer l'obscurité qui était tombée et qui n'était plus troublée que par le vacillement du feu. Elle attendit que les agresseurs réapparaissent et se ruent de nouveau à l'attaque, pensant mettre ainsi un terme à ce combat sanglant.

Mais les cavaliers masqués ne revenaient pas.

La nuit les avait avalés avec leurs chevaux noirs et ne paraissait pas vouloir les restituer. En tout cas, Sarah eut cette impression lorsqu'elle laissa courir son regard à la lueur des flammes sur le campement détruit.

– Que se passe-t-il ? dit Sir Jeffrey, ébahi. Où sont-ils passés ?

– Partis. Ils ont fait retraite.

– Alors nous avons gagné la bataille ! lança Fox avec un espoir nouveau. Nous avons mis l'ennemi en déroute !

– Peu probable, objecta Sarah en regardant vers Kamal dont la position était distante d'environ vingt yards.

Rien qu'à lire l'expression peinte sur les traits des Touaregs, elle pouvait voir ce qu'elle-même avait supposé : les hommes masqués ne s'étaient retirés que pour revenir à l'heure voulue sous le couvert de la nuit...

Le temps s'écoula avec une lenteur terrible.

Depuis la retraite surprenante des ennemis, deux bonnes heures étaient passées. Les assaillants ne s'étaient pas laissé repérer, et Sarah et ses compagnons cherchaient à deviner ce que l'ennemi avait en tête.

Voulait-on leur faire peur ? Supposait-on ainsi qu'ils jetteraient leurs armes s'ils étaient laissés suffisamment longtemps dans l'incertitude de leur sort ? Qu'ils chercheraient leur salut dans la fuite et deviendraient alors des proies plus faciles ?

Si un nouveau combat devait se dérouler, il ne s'agirait plus de survivre, mais uniquement de faire monter aussi haut que possible le prix de leur mort. Dans ce but, les hussards de Hayden et les Touaregs de Kamal s'étaient regroupés. Dans le combat contre un ennemi commun, les anciens rivaux étaient devenus des alliés.

Au milieu du camp, là où se trouvait naguère la tente de Kamal, les survivants s'étaient retranchés en établissant une position défensive. Les hussards ne comptaient plus que six hommes en vie, dont deux si grièvement blessés qu'ils ne pourraient plus tenir de fusil.

Hayden n'avait pas encore repris conscience, mais Sir Jeffrey était parvenu à stopper l'hémorragie au bras, du moins provisoirement. Le conseiller de la reine était indemne et Milton Fox avait une blessure de balle ayant traversé proprement son bras. Huit Touaregs avaient payé chèrement leur lutte. Sept guerriers du désert étaient encore en vie ainsi que huit femmes et dix enfants. Leur situation était désespérée, d'autant plus que l'adversaire avait montré qu'il ne connaissait aucune pitié. Il était vraisemblable qu'aucun d'entre eux ne survivrait au matin. Avant même la pointe du jour, l'ennemi sans visage attaquerait de nouveau et la nuit se terminerait dans un bain de sang.

Sarah se tourna vers Kamal, Sir Jeffrey et Milton Fox qui s'étaient réunis pour un bref conciliabule.

– Des suggestions, gentlemen ? Je vous serais particulièrement reconnaissante de nous donner une idée nous permettant de sauver notre tête. Je doute toutefois qu'il y en ait une…

– Je pense pourtant qu'il existe une meilleure solution que de se faire hacher menu par ces gens masqués, dit Milton Fox.

– Réellement ?

Sarah le regardait d'un air interrogatif.

– Je vous écoute, inspecteur.

– Eh bien, je suis d'avis de faire parvenir une offre de négociations à nos adversaires. Si nous capitulons et si nous parvenons à négocier les conditions d'un armistice…

– Des conditions ?

Kamal eut un rire forcé.

– Vous savez à quoi ressemblent des conditions d'une capitulation dans le désert ?

– Eh bien, heu… non.

– Je vais vous le dire : les plus chanceux seront abattus. Auront de la chance également ceux qui seront lâchés sans une gorgée d'eau dans le désert où ils mourront misérablement.

– Et ceux qui en auront le moins ? s'enquit Sir Jeffrey en hésitant. J'ai peur de la réponse...

– La plupart du temps, ils seront vendus comme esclaves et attribués au plus offrant. Les hommes seront destinés au travail dans les mines où ils ne survivront pas deux mois. Les femmes et les enfants, par contre…

– Je ne tiens pas à tout savoir en détail, le coupa Sarah. Mais pensez-vous toujours que nous devrions négocier ?

– Eh bien, admit l'inspecteur de Scotland Yard, le visage rougissant. Dans ce cas particulier… Tiens, que se passe t-il ?

Fox dressa l'oreille au cri d'alarme lancé par l'une des sentinelles que Sarah et Kamal avaient réparties tout autour de la position. Le hussard désignait quelque chose dans l'obscurité.

Comme les feux ne brûlaient plus que très faiblement, il régnait tout autour du campement une obscurité presque complète.

Un homme seul s'approchait de leur position à cheval. Sarah, ayant en main le sabre de Hayden, regardait, inquiète, le cavalier. Elle soupira de soulagement en remarquant qu'il portait la tunique rouge des hussards de la couronne.

– Farnsworth ! C'est Farnsworth ! s'écria Fox, tout excité. Mais quelque chose clochait, aussi bien du côté du cheval que de celui du cavalier.

L'animal n'avançait que très lentement. Il s'arrêtait de plus en plus souvent et grattait des sabots tandis que sa silhouette semblait se dissoudre par pans entiers dans l'obscurité. Le soulagement fit place à l'effroi le plus complet lorsque Sarah vit que le corps qui était assis sur le dos du cheval n'avait plus de tête.

– Farnsworth… bredouilla Sir Jeffrey. Quelle horreur…

Parvenu à une distance d'environ dix yards, le cheval s'immobilisa, l'atroce chargement oscillant sur son dos. Le torse sans tête avait été maintenu sur la selle à l'aide de cordes passées sur deux lances croisées : un message dont la signification n'était que trop claire…

Atterrée, Sarah détourna le regard et fixa les visages de ses compagnons marqués par l'horreur. Sir Jeffrey se signa et récita des prières à voix basse. Milton Fox était devenu d'une blancheur de craie. Kamal murmura, d'une voix sans timbre :

– Le Mal. Durant tous ces millénaires, il n'a pas cessé son œuvre…

Sarah était désemparée. Tout son être se dressait contre une telle barbarie et elle éprouva une colère sans mesure à l'égard de cet ennemi inconnu. Elle ficha le sabre de Hayden dans le sable et se releva. Elle n'était plus à couvert, offrant une cible facile aux balles de l'ennemi et, dans sa colère, n'en avait rien à faire.

– Damnation ! cria-t-elle dans la nuit. Qu'est ceci ? Vous n'osez même pas vous montrer à une femme sans défense ?

Apparemment, il n'y eut aucune réaction. Sarah écarquillait les yeux pour percer la nuit, sachant que l'ennemi cruel se cachait quelque part dans l'obscurité, lorsque soudain une nouvelle silhouette se détacha sur les ténèbres.

C'était un autre cavalier qui, lui, avait gardé sa tête sur les épaules et arborait la tunique noire des assaillants. Son visage était emmitouflé jusqu'à ne plus offrir qu'une mince fente, et ses yeux brillaient à la lumière avare des flambeaux.

– Voyez-vous cela ! cria Sarah. Venez un peu ! Que les rats du désert voient votre visage !

Le cavalier étranger n'obtempéra pas. Il s'approcha jusqu'à vingt yards, certain que personne ne lui tirerait dessus. Ensuite il serra la bride de son cheval et lança à Sarah un regard qui lui fit bouillir le sang dans les veines.

– Vous êtes vaincus, proclama-t-il.

Son anglais était compréhensible malgré son fort accent arabe.

– Soit vous vous soumettez à nos conditions, soit vous ne verrez pas le jour.

– Vous osez poser des conditions alors que nous avons tué tant des vôtres ? fit Sarah avec aplomb.

– Dans les deux camps, des guerriers sont tombés. Votre nombre est réduit et vous n'avez presque plus de munitions. Vous ne survivrez pas à notre prochaine attaque. C'est pourquoi je vous conseille d'accepter nos conditions ou alors vous connaîtrez tous le même sort que la tunique rouge.

– Et à quoi ressemblent vos conditions ? lança Sarah.

Elle répugnait à l'admettre, mais le chef des agresseurs avait raison, mot pour mot. Voulez-vous nous réduire en esclavage et nous vendre à des trafiquants de Nubie ?

– Non, rétorqua le cavalier. Nous n'exigeons la reddition que d'une seule personne : Sarah Kincaid.

Entendre ainsi prononcer son nom provoqua une nausée chez la jeune femme. Pourtant, elle se contint. Ce fut un homme qui perdit son calme.

– *La*. C'est hors de question ! fit Kamal sur un ton catégorique.

– Il a raison, dit Sir Jeffrey.

– Alors, gentlemen, vous allez tous mourir, dit Sarah.

– Nous allons mourir de toute façon, fit Kamal en secouant la tête. Je te l'ai déjà dit, Sarah, ces gens ne sont bons qu'à détruire. La mort et la destruction les accompagnent. Quoi qu'ils promettent, ils nous tueront dans tous les cas.

Sarah se mordit les lèvres. Les femmes et les enfants avaient les yeux fixés sur elle. Sans comprendre la langue anglaise, ils avaient deviné ce que le cavalier exigeait, et leurs regards reflétaient un espoir qu'ils n'osaient pas formuler. Un espoir qu'il appartenait à Sarah de concrétiser ou de détruire…

– Que deviendront mes compagnons si je me rends ? demanda-t-elle à l'homme masqué.

– On les laissera partir.

– Qui nous garantit que vous tiendrez parole ? questionna Sarah en jurant que le visage du cavalier avait pris, sous le voile, une expression fourbe.

– Personne, reconnut-il. Tu devras nous faire confiance.

Sarah reprit son souffle. Pour avoir une idée de la confiance qu'elle pouvait accorder à ces gens, il lui suffisait de se rappeler ce qu'ils avaient fait subir au malheureux Farnsworth. Les hommes masqués avaient montré qu'ils ne reculaient devant aucune cruauté. Et Sarah devait s'en remettre à eux de son plein gré ?

– Sarah, ne fais pas ça, l'adjura Kamal qui parut lire dans ses pensées. Ça n'en vaut pas la peine…

– Pas la peine ?

Sarah secoua la tête.

– Nous avons ici des femmes et des enfants innocents…

– Ces femmes et ces enfants sont des Touaregs. Le combat est leur vie. Et ils feront ce qui est juste et nécessaire si l'on doit en arriver là.

– C'est-à-dire qu'ils mourront si je ne me livre pas.

– C'est le sort qui les attend, de toute façon. Les successeurs de Meheret ont pour coutume de ne pas tenir leur parole. La trahison les suit comme leur ombre. Vas-tu comprendre enfin ?

Sarah opina. Elle se rappelait parfaitement les paroles du vieil Ammon, et une partie d'elle-même sentait que Kamal avait raison. Cependant, devait-elle, sur la foi d'une simple présomption, laisser des femmes et des enfants aller à une mort certaine ?

Bien sûr, Sarah avait peur ; naturellement, elle redoutait d'être livrée au pouvoir de l'ennemi et d'être soumise à sa volonté, mais tant qu'il y aurait une chance, même minime, que les ennemis tiennent parole et que des innocents soient sauvés, elle la courrait.

– Je n'ai pas d'autre choix. Si je m'y refuse, alors nous sommes perdus de toute façon. Autrement, il leur reste au moins une chance de survivre…

– Une chance trompeuse, déclara Kamal.

– Comment pouvons-nous en être sûrs ? dit Milton Fox se joignant à Sarah. Ne pouvons-nous tout de même au moins ne pas exclure l'hypothèse que l'homme dise la vérité ? Que, cette fois-ci, ils tiendront parole ? Cela me paraît être une attitude plus raisonnable que de se refuser à toute négociation et de se préparer à une mort certaine.

– Avec votre permission, inspecteur, dit Sir Jeffrey avant même que quiconque ait eu le temps de répliquer quoi que ce soit, vous êtes un épouvantable lâche. Pour sauver votre peau, vous ne reculez pas devant l'idée de livrer à ces barbares une lady que l'on doit protéger !

– Qu'il faut protéger ?

L'inspecteur leva ses minces sourcils.

– Je ne suis ni le garde du corps de Lady Kincaid ni son accompagnateur attitré ; je ne comprends donc pas votre objection, Sir Jeffrey.

– Non ?

Le conseiller royal le foudroya du regard.

– Peut-être ne le comprenez-vous réellement pas… Je me demande en tout cas comment vous pourrez vous regarder dans un miroir sans avoir des larmes de honte aux yeux. Lady Kincaid – il se retourna vers Sarah – j'admire votre courage et votre attitude, mais je ne permettrai pas que vous soyez livrée seule à l'ennemi. Si vous deviez vous y résoudre, alors je vous accompagnerai.

– C'est très chevaleresque de votre part, Sir Jeffrey, répliqua Sarah, mais l'on n'a exigé que ma reddition, et je ne permettrai donc pas…

– Je vais venir moi aussi, déclara Kamal qui se leva en se défaisant du *tagelmust*.

– Non, Kamal, je ne veux pas. Tu as déjà fait beaucoup…

– C'est la décision que j'ai prise, souligna-t-il. *Inch Allah*.

L'intonation de sa voix avait quelque chose de si définitif que Sarah devina qu'une contestation n'aurait aucun sens. De surcroît, la fidélité de ses deux compagnons lui tenait tant à cœur que la voix lui manqua pendant un moment. Quel long chemin, à tous égards, elle avait parcouru depuis son départ du Caire…

Sarah porta son regard de l'un à l'autre et reçut à chaque fois un signe ferme d'assentiment. Elle respira profondément, avala l'air de la nuit saturé de fumée âcre et se retourna finalement vers le cavalier.

– Je suis d'accord, déclara-t-elle d'une voix ferme. Je vais me porter volontaire à la condition que mes compagnons soient libérés.

– Bien sûr, fit le cavalier.

– De plus, ces deux gentlemen vont m'accompagner.

L'homme masqué se mit à rire.

– Si cela vous fait plaisir. Nul ne doit penser que nous ne vous avons pas traités avec justice…

– En effet, répliqua Sarah avec amertume, tout en lançant un regard au torse du sous-lieutenant Farnsworth. Mais, bien sûr, il me faut une marque de confiance. J'exige que nos gens puissent partir tout de suite. Ils doivent recevoir suffisamment de provisions et d'eau et huit chameaux pour transporter les enfants et les blessés.

– Que vas-tu demander d'autre, femme ?

– Si votre mission est de me capturer vivante, vous remplirez toutes mes conditions, répliqua tranquillement Sarah en lui lançant un regard de défi.

L'homme prit son temps pour répondre, mais donna un signe d'assentiment.

– *Madbut.*

Kamal adressa à Sarah un sourire de reconnaissance, puis il se retourna vers les Touaregs qui restaient et échangea quelques mots avec eux. Comme ils s'entretenaient dans leur langue, Sarah ne pouvait pas comprendre, mais elle entendit comment Kamal insistait sur certains passages et vit combien il soulignait cela de gestes véhéments.

Les guerriers hochèrent la tête et allèrent se préparer au départ. Les Touaregs étaient des nomades et ils avaient l'habitude d'aller de campement en campement ; ils ne mirent donc pas longtemps à rassembler le peu de chose qu'on leur avait laissé : pour l'essentiel, de l'eau et quelques provisions. Les armes à feu, sans leurs munitions, n'avaient aucun intérêt, mais ils les prirent tout de même. Huit des chameaux, qui erraient, sans maître, au milieu des décombres du village, furent chargés du minimum vital. Les blessés, parmi lesquels Hayden toujours sans connaissance, furent hissés sur des brancards de fortune formés à la hâte avec des montants de tente.

Kamal transmit le commandement à l'un de ses Touaregs, pendant que Sarah confiait l'autorité sur les hussards à Milton Fox. Naturellement, elle indiqua à l'inspecteur qu'en cas d'urgence il devrait se conformer aux instructions du Touareg qui disposait d'une expérience inégalable en matière de survie dans le désert. Sous les yeux du cavalier masqué qui était resté immobile sur son cheval et avait assisté à tout, la petite caravane quitta le campement. Rapidement, elle disparut derrière la première dune. Seuls Sarah, Sir Jeffrey et Kamal restaient.

Ils ne demeurèrent pas seuls longtemps, car soudain la nuit parut s'animer tout autour d'eux.

Des guerriers vêtus de noir, qui, à la faveur de l'obscurité, s'étaient rapprochés du campement, surgirent, et Sarah sut qu'elle avait agi comme il le fallait. Si elle s'y était refusée, ses compagnons tout comme les femmes et les enfants des Touaregs seraient déjà morts.

Les hommes s'emparèrent de Sarah et de ses compagnons, prirent leurs armes, entravèrent leurs mains et bandèrent leurs yeux afin qu'ils ne puissent pas voir le chemin qu'ils allaient prendre.

Ils marchèrent ainsi à la rencontre de leur destin.

V

Compte rendu sur l'expédition

J'ai été emmenée, avec mes compagnons, en un lieu inconnu. Comme je n'ai plus la notion du temps, je ne suis pas capable d'évaluer la durée de notre périple qui s'est accompli à pied au début, puis à dos de cheval.

Cela fait longtemps que le jour s'est levé. Quelle distance avons-nous parcourue ? Impossible à dire. Et je ne sais pas non plus ce qu'il est advenu de mes compagnons auxquels avait été promis la liberté. Quant à ce qui nous attend, Sir Jeffrey, Kamal et moi, je ne peux que me livrer à des spéculations. J'ai beau leur être reconnaissante d'avoir voulu m'accompagner, leur décision n'en était pas moins insensée. Car il me paraît évident qu'aucun d'entre nous ne quittera vivant le camp des conjurés.

Le moment où l'on dénoua son bandeau fut mitigé pour Sarah, balançant entre préoccupation et joie. La préoccupation, c'était à cause de leur situation ; mais le souci s'évanouit lorsqu'elle vit en quelle compagnie elle se trouvait.

Ses ravisseurs l'avaient enfermée avec Sir Jeffrey et Kamal dans une cabane édifiée en pierres naturelles. A travers les interstices subsistant entre les pierres passait la lumière du soleil qui se propageait en traits lumineux dans l'air poussiéreux. Et de l'autre côté des barreaux, dans le coin le plus reculé de l'habitation rustique, se tenait un homme que Sarah connaissait bien.

Sa peau était brunie par le soleil, ses cheveux et sa barbe étaient en broussaille et ses vêtements en lambeaux.

Mais l'homme qui était assis là-bas contre la cloison était sans conteste Mortimer Laydon ! En dépit des conditions dramatiques de ces retrouvailles, Sarah avait peine à croire en son bonheur.

– Oncle Mortimer ?

Laydon ne réagit pas. Le médecin de la couronne avait perdu du poids, ses joues étaient amaigries et creusées, sa poitrine s'élevait et s'abaissait avec des sifflements dans la respiration.

– Mon oncle, dit-elle d'une voix plus forte.

Et Mortimer Laydon revint à la vie. Il ouvrit les yeux, battit des paupières, regarda d'un air désemparé autour de lui, comme s'il avait oublié dans quel endroit il se trouvait. Les chaînes enserrant ses poignets cliquetèrent doucement lorsqu'il se redressa. Enfin, il reconnut Sarah.

– Bonjour, oncle Mortimer, murmura-t-elle.

– Sarah ?

Il la fixa, incrédule.

– Ce n'est pas possible ! Ce ne peut être qu'un tour que me joue mon esprit abusé…

– Ce n'est pas un rêve, vieil ami, je peux vous l'affirmer, répondit Sir Jeffrey. Votre nièce est aussi vraie que je le suis ; et, malheureusement, aussi vraie que ces murs qui nous retiennent captifs.

– Jeffrey, mon vieil ami… Sarah. Des larmes d'émotion jaillirent des yeux de Laydon. Comment est-ce possible ? Je suis déjà mort et je me trouve au ciel ?

– Non, mon oncle.

Sarah rit malgré elle. Tu es toujours bien vivant et, comme Sir Jeffrey vient de le dire, ce n'est pas un rêve, mais la réalité. Nous sommes venus pour te délivrer…

– Le Seigneur vous bénisse mille fois…

Laydon toucha Kamal qui se trouvait par terre près de Sarah et de Hull, et qui était enchaîné comme eux.

– Et lui, qui est-ce ?

– C'est Kamal, oncle Mortimer, expliqua Sarah. Un ami qui nous a beaucoup aidés.

– Je comprends… Mais comment m'avez-vous retrouvé ? Et comment êtes-vous parvenus jusqu'ici ? Vous êtes prisonniers comme moi…

– C'est une longue histoire, dit Sarah en s'efforçant de lui relater brièvement ce qui s'était passé depuis l'enlèvement de Laydon, tantôt en éludant des éléments, tantôt en mettant des faits en lumière afin de lui livrer un résumé aussi succinct que possible des événements.

– Par tout ce qui m'est cher, murmura Laydon après qu'elle lui eut fait son rapport, vous n'auriez jamais dû venir. Vous n'auriez jamais dû partir à ma recherche. L'ennemi auquel nous avons affaire est dangereux, ce sont des fanatiques, de véritables démons à forme humaine…

– Qui sont-ils ? s'enquit Sir Jeffrey. Avez-vous pu trouver quelque chose sur ces gens ?

– Pas vraiment.

Laydon secoua la tête.

– Seulement qu'ils se nomment les « héritiers de Meheret », quoi que cela puisse signifier, et qu'ils courent derrière quelque chose qu'ils décrivent comme étant « l'Ombre ». Ils portent des habits noirs, cachent leurs visages, et la plupart d'entre eux sont arabes.

– La plupart ? releva Sarah. Donc, pas tous ?

– Non, il y a un Blanc parmi eux. Et je crains qu'il ne s'agisse d'un de nos compatriotes.

– Un Anglais serait parmi ces barbares ?

Le visage de Jeffrey Hull changea d'expression.

– Je n'arrive pas à y croire…

– Et il n'y a pas que cela, Sir Jeffrey, dit Sarah dans un sourire sec. L'Anglais est aussi le chef de la bande.

– C'est exact, admit l'oncle. J'ai entendu dire à plusieurs reprises que c'est lui qui donne les instructions aux autres. D'où sais-tu cela, mon enfant ?

– Depuis le début, j'ai eu l'intuition que les informations dont ces gens disposent sur la famille royale sont bien plus intimes que ce dont disposerait une poignée de comploteurs égyptiens. Nous avons affaire à une conspiration très organisée, et j'ai toutes les raisons de penser que la Ligue égyptienne y est impliquée.

– La Ligue ?

Laydon la fixa, interloqué.

– Sais-tu bien ce que tu dis, mon enfant ?

– Je pense que c'est le cas, mon oncle.

– Mais, objecta Sir Jeffrey, déconcerté, pourquoi durant tout ce temps ne m'avez-vous rien dit ?

– Parce que cela n'aurait rien changé à notre mission, rétorqua Sarah, et parce que, d'autre part, je ne pouvais être sûre…

– … que je ne sois pas celui qui est passé à l'ennemi, compléta Sir Jeffrey, le visage impassible. Je comprends.

– Pardonnez ma défiance, mais du Gard et moi-même étions d'avis que ce serait la seule possibilité de découvrir si un traître se trouvait parmi nous. Maintenant que du Gard est mort, je ne vois pas pourquoi…

– Du Gard est mort ? demanda Laydon, accablé.

La mort du Français était un point que Sarah avait passé sous silence parce qu'il lui était toujours difficile de l'évoquer.

– Oui, confirma-t-elle laconiquement.

Mortimer Laydon se mordit les lèvres.

– Sarah. Je suis désolé. La pensée que l'ami en qui tu avais confiance a perdu la vie en se mettant à ma recherche m'est insupportable…

– Je sais, oncle Mortimer, chercha-t-elle à le calmer. Ne te fais pas de soucis pour cela. Si quelqu'un doit porter la responsabilité de ce qui est arrivé, c'est bien moi. Peut-être avais-tu raison, Kamal, nous avons mis le doigt sur quelque chose qui aurait dû rester caché, et nous en payons maintenant le prix.

– Vous ne devez pas dire cela, objecta Sir Jeffrey avant même que le Touareg ait pu répondre. Vous oubliez que cette quête ne concernait pas seulement votre oncle, mais qu'elle visait aussi à arracher au passé l'un de ses grands secrets, peut-être même le dernier secret important. Et vous êtes vraiment allée loin dans cette voie, Lady Kincaid ! Vous avez fait faire à l'archéologie un pas important, et je suis sûr que votre père serait très fier de vous.

Sarah secoua la tête.

– À peine, Sir Jeffrey. Mon père s'était jeté à corps perdu dans l'archéologie ; il avait trouvé dans l'étude du passé un but et une raison d'être. Mais il n'aurait jamais applaudi à une découverte scientifique qui se serait payée du sang d'êtres innocents.

– Absurde, grogna Sir Jeffrey. Tout cela est du passé. Vous n'auriez pas pu l'éviter. Personne ne pouvait s'attendre à l'attaque de ces brutes, et les grandes découvertes ont, de tout temps, exigé des victimes.

– De grandes découvertes ?

Mortimer Laydon regarda Sarah d'un air interrogatif.

– Sais-tu ce que recherchent les adeptes de cette secte ?

– Cela, non, fit Sarah. Mais je sais où se trouve l'endroit qu'ils appellent « l'Ombre de Thot ». C'est là que demeure caché ce qui est recherché en vain depuis trois mille ans : le Livre de Thot avec tous les secrets qu'il recèle. Je savais que cette quête me conduirait tôt ou tard à toi, oncle Mortimer.

– C'est… c'est incroyable, balbutia le médecin. Et comment cela ?…

– Silence, intima Kamal qui n'avait pas dit un mot jusque-là. J'entends des pas. Quelqu'un vient.

Effectivement, des pas crissaient sur le sable et se rapprochaient rapidement. Les rayons de soleil éclairant l'intérieur de la cabane vacillèrent, et la porte de bois vermoulu s'ouvrit. Un homme de grande taille, vêtu de noir de pied en cap, entra. Sarah reconnut aussitôt le chef des guerriers avec lequel elle avait négocié pendant la nuit.

– Bien, dit-il dans un anglais courant, teinté d'un fort accent. Je vois que vous avez de la compagnie, docteur. Êtes-vous satisfait, à présent ?

Laydon eut un signe de dénégation.

– Pas du tout… Je ne serai satisfait que lorsque nous serons tous libres et lorsque vous serez pendus.

L'homme masqué laissa fuser un rire rude.

– Nous n'en sommes pas là, docteur !

– N'en soyez pas si sûr, dit Sarah. Pourquoi nous retenez-vous ici ? Qu'avez-vous l'intention de faire de nous ? Quel but poursuivez-vous ?

– Tu sais exactement ce que nous cherchons, femme.

– Bien sûr, mais vous ne l'obtiendrez pas.

– N'en sois pas si certaine. Nous savons de source sûre que tu connais l'endroit où le secret est caché.

– Et même si c'était le cas ? reprit Sarah d'un ton impertinent. Croyez-vous vraiment que je le dirais à votre bande d'assassins sans foi ni loi ?

Leur commandant secoua la tête.

– Vraisemblablement pas. A moins que je ne trouve un moyen de t'en persuader.

Sarah laissa échapper un rire sarcastique.

– Comment ?

– Peut-être comme cela, rétorqua l'Arabe, tirant son arme de sous son caftan, un revolver armé, et faisant feu immédiatement sur Sir Jeffrey.

– Non ! cria Sarah, atterrée, mais il était déjà trop tard.

Jeffrey Hull avait été comme frappé par le tonnerre. Il fixait sa jambe droite dont le haut de la cuisse portait un trou sanglant de la grosseur d'un doigt. Du sang s'échappait en inondant les jambes du pantalon et le sol. Le visage du conseiller de la couronne devint d'une blancheur de craie et il faillit s'évanouir.

– Bougre de cochon ! cria Sarah en tentant de se libérer de ses liens.

Le guerrier ne se montra pas impressionné.

– Quoi donc ? interrogea-t-il en dirigeant son arme sur Mortimer Laydon. Dois-je continuer ? Maintenant que tu as vu comment tes amis peuvent perdre leurs membres, tu vas sûrement changer d'opinion. Tu peux leur épargner ce désagrément…

Sarah eut le sentiment que le sol se dérobait sous ses pieds et elle dut s'avouer successivement que ses chances étaient nulles contre une force sans scrupules. L'homme l'avait touchée à son point le plus sensible ; elle n'aurait pas la force de rester sans rien faire tandis que ses compagnons seraient massacrés sous ses yeux.

Sa poitrine se souleva en un spasme, et ses poings se serrèrent dans une colère impuissante. Il était désormais clair qu'elle devrait faire ce que l'on exigerait d'elle, sinon les autres mourraient.

– Ne leur dis rien, Sarah, grinça Kamal. Ils nous tueront de toute façon.

– Silence, chien ! lui ordonna l'homme masqué. En tant que fils du désert, tu devrais savoir qu'il y a bien des manières de mourir, et toutes, de loin, ne sont pas rapides ni faciles.

Il rejeta sa tête en arrière et eut un rire sardonique.

Sarah, pour la première fois de sa vie, éprouva une vraie haine. Une rage sans nom à l'égard de leur geôlier. Par ailleurs, qu'il soit fait selon sa volonté. Il fallait en passer par là. Mais qu'ils ne croient pas, lui et les autres conjurés, qu'ils allaient triompher…

– D'accord, lança-t-elle à haute et intelligible voie, apparemment résignée. Vous avez gagné. Je vais rechercher pour vous l'Ombre de Thot et vous révéler le secret. Mais à la condition que Kamal m'accompagne.

– Ce chien galeux ?

Il regarda avec dédain le Touareg.

– Il était le guide de mon expédition et j'ai besoin de lui, expliqua Sarah d'un ton catégorique. Et j'exige que le docteur Laydon soigne la blessure infligée à mon autre compagnon de voyage. Il est médecin, il pourra l'aider.

Les yeux qui les fixaient à travers l'ouverture laissée par le turban allèrent d'un captif à l'autre.

– Entendu. Quand veux-tu te mettre en route ?

– A la tombée du jour. Je dois pouvoir m'orienter sur la position des étoiles.

– *Madbus*, déclara le bandit. Je suis d'accord.

– J'ai besoin d'outils pour creuser et de cordes. Et puis d'armes.

– Pour quoi faire ?

– Pour pouvoir nous défendre si nous sommes attaqués. Pour quelle autre raison, sinon ?

– Vous aurez des outils, mais pas d'armes. Tu ne devrais pas commettre l'erreur de me prendre pour un idiot, femme. Nous vous surveillerons étroitement. Et si vous faites mine de vouloir vous échapper ou de nous jouer un tour, alors vos compagnons ici mourront d'une mort atroce, je vous le promets.

– Où est votre chef ? exigea de savoir Sarah.

– Pourquoi ?

– Je souhaiterais lui parler avant que nous partions.

Le commandant des forbans se contenta de rire.

– Tu exiges trop, femme, dit-il avant de se détourner et de quitter la cabane.

Au passage, il donna à l'un de ses spadassins l'ordre d'ôter les chaînes de Mortimer Laydon de manière qu'il puisse soigner la blessure de Sir Jeffrey.

– *Naharak sarid* ! lança-t-il.

– Bien le bonjour, répliqua Sarah en anglais.

Puis les captifs furent à nouveau seuls.

– A quelque chose malheur est bon, constata Laydon en examinant la jambe du conseiller royal qui gémissait de douleur. C'est une simple blessure dans la chair. Je vais retirer la balle et cautériser. Mais, Sarah, qu'est-ce qui t'a pris ?

– J'ai fait ce que je devais faire, répliqua-t-elle.

– Tu as fait un noble choix pour la vie de tes amis,

admit Kamal. Mais cela n'a pas été une bonne décision. As-tu oublié ce qu'el-Hakim t'a dit ? Que le secret de Thot doit être préservé à tout prix ?

– Je n'ai pas oublié les paroles du sage, assura Sarah. Mais je me rappelle aussi la promesse que je lui ai faite.

– C'est de cela qu'il s'agit ? De tenir ta promesse ?

Le regard de Kamal trahit le scepticisme.

– Je t'accorde qu'il y a eu une période où je n'en étais pas très sûre, concéda Sarah. J'avais espéré que l'on n'en viendrait pas à cette extrémité et que je ne serais pas obligée de tenir mon serment. Mais là, je vois que je n'ai pas d'autre choix.

– Pas d'autre choix ? demanda Mortimer Laydon tandis qu'il déchirait une manche de sa chemise en lambeaux pour en faire un garrot destiné à arrêter l'hémorragie. Qu'est-ce que ça signifie ? De quoi parlez-vous ?

– Nous disons que le secret de Thot ne doit jamais tomber entre les mains des adeptes de cette secte, dévoila Sarah en murmurant. Avant de me donner un indice décisif, Ammon el-Hakim m'a arraché la promesse de tout mettre en œuvre pour que jamais l'ennemi, qui en ferait l'usage le plus redoutable, n'obtienne le Feu de Ré. J'avoue que je suis poussée aussi par la curiosité, que je voudrais bien savoir si cette arme légendaire de l'Antiquité existe effectivement et, si c'est le cas, j'entreprendrai tout ce qui est humainement possible pour la détruire.

– Comment ? demanda Kamal, inquiet.

– Nous verrons, le moment venu.

– N'aurait-il pas été plus avisé d'attendre, tout simplement ? Les héritiers de Meheret ne savent apparemment pas où trouver l'Ombre de Thot…

– Tôt ou tard, ils seraient venus tout de même à le découvrir. Mais aujourd'hui nous sommes ici, Kamal, et nous savons quelle menace fait planer le secret de Thot. Il nous appartient donc de le supprimer une fois pour toutes. C'est là notre destin.

– *Inch Allah*, murmura Kamal.

– *Inch Allah.*

Stuart Hayden avait repris connaissance, mais le prix était lourd à payer. La douleur fulgurante se diffusant à travers son bras blessé était si aiguë que l'officier eut l'impression que la moitié droite de son corps allait se détacher. Il s'efforça, à grand-peine, de se maintenir sur la selle. Un jeune Touareg était assis avec lui, juché entre les deux bosses du chameau, cherchant à se protéger en s'agrippant à l'uniforme rouge de Hayden. Le jeune garçon avait perdu son père dans le combat contre les guerriers masqués.

Hayden se sentait misérable et abattu, pas seulement à cause de sa blessure qui le lançait et lui donnait de la fièvre, mais aussi à cause de cette mauvaise conscience qu'il éprouvait. La pensée que Sarah s'était sacrifiée délibérément pour sauver la vie des soldats blessés et des familles des Touaregs lui était insupportable. Non pas qu'il considérât que sa décision à elle était mauvaise, car, compte tenu de la situation, il n'y avait guère eu d'alternative, mais parce qu'en homme d'honneur Hayden estimait de son devoir de l'accompagner au campement de l'ennemi, comme Sir Jeffrey et même Kamal l'avaient fait.

Qu'il ait été blessé et que lors des négociations il fût inconscient ne consolaient pas Hayden. Mais qu'au même moment, ce Kamal, qu'il suspectait depuis le début, se soit révélé non seulement être le prince d'une tribu, mais s'était montré un vrai homme d'honneur, voilà qui fâchait vraiment l'officier de la couronne.

Il lui déplaisait que d'autres aient dû se sacrifier par héroïsme tandis qu'il avait été condamné à l'inaction. Tout l'incitait à faire demi-tour, ce qu'il aurait fait s'il n'avait su que ce serait un pur suicide ne servant à personne.

– Comment vous sentez-vous, capitaine ?

Milton Fox avait poussé sa monture près de Hayden. Ils avaient dû chevaucher toute la nuit pour mettre rapidement le plus de distance avec les hommes masqués et faire en sorte que s'éloigne le danger menaçant les femmes et les enfants de la tribu touareg.

Pour l'instant, la caravane des vaincus traversait le lit d'un oued à sec depuis des temps immémoriaux, bordé des deux côtés par des falaises rocheuses.

– Comment pourrais-je me sentir ? répliqua Hayden, aussi laconique que mordant. Je suis comme un homme qui a été blessé, vaincu et humilié.

– Je sais ce que vous ressentez, opina l'inspecteur. Au début, je croyais que c'était une bonne idée d'échanger la vie de Lady Kincaid contre la nôtre, mais plus j'y pense…

Hayden lui jeta un regard fiévreux.

– Quoi ? Avez-vous quelque chose sur la conscience, inspecteur ?

Une expression d'embarras passa sur les traits fins de Fox.

– Absurde. Nous n'avions plus de munitions et nous étions virtuellement vaincus. Nous n'avions pas d'autre choix que de nous rendre…

Hayden eut un rire grinçant.

– On a toujours un autre choix, inspecteur.

– Epargnez-moi vos sermons sur l'honneur et la bienséance, capitaine. Les grands discours ne nous mènent pas loin. Même vous, vous n'auriez pas pu sauver la vie de Lady Kincaid. Ce qui est arrivé est désormais du passé.

– Ah bon ?

Le regard de Hayden pesa sur lui aussi durement que les rayons du soleil tombant sur le rebord du précipice.

– Mais alors pourquoi me parlez-vous de cela ?

– Peut-être parce que je m'attends à un peu de compréhension de votre part.

– De la compréhension ?

Hayden secoua la tête.

– Vous n'attendez de moi aucune compréhension, inspecteur. Vous voulez une absolution que je ne peux pas vous offrir. Pour ce que vous avez fait, vous ne devez vous en prendre qu'à vous, de même qu'en ce qui me concerne, je ne peux m'en prendre qu'à moi. Mon devoir était de protéger Lady Kincaid et j'ai échoué. Exactement comme vous, inspecteur...

– Sapristi, qu'aurais-je dû faire, sinon ? explosa Fox. Me sacrifier comme Hull et Kamal l'ont fait ? Qu'y aurait-on gagné ? Croyez-moi, Hayden, si j'avais la possibilité de livrer combat à ces déguisés, je n'hésiterais pas un seul instant et je verserais mon sang jusqu'à la dernière goutte !

– Soyez prudents dans vos vœux, inspecteur, dit sèchement Hayden.

– Pourquoi ? Qu'y a-t-il ?

Hayden ne répondit pas. Au lieu de cela, il indiqua du menton le flanc oriental de la gorge. Et Fox tressaillit lorsqu'il suivit son regard. Car le bord de l'arête rocheuse s'était couvert de silhouettes se découpant, pointues et menaçantes dans la lumière du soleil levant.

C'étaient des cavaliers, emmitouflés jusqu'à en être méconnaissables, et armés de lances.

– Mon Dieu, murmura Milton Fox lorsqu'il comprit que le passé les avait bel et bien rattrapés.

VI

Rapport sur l'expédition

A la tombée de la nuit, Kamal et moi avons quitté le camp.

Mortimer Laydon et Sir Jeffrey, toujours inconscient depuis qu'on lui a retiré la balle de sa blessure, sont restés en captivité. Nous n'avons pas pu voir le visage du chef occidental des mystérieux ravisseurs et ne savons toujours pas qui tire les ficelles.

Nous n'avons plus le temps, pour l'instant, de nous poser des questions. Notre attention tout entière doit se reporter sur la quête du secret de Thot qui est maintenant sur le point d'être découvert. Nous devons consacrer toutes nos forces à ce qu'il ne tombe pas en de mauvaises mains. Nous ne savons pas encore ce que nous devons chercher, mais sommes parvenus de nouveau sur la piste indiquée par les étoiles et qui doit conduire à ce lieu connu dans l'ancien temps sous le nom d'« Ombre de Thot ».

Le chameau mettait péniblement un pas devant l'autre. La bête était vieille et souffrait d'une soif extrême. De l'écume s'était formée sur sa gueule, sa respiration était devenue sifflante et saccadée.

Naturellement, ce n'était pas un hasard si on leur avait alloué un animal à ce point épuisé. Les héritiers de Meheret entendaient éviter ainsi que Sarah et Kamal en profitent pour s'échapper. Comme si le fait que leurs compagnons soient encore en captivité n'était pas suffisant pour les retenir. On leur avait refusé la moindre arme, pour la même raison, et leurs stocks de vivres et d'eau étaient des plus réduits. Sarah avait calculé en se basant sur les constellations qu'ils atteindraient l'Ombre de Thot dans douze heures. On avait donc aussi rationné au plus juste l'approvisionnement qu'on leur avait remis. Que Sarah se trompe, ou que la carte stellaire du temple de Hermopolis mente, et ils étaient condamnés à périr dans le désert.

Kamal ne cachait pas que cette affaire lui déplaisait au plus haut point. Aux yeux du Touareg dont la tribu avait veillé, depuis des générations, à préserver le secret, c'était une trahison de coopérer avec l'ennemi. Sarah partait plutôt du principe que la fuite en avant était la seule issue offerte pour l'instant.

La jeune femme avait, au début, encore douté qu'il y eût effectivement une arme mystérieuse ; elle avait considéré cela comme un mythe dont il y avait tant d'exemples dans l'histoire, mais au fur et à mesure de sa recherche, il lui était apparu qu'un simple mythe n'aurait pas pu perdurer pendant des millénaires. Le secret de Thot n'était pas une simple fantasmagorie, mais une amère réalité.

La chevauchée dura toute la nuit.

Kamal était installé devant, sur la selle, et guidait le chameau en lui tenant la bride serrée, tandis que Sarah consultait ses notes, vérifiant sans cesse, à la position des étoiles, la direction dans laquelle ils se déplaçaient. Une fois, ils rencontrèrent un trou d'eau et y descendirent dans l'espoir de faire boire le chameau et renouveler leurs réserves, mais l'eau était contaminée et croupie. Comme si le désert s'était fait l'allié des héritiers de Meheret.

Ils continuèrent toujours plus loin vers le nord-ouest, traversèrent une étendue austère parsemée d'éboulis de roches et tombèrent finalement à nouveau sur des dunes balayées par le léger vent tiède de la nuit.

Lorsque le matin fit son apparition à l'est et que le bleu sombre se fût dissous dans le désert, la froide clarté des étoiles pâlit et, avec elle, la moindre possibilité de s'orienter.

Sarah allait proposer de dresser le bivouac et d'attendre jusqu'à la tombée de la nuit, lorsque Kamal poussa un cri de stupéfaction. Sarah aperçut, dans le lointain, se détachant en violet dans l'aube aux doigts de rose, des formes acérées émergeant de l'ondulation des dunes.

– C'est là, murmura Kamal à voix basse, recueilli et consterné à la fois. « L'Ombre de Thot. »

– Alors, nous avons découvert l'endroit, dit Sarah d'une voix tremblante.

– Non, Sarah. Toi seule l'as découvert. Personne d'autre.

Leurs regards se croisèrent un long moment. Puis Kamal lâcha les rênes.

– *Yalla ! Yalla !* ordonna-t-il au chameau épuisé qui donna tout ce qu'il avait. Il s'arrêta, par-delà l'étroite crête d'une dune, parmi les formes aiguës des ruines millénaires de bâtiments édifiés en argile.

Des ouvertures sombres, pareilles à d'innombrables yeux, dardaient leurs regards à travers les murs effondrés qui se dressaient encore au-dessus d'une étendue rocheuse et au milieu desquels se détachait une tour solitaire. Jadis, ce pays devait avoir été une oasis verdoyante, un îlot de fertilité, entouré de palmeraies au milieu de la désolation du désert. Mais maintenant il n'y avait plus ici que le sable qui montait jusqu'au pied des montagnes et qui avait enseveli les ruines. De ce qui avait été autrefois une altière cité, il ne restait plus qu'une ville fantôme aux formes mouvementées se détachant dans la lumière du soir.

Le spectacle était d'une beauté à couper le souffle, mais oppressant. Sarah essayait de se représenter qu'à cet endroit il s'était déroulé la sanglante bataille au cours de laquelle les guerriers de Meheret avaient rencontré les partisans de Tezud défendant, au péril de leur vie, le secret de Thot.

Ça s'était produit ici : le Feu de Ré y avait montré pour la première fois toute sa puissance destructrice. Sarah ne put se départir de l'impression que l'horreur n'avait jamais quitté ces ruines. Par-delà les millénaires, les hommes avaient essayé de retrouver ce lieu légendaire et de lui ravir son secret. En vain. Et Sarah n'avait guère envie de suivre cette tradition.

– Le ressens-tu aussi ? demanda Kamal rempli de crainte respectueuse.

– A quoi penses-tu ?

– Au Mal, répondit sèchement le Touareg. Même après tout ce temps, il est toujours à l'œuvre.

– Non, répliqua Sarah hâtivement. Je ne ressens rien de tel. Tu te trompes...

– Si tu le dis.

Plus ils approchaient des ruines, plus Sarah ressentait elle aussi que, dans l'aube du désert, quelque chose s'était tapi ; quelque chose qui ne se laissait ni nommer ni décrire par des mots, mais qui incitait à la prudence.

Elle ne savait pas pourquoi elle avait voulu dissimuler ce qu'elle ressentait à Kamal. Sans doute parce qu'elle craignait que le Touareg tourne bride alors qu'une partie d'elle-même tenait tant à savoir ce qui se cachait derrière ces murs…

Ils avaient désormais presque atteint la ville fantôme dont les vestiges, malgré leur destruction, restaient empreints de solennité.

Pour une cité antique, le sanctuaire de Thot était d'importance, ce qui laissait conclure que Tezud avait dû compter, lors de sa fuite, des milliers d'hommes, dont non seulement des prêtres, mais aussi des soldats, des artisans et des esclaves. Il était difficile de se figurer que pendant les trois derniers millénaires personne n'ait pu découvrir ni fouler cet endroit.

Il était plus vraisemblable que personne n'en fût revenu pour en faire mention. Sarah et Kamal devraient être très prudents.

– T'es-tu aperçue qu'il n'y a aucun mur ? demanda Kamal.

Autour de la ville, il n'y avait effectivement ni enceinte ni installation de défense, pas même de vestiges les évoquant.

– Ce n'est pas tout à fait inhabituel, répartit Sarah. Au cours de l'histoire humaine, il y a toujours eu des cultures et des tribus ayant délibérément renoncé à l'édification d'installations de défense. L'exemple le plus connu est Sparte, où l'on était d'avis que les guerriers formaient eux-mêmes les murs de la cité. Il est fort probable que les prêtres de Thot aient eu une conception équivalente.

– Probablement, reprit Kamal. Ou bien ils s'en sont remis à la protection qu'était censée leur accorder le dieu de la lune grâce au Feu qu'il avait volé à Ré.

Les cheveux de Sarah se dressèrent sur sa tête lorsqu'elle prit conscience que Kamal n'avait sans doute que trop raison. Que la ville ne possédât aucune muraille était un premier indice objectif de l'existence réelle de l'arme mystérieuse : en s'en remettant au Feu de Ré, les constructeurs de l'Ombre de Thot avaient renoncé à ériger des murailles et, dans la lutte contre les guerriers de Meheret, cette stratégie s'était avérée payante.

Sarah serait bien volontiers descendue de selle et aurait commencé immédiatement les travaux d'excavation afin de vérifier si effectivement le sable avait conservé des traces d'une bataille. Qu'il en soit resté des ossements, des pointes de flèches ou des fragments de casques et d'autres éléments d'armures, les guerres faisaient partie de ces événements historiques qui se laissaient le mieux reconstituer par les archéologues. Mais il ne restait plus assez de temps pour des investigations scientifiques. Sarah et Kamal étaient venus pour le grand secret lui-même.

Enfin ils longèrent les bâtiments situés le plus à l'extérieur, des maisons d'argile gris avec des ouvertures rondes en guise de fenêtres et dont les toits, faits à l'origine de palmes, avaient depuis longtemps disparu. Ce qui restait des étages avait été recouvert par le sable. Entre les ruines serpentait une rue étroite partant en pente douce à l'assaut de la montagne.

Comme on ne pouvait pas s'y rendre en chameau, Kamal et Sarah descendirent de leur monture et laissèrent l'animal derrière eux. Le Touareg lui donna à boire de son eau, et ils déchargèrent le peu de bagages. Kamal noua la corde autour de sa poitrine et prit la pelle et la pioche, tandis que Sarah emportait la poche de cuir avec les torches. Chacun prit seulement une demi-outre d'eau.

Ainsi équipés, ils entamèrent leur marche à travers les rues étroites flanquées de murets grisâtres. A midi, lorsque le soleil était au zénith, il devait être impossible de tenir sous la chaleur, mais là, au petit matin, la marche à travers les ruelles exiguës était bien plus aisée. Le but était d'atteindre le sommet aplati de la montagne où se trouvait le point culminant de la cité, là où se dressait la tour que l'on pouvait voir de loin. Sarah était sûre que c'était le centre de la ville fantôme.

Ils passèrent devant des murs écroulés et des murets rabotés par le vent. Sarah et Kamal n'échangeaient aucune parole tandis qu'ils marchaient, tantôt dans des ruelles de plus en plus étroites, tantôt à travers les ruines de maisons effondrées. A cette occasion, Sarah éprouva alors de nouveau cette sensation étrange ; et cette fois elle ne s'en cacha pas.

– Je sens quelque chose, confia-t-elle à Kamal, mais je ne sais pas ce que c'est.

– Nous sommes observés, répondit le Touareg sèchement. Dans cette cité des morts, même les murs ont des yeux…

Sarah, oppressée, regarda alentour. Et elle eut, en effet, l'impression d'être observée par les ouvertures rondes des fenêtres comme par autant d'yeux invisibles surveillant leur moindre pas.

La jeune femme frissonna et elle eut du mal à se figurer que ces ruelles avaient pu être autrefois pleines de vie. On était plutôt enclin à croire que dans des temps reculés une malédiction avait frappé cet endroit, faisant fuir les êtres humains et transformant l'Ombre de Thot en une cité fantôme. Sarah chassa cette pensée et se força à la raison. C'était une scientifique et elle se devait d'être rationnelle.

Une rue s'élargissait devant eux, et l'éboulement de ruines avait dégagé une vue sur cette tour qui avait survécu à toutes les tempêtes de sable et à l'usure du temps. On pouvait nettement distinguer, à présent, les cinq pans des murs lui servant de fondation. La lumière du soleil levant en avait atteint le sommet et le faisait briller dans l'aube comme un fanal.

– C'est là que nous devons aller, fit Sarah avec conviction.

Kamal n'objecta rien et ils se frayèrent un chemin vers le sommet en passant par des murs grisâtres et échancrés. Plus ils avançaient, moins il y avait de sable recouvrant le sol. On pouvait deviner les marches qui avaient été autrefois creusées dans la roche au dos de la montagne. Sarah s'arrêta brusquement sur l'un de ces degrés, se pencha et balaya de la main de la poussière. Un hiéroglyphe gravé dans la roche apparut.

Le symbole d'un ibis.

Le signe de Thot.

– Je pense que nous sommes sur la bonne voie, constata-t-elle et, malgré sa tension, une note de triomphe perçait dans sa voix.

Même si elle n'était venue là que dans le but de détruire le secret, Sarah n'en était pas moins poussée par la curiosité. Car, avant de détruire le Livre de Thot, elle aurait le temps d'engranger des connaissances scientifiques…

Les marches se firent plus raides. Et plus Sarah montait, plus elle se sentait oppressée. Elle regarda autour d'elle, de nouveau, mais ne put découvrir personne, remarquant toutefois que tout était parfaitement silencieux. Pas un souffle d'air, pas un oiseau nichant dans les murs. Pas même des lézards ni des scorpions, pourtant si nombreux partout ailleurs dans le désert. Comme si les animaux avaient senti le danger du lieu et s'en tenaient à l'écart depuis des millénaires.

Ils franchirent une ancienne arcade qui avait tendu son arceau entre deux ruines et qu'un caprice de la nature avait laissée en l'état jusqu'à ce jour. Après quelques marches raides, ils se trouvèrent juste devant la tour.

La base de l'ouvrage, abîmé mais encore intact, était divisée en plusieurs bâtiments qui s'étaient effondrés en partie, bien qu'ils aient été passablement moins exposés aux tempêtes de sable et aux vents que la tour elle-même. L'ouvrage imposant surplombant la cité fantôme n'était pas construit en briques d'argile, comme les maisons, mais avait été érigé en pierre, ce qui dénotait l'importance particulière qui avait dû lui être accordée.

L'expression lugubre de Kamal confirma Sarah dans ses suppositions. Ils s'approchèrent, avec la plus grande prudence. Les battants en bois n'existaient plus depuis bien longtemps et l'entrée était à demi enfouie sous le sable ; à l'intérieur régnait une obscurité semblant impénétrable.

– Et maintenant ? demanda simplement Kamal.

– Qu'attendons-nous ?

Vidant sa sacoche, Sarah en sortit deux torches qu'elle alluma à l'aide du briquet. Elle en tendit une à Kamal. Ils franchirent, tendus par l'appréhension de l'inconnu, le seuil qu'un être humain n'avait pas foulé depuis bien longtemps.

Sarah eut l'impression de manquer d'air dès les premiers pas dans l'obscurité qui semblait ne céder qu'à regret à la lumière des torches. Une odeur de renfermé régnait à l'intérieur des vieux murs, et Sarah sentit son cœur lui monter aux lèvres. Elle s'efforça de respirer à fond et régulièrement. Au bout de quelques instants, le sentiment d'oppression s'effaça. Du moins jusqu'à ce qu'elle voie, dans la lumière vacillante, la créature hideuse qui allait se jeter sur son compagnon.

– Kamal !

Son cri étranglé fit se retourner le Touareg qui saisit son poignard, la seule arme qu'on lui avait laissée. Mais ce qui était juché là-haut sur une dalle de pierre et paraissait vouloir se jeter sur lui, avec ses dents menaçantes, n'était pas un être de chair et de sang. Taillée dans la pierre, ce n'était que la statue d'un babouin, cet autre animal que les anciens Egyptiens voyaient symboliquement dans le dieu de la lune Thot.

Le babouin ne répondait à aucune des caractéristiques de style artisanal auxquelles Sarah avait été accoutumée jusqu'à présent. Surdimensionnée, la statue était incroyablement réaliste, avec sa gueule grande ouverte et ses mâchoires écartées, comme s'il voulait déchirer tout intrus en lambeaux. Une colère et une haine sans bornes s'exprimaient sur ses traits taillés dans la pierre.

– Un gardien pour l'éternité, constata Kamal. Depuis des millénaires, il est là tapi à son poste et il a sûrement déjà mis en fuite plus d'un intrus.

– Théâtre d'ombres, commenta Sarah, irritée d'avoir eu aussi peur d'une statue. Celui qui voudra m'arrêter devra choisir d'autres moyens !

– Sois prudente dans ce que tu dis. Tu ne devrais pas défier le dieu de la lune. Même si à l'extérieur de ces murs un nouveau monde est né, ici, c'est encore son monde à lui et son temps. Nous ne sommes que des étrangers qui faisons une incursion dans son royaume… Tu ferais mieux de ne pas l'oublier.

Sarah voulut lancer une répartie cinglante, mais lorsqu'elle vit le sérieux de l'expression de Kamal, elle laissa tomber, notamment parce que le Touareg n'avait pas tort. Ailleurs, on pouvait certes fêter l'avènement de l'an de grâce 1884 et l'aube d'une époque dominée par la force mécanique et par la technique, mais, dans cet endroit sombre, cela n'avait plus guère d'importance. Ils étaient livrés aux humeurs du dieu de la lune comme tous ceux qui avaient tenté depuis les trois derniers millénaires d'en percer le secret.

La statue donnait à penser qu'ils se trouvaient toujours sur la bonne voie. Sarah et Kamal s'enfoncèrent davantage encore dans la pénombre vacillante. Au bout d'un moment, ils tombèrent sur une ouverture en forme de cercle creusée dans le sol, une ouverture depuis laquelle descendaient des marches menant dans les profondeurs, à l'intérieur même de la montagne. L'obscurité y régnant paraissait encore plus intense.

– C'est une chance que l'escalier tienne encore, constata Sarah.

– Une chance ou un destin, reprit Kamal en écho.

A la lumière des flambeaux traçant des ombres fugaces sur leurs visages, Sarah lança un regard à celui qui l'accompagnait.

– Tu ne crois pas que nous sommes là par hasard ?

– Rien ne se produit par hasard, Sarah, je te l'ai déjà dit, répliqua Kamal dans un murmure. Tout est prédestiné. Notre rencontre au Caire, les incidents à Unu, l'attaque du bateau, même la mort de ton ami du Gard. Qui d'autre sinon aurait pu la prédire ?

Sarah ne sut quoi répondre. Avec tout le passé qui semblait sortir du gouffre pour aller à sa rencontre, elle s'avoua que Kamal avait peut-être raison.

Peut-être était-elle l'instrument d'une puissance supérieure, au nom de laquelle elle devait déchiffrer le secret caché depuis si longtemps… Sarah prit alors conscience que cette idée lui plaisait. Car, si une telle puissance était capable d'influencer son destin, alors Sarah trouverait peut-être dans les profondeurs de la montagne ce qui avait été oublié dans le monde contemporain de matérialisme et de raison.

Le sens… La réponse sur la raison de tous les efforts…

– Je comprends ce que tu veux dire, reprit-elle à voix basse en tentant un sourire.

Ils s'adressèrent mutuellement un signe d'assentiment et, ensemble, abordèrent les marches plongeant en contrebas, dans les ténèbres menaçantes et un passé de trois millénaires.

La progression vers les profondeurs dura plus longtemps que Sarah ne l'aurait pensé. L'escalier était sans cesse traversé de brefs corridors, de sorte qu'ils crurent à plusieurs reprises en avoir atteint le bout. Mais il repartait de plus belle, les parois de pierre toujours décorées de hiéroglyphes. Sarah pouvait en déchiffrer certains : ils relataient les hauts faits du dieu Thot au début de la création ; d'autres, au contraire, paraissaient avoir été cryptés dans un code secret ancien qui n'aurait été connu que des initiés.

Kamal s'immobilisa devant certains de ces signes inconnus et les examina à la lueur de sa torche.

– Nous sommes sur le bon chemin, se contenta-t-il de dire.

– Tu peux lire ces signes ?

Sarah était étonnée.

– Certains d'entre eux. Tezud les a mis au point pour protéger le savoir secret. Il a instruit ses héritiers de la connaissance des signes, mais beaucoup se sont perdus au fil du temps.

Des degrés descendant abruptement les conduisirent encore plus bas ; le froid était tel à cette profondeur de la montagne qu'il fit grelotter Sarah. Il s'y mêlait une odeur qui augmentait à chaque pas.

– Tu sens, Kamal ?

Les parois renvoyaient ses paroles dans un murmure.

– *Naram*. C'est le souffle de la mort.

Les marches s'arrêtèrent soudain, et le boyau aboutit à un puits d'à peine cinq pieds de large. En son centre s'ouvrait un précipice. Il n'y avait plus de marches, mais seulement des encoches taillées dans la pierre comme on en trouve dans les pyramides.

Sarah se pencha et enjamba le puits, Kamal sur ses talons. Les torches devenaient un obstacle dans cette exiguïté, et la fumée piquait les yeux. Le puits descendait de manière de plus en plus raide. Sarah et Kamal devaient faire des pas de plus en plus petits pour ne pas glisser.

Il ne fut bientôt plus possible d'aller plus loin. Sarah tenta d'accrocher la corde et chercha une aspérité où l'attacher lorsqu'elle remarqua combien les semelles lisses de ses bottes perdaient de leur adhérence. Un cri aigu s'étrangla dans sa gorge lorsqu'elle sentit le sol se dérober sous ses pas. Elle chercha, en vain, à s'accrocher. En un instant, les sombres profondeurs avaient englouti Sarah Kincaid.

La torche encore en main, Sarah glissait en arrière dans le puits. Avec une vitesse à couper le souffle, elle s'enfonça dans l'obscurité dont elle sentait l'odeur pestilentielle. Terrifiée, elle se demandait ce qui l'attendait au bout, lorsque cette glissade prit soudain fin.

Ce fut comme si le puits la recrachait et elle atterrit les pieds en avant sur le sol dur. Elle chercha à se mettre debout, mais elle perdit l'équilibre et s'étala de tout son long. La torche lui échappa. Sarah resta prostrée un moment, juste à côté du flambeau qui continuait de se consumer, en éclairant par à-coups la voûte. En gémissant, Sarah voulut se remettre sur ses jambes pour voir où elle était tombée, lorsque le puits rejeta Kamal, qui, bravant sa peur, avait suivi Sarah dans les profondeurs.

Lui aussi prit contact sans douceur avec la pierre froide, et Sarah l'aida à se remettre sur ses jambes. Ensemble ils détaillèrent la chambre qui était située au plus profond de la montagne.

Et ils en furent effrayés. Car, depuis les innombrables niches creusées dans la roche, d'horribles grimaces les regardaient fixement.

Les visages défigurés avaient été placés le long des murs, et leur aspect était si étrange que Sarah eut besoin de plusieurs instants pour comprendre que ces formes avaient été autrefois des êtres humains.

Ils se dressaient là, dans les niches, comme une macabre décoration : des corps dont il ne restait que les os, dépouillés de leur chair et revêtus d'une peau parcheminée. Des crânes osseux pendaient des cheveux décolorés, et les bouches étaient ouvertes dans un cri muet. Sarah avait déjà vu de tels cadavres, des corps momifiés dont tous les éléments liquides avaient été aspirés et qui étaient restés préservés durant des millénaires. Mais jamais encore elle n'avait contemplé une telle épouvante sur les traits osseux. Quelque chose d'effroyable devait leur être arrivé…

– Les Meharai, murmura Kamal, rempli à la fois de respect et d'horreur.

– Qui donc ? dit Sarah en plissant le front.

– Les gardes du corps de Meheret. D'après la tradition, ils auraient résisté jusqu'au dernier à Tezud et à ses partisans. Jusqu'à ce que le Feu de Ré les atteigne et transforme leurs corps vivants en ce que tu vois. Les prêtres de Thot les ont disposés ici en signe de dissuasion et d'avertissement.

– Je comprends, répliqua Sarah sans force.

La pensée que les pupilles crevées dans les orbites évidées des momies avaient pu voir l'arme mystérieuse de l'Antiquité la fit frissonner. Ce qui l'angoissa davantage encore fut la pensée que le Feu de Ré était aussi la toute dernière chose qu'ils aient vue.

Passant devant les momies dont les regards semblaient les suivre pleins de reproches, Sarah et Kamal se hâtèrent vers l'autre extrémité de la chambre où il y avait un passage. C'était une porte étroite en pierre, aux deux extrémités de laquelle avaient été disposées des cartouches chargées de hiéroglyphes. Comme ces inscriptions étaient encore rédigées dans cette écriture qu'avait tenue secrète la caste de prêtres, ce fut Kamal qui les traduisit.

– C'est une sorte de mode d'emploi, constata le Touareg. Une explication pour parvenir au secret de Thot.

– Quel en est exactement le sens ?

– De ce côté de la porte, il est écrit : « Le chemin de la nuit parcourra celui qui cherche le secret de la lune. » Et de l'autre côté : « Mais qu'il prenne garde, celui qui aspire au savoir… »

– « … à ce qui est tapi dans l'obscurité », compléta Sarah d'une voix atone.

– Tu connais le contenu ?

Kamal était ébahi.

Sarah opina.

– El-Hakim m'a cité ces paroles lorsque je lui ai rendu visite, mais sans savoir à quoi elles correspondaient. Il me disait que, le moment venu, je comprendrais leur signification.

– Et voilà... apparemment nous y sommes, dit Kamal.

Sarah empoigna fermement sa torche et voulut, sur une rapide impulsion, franchir la porte étroite, mais Kamal la retint avec un regard d'avertissement.

– Je sais, fit Sarah à voix basse.

Elle effleura doucement, mais fermement, la main de son compagnon, et ensemble ils s'avancèrent dans l'obscurité qui semblait absorber la lueur des torches.

Leur cercle de lumière portait à quelques yards de là seulement ; trop peu pour que Sarah et Kamal puissent voir autour d'eux, mais juste assez pour qu'ils distinguent le chemin. Le courant d'air froid qui les accueillit laissait supposer que la voûte devait être beaucoup plus grande que toutes celles qu'ils venaient de dépasser. Leurs pas résonnaient d'une façon inquiétante.

Peu après, le chemin aboutissait à une arête rocheuse bordant des profondeurs insondables. Depuis ces profondeurs se dressaient des colonnes de pierres qui ne supportaient aucune voûte, mais qui étaient aplaties à leur sommet et atteignaient le niveau du chemin. Leur diamètre n'était guère que d'un pied et demi, et elles étaient disposées de façon qu'avec un peu d'adresse on puisse sauter d'un pilier à l'autre. Le chemin se poursuivait ainsi, dans le noir incertain, et on ne pouvait ni deviner ni apercevoir de quelle profondeur jaillissaient ces colonnes.

Sarah et Kamal échangèrent un regard.

– Si je comprends bien le sens des paroles de l'entrée, dit la jeune femme, c'est cela le chemin de la nuit…

– C'est bien possible. Mais souviens-toi aussi de quoi il était question dans la deuxième inscription… Cette chose qui nous guetterait dans l'obscurité.

– Je n'ai pas oublié, mais nous n'avons pas d'autre choix, n'est-ce pas ?

Kamal secoua la tête.

– *La*. Non. Vraisemblablement pas.

Il n'attendit pas que Sarah s'engage et fit lui-même le premier pas. La corde enroulée autour de son épaule et la torche bien assurée dans la main droite, Kamal fit un saut qui le porta au bord du premier pilier. La surface était recouverte de sable et de poussière, de sorte qu'il s'en fallut d'un cheveu que Kamal ne glisse et perde l'équilibre.

Agitant frénétiquement ses bras, et manquant ainsi d'éteindre la torche, il parvint à se rattraper.

– Tu dois faire attention, recommanda-t-il à Sarah.

– Figure-toi que je n'en aurais jamais eu l'idée, répliqua-t-elle sèchement.

Et tandis que Kamal se lançait déjà vers le deuxième pilier, Sarah risqua le premier pas. Avec souplesse, elle atterrit sur une jambe, ramena la seconde sans même chanceler et termina l'exercice périlleux avec une adresse bien supérieure à celle de son compagnon. Kamal ne put faire autrement que de contempler, ébahi, la manière dont elle bondissait d'un pilier à un autre à la façon d'un chat, sans paraître faire le moindre effort.

– Pas mal, commenta-t-il. Où as-tu appris cela ?

– A Kingsley's School, l'école pour jeunes filles, dit Sarah avec un demi-sourire. Mais bien sûr je ne crois pas que cette bonne demoiselle Kingsley ait pensé à une telle application de…

Un bruit venu des profondeurs de la voûte les interrompit.

– C'était quoi ?

– Je ne sais pas.

Le bruit recommença. Un bruissement lugubre émanant du fond des ténèbres.

– Et là ?

Sarah interrogeait Kamal, mais le Touareg ne répondit pas, paraissant même ne pas l'entendre. Son regard, glissant sur elle, scrutait l'obscurité impénétrable.

– Kamal, qu'as-tu ? Qu'est-ce qui te prend ?

– L'inscription, fit-il comme en émergeant de ses pensées : « Celui qui cherche le savoir doit se garder de ce qui est tapi dans l'obscurité. »

– Et alors ?

– Nous ne sommes pas seuls, Sarah, murmura Kamal si bas que Sarah put à peine le comprendre. Ce qui est tapi aux aguets dans l'obscurité, ce sont les suppôts de Thot, les créatures de la nuit…

Sarah, qui n'était pas plus avancée par les paroles de Kamal, voulut savoir ce qu'il entendait par là, lorsqu'un fort bruissement s'éleva d'un coup. Il avait soudain pris l'ampleur d'une vague puissante, issue des ténèbres pour s'emparer des deux intrus et les précipiter dans les abîmes.

– Cours, Sarah ! cria Kamal, si fort que la voûte renvoya son appel. Cours ! Ta vie en dépend !

Le Touareg s'élança, passant devant les colonnes étroites sans même un égard vers le gouffre mortel qui le guettait de tous les côtés. Sarah laissa volontiers ses questions en suspens et suivit ce que lui dictait l'instinct de son compagnon. Elle se précipitait derrière Kamal, au moment même où, surgissant des profondeurs, la vague les atteignit.

Ce ne fut pas un déluge d'eau ou de sel qui se déversa, mais plutôt une masse compacte d'yeux jaunes brillants et de gueules hurlantes, de serres coupantes comme des lames et d'ailes bruissantes.

Des chauves-souris !

Des myriades.

C'était comme si l'obscurité s'était soudain animée. L'air parut se peupler de milliers de battements d'aile. D'innombrables corps voletaient à la lumière des torches, passant devant Sarah, frôlant sa peau de leur cuir et se prenant dans ses cheveux. Elle cria et se défendit avec sa torche dans un effort désespéré pour tenir les bêtes à distance. Mais les petites créatures émergeaient de l'obscurité en nombre croissant, poussées par leur propre panique, et Sarah fit la douloureuse expérience de leurs griffures.

Kamal avait depuis longtemps disparu derrière un rideau d'ailes frénétiques, et sa torche était éteinte. Debout sur l'étroite plate-forme du pilier, Sarah menait un combat désespéré.

Elle voulut orienter différemment son flambeau, lorsqu'elle perdit l'équilibre. Le flambeau sauta de sa main et tomba dans les profondeurs. Durant un instant, Sarah parvint à garder un équilibre précaire, mais, devant un nouvel assaut des chauves-souris, elle perdit complètement l'équilibre. Elle tomba en arrière dans le vide.

Elle put entendre comment son propre cri se perdait dans les profondeurs et sentir les ténèbres l'aspirer. Sarah, en tombant, prenait déjà congé de la vie, sachant que l'atterrissage sur le sol de la caverne signifierait sa fin.

Ce fut très différent de ce à quoi elle s'attendait. Car le choc ne fut pas aussi dur ou douloureux. Un sable très fin amortit sa chute, évitant qu'elle se brise les os.

Sarah pouvait à peine croire à sa chance. Gisant dans le sable, elle entendit comment, au-dessus elle, le son diminuait, mais quand elle voulut se relever, elle vit qu'elle était passée d'un danger à un autre. Car le sable filait rapidement sous ses genoux et une puissante humidité montait de ses vêtements...

Du sable mouvant !

La terrible réalité assaillit Sarah qui comprit brutalement pourquoi personne n'avait pu faire de rapport sur l'Ombre de Thot. L'association des chauves-souris aux sables mouvants constituait un piège mortel imparable.

Elle n'eut pas le temps de se demander comment les constructeurs de l'ancien temps avaient pu s'y prendre pour agencer un bassin avec de tels sables. Etait-ce un aménagement artificiel ou bien y avait-il eu, à cet endroit, des sables mouvants dont les constructeurs avaient exploité la présence ? Cela n'avait plus d'importance désormais, car, très vite, Sarah fut enlisée jusqu'aux hanches, avec l'impression d'être goulûment aspirée par le sol.

Paniquée, elle chercha quelque chose à quoi se raccrocher. Mais, tout autour d'elle, il n'y avait que du sable qui l'emprisonnait d'autant plus vite qu'elle s'efforçait de lui échapper. Comme une noyée, elle s'enfonçait de plus en plus profondément.

– Kamal ! cria-t-elle. Kamal ! Au secours !

Sarah regardait, désemparée, les colonnes de pierre qui se dressaient au milieu du bassin rempli de sable. Si, au moins, elle était parvenue à atteindre l'un de ces piliers distants d'à peine trois à quatre yards et à s'y agripper… mais, inexorablement, le sable l'engloutissait un peu plus à chaque mouvement.

– Kamal, où es tu ?

De nouveau, elle ne reçut aucune réponse, et la pensée la traversa que son ami n'était plus en vie.

Elle se rappelait comment son flambeau s'était éteint dès la première vague d'attaque des chauves-souris. Kamal devait avoir perdu l'équilibre et être tombé exactement comme elle dans ces profondeurs impitoyables. Comme il était plus lourd que Sarah, les sables l'avaient probablement déjà aspiré...

Elle se demandait combien d'âmes avaient bien pu déjà franchir le seuil de l'éternité en ces lieux et elle s'attendait presque à ce que du Gard ou son père réapparaissent pour la conduire dans l'au-delà.

Il n'arriva rien de tel. Au lieu de cela, une corde à nœud se matérialisa juste sous les yeux en pleurs de Sarah.

– Que… ?

– Vite, Sarah. Tire… tire vers toi...

Ce n'étaient ni Maurice du Gard ni Gardiner Kincaid qui venaient de prononcer ces paroles, mais Kamal. Sarah n'hésita pas un seul instant. Elle attrapa la corde dont elle passa le nœud coulant sous ses bras.

– Prête ! cria-t-elle.

Aussitôt la corde se raidit. La puissance musculaire de Kamal offrait une résistance certaine à la force d'aspiration des profondeurs, mais qui ne suffisait toutefois pas à libérer complètement Sarah.

Elle se saisit donc elle-même de la corde et tira vers le haut. Et, en y mettant toute la force qui lui restait, elle réussit progressivement à se libérer de la gangue de sable humide.

Elle parvint à étreindre le pilier le plus proche et se hissa sur son socle pour se reposer un instant avant de commencer une partie d'escalade aventureuse. Tandis que Kamal la soutenait de toutes ses forces et qu'il utilisait la moindre aspérité de la colonne pour s'y cramponner, la jeune femme parvint petit à petit à progresser, jusqu'à atteindre enfin le chapiteau. En se haussant sur la plate-forme étroite mais salvatrice, elle saisit avec reconnaissance la main de Kamal.

– Tu m'as sauvé la vie, hoqueta-t-elle.

– Tout comme tu as sauvé la mienne, répondit Kamal.

Ils s'étreignirent dans un élan de soulagement.

Ce n'est qu'ensuite que Sarah se rendit compte qu'elle n'aurait pas dû pouvoir apercevoir le sourire sur le visage de Kamal.

Comme leurs deux flambeaux étaient éteints, il aurait dû régner dans ces profondeurs l'obscurité la plus profonde…

– Surprenant, n'est-ce pas ? lança Kamal en devinant, une fois de plus, ses pensées. Lorsque les chauves-souris ont surgi, ma torche s'est éteinte et pourtant la lueur est restée.

– D'où cela vient-il ?

– De là-bas, répliqua Kamal avec un geste du bras.

Tout en se dirigeant vers le pilier suivant, le jeune homme jeta un regard vers la sortie de la caverne, distante d'à peine quelques yards.

De l'autre côté du passage, il semblait y avoir une pièce faiblement éclairée.

– Bon. Allons-y, dit Sarah.

Surmontant sa frayeur naissante, elle tenait à connaître enfin la vérité en allant jusqu'au bout. Kamal luimême paraissait vouloir en avoir le cœur net après tout ce qu'ils avaient enduré.

De pilier en pilier, ils atteignirent la sortie de la grotte aux chauves-souris. La salle dans laquelle ils pénétrèrent devait mesurer environ dix yards sur dix, et ses parois étaient couvertes de scènes évoquant la mythologie égyptienne. Le fond de la chambre était occupé par une large ouverture fermée par une porte massive en grès. Quatre niches y avaient été aménagées, hautes et profondes chacune d'un pied environ. Elles étaient surmontées du signe de l'ibis que Sarah avait si souvent rencontré ces derniers temps : le symbole du dieu Thot.

La source de lumière qui remplissait la chambre d'un pâle reflet et qui leur avait indiqué le chemin à suivre se trouvait juste au-dessus de la porte. C'était une étroite ouverture ayant la forme d'un œil, à travers laquelle une lueur laiteuse filtrait. On voyait dans la lueur la poussière que Sarah et Kamal avait soulevée en marchant.

– Incroyable, fit Kamal en passant sa main dans le rai de lumière. C'est un rayon de soleil… à une telle profondeur, c'est de la magie pure !

Sarah secoua la tête.

– Pas vraiment. C'est plutôt l'action d'un miroir réfléchissant qui capte les rayons du soleil à la surface, puis les renvoie jusqu'ici. Les constructeurs des pyramides avaient l'habitude d'éclairer ainsi les chambres funéraires creusées dans les profondeurs.

Dans la faible lumière, elle contempla les fresques aux murs. Spécialiste d'histoire ancienne, la jeune femme reconnaissait du premier regard que ces scènes étaient tirées du cycle de Thot, maître de l'œil de la lune lors de la création du monde. Et une autre scène était visible sur la frise : elle montrait Thot à tête d'Ibis, s'adressant à un homme, manifestement un subalterne, car il était figuré en plus petit, la tête inclinée vers le bas, et semblait lui placer quelque chose dans sa bouche.

– L'ouverture de la bouche, constata Sarah.

– Quelle en est la signification ?

– Dans le rituel de l'ouverture de la bouche, on confère la vie éternelle à un défunt par-delà la mort. Si l'on en juge par les vêtements, cet homme était un prêtre auquel l'immortalité a été donnée. Il s'agit peut-être de Tezud lui-même…

Kamal examina de plus près les signes secrets figurant sous le tableau.

– Tu peux traduire ? lui demanda Sarah.

– Je pense… Voilà ce qui est écrit :

J'ouvre ta bouche pour que tu parles
J'ouvre tes yeux pour que tu regardes la lune
J'ouvre tes oreilles pour que tu entendes mes louanges
Pour que tu aies les jambes pour
aller à la rencontre de l'ennemi
Et des bras forts pour t'en défendre dans l'éternité.

Sarah serra les lèvres.

– C'est une sorte de « sésame ouvre-toi ». On tenait vraiment à ce que Tezud protège, par-delà de sa mort, le secret de cet endroit.

– Ce qu'il a d'ailleurs fait d'une certaine façon, précisa Kamal en faisant ainsi allusion au fait que sa famille trouvait ses racines dans les grands prêtres du temple.

Sarah fixait son attention sur la porte de pierre.

– Je me demande à quoi peuvent bien servir les niches. Il y avait peut-être jadis de petites statues qui, depuis lors, ont été pillées par les voleurs de trésor… Ou alors…

– Ou bien ? compléta Kamal.

– Ou bien ils étaient mis à cet endroit pour y remplir une fonction bien déterminée. Par exemple, celle d'une clef ouvrant la porte. Se pose alors la question de savoir de quoi se composait cette clef…

– En effet, dit soudain une voix provenant de l'entrée. Peut-être pourrions-nous faire cette découverte ensemble ?

Sarah se retourna brusquement.

À son immense stupéfaction, devant elle se tenait Mortimer Laydon.

Son parrain, qu'elle avait laissé dans une cabane misérable, enchaîné, était soudain libre. Ses vêtements en loques avaient été troqués contre un costume tropical immaculé avec le casque de rigueur. Ses cheveux avaient été coupés et sa barbe rasée de frais. Les traits de son visage étaient certes un peu tendus, mais ils ne reflétaient plus cette lueur de désespoir que Sarah y avait décelée auparavant.

– Oncle Mortimer ! ne put-elle s'empêcher de s'écrier avec joie. Sans se demander comment il était possible que Laydon soit arrivé là et l'y ait trouvée. Elle courut vers lui pour l'embrasser.

Mais quand elle remarqua que Laydon ne songeait à lui rendre ni son sourire ni son salut, elle ralentit.

– Mon oncle ?…

– Je te félicite, Sarah, dit Laydon calmement. Tu ne m'as pas déçu. Tu as trouvé ce qui était caché depuis des millénaires. Tu es bien l'élève la plus douée de Gardiner Kincaid.

– Je… mais… Qu'est-ce que cela signifie, mon oncle ? demanda Sarah, interloquée.

Laydon ne fournit pas de réponse, se contentant de faire un pas de côté. A travers l'étroit passage débouchèrent alors une douzaine de guerriers masqués jusqu'aux yeux, armés de carabines et de sabres, et qui prirent position le long des murs.

En cet instant, la terrible révélation se fit jour.

VII

– Non, murmura à voix basse Sarah, désespérée. S'il te plaît. Dis-moi que ce n'est pas vrai…

Mortimer Laydon souriait faiblement.

– Je suis désolé, mon enfant, mais je crains que ton esprit vif ne te trompe pas dans le cas présent. Bien que je constate, non sans étonnement, que tu as compris la vérité assez tardivement. Mais cela semble être de famille, n'est-ce pas ?

Sarah négligea la remarque. Elle avait encore du mal à comprendre ce qui se jouait devant elle. Mortimer Laydon travaillait avec l'ennemi ! Pire encore, il *était* l'ennemi ! Le traître dans leurs propres rangs contre lequel le vieil Ammon l'avait mise en garde, c'était lui. Nul autre que lui, que l'ami paternel et le parrain de Sarah. Cette possibilité-là, Maurice du Gard ne l'avait même pas envisagée…

– Tu sembles surprise, constata Laydon, sans pitié. Alors, c'est que j'ai dû jouer mon rôle d'une manière très convaincante.

– Evidemment, confirma Sarah d'une voix sans timbre. Jamais je n'aurais cru que tu pourrais n'être qu'un misérable traître…

– Ta confiance en moi m'honore, mon enfant. En tout cas, je retiens des mots que tu emploies que tu n'as toujours pas pris la véritable mesure des choses.

– Tu nous a tous trompés…

– Pas le moins du monde.

Laydon secoua la tête.

– Je n'ai pas fait mystère de mon appartenance à la Ligue égyptienne. Et je n'ai pas caché mes relations avec le duc de Clarence.

– Le duc ? interrogea Sarah, atterrée. En fait-il lui aussi partie ?

– Mais non, voyons. Il n'est qu'un instrument sans volonté dont nous nous sommes servis. Ses faiblesses en ont fait pour nous, comment dire… un allié involontaire.

– Je ne parviens pas à le croire.

Sarah secouait toujours la tête. Je ne veux vraiment pas y croire…

– Il ne te reste pourtant rien d'autre à faire, mon enfant, car c'est la vérité. Et si tu n'avais pas été aussi naïve et aussi crédule que ton père, tu serais parvenue beaucoup plus vite à cette conclusion.

– Laisse mon père en dehors de cela ! lui cria Sarah.

– Cherches-tu à me menacer ? En face d'armes chargées ?

Laydon éclata de rire.

– Tu as hérité aussi de l'inflexibilité du vieux Gardiner aussi, avec le goût invétéré pour les mystères. Une combinaison parfois astreignante, comme j'ai dû le constater, car il n'a pas toujours été simple de te faire faire ce que je voulais.

– Ce qui veut dire ?…

– Que je t'ai manipulée depuis le début, oui.

Laydon hocha la tête.

– Dès l'instant où je suis arrivé à Kincaid Manor, je n'ai eu qu'un but, Sarah : te lancer dans cette expédition.

– Pourquoi ?

– Parce que je savais que toi seule serais en mesure de trouver le Livre de Thot et de résoudre l'énigme.

– Je ne pensais pas à cela, se défendit Sarah qui se réalisait rétrospectivement son infinie bêtise. Pourquoi tout cela ? cria-t-elle si haut que ses paroles résonnèrent sous la voûte de la pièce. Pourquoi cette mise en scène ? Tu aurais pu aussi bien me demander mon aide…

– Après tout ce qui s'est passé ?

Laydon secoua la tête.

– Non, Sarah. Je te connais assez bien et depuis suffisamment longtemps pour savoir qu'il fallait un appât particulier pour faire sortir de sa tanière la Sarah Kincaid endeuillée. Et je ne me suis pas trompé. Des meurtres en série commis sur des femmes innocentes, c'est ce qui m'est apparu le plus approprié pour éveiller ta compassion et t'amener à renoncer à ton exil délibéré. Là-dessus, quelques indices très symboliques tels que les hiéroglyphes laissés sur place, ou un simple rébus, et j'étais sûr que tôt ou tard ton vieil instinct de chasse s'éveillerait. Je savais que je ne pourrais t'amener à cette expédition que si toi-même t'y décidais. Donc, les informations que je t'ai fait parvenir devaient t'amener tôt ou tard sur les traces du culte de Thot. Tout droit en Egypte.

– Je comprends, fit Sarah d'une voix où perçait la désillusion. Et l'enlèvement ?

– Remercie Scotland Yard pour cela ! Mettre en scène mon propre enlèvement ne faisait, bien sûr, pas partie de mon plan originel. Mais après que ces imbéciles bornés se furent refusés à reconnaître le bien-fondé de tes théories, il a fallu mettre un peu plus de pression. J'étais sûr que l'enlèvement d'un médecin de la famille royale obligerait le Yard à bouger. Et que, dans ces conditions, il lui faudrait bien consentir à l'expédition.

– Donc, tout avait été prévu : ton enlèvement, l'expédition, la recherche du Livre de Thot…

– Certes.

– Et c'est pour cela que tu as commis ces meurtres ?

– Naturellement, expliqua le docteur avec une fierté non déguisée. D'une part, ces crimes commis dans l'East End servaient de manœuvre de diversion en jetant le discrédit sur la famille royale. D'autre part, ils devaient éveiller ton attention et ton intérêt, et le fait est que les deux choses ont réussi. Par-dessus le marché, il y avait un troisième motif que tu apprendras bientôt…

– Qui a fait cela ? demanda Sarah d'une voix vibrante, tandis que la terrible vérité commençait à se faire jour. Qui est le meurtrier de ces femmes, oncle Mortimer ?

Laydon sourit, ce qui donna à ses traits émaciés l'aspect d'un masque mortuaire.

– Eh bien… comme les fonctionnaires de Scotland Yard, malgré leurs déficits patents, l'ont constaté, leur auteur était un homme disposant de connaissances anatomiques sortant de l'ordinaire. Un médecin pour être précis.

– Je t'en prie, l'implora Sarah tandis que lui montaient aux yeux des larmes de déception et d'effroi pur. N'en dis pas plus.

– Et comme je dispose effectivement de telles connaissances et que je n'ai pas voulu laisser passer la chance d'appliquer mes connaissances en anatomie sur des sujets vivants, j'ai saisi l'aubaine, poursuivit impitoyablement

Laydon. Une sanguinolente aubaine, pour être précis ! ajouta-t-il dans un accès d'humour noir.

Sarah ne rit pas. Elle pouvait sentir en elle comme son affection pour cet homme se muait en une haine inextinguible.

– Quel salopard tu fais, murmura-t-elle. Quel innommable salopard ! Comment ai-je pu me tromper autant à ton sujet ?

– A dire vrai, ma chère, je ne le sais pas non plus.

Laydon eut un rire moqueur.

– Que comptes-tu faire ? Qu'est-ce qui, dans ce monde, peut justifier les meurtres sanglants que tu as commis ?

– Meurtres sanglants pour les uns, sacrifice de pions pour les autres, fit Laydon en haussant les épaules.

La bonté et la sagesse que Sarah avait autrefois cru lire dans les traits de son oncle avaient tourné à la froideur glaciale.

– Je n'attends pas que tu salues ce que j'ai fait, ni que tu le comprennes, mais tu devrais me connaître suffisamment, Sarah, pour savoir que je ne suis pas un imbécile. Je n'ai pas commis ces meurtres par pure jouissance, mais dans un but plus élevé. Le secret de Thot est la clef de tout.

– Il veut le Feu de Ré, intervint Kamal qui s'était tu jusque-là. Il a pactisé avec les puissances du Mal, il s'est lancé sur les traces de Meheret !

– Tiens, c'est vrai, j'allais oublier notre poussiéreux ami, fit négligemment Laydon. Je dois avouer qu'il est le seul à ne pas figurer sur ma liste. Au début, j'ai trouvé gênantes ses tentatives de saboter l'expédition, mais ensuite j'ai observé qu'il rendait, au contraire, l'histoire vraiment plausible. Tant que vous le suspectiez, je n'avais pas à craindre d'être découvert. Quant à la voie tracée par Meheret… nos objectifs dépassent de beaucoup ceux que s'était assigné cette malheureuse.

– Qui êtes-vous ? voulut savoir Sarah. Et qu'avez-vous, en fait, en tête ?

– Le seul fait que tu poses la question, mon enfant, montre déjà que tu n'as rien compris ; c'est très dommage. J'ai rarement vu de tels dons gâchés par une telle naïveté chez un être humain. Sauf, peut-être, chez ton père.

– Je t'ai déjà dit que tu devais laisser père en dehors de cela, gronda Sarah. Et maintenant je veux une réponse : que voulez-vous faire avec le Feu de Ré ?

– Que pourrait-on faire d'une arme ayant un aussi puissant pouvoir de destruction ?

Laydon souriait, fier de lui-même. Une arme pareille signifie la puissance, mon enfant. Une puissance illimitée, au-delà de ce que tu peux t'imaginer. Une puissance qui dépasse l'Empire. Une puissance qui englobe le monde entier…

– … des plans de conquête !

Sarah eut un rire de dédain ; la lueur de folie dans les yeux de son oncle ne lui échappait pas.

– Cela n'a pas réussi au dernier qui a voulu poursuivre de tels projets : il est mort seul et abandonné de tous, en exil.

– Parce qu'il avait cherché en vain ce que nous avons trouvé ! lança Laydon. Derrière cette porte, Sarah, se trouve quelque chose qui a fait défaut à Napoléon quand il s'est agi d'imposer sa puissance. Si son expédition en Egypte avait été couronnée de succès, nous ne serions sûrement pas ici. Il est même possible que l'Angleterre n'existerait plus si Napoléon avait eu en mains la puissance du Feu de Ré. Je suis sur le point d'obtenir cette puissance. Et j'ai l'intention ensuite de m'en servir.

– Tu es fou !

– Encore une fois, je ne m'attends pas à ce que tu me comprennes. Beaucoup de visionnaires ont été pris pour des fous par leurs contemporains. Ce n'est que par la suite que l'on a reconnu l'étendue de leurs talents. Sarah, l'Empire est devenu vieux et fourbu. L'héritier du trône est un faible. Le parlement est miné par des traîtres, et le royaume est entouré d'ennemis.

– Et c'est toi justement qui parles d'ennemis et de traîtres ? demanda Sarah, avec mordant. Comme c'est intéressant…

– Evidemment. Dans une situation telle que celle-ci, un homme d'honneur ne peut pas se taire, il doit agir.

– Ah bon ? Et cela veut dire quoi ?

– Cela veut dire que nous allons prendre le pouvoir, déclara Laydon aussitôt. Le Feu de Ré va nous y aider ; car celui qui ne se pliera pas à notre volonté devra périr.

– C'est de la haute trahison, mon oncle !

– Haute trahison, reprit Laydon en la contrefaisant par moquerie. Est-ce là toute ta capacité de réflexion ? Nous sommes à l'aube de temps nouveaux, Sarah. Aux portes d'une époque marquée par la technique, où il y aura des guerres et des convulsions qui dépasseront en cruauté et en intensité tout ce que l'on a connu jusqu'à présent. Ne t'est-il pas venu à l'esprit que l'Angleterre tiendra la haute main dans ces conflits ? Avec le Feu de Ré nous posséderons la puissance absolue, une arme contre laquelle il n'y a pas de défense possible. Un empire disposant d'une telle force peut dicter ses conditions aux peuples de cette terre et les assujettir les uns après les autres. Les guerres, alors, appartiendront au passé. N'est-ce pas une vision d'avenir pour laquelle il vaut la peine de tuer ?

– Une vision ? Tu appelles une vision d'avenir ce qui serait une oppression sanglante ?

Sarah secoua la tête.

– Tu as perdu la raison, mon oncle, et tu m'écœures. Tu as tué tous ces êtres à seule fin de satisfaire ton appétit de pouvoir. Ces femmes à Londres…

– Des prostituées, rien de plus.

– Le pauvre Kesh…

– Un infirme et un niais.

– Et du Gard aussi.

– Le Français n'a qu'à s'en prendre à lui-même. Il s'est montré trop curieux et a fourré son nez dans des choses qui ne le regardaient pas. Il a réussi à se soustraire à nos tentatives réitérées de le mettre hors circuit. A Londres, c'est à lui qu'était destinée la lame du couteau, et non pas à cet ignorant de Quayle. Au Caire aussi, une balle l'a manqué. Ce n'est que sur le bateau que nos efforts ont été enfin couronnés de succès.

– Et comment ! confirma Sarah à ce souvenir amer du corps de Maurice du Gard couvert de sang. Tu peux être fier de ce que tu as fait…

Laydon secoua la tête.

– Pas encore. Fier, je ne le serai que quand le secret du dieu de la lune se trouvera entre nos mains et que le monde se prosternera à nos pieds.

– Nous ? demanda Sarah. Tu parles de la Ligue égyptienne ?

Le docteur eut un rire moqueur.

– La Ligue. Ce n'est qu'une couverture, rien de plus. La vraie organisation, à laquelle j'appartiens et qui se sert du passé pour régner sur l'avenir, est incomparablement plus ancienne et plus puissante. Elle a déjà compté bien des membres illustres au cours de sa longue histoire : Alexandre le Grand passe pour en avoir été membre ainsi que César et Napoléon. Et jusqu'à ton père qui, lui aussi, y a appartenu.

– Tu mens, répliqua Sarah avec véhémence.

– Tu crois ? C'est pourtant la vérité, mon enfant. Gardiner Kincaid était l'un d'entre nous, mais, à un moment, il a perdu la foi. Le vieux fou a suivi ses principes puérils et il s'est éloigné de nous. En agissant ainsi, il a scellé son destin. Jusqu'au bout, Gardiner a cru que j'étais à ses côtés… jusqu'à ce qu'il soit trop tard.

Sarah n'en croyait pas ses oreilles.

– Jusqu'à ce qu'il soit trop tard ? Cela veut-il dire que tu…

De nouveau un sourire froid apparut sur les traits de Laydon.

– Alexandrie était une place importante pour l'organisation. Nous espérions y trouver des indications qui nous conduiraient au secret de Thot. Mais ton père s'était mis en travers de notre route. J'ai donc fait ce qu'il fallait.

– Assassin ! Misérable ! cria Sarah.

Sous l'emprise de la colère et de la haine, elle voulut se lancer sur le traître à coups de poing. Des spadassins armés s'interposèrent immédiatement et la maîtrisèrent. Kamal saisit son poignard, mais la crosse d'une carabine utilisée comme gourdin le frappa violemment, l'expédiant au sol.

Sarah aussi y fut également jetée avec brutalité, sa mâchoire inférieure s'ouvrant sous le choc. Des filets de sang suintèrent des commissures de ses lèvres.

– Bâtard ! Tu me le paieras, je te le jure !

Laydon afficha une mine empreinte de pitié.

– Cette grandiloquence du théâtre, tu l'as aussi héritée de ton père, je le crains. Qui donc, mon enfant, pourrait à présent me ravir la victoire ? Tes amis qui sont dans le désert ? Tu ne peux plus compter sur eux, ils sont morts depuis longtemps.

– Quoi ?

Laydon fit une moue moqueuse.

– As-tu cru sérieusement que j'allais les laisser en vie ? Un escadron de mes fidèles serviteurs les a poursuivis un peu après que tes amis ont quitté le campement.

– Salopard ! répéta-t-elle encore une fois. Foutu bâtard !...

– Tu devrais te regarder, fit Laydon en ignorant l'injure. Je ne voulais pas que cela aille si loin, Sarah, tu dois me croire.

– Vraiment pas ? Alors pourquoi donc as-tu assassiné mon père ? Et tous mes amis ?

– Ce n'étaient pas des amis, mais des parasites qui n'avaient rien d'autre en tête que de tirer profit de tes connaissances et de tes capacités. Et quant à Gardiner, il était trop âgé et trop intraitable pour saisir ce dont il s'agissait en réalité.

– Ah bon ?

Sarah se redressa en partie.

– Et de quoi s'agit-il, mon soi-disant oncle ?

Ce dernier mot, elle le cracha comme on fait d'un aliment faisandé.

– De beaucoup plus, mon enfant. Gardiner n'a jamais compris quelles chances s'offraient à nous qui sommes au seuil d'une nouvelle époque. Toi, au contraire, tu es jeune et suffisamment intelligente pour reconnaître la vérité. Je te propose donc de reprendre la place laissée vacante par ton père dans notre cercle. Tu serais ainsi la première femme dans notre confrérie…

– Quel honneur ! fit Sarah d'une voix lourde de sarcasmes. Ma réponse est non. Crois-tu vraiment que je pourrais me joindre aux meurtriers de mon père ?

– Réfléchis à ce que tu dis, Sarah. Nous serions en mesure de t'offrir des possibilités dont tu pourrais à peine rêver, même maintenant. Les secrets du passé sont prêts à se dévoiler devant toi. Il y a un grand potentiel en toi, Sarah, bien davantage que ce que tu peux penser. Ta place est parmi nous, même ton père le savait. C'est ton destin, depuis le début.

– Ne parle pas de destin alors que c'est toi qui en as pris la place, répliqua Sarah, avec dégoût. Tu m'as manipulée et dupée, tu as abusé de ma confiance ; il faut que tu sois fou pour croire que j'accepterais de te suivre !

– C'est plus ou moins en ces termes que s'exprimait aussi ton père, constata Laydon, avec un regret hypocrite. Mais ton rôle dans ce jeu n'est pas encore achevé, Sarah. Tu dois encore m'aider à ouvrir cette porte et à entrer en possession du Feu de Ré.

– Plutôt mourir, dit Sarah d'un ton net.

– L'obstination de ton père se retrouve chez toi. Mais le vieux Gardiner t'a aussi communiqué sa plus grande faiblesse : sa compassion.

– Comment la compassion pourrait-elle être une faiblesse ? demanda Sarah en essuyant le sang qui coulait de sa mâchoire.

Laydon ne répondit pas. Au lieu de cela, il ordonna à quelques-uns de ses spadassins de se saisir de Kamal qui gisait toujours au sol et de le tirer par les jambes. Un autre masqué lui mit vite le canon de sa carabine dans la bouche.

– Veux-tu voir comment ton ami va disparaître sous tes yeux ? demanda Laydon. Un seul signe, et son cerveau ira souiller les murs. Alors réfléchis bien à ce que tu vas faire…

La respiration de Sarah devint spasmodique. Sous l'empire d'une rage sans bornes, elle ne parvenait plus à rassembler ses idées. Voir Kamal dans cet état la désolait au plus profond d'elle-même. Elle avait perdu son père et du Gard. Elle ne supporterait pas une troisième victime.

– C'est bon, dit-elle à haute voix. Laissez-le !

– Tu vas coopérer ?

– Ai-je le choix ?

– Je ne crois pas.

Laydon fit signe à son homme de main d'enlever la carabine. D'une violente poussée, les personnages masqués renvoyèrent Kamal au sol. Sarah se hâta vers lui et essuya le sang qui coulait.

– Sarah, hoqueta-t-il.

– Oui ?

– Ne fais pas cela. Tu ne dois pas les y aider, entends-tu ? Tu ne dois pas le faire…

– Sois sans crainte, murmura-t-elle en l'embrassant au front, puis elle se redressa et se retourna vers Laydon. Que dois-je faire maintenant ?

– Patience, répliqua son oncle, avec un ricanement de supériorité.

Il fit signe, de nouveau, à l'un de ses sbires qui disparut immédiatement par un étroit passage. Lorsqu'il revint, il poussait devant lui Sir Jeffrey.

La jambe blessée du conseiller royal avait été bandée,

mais le pansement était trempé de sang. Le pas de l'homme était donc boiteux et mal assuré.

Son visage n'était plus qu'un masque de cendre, son regard, fiévreux et fixe. Dans ses mains, il portait une caissette en bois décorée tout autour de symboles égyptiens. Sur le couvercle rabattable figurait le symbole de l'ibis.

– Un réceptacle à vase canope, constata Sarah.

– Exactement, opina Laydon.

Sir Jeffrey fut contraint, sous la menace d'une arme, de porter la boîte jusqu'à la porte verrouillée et de l'y déposer. Le conseiller de la reine lança alors à Mortimer Laydon un regard venimeux.

– Mon vieil ami, se moqua ce dernier, le rôle que je vous ai réservé dans ce jeu ne vous plaît pas ? Moi, je le trouve parfait pour vous. Toute votre vie vous n'avez jamais été que le domestique d'autrui, d'abord à l'armée, puis à Temple Bar, et enfin à la Cour.

– Ce que j'ai fait, répliqua Sir Jeffrey, cherchant son souffle au milieu de la douleur, je l'ai fait par loyauté et amour pour ma patrie. Vous, au contraire, n'êtes qu'un traître sans patrie, Laydon. Et cela après tout ce que nous avons fait ensemble aux Indes !

– Mon cher Jeffrey, je fais cela justement pour tout ce que nous avons vécu aux Indes. L'Empire se lézarde de toutes parts. Ne pouvez-vous le voir ? Ou ne voulez-vous pas le voir ? Il est grand temps qu'une puissante force conduise à son terme ce que la famille royale et le gouvernement ne peuvent pas faire.

– Traître, dit Sir Jeffrey une nouvelle fois.

Laydon se contenta de rire.

Sarah avait reporté son attention sur la caissette aux vases canopes et l'avait ouverte. Quatre récipients ressemblant à des amphores étaient rangés les uns contre les autres, chacun mesurant huit pouces de haut et fabriqués en argile.

Les couvercles avaient été également modelés dans de l'argile pour représenter les divinités de l'Egypte ancienne : Suchos le dieu de la fertilité en forme de reptile, Anubis le dieu des morts à face de chacal, Apophis le démon serpent et, enfin, à tête d'ibis, Thot. C'est-à-dire exactement les dieux liés au culte d'Unu et qui avaient ourdi le complot contre le dieu soleil. Les récipients d'argile étaient des canopes, ces vases à forme humaine dans lesquels, au temps des pharaons, étaient conservées les entrailles de ceux qui, grâce au procédé de la momification, obtenaient l'éternité.

– Qu'y a-t-il dans ces vases ? voulut savoir Sarah, en redoutant presque la réponse.

– Eh bien, tu as entendu parler de l'histoire de Tezud, le grand prêtre de Thot, le fondateur de cette ville. Celui qui brûlait de passion pour Meheret, la guerrière mystérieuse venue de l'Est qui voulait posséder le savoir secret de Thot.

– Je connais l'histoire, assura Sarah. Meheret a abusé de la confiance de Tezud et l'a dupé, sur quoi elle fut condamnée à mort. Ses organes lui auraient été arrachés alors qu'elle était encore en vie et son corps fut brûlé.

– C'est exact, confirma Laydon, mais l'histoire ne s'arrête pas là. Car, selon les anciens récits, Tezud ne se remit jamais de la trahison de son aimée. Pour garder la trace de la beauté de celle-ci, il fit embaumer et placer ses organes dans quatre vases canopes consacrés aux dieux Thot, Anubis, Suchos et Apophis. Et c'est de ces vases canopes qu'il fit les clefs du secret de Thot.

– La Porte éternelle, murmura Sarah en se remémorant ce que Kamal lui avait dit.

D'un seul coup, elle comprit qu'il s'agissait bien de cette porte en pierre.

Elle sut aussi à quoi les quatre niches étaient destinées.

– Tout à fait juste, accorda Laydon qui avait suivi le regard de Sarah vers la porte. Les canopes sont les clefs servant à ouvrir la porte demeurée fermée depuis trois mille ans.

– Et… et il s'y trouve les restes mortels de Meheret ? demanda Sarah, incrédule.

Les récipients, faits d'après des modèles anciens, étaient sans conteste beaucoup plus récents.

– Malheureusement, concéda Laydon, nous avons dû improviser, car les vases canopes de Meheret se sont perdus et personne ne sait où ils sont. Mais, bien sûr, tu peux tout de même deviner ce qu'il y a à l'intérieur : le foie, les poumons, l'estomac et le reste des viscères…

– Bien sûr, répliqua Sarah.

Elle mesura à cet instant toute l'étendue de l'abomination de Laydon.

Et comprit aussi l'extrême attention que le vieil Ammon lui avait prêtée lorsqu'elle lui avait parlé des meurtres à Londres. Le sage de Mokattam avait percé l'effroyable vérité…

– Ce sont les organes qui ont été retirés aux victimes de Whitechapel, n'est-ce pas ?

– En effet. Et, maintenant, tu comprends pourquoi nous n'avons pas confié ce soin à un boucher. Il était primordial que les organes demeurent intacts, ceci requérant donc l'art, tout en finesse, d'un chirurgien.

– Mais alors pourquoi quatre meurtres ? demanda Sarah. Un seul n'aurait-il pas suffi ?

– D'abord pour que le plan que j'ai en tête puisse s'accomplir, répondit Laydon. Ensuite pour des raisons mathématiques.

– C'est-à-dire ?

– Très simple : comme il n'existe aucune description ni écrite ni figurative de Meheret, nous ne savons pas de quelle sorte de femme il s'agissait. Etait-elle grande ou petite ? Etait-elle élancée ou massive ? Car, enfin, c'était une guerrière…

– Où veux-tu en venir ? le pressa Sarah.

– Je veux dire par là que les vases canopes que tu as devant toi forment une sorte de valeur moyenne. Quatre organes intacts pris sur des corps de quatre femmes différentes. Leurs caractéristiques, ainsi que les moyennes de leur poids devraient nous donner une sorte de clef de rechange fonctionnant tant bien que mal.

– Je comprends, dit seulement Sarah.

Layton semblait vraiment avoir pensé à tout, à moins que… ?

– Ne vous y trompez pas, lança Kamal, en désespoir de cause. Thot ne s'y laissera pas prendre, et sa vengeance contre celui qui aura violé la chambre sera terrible !

– J'en ai les larmes aux yeux, assura Laydon sans être le moins du monde impressionné.

Se tournant de nouveau vers Sarah, il lança :

– Qu'attends-tu ? Ouvre ce qui est fermé depuis des millénaires. Ou bien, ton prince charmant va périr…

Sarah se surprit à sentir sa curiosité s'éveiller. Bien que tout en elle s'opposât à l'idée de collaborer avec l'ennemi, le besoin de savoir ce qui se trouvait de l'autre côté de la porte fut le plus fort. Maintenant elle sentait qu'elle touchait au but.

– Sarah, non ! lui enjoignit le Touareg lorsqu'elle se pencha et sortit de la caissette le premier vase canope, celui représentant le démon Apophis à tête de serpent.

Sarah jeta à Kamal un regard de regret et en même temps de réconfort.

Puis elle plaça le vase dans la niche de gauche. Elle ne s'était pas encore retournée qu'un mécanisme se déclencha et que le récipient avec le foie de la victime pour contenu disparut en couinant dans la profondeur de la porte.

– Très bien, la loua Laydon. Continue !

Sarah saisit le récipient suivant, celui qui représentait Anubis à tête de chacal et contenait l'estomac d'une autre victime pour évoquer l'éphémère et la chute. Ce vase canope disparut pareillement avec un chuintement dans la profondeur de la porte.

Le suivant à être placé par Sarah dans la niche fut Suchos au corps de crocodile, divinité de la fertilité.

Après que ce récipient eut également disparu, Sarah posa le dernier vase canope dans la niche restante. Avec sa tête d'ibis en argile, il était dédié à Thot, maître de l'œil de la lune : le foie lui avait été réservé.

Laydon et ses spadassins regardaient intensément Sarah placer le dernier récipient dans la niche. Le vase canope y resta immobile, de sorte que Sarah redoutait déjà, ou plutôt espérait encore, que les clefs de substitution n'avaient pas rempli leur office.

Mais elle fut déçue, une fois de plus, car un grondement s'éleva avec un bruissement qui devint de plus en plus fort. Et, cette fois, ce ne fut pas seulement le vase canope, mais bien la porte tout entière qui disparut.

– Non ! hurla Kamal, atterré.

Il y eut un léger sifflement d'air qui fit comprendre que la chambre avait été fermée hermétiquement et, dans un grand bruit, le bloc de pierre taillé d'équerre glissa dans le sol.

Les hommes masqués se précipitèrent pêle-mêle près de l'ouverture en agitant frénétiquement leurs armes, ne sachant pas, bien entendu, ce qui les attendait de l'autre côté.

Sarah, au contraire, resta debout calmement, jusqu'à ce que le bloc massif de rocher eut disparu si profondément dans le sol qu'elle put se placer dessus sans effort. D'un geste, elle saisit un flambeau et voulut s'élancer dans cette nouvelle obscurité chargée de mystère, lorsqu'elle vit les hiéroglyphes qui étaient gravés sur le seuil.

Ce n'étaient pas des caractères habituels, mais des signes secrets remontant au culte de Tezud.

– Qu'est ceci ? demanda Laydon en se retournant vers Sarah.

– Je ne sais pas, répliqua la jeune femme en s'en tenant à la vérité.

– Que veux-tu dire par là ?

– Je dis que je ne suis pas en mesure de traduire ces signes, poursuivit-elle. Ils contiennent des symboles secrets que seul un initié pourrait déchiffrer.

– Vraiment ?

Laydon roulait dangereusement des yeux.

– Voyons, qui pourrait être plus initié que le chef d'une tribu de Touaregs qui s'est fait un devoir de préserver le secret de Thot ? Sais-tu ce que ces signes signifient, Kamal ?

Il n'y eut pas de réponse.

– Je veux apprendre de toi si tu sais ce qu'ils signifient.

– Je le sais, répliqua Kamal à voix basse. Mais je ne vous le dévoilerai pas. Et cela même si vous me faisiez passer au fer rouge.

Laydon grimaça, mais sans joie.

– Pas une mauvaise idée. Bien sûr, je connais une méthode bien meilleure et beaucoup plus simple pour t'amener à parler.

Il tira un revolver de sous son costume tropical qu'il mit sur la tempe de Sarah.

– Bon, où en sommes-nous maintenant ?

Sarah n'osait plus bouger. Mortimer Laydon avait tué Gardiner Kincaid, il n'hésiterait pas plus à tuer sa fille. La lueur fanatique dans ses yeux montrait qu'il n'aurait pas le moindre scrupule.

Kamal hésita.

Durant un instant, il parut vouloir se taire et préférer voir Sarah assassinée sous ses yeux plutôt que de révéler le secret.

Mais son regard rencontra celui de la jeune femme, et toutes ses résolutions s'envolèrent. Il venait, à cet instant, de comprendre à quel point il l'aimait.

– *Madbus*, fit-il à voix basse. Ces signes là-bas, je n'ai pas besoin de les traduire, car j'en connais par cœur la signification. Les Ben Nara se les sont transmis de génération en génération.

– Et donc ? demanda impatiemment Laydon. Que signifient-ils ?

– Que la mort et le pourrissement accablent celui qui entrera dans la chambre, cita Kamal en savourant chaque mot. Durant un seul mois de l'année, il sera donné accès sans danger au secret de Thot.

– Je ne crois pas à de telles fadaises.

– Ce n'est pas une question de croyance. Un mécanisme très ancien fabriqué par les prêtres de Tezud protège la chambre suivant les cycles du calendrier. Il n'y a qu'un mois dans l'année où l'accès soit libre. Le reste du temps, le processus d'autodestruction est mis en marche dès que quelqu'un pénètre dans la chambre. Alors le secret de Thot est perdu à jamais. Et, avec lui, le Feu de Ré !

Ce fut au tour de Laydon de montrer que les paroles de Kamal ne le laissaient pas indifférent. La crainte d'échouer si près du but le ramena à la prudence.

– Et quel est mois ? demanda-t-il.

– Le premier mois de l'année, le mois de Thot, répondit Sarah avant même que Kamal eût pu ajouter quoi que ce soit.

Et le Touareg laissa retomber sa tête en signe de résignation.

– En janvier donc !

Laydon eut un rire de triomphe.

– Apparemment, le destin tourne en ma faveur, car, comme le veut le hasard, une nouvelle année vient justement de commencer. Evidemment, je me demande si tu me dis la vérité. Peut-être essaies-tu de m'induire en erreur ?...

– C'est la vérité, assura Kamal avec tristesse.

Et, finalement, Laydon ôta le canon de son arme de la tempe de Sarah.

– Bon, déclara-t-il, je vais donc te croire. Mais vous deux passerez en premier ce seuil. Et n'oubliez pas que mon arme est dirigée sur vous. Si vous faites mine de manipuler ou de détruire quoi que ce soit à l'intérieur de la chambre, je vous tue sans hésiter. Vous m'avez bien compris ?

– Tout à fait.

– Alors, allons-y.

Deux des spadassins de Laydon avancèrent. En pointant leurs armes, ils firent signe à Sarah et à Kamal de franchir la porte ouverte.

Les regards de la lady et du Touareg se croisèrent de nouveau et ils étaient chargés, cette fois, d'un regret infini. Tous deux savaient qu'il n'y avait plus de retour en arrière possible. Ils tendirent leurs mains l'un vers l'autre, ce que Laydon salua d'un éclat de rire cynique.

Ensuite seulement, ils franchirent la chambre où nul n'avait mis les pieds depuis trois mille ans.

VIII

Sarah retint son souffle en franchissant la porte.

Persuadée qu'un piège l'attendait et que, d'un instant à l'autre, une mort soudaine et horrible la saisirait, elle fit, anxieuse, un premier pas dans la chambre. Elle se consolait à la pensée qu'un mécanisme de destruction allait immédiatement se mettre en marche et qu'ainsi se trouverait exaucé le serment fait au vieil Ammon. Mais rien de tel ne se produisit. Aucun cul-de-basse-fosse ne s'ouvrit sous leurs pas, ils ne furent pas déchiquetés par des blocs de pierre se détachant des parois, pas plus qu'empalés sur des épieux.

Tout demeura parfaitement calme. Et Sarah se demanda tout à coup si le mécanisme était encore intact. En hésitant, ils poursuivirent, respirant un air vieux de plusieurs millénaires, un air très sec et dépourvu d'odeur.

– En avant, intima Laydon. Qu'attendez-vous ?

– Patience, oncle Mortimer, répondit froidement Sarah. Le secret de Thot attend d'être découvert depuis trois mille ans : quelques instants de plus ou de moins ne vont, à présent, rien y changer, ne croyez-vous pas ?

Ils poursuivirent le chemin à la lueur des torches portées par les hommes de main de Laydon. Un court corridor de liaison les conduisit dans une chambre qui, en l'honneur des cinq dieux, avait été construite en pentagone et dont le diamètre avoisinait les douze yards. Les murs présentaient des trous gros comme le poing dans lesquels avaient été dissimulés des carquois de cuir scellés de cire. Tous semblaient avoir été numérotés selon un certain ordre.

– Une bibliothèque, murmura Sarah. Les rouleaux avec le savoir secret de Thot. Ainsi, de nombreuses énigmes de l'Antiquité ont sans doute ici leur explication...

– Cela ne m'intéresse pas, déclara Laydon. Tout ce que je veux, c'est ce damné Feu.

– Patience, mon oncle, patience...

De l'autre côté de la chambre s'élevait, dans un angle du pentagone, une grande statue figurant le dieu de la lune assis sur un trône. A la différence de la statue de pierre de Hermopolis, celle-ci avait été parfaitement conservée à l'abri de l'air. Elle était exactement dans l'état dans lequel l'avaient placée les tailleurs de pierre après leur ultime coup de ciseau. La tête au long cou de l'ibis, à la lueur des torches, observait les intrus et, durant un bref instant, Sarah eut l'impression de lire une lueur d'hostilité dans les yeux de la divinité. Au pied de la statue dont la taille pouvait être celle de trois hommes, se trouvait disposée une table de sacrifice taillée dans la pierre. C'est là que gisait, déployé, un rouleau de parchemin.

Le Livre de Thot !

Portés par la curiosité, Sarah et ceux qui l'accompagnaient se précipitèrent sur le parchemin. Pour constater que le papyrus était vierge.

– Que... qu'est-ce que cela signifie ? balbutia Laydon.

– Je ne sais pas, reconnut Sarah.

– Est-ce le Livre dont il est question dans les inscriptions ? Le Livre des Secrets ?

– Je suppose.

– Alors pourquoi n'y a-t-il rien d'écrit dessus ?

– Comme je viens de le dire : je n'en sais rien.

– Et où est passé le Feu de Ré ?

Le docteur fit retentir un chapelet de jurons.

– Sacrebleu ! s'écria-t-il, ce que les murs reprirent en écho une douzaine de fois. Je n'ai pas pris tous ces risques pour un vulgaire morceau de papier vierge ! C'est là tout le remerciement que je reçois pour la peine que je me suis donnée ?

Sa voix se cassa, et un rire dément s'étouffa dans sa gorge tandis qu'il regardait la chambre d'un air désemparé.

– Evidemment pas, dit calmement Sarah qui, en cet instant, prit conscience que la chambre était bien plus grande que ce que laissait supposer la première impression.

L'écho que les tirades de Laydon avaient révélé lui fit lever la tête en l'air.

C'était incommensurable.

La chambre ne possédait aucun plafond ; c'étaient plutôt les cinq parois qui se rejoignaient en hauteur et formaient une sorte de puits de cheminée dont la pièce, avec ses rouleaux et la statue, formait seulement le fond. Il était difficile de dire quelle était la hauteur de l'ensemble, car la lumière des torches ne parvenait pas jusqu'au plafond. Mais il était évident que les parois du puits avaient été recouvertes de quelque chose : en l'occurrence, d'écussons ronds de métal poli épousant une forme légèrement concave. Sarah supposa qu'il s'agissait de miroirs déformants du genre de ceux qui étaient utilisés dans les temps anciens pour éclairer les pièces souterraines.

Evidemment, Sarah n'en avait jamais vu autant d'un coup, ni d'aussi grands. Chacun pouvait bien atteindre dans les cinq pieds de rayon.

– Par le diable ! jura Laydon lorsqu'à son tour il leva les yeux. Qu'est ceci ?

– Je ne sais pas, murmura Sarah qui succombait à la fascination de l'instant. Je n'ai encore jamais rien vu de comparable.

– Pourrait-il s'agir là du Feu de Ré ?

– Ce serait possible, admit Sarah. Nous devrions examiner certains de ces rouleaux, peut-être y trouverions-nous des indices de…

Elle voulut faire un pas en direction des parois creusées de trous, mais aussitôt Laydon et ses sbires la mirent en joue avec leurs armes.

– Halte ! ordonna le docteur. Cela te plairait bien, n'est-ce pas ? Crois-tu vraiment que je ne devine pas ce que tu as l'intention de faire ?

– De quoi parles-tu ?

– Je n'ai pas oublié, Sarah, ce que tu as dit dans la hutte. Que tu as promis de détruire le Feu de Ré et que tu mettras tout en œuvre pour qu'il ne tombe pas en de mauvaises mains. Crois-tu sérieusement que je te permettrai de te déplacer à ta guise ?

– Mais je veux seulement…

Sarah n'alla pas plus loin, car, à ce moment, un vif grincement se fit entendre. Il fut renvoyé en ricochets par les murs du puits, semblant provenir des entrailles de la terre. Et les ténèbres firent soudain place à une clarté aveuglante.

Il se forma au-dessus de leurs têtes un rayon qui s'élargit et laissa passer la lumière. Sarah comprit que le toit au-dessus du puits était en fait la plate-forme de la tour qui surplombait la cité fantôme et qui, tout comme la chambre, avait une forme pentagonale.

La partie haute du puits avait à peine fini de s'ouvrir que la lumière crue du soleil y tomba, comme si sa source s'était située juste au-dessus de la tour. L'angle des rayons du soleil avait été calculé d'une manière telle qu'ils fussent captés et réfléchis par les miroirs disposés au pourtour du puits. En quelques secondes, on passa de la clarté aveuglante à la fournaise suffocante. C'était comme si la chaleur du désert fondait d'un coup comme une bête de proie sur Sarah et sur ceux qui l'accompagnaient. Laydon et ses hommes, affolés, crièrent et durent fermer les yeux.

Cela aurait pu être l'occasion de se rendre maîtres de leurs ravisseurs, mais Sarah et Kamal avaient été eux aussi aveuglés par la lumière et par la chaleur, jusqu'à ce que la jeune femme pense à prendre ses lunettes contre la poussière.

Derrière le verre teinté des lunettes, elle vit que la lumière du soleil ne se répandait pas au hasard à l'intérieur de la tour, mais qu'elle était dirigée en un point. Les miroirs avaient été si bien fixés qu'ils captaient la lumière, la mettaient en faisceaux et la renvoyaient sur le miroir suivant.

De cette manière, il s'était formé dans le puits une quantité de lumière extrêmement éblouissante qui se concentrait au fur et à mesure de la profondeur qu'ils atteignaient. Les innombrables miroirs formaient un rayon d'une lumière claire tirant sur le jaune qui s'élança en un étroit faisceau sur la statue de Thot.

– Le Feu de Ré ! Le Feu de Ré ! clama Mortimer Laydon, les yeux grands ouverts pleurant sous la réverbération.

L'instant d'après, la mort et la désolation jaillirent de la tête d'ibis.

Car les yeux de la statue, dans lesquels Sarah croyait avoir reconnu une étincelle d'hostilité, parurent soudain prendre vie et se mirent à briller comme des rubis ; une fraction de seconde plus tard, deux rayons d'un rouge ardent partirent des yeux de la statue.

Les rayons de lumière concentrée transpercèrent les hommes masqués comme si leur chair et leurs os n'offraient aucune résistance.

Tous se mirent à hurler de terreur et de douleur. Une fumée âcre s'éleva, et l'odeur écœurante de la chair brûlée emplit la chambre. Les habits s'embrasèrent et les flammes composèrent une danse macabre déformant les hommes déguisés en de grotesques caricatures vivantes, semblables aux momies découvertes par Sarah et Kamal.

Tandis que Sarah était secouée d'effroi, Mortimer Laydon fut saisi d'un éclat de rire hystérique.

– Le Feu de Ré ! Le Feu de Ré ! répétait-il sans cesse. Il s'est déchaîné !...

C'étaient les rayons de la mort auxquels les yeux de la statue de Thot avaient donné libre cours car, mus par un mécanisme inconnu, ils poursuivaient leur œuvre de destruction en balayant les parois, mettant le feu aux carquois, réduisant en cendres leurs parchemins et laissant derrière eux des sillons de maçonnerie fondue. Un tonnerre remplit de ses roulements l'air surchauffé, paraissant provenir non pas du sol de la montagne, mais des profondeurs mêmes de la terre. La chaleur dans la chambre était entre-temps devenue insupportable. Les miroirs accrochés aux murs du puits étaient sur le point de s'effondrer sous l'effet des secousses telluriques. Des lézardes coururent du sol de la chambre sur les parois et montèrent jusqu'à l'ouverture.

Alors seulement Mortimer Laydon parut comprendre quelle machine infernale il avait déclenchée.

– Arrêtez ça, tout de suite ! hurla-t-il de toutes ses forces. Vite, bougres d'idiots, aidez-moi !…

L'ordre atteignit ceux de ses spadassins qui étaient restés dans l'antichambre.

Certains d'entre eux se hâtèrent de répondre à l'injonction de leur chef, mais à peine eurent-ils franchi le seuil de la chambre de la tour qu'ils subirent le même sort affreux que leurs comparses.

Sarah restait pétrifiée d'effroi : il s'en était fallu d'un cheveu qu'elle ne périsse, elle aussi, d'un des rayons mortels. Tandis que les spadassins de Laydon disparaissaient dans la lumière de la destruction, il lui devint évident qu'il leur fallait, à elle et à Kamal, se déplacer constamment s'ils ne voulaient pas terminer carbonisés.

Tandis que Laydon, lançant d'amères imprécations, se saisissait, au hasard, des parchemins lui tombant sous la main comme s'il espérait y découvrir la solution pour mettre fin à cet enfer, Sarah et Kamal se réfugièrent au pied de la statue, seul endroit que les rayons semblaient épargner. Ils s'aperçurent alors que des caractères apparaissaient désormais sur le papyrus que l'on avait cru vierge. La lumière aveuglante et la chaleur les avaient mis en évidence.

Comme les hiéroglyphes ne contenaient, cette fois, aucun signe secret, Sarah fut en mesure de les décrypter sans difficulté :

La chambre aux secrets a été franchie à contretemps
Or, les hommes pour notre vérité ne sont pas mûrs
C'est pourquoi la braise rouge du soleil détruira
Ce que l'Ombre de Thot a celé.

A ce moment, une secousse ébranla le fond du puits, faisant trembler la montagne. Des lézardes montèrent à l'assaut des murs tandis que les rayons mortels continuaient sauvagement leur travail de destruction, paraissant même gagner en intensité.

– Le processus d'autodestruction ! s'écria Kamal, soulagé et consterné à la fois. Il s'est mis en marche !

– Non ! Non ! hurlait Laydon tandis que, comme un possédé, il ôtait les sceaux des carquois de cuir et en extrayait les parchemins.

Mais, comme il n'était pas en mesure de déchiffrer les hiéroglyphes, cela ne lui servait à rien.

De rage, il les jeta au sol où ils s'embrasèrent.

Obéissant à une impulsion intérieure, Sarah voulut se jeter sur les rouleaux en flammes, mais Kamal la retint d'une main de fer. Rien de ce qui était enfermé dans la chambre aux secrets ne devait en sortir.

– C'est votre faute ! vociférait Laydon. Vous m'avez menti, vous allez le payer…

Les yeux du traître, flambants de rage noire, étaient injectés de sang. Il pointait son arme sur Sarah et Kamal. Sans se préoccuper de l'enfer en train de se déchaîner. L'homme n'avait plus qu'une idée fixe : tuer ceux qui avaient fait voler son rêve en éclats.

– Le conseil de Kamal était exact, mon oncle, riposta Sarah avec ironie, mais vos connaissances en égyptologie laissent beaucoup à désirer…

Laydon allait presser la détente sans le moindre scrupule, lorsqu'une autre secousse se fit sentir. De nouvelles lézardes se propagèrent sur le sol, formant comme un réseau de toiles d'araignée, à travers lesquelles les rayons de la mort s'infiltrèrent comme autant de flèches. Laydon chancela, Kamal prit son élan et, d'un bond, ceintura le traître. En se disputant la possession de l'arme, les deux hommes se livrèrent à un étrange ballet tandis que les rayons de la mort, tout autour d'eux, déchiraient l'air.

Sarah se précipita pour venir en aide à Kamal lorsqu'un coup de feu retentit. Un court instant, il fut impossible de savoir lequel de Kamal ou de Laydon avait été atteint par la balle.

Puis Sarah aperçut son parrain s'effondrer, blessé. Au même moment, elle ressentit elle-même une vive brûlure au bras gauche. Grâce à sa réaction rapide comme l'éclair, Sarah put échapper au rayon de la mort qui dardait sa flamme juste à côté d'elle. Elle se laissa tomber au sol, roula sur elle-même, et rejoignit ainsi Laydon et Kamal. Laydon, touché à l'épaule, saignait et gémissait de douleur. Il ne présentait plus une menace.

– Disparaissons, lança Sarah à Kamal.

Bien qu'au fond d'elle-même une voix lui conseillât d'abandonner Mortimer Laydon à son sort, elle le saisit par le col de son costume tropical, le força à se remettre sur pied.

A ce moment, dans la salle, le premier écusson se détacha de la paroi. La pesante pièce de métal heurta le sol dans un bruit de tonnerre et des éclats de maçonnerie volèrent dans tous les sens. Une fois encore, les rayons de la mort reprirent leur course, et Sarah et les deux hommes ne leur échappèrent que de justesse.

– Venez ! Vite ! La tour peut s'effondrer à tout moment !

A la sortie se trouvait Sir Jeffrey qui les observait, terrifié. A la différence des sbires rescapés de Laydon qui avaient détalé depuis longtemps, le conseiller de la reine était resté fidèle au poste, soit par loyauté envers ses compagnons, soit parce qu'avec sa jambe blessée il n'aurait, de toute manière, pas pu aller bien loin.

Sarah regarda une dernière fois par-dessus son épaule et vit la chambre des secrets sombrer dans les décombres et dans les braises, image qu'elle garderait pour toujours en mémoire.

Elle prit, ensuite, la fuite avec son prisonnier et ses compagnons, à travers l'antichambre désertée et la caverne aux sables mouvants. S'élancer par-dessus les piliers qui chancelaient sous les secousses était un exercice déjà assez risqué, mais le faire avec un captif et un blessé compliquait singulièrement la tâche. Kamal partit en avant et sonda le sol, suivi du conseiller royal qui murmurait des prières, puis de Sarah et de Laydon. Il y eut un claquement clair comme celui du bois qui craque lorsque quelques piliers, qu'ils venaient justement de franchir, s'abattirent les uns contre les autres. Leurs décombres furent aspirés par les profondeurs.

Par chance, le petit groupe atteignit l'autre versant. Dépassant la chambre des momies, ils arrivèrent au puits escarpé qu'ils escaladèrent en suivant les renfoncements taillés dans la pierre, le parcours se déroulant finalement plus facilement qu'ils ne l'auraient cru. Seul, Sir Jeffrey à cause de sa blessure eut quelques difficultés, et Kamal dut l'aider. Sarah vit, avec un immense regret, les fresques et les frises se détacher sous ses yeux, mais l'instinct de survie fut plus fort que la curiosité scientifique.

Enfin, les secousses parurent s'espacer, et la succession de grondements s'estompa dans les profondeurs de la terre. Et alors Sarah et ceux qui s'étaient frayé un chemin avec l'énergie du désespoir purent voir de la lumière apparaître au sommet des marches.

Ils avaient atteint la sortie.

Hors d'haleine, Sarah franchit les dernières marches, poussant Laydon devant elle. Ils traversèrent le portique et gagnèrent, soulagés, l'air libre et chaud du désert.

Mais ils n'étaient pas en sécurité pour autant.

Le grondement venant des profondeurs et la poussière qui s'échappait du portique indiquaient qu'ils n'étaient pas au bout de leurs peines. Les membres du groupe dévalèrent, aussi vite qu'ils le purent, les étroites ruelles recouvertes de sable et de poussière. Dans le dédale des ruines, ils s'orientèrent comme ils le purent en suivant la pente descendante, tandis que derrière eux le tremblement rugissait de plus belle et que des secousses ébranlaient la montagne.

Des briques d'argile se détachaient des ruines et tombaient près des fugitifs qui durent se protéger la tête de leurs bras jusqu'à ce qu'ils atteignent le pied de la montagne.

Devant eux, toute droite, s'élançait une rue débouchant sur l'immensité du désert. Ils la dévalèrent tandis qu'au-dessus d'eux la tour pentagonale succombait aux coups de boutoir et s'effondrait sur elle-même dans un vacarme de fin du monde.

Un épais nuage de poussière s'éleva lorsque la construction qui avait survécu aux millénaires s'écroula, ensevelissant avec elle le secret que le temps avait si longtemps préservé.

La pensée que nul n'apprendrait quel secret la chambre de Thot avait recélé dépitait quelque peu Sarah. Mais, dans le même temps, il lui fallait bien s'avouer qu'elle éprouvait du soulagement que le Feu de Ré, qui s'était effectivement révélé être une arme terrible, fût perdu à jamais.

Le soulagement ne dura, à vrai dire, qu'un instant, jusqu'à ce que Sarah captât du coin de l'œil les mouvements de sombres silhouettes.

Kamal, lança un avertissement, mais il était déjà trop tard. Ils étaient entourés d'une douzaine de guerriers vêtus de noir et emmitouflés jusqu'aux yeux : c'étaient les sicaires de Laydon qui avaient fui à temps hors de la chambre. Ils pointèrent sur les fugitifs des lames aiguisées comme des rasoirs et les canons de leurs carabines prêtes à tirer.

– C'est ce qui s'appelle tomber de Charybde en Scylla, commenta sèchement Sarah que peu de chose parvenait encore à ébranler après les récents événements.

– En effet, lui accorda Laydon qui reprit d'un coup des couleurs, les yeux exaltés de démence.

Il s'éloigna vivement de Sarah et se joignit aux spadassins sans visage.

– Tuez-les ! ordonna-t-il de sa voix de crécelle. Ils sont responsables de ce qui vient d'arriver ! C'est eux qui en portent la faute ; le Feu de Ré est maintenant perdu à jamais…

Une rage sanguinaire se lisait dans les yeux des guerriers, et Sarah ne doutait pas qu'ils allaient exécuter cet ordre. Il ne pouvait être question de songer à se défendre, vu la disproportion des forces. Déjà l'un des hommes épaulait sa carabine pour abattre Kamal. Mais, soudain, il se figea.

A la stupéfaction de ses comparses, un cri jaillit de sous son foulard. L'arme lui échappa des mains et il s'effondra dans le sable. La hampe d'une flèche était fichée entre ses omoplates.

– Mes Touaregs, murmura Kamal dans un regain d'espoir. Ils sont là…

Les événements se précipitèrent.

Des cavaliers franchissaient les dunes toutes proches, annoncés par de grandes clameurs. Il y avait là effectivement des guerriers touaregs dans leur accoutrement bleu indigo, mais aussi un détachement de hussards dans l'uniforme rouge vif de la couronne britannique. Les uns moulinant de leurs yatagans, les autres dégainant leurs sabres, tous lançaient leurs dromadaires à la charge.

Et à leur tête chevauchaient Milton Fox et Stuart Hayden. Sarah n'en croyait pas ses yeux.

L'officier de la couronne portait son bras droit en écharpe, ce qui ne l'empêchait pas pour autant de tenir les rênes. De sa main gauche, il brandissait le sabre dont la lame tailla des vides sanglants dans les rangs des sbires de Mortimer Laydon.

Le sang coula à flots sur le sable lorsque les guerriers du désert et les hussards tombèrent de leurs forces jointes sur les assaillants vêtus de noir. Le combat fut aussi bref que violent. Les hommes de Laydon, qui ne s'étaient pas attendus à une telle attaque et qui étaient en nombre inférieur, ne se défendirent que mollement en essayant de chercher leur salut dans la fuite. Mais les cavaliers les rattrapèrent et leur coupèrent le chemin. Ceux qui ne se rendaient pas immédiatement furent transpercés de flèches.

D'un geste rapide, Kamal attrapa une lame gisant dans le sable et se rua sur l'un des hommes masqués. Sarah aussi se cherchait une arme lorsqu'elle fut soudain immobilisée par-derrière et soulevée. Un grognement d'exaspération retentit, et Sarah vit les yeux sombres du commandant des assaillants, celui avec lequel elle avait négocié au camp des Touaregs.

– Femme ! l'apostropha-t-il brièvement en la soulevant comme une poupée pour finalement la jeter sur le sable.

Sarah entendit ses os craquer et resta étendue, sonnée. Du sable lui brûlait les yeux et, pendant un moment, elle fut aveugle. Elle fut de nouveau saisie et soulevée. Elle distingua le visage caché du commandant des brigands.

– Tu vas mourir, lui prédit-il, et ses mains se refermèrent sur sa gorge.

Sarah cherchait désespérément de l'air.

Avec la force d'un étau, l'homme cherchait à lui ôter la vie et il paraissait expert en ce domaine. Sarah sentit ses forces l'abandonner. Le brouhaha des combattants, le claquement des détonations et le cliquètement des lames s'entremêlaient pour tresser comme un tapis de bruits étouffés qui ne parvenaient plus que de très loin à ses oreilles.

Elle entendait beaucoup plus clairement, en revanche, le battement de son propre sang.

Elle essayait en vain de se dégager de l'emprise mortelle, mais elle n'avait rien à opposer aux muscles d'acier qui s'acharnaient sous le caftan noir. Déjà, ses sens commençaient à la trahir, et des taches noires s'agitèrent devant ses yeux.

Sa bouche s'ouvrit pour crier, mais pas un son ne franchit ses lèvres. Réduite à la même impuissance qu'un poisson hors de l'eau, Sarah cherchait frénétiquement de l'air, ses forces la quittaient et elle s'abandonna finalement à la prise de son ennemi. Du coin de l'œil, elle enregistra durant une seconde une dague pendant à la ceinture d'un mort. Mais l'arme se trouvait bien trop loin pour qu'elle puisse l'atteindre.

A moins que…

Rassemblant toutes les forces qui lui restaient, la jeune femme réussit à arracher le foulard de son assaillant. La tête rasée d'un Arabe apparut. Surpris, l'homme desserra son étreinte durant un instant que Sarah, bandant tous ses muscles, mit à profit pour se dégager. Elle tomba à la renverse.

En rampant, le ventre contre le sable, elle atteignit le cadavre dont la ceinture retenait la dague. Au-dessus d'elle, elle entendait les cris de rage de son adversaire et sentait déjà son souffle chaud dans son cou. La poigne de l'homme la saisissait lorsque Sarah parvint à s'emparer du couteau.

Elle fit décrire un large cercle à la lame et atteignit son adversaire, lui faisant une profonde entaille en haut du bras droit.

Un hurlement de colère lui répondit. Les traits de l'homme se déformèrent encore davantage sous l'effet de la haine et de l'envie de vengeance. De nouveau, il se pencha sur sa victime, voulant plaquer son visage dans le sable pour l'étouffer, lorsqu'elle fit faire à la lame un mouvement ascendant et la plongea au siège de la virilité de l'homme.

Le regard de celui qui commandait les agresseurs devint vitreux, ses yeux se révulsèrent et il s'écroula, agonisant. Sarah roula de côté pour ne pas être étouffée sous son poids. Elle tentait péniblement de se remettre sur ses jambes lorsqu'elle se trouva face au canon d'un revolver.

– Voyez-vous cela, mon enfant, dit Mortimer Laydon qui tenait l'arme. Nous revoilà donc, face à face, pour le finale. Fais bien toutes mes amitiés à ton père, belle g....

Il n'alla pas plus loin, car, d'un mouvement vif comme l'éclair, Sarah lui avait jeté une pleine poignée de sable au visage.

Laydon cria de rage. Elle sauta sur ses pieds et, comme une bête fauve, fondit sur lui. La violence du choc le fit chanceler. L`instant d'après, elle lui appliquait sur la gorge le tranchant de la lame encore ensanglantée de son poignard.

– Tu as tué mon père ! souffla Sarah au visage de son oncle, et elle fut bien près, à ce moment, de le frapper. Tu as Du Gard sur la conscience et tu voulais me tuer, ainsi que Kamal ! Je devrais te trancher la gorge, comme tu l'as fait à ces pauvres femmes.

– Non, s'il te plaît, implora le meurtrier, confronté à son tour à la mort. Aie pitié...

– Tu n'as eu aucune pitié, rétorqua-t-elle. Tu as tué père de sang-froid. Je vais te saigner comme un...

– Non, Sarah ! lança Kamal qui fut soudain auprès d'elle. Ne le fais pas. Te venger de l'assassin ne t'apportera pas pour autant la paix à laquelle tu aspires. Je sais de quoi je parle...

L'espace d'un instant, Sarah Kincaid hésita tandis qu'une partie d'elle-même voulait toujours se jeter en avant et frapper son parrain pour lui réserver une fin sanglante.

Elle n'en fit rien.

Une dernière imprécation sur les lèvres, elle abaissa son arme et la jeta loin d'elle. Gardiner Kincaid avait été un homme de paix. Il n'aurait pas voulu qu'elle fît acte de vengeance. Laydon devait être déféré devant un tribunal régulier pour y répondre de ses meurtres.

Sarah était accroupie sur le sol, respirant toujours avec difficulté. Ce n'est qu'à ce moment qu'elle s'aperçut que le bruit de la lutte avait cessé. Les Touaregs et les hussards de Hayden avaient décidé de l'issue du combat. Les spadassins de Laydon gisaient morts ou blessés dans le sable du désert, leur chef était inconscient. Une sombre colonne de fumée s'élevait de l'endroit où auparavant s'était dressée une tour pentagonale.

Sarah et Kamal se jetèrent dans les bras l'un de l'autre, épuisés et soulagés à la fois, et se prodiguant mutuellement aide et réconfort.

Le combat s'était achevé.

L'Ombre de Thot s'était évanouie à jamais.

IX

Rapport sur l'expédition
21 janvier 1884

Que nous ayons échappé à la mort au tout dernier moment et que, de surcroît, nous ayons réussi à empêcher que le secret de Thot ne tombe entre les mains des traîtres, j'arrive à peine à le croire.

Le destin, que Kamal évoquait, a tout de même fini par pencher de notre côté, et nous avons été les témoins d'un spectacle incroyable. Quoi que l'on ait écrit et supposé sur le Feu de Ré au cours des trois millénaires écoulés, cela s'est avéré juste. La force de destruction qu'a déchaînée l'ouvrage vieux de plusieurs milliers d'années a dépassé tout ce que j'ai pu observer jusqu'à présent, et j'espère que les générations futures n'auront pas à voir une telle chose.

Un mécanisme d'une nature inconnue concentrait la lumière du soleil et la transformait en rayons mortels. Comment cela a-t-il pu être mis au point ? D'où venait le savoir des anciens ayant rendue possible la construction d'une telle machinerie ? Voilà qui ne pourra sans doute jamais être éclairci avec certitude.

Car le secret de Thot se trouve enseveli à présent sous des masses de roches et, bien que j'eusse aimé savoir en quoi consistait réellement le Feu de Ré, je sais qu'il est plus sage qu'il en soit ainsi.

Nous avons tout tenté et avons réussi à contrecarrer les plans de Mortimer Laydon et à honorer le serment que j'avais fait au vieil Ammon el-Hakim...

Campement de tentes des Touaregs, désert de Libye 21 janvier 1884

– Le calendrier était décisif ? Comment cela ?

Les traits de Milton Fox, brunis par le soleil, trahissaient sa frustration. Sir Jeffrey et le capitaine Hayden avaient tenté de lui expliquer, pour la nième fois, comment Lady Kincaid avait réussi, au tout dernier moment, à tromper Mortimer Laydon et ses spadassins. Mais l'inspecteur de Scotland Yard ne parvenait toujours pas à comprendre les arcanes de cette affaire. Sir Jeffrey et l'officier furent saisis d'espoir lorsque Sarah et Kamal franchirent le seuil de leur tente.

– Enfin ! fit le conseiller de la reine, poussant un soupir de résignation non déguisée. Lady Kincaid, auriez-vous, je vous prie, l'obligeance de bien vouloir expliquer à l'inspecteur la manière dont Mortimer Laydon a pu être trompé ?

– Mais volontiers, dit Sarah. Kamal avait indiqué à Laydon qu'on ne pouvoir avoir accès à la chambre des secrets que durant un seul mois de l'année. A tous les autres moments, l'effraction déclencherait la destruction. Et j'ai alors ajouté qu'il s'agissait du mois de Thot, du premier mois de l'année.

– Je comprends, dit Fox. Et c'était un mensonge, alors ?

– Pas du tout, soutint Sarah en secouant la tête.

– Comment donc ? Mais comment peut-il se faire que… car la chambre a bien été détruite, n'est-ce pas ?

– En effet, assura Sarah. C'est là que Laydon a pâti de ses connaissances superficielles en égyptologie. S'il en avait approfondi l'étude et s'il n'avait pas été obnubilé uniquement par la perspective de piller des secrets de l'histoire, il aurait su que l'inscription faisait référence au premier mois du calendrier *égyptien*.

– Ah bon ? Et celui-ci ne correspond pas au mois de janvier ?

– Pas vraiment, répliqua Sarah en haussant les épaules. Les anciens Egyptiens vivaient d'après des saisons déterminées par le Nil, et elles commençaient traditionnellement par les inondations des crues.

– Je comprends. Et celles-ci…

– … ont lieu en plein été, compléta Sarah.

Après que Fox, déconcerté, eut réfléchi un moment, tous éclatèrent de rire, donnant libre cours au soulagement d'avoir survécu à l'aventure. Avec l'aide de ses spadassins, Mortimer Laydon avait mis au point un plan diabolique qui, comme au jeu d'échecs, semblait avoir pris en compte à l'avance chacun des mouvements de l'adversaire.

Et cependant, tout à la fin, un petit détail l'avait fait échouer.

– Qu'adviendra-t-il de Laydon ? s'enquit Kamal.

– Il va être conduit en Angleterre pour comparaître devant un tribunal, dit Sir Jeffrey.

– Et cela signifie quoi ? fit préciser le Touareg, qui avait déjà eu maille à partir avec la justice britannique.

– Qu'un procès sera ouvert et qu'il sera condamné à la prison à vie, s'il n'est pas condamné à mort. Mais comme Laydon a manifestement perdu la raison, je tiens pour plus vraisemblable son internement à l'hôpital St Mary de Bethlehem. La vérité sur les meurtres de Whitechapel et sur la conjuration ne doit jamais être dévoilée au public. En haut lieu, on préférera donc jeter au plus vite un voile sur cette affaire. Cependant, Mortimer Laydon, je puis vous l'assurer, ne sera jamais remis en liberté.

– Etait-ce réellement lui le chef des conjurés ? interrogea Sarah, d'un air énigmatique. Même si la plupart le considéraient comme tel...

– C'est ce qu'ont l'habitude de faire les plus grands fous, tint à rappeler Milton Fox, depuis César jusqu'à Napoléon. Je vais quand même télégraphier à Londres pour que l'on perquisitionne dans les locaux de la Ligue égyptienne et que l'on procède, par précaution, à l'arrestation des membres. Et naturellement nous soumettrons Mortimer Laydon à un interrogatoire très serré.

– Faites-le, approuva Sarah. Mais je crains que cela ne vous révèle rien. La Ligue semble n'avoir été qu'un paravent, une couverture pour une organisation infiniment plus importante et dangereuse, dont les membres aspirent à une véritable domination du monde.

– Des dingues, trancha Hayden avec condescendance. Rien d'autre.

– Certes, capitaine, lui accorda Sarah. Mais des fous extrêmement dangereux, comme nous avons pu le constater. Nous devons rester sur nos gardes.

– Ce sont d'autres personnes qui s'occuperont de cela, Lady Kincaid, dit Sir Jeffrey. Vous avez accompli plus que votre part dans la préservation de la patrie. Ce que vous avez fait pour la reine et pour l'Empire peut difficilement se résumer avec de simples mots, et je suis certain que l'on ne pourra faire mieux que vous remettre une distinction. Nous pouvons de nouveau confier la sûreté de l'Empire à Scotland Yard et nous reposer sur nos vaillantes forces armées, j'en suis persuadé.

– Vous avez peut-être raison, Sir Jeffrey, opina Sarah. Cela me rappelle, capitaine Hayden, que je ne vous ai toujours pas exprimé mes remerciements pour m'avoir sauvée.

L'officier, qui, par la force des choses, avait dû troquer son uniforme en lambeaux contre un caftan et un burnous et qui, ainsi vêtu, ressemblait assez à un Bédouin, secoua la tête.

– Je n'ai fait que mon devoir. Sans le soutien des Touaregs, cela aurait été une entreprise vouée à l'échec.

– Bien sûr, ajouta Milton Fox à l'unisson. Lorsque nous nous sommes retrouvés dans cette gorge, encerclés de tous côtés par les guerriers enturbannés, j'ai pensé que c'était fini. Imaginez notre soulagement lorsque nous avons constaté qu'il ne s'agissait pas des spadassins de Laydon, mais des Touaregs de la tribu de Kamal.

– Il s'agissait des guerriers d'une patrouille que j'avais envoyée en reconnaissance dix jours auparavant, expliqua Kamal. Ils avaient relevé les traces encore fraîches conduisant du campement détruit jusqu'au désert, et ils étaient tombés sur les guerriers de Laydon envoyés pour tuer les survivants du campement. Il y eut un combat sanglant, finalement remporté par mes guerriers. Ils se sont mis à la recherche de fugitifs. Et c'est là qu'ils les trouvèrent.

– C'est ainsi que ça s'est passé, opina Hayden. Quelques-uns de vos guerriers ont escorté les fugitifs jusqu'à l'oasis, les autres se sont joints à moi pour libérer Lady Kincaid. Je dois avouer que j'ai rarement vu des hommes combattre avec autant de courage et de détermination…

– *Shukran*, capitaine, sourit Kamal. Venant de vous, cet éloge signifie beaucoup. Nous devrions peut-être mettre de côté notre querelle, maintenant que nous avons combattu et vaincu ensemble pour la même cause ?

Hayden n'hésita qu'un imperceptible instant, puis il saisit la main que Kamal lui tendait et la serra chaleureusement.

– Voyez-vous cela, les coqs de combat se supportent à présent ! constata Sarah avec gentillesse. Il y a là matière à espoir, capitaine !

– Il me semble aussi, dit Hayden en souriant. J'estime avoir appris quelque chose durant ce voyage.

– Comme nous tous, dit Sarah d'un ton conciliant. Mais il y a encore quelque chose qui, pour moi, n'est pas clair. Capitaine, comment saviez-vous où nous trouver ? Vous ne pouviez absolument pas savoir où était l'Ombre de Thot…

– Je pouvais tout à fait le savoir, objecta Hayden, un peu embarrassé. Car, enfin, je… j'avais fait des duplicatas de vos notes.

– Vous avez fait… quoi ? demanda Sarah au comble de l'ahurissement.

– Mes ordres étaient de protéger l'expédition, de m'assurer qu'elle atteindrait son but et que sa mission serait remplie, expliqua Hayden. J'ai donc fait ce que je devais.

– Qu'est-ce à dire ? s'emporta Sarah. Vous m'avez dérobé mes notes comme un vulgaire voleur…

– Je n'ai fait que relever vos dessins, corrigea l'officier. Et si je ne l'avais pas fait, vous ne seriez pas ici en train de me chercher à nouveau querelle !

C'était incontestablement juste, et Sarah décida de ne pas insister. Mieux même, elle laissa poindre un sourire sur ses traits brunis par le soleil. Un sourire que Hayden,

Sir Jeffrey et Milton Fox, malgré leur réserve, saluèrent d'un éclat de rire homérique.

– Et maintenant, si vous voulez bien m'excuser, fit le capitaine Hayden après que tous eurent repris leur calme. Il me reste à prendre les dernières mesures pour le retour.

– Pourquoi ne restez-vous pas ici encore quelques jours ? demanda Kamal. La tente des Touaregs vous est toujours ouverte.

– C'est généreux de votre part, mais j'ai reçu l'ordre exprès, après avoir accompli ma mission, de rentrer sans délai et d'en faire rapport à mes supérieurs.

– Je dois faire de même, convint à son tour Milton Fox.

Tous deux, après avoir pris congé de Kamal, quittèrent la tente en forme de coupole.

– Et vous, Sir Jeffrey ? demanda Kamal au conseiller de la reine qui, grâce aux soins remarquables prodigués au village des Touaregs, était presque entièrement guéri de sa blessure.

– Eh bien, malgré votre hospitalité qu'il nous a été donné d'apprécier ces derniers jours, cher Kamal, j'aspire au froid et au brouillard de Londres. Et je me réjouis déjà de retrouver un bon feu au coin de la cheminée et de raconter des aventures lointaines à mes petits-enfants.

– Je peux le comprendre.

– Longue vie à vous, Kamal, et soyez remercié pour tout ce que vous avez fait pour nous !

– C'est moi qui ai à vous remercier, Sir Jeffrey, répartit Kamal, et il s'inclina à la mode orientale. *Salam el-Eikoum*.

– *El-Eikoum Salam*, répliqua le conseiller royal selon le salut traditionnel, et il quitta aussi la tente, laissant seuls Sarah et Kamal.

– Ainsi, il nous faut prendre congé, dit la jeune femme et, telle qu'elle l'exprimait, la pensée ne lui plaisait visiblement pas.

– Il semble qu'il en soit ainsi, fit Kamal.

– Et tu es bien certain que tu ne veux pas venir à Londres ? Après tout ce que tu as fait pour nous, tu n'auras plus rien à redouter de notre justice.

– Peut-être, opina Kamal. Pourtant je ne peux pas revenir en arrière, Sarah, plus maintenant. Mon monde est ici, tout comme le tien est en Angleterre. Essayer de les lier, ce serait comme associer l'eau au désert ; cela ne servirait qu'à la faire disparaître dans le sable. Mais je te promets que jamais, au grand jamais, je ne t'oublierai.

Elle était maintenant consciente que leur adieu serait définitif et cela lui faisait mal.

– Jamais ?

Sarah perçut le son cassé de sa propre voix. Je ne veux pas de promesse.

– Je te veux, toi.

Et, avant qu'il ait pu s'en défendre, elle pressa ses lèvres sur les siennes pour un long baiser, empreint à la fois de douceur et de passion. Sarah sentait le corps de Kamal, entendait son cœur battre contre sa poitrine et, durant un instant, une vague de bonheur pur la submergea. Mais ce moment s'acheva, et la réalité du départ prochain les rattrapa.

– Je ne veux pas que ça se termine, hoqueta-t-elle, les yeux brillants.

– Moi non plus. Mais toi et moi, Sarah, venons de deux mondes différents. Et nos buts sont trop divergents.

– Trop différents ? Je ne veux que ton amour, Kamal…

– Tout comme moi le tien. Pourtant, ce n'est pas notre destin d'être réunis. Peut-être dans un autre lieu et dans un autre temps, mais pas ici, ni maintenant. Trop de choses se sont passées. Trop d'événements auxquels je dois réfléchir.

Sarah hocha la tête.

– Je sais ce que tu penses. Pour moi aussi beaucoup de choses ont changé. Lorsque je suis arrivée en Afrique, j'étais remplie de chagrin et de colère. Je me rendais responsable de la mort de mon père et de beaucoup d'autres choses…

– Et à présent ?

– Je sais que je ne suis pas fautive, répliqua-t-elle, triste mais convaincue. Un traître se trouvait parmi nous, dont personne n'aurait pu soupçonner l'identité. Et je sais que mon père m'a pardonnée.

– Que feras-tu quand tu seras de retour en Angleterre ?

– Je ne sais pas encore. Je pense rentrer à Kincaid Manor et y poursuivre mes études interrompues. Peut-être que je resterai d'abord quelque temps à Londres. Le temps me le dira.

– Et tes rêves ? demanda Kamal.

– Cela aussi le temps le dira, rétorqua Sarah en souriant.

Leurs regards se croisèrent dans un ultime moment empreint de magie où leurs âmes parurent communier entre elles. Ils s'enlacèrent une fois encore, puis Sarah s'apprêta à partir.

– Nous reverrons-nous jamais ? demanda Kamal.

Elle se retourna encore une fois.

– *Inch Allah*.

Puis elle quitta la tente.

Les chameaux étaient déjà prêts, ceux que les guerriers du désert avaient mis à leur disposition et qui étaient lourdement chargés d'eau et de provisions pour le long chemin du retour. Le voyage les conduirait de nouveau vers le nord, en passant par Minieh et en remontant le Nil jusqu'à Alexandrie où Sarah et ses compagnons prendraient le prochain bateau en partance pour l'Angleterre.

Cela gênait un peu Sarah de rentrer à la maison les mains vides. Elle n'aurait rien à montrer. Pas de vieux rouleaux à étudier. Aucun chef-d'œuvre antique à exposer. Cependant, le plan des conjurés avait été déjoué, et c'était tout ce qui comptait. Le danger était écarté, et le calme allait revenir aussi dans l'East End londonien. Les choses reprendraient leur cours sans que le monde apprenne les événements tragiques qui s'étaient déroulés dans le sable brûlant du désert. Et, à y repenser, Sarah trouvait que cela n'était pas plus mal.

Les Touaregs s'étaient rassemblés pour faire honneur à leurs hôtes.

Sir Jeffrey, Milton Fox, ainsi que le capitaine Hayden et le peu de soldats encore en vie s'étaient déjà mis en selle. Sarah s'installa sur le dromadaire qui lui avait été destiné, et la petite caravane se mit en marche en direction du soleil levant.

Sarah Kincaid ne se retourna pas. Elle ne vit pas Kamal sortir de sa tente et la suivre du regard jusqu'à ce que les cavaliers soient devenus de minuscules points à l'horizon.

EPILOGUE

Crystal Palace, Londres
Huit jours plus tard

Pour constater que nous nous trouvons à l'aube d'une ère nouvelle. D'une époque où la force brute ne déterminera plus les progrès de l'humanité, mais où nous pourrons exploiter de nouvelles sources d'énergie. Nous y sommes déjà. L'inauguration de la nouvelle centrale électrique, l'an dernier, qui a été pour moi un honneur particulier, a permis à la plus importante métropole du monde de faire un immense pas en avant. Un progrès qui se compare au moins à la découverte de la force motrice de la vapeur. Et de même que la vapeur a ouvert à l'Empire de nouvelles possibilités de progrès et de bien-être, de même l'électricité fera en sorte que Londres reste ce qu'elle est, à savoir la capitale du monde.

Sur ces paroles, l'homme pressa un commutateur sur le pupitre, et la semi-pénombre dans laquelle avait été plongé le Palais de cristal se transforma en lumière. Elle était produite par les innombrables ampoules installées sous le toit de verre en forme de coupole. Une lumière qui ne vacillait pas parce qu'elle n'était produite ni par la combustion du suif, ni par celle du pétrole ou du gaz. Le procédé était tout autre ; il avait été développé par un homme d'apparence insignifiante qui se tenait derrière le pupitre et auquel était à présent adressé le tonnerre d'applaudissements du public qui s'était rassemblé pour cette illumination solennelle du Crystal Palace.

Une nouvelle fois, un autre chapitre de l'histoire de Londres s'ouvrait, de nouveau s'accomplissait une avancée triomphale dans un avenir marqué par la technique. Et Sarah Kincaid se demandait ce que tout cela aurait comme conséquences.

Est-ce que l'électricité, réellement, allait révolutionner le monde ? L'inventeur qui se faisait ovationner au pupitre d'orateur semblait en être persuadé.

Peut-être avait-il raison, se dit Sarah, qui, comme de nombreux habitants de Londres, était venue à seule fin d'assister au spectacle. Elle se remémora les événements dramatiques qu'elle avait vécus. Bien que deux mois se fussent écoulés entre-temps, l'affaire semblait encore très récente à la jeune femme qui se demandait si l'humanité allait trouver, par ses propres moyens, le secret de Thot.

Sans doute, la découverte de Thomas Alva Edison – tel était le nom de l'orateur – constituait-elle le premier pas vers cette force incommensurable dont Sarah et ses compagnons avaient été les témoins dans la chambre des secrets. Elle avait encore en tête les paroles du vieil Ammon :

Le savoir qui est consigné dans le Livre de Thot
provient d'un autre temps et d'un autre monde.
Il est le savoir des dieux
et il n'est pas destiné aux humains.

Pas encore. Peut-être le temps viendra-t-il
où l'un ou l'autre secret se révélera de lui-même
si l'humanité est assez sage pour cela.

Cette pensée inquiéta Sarah qui se sentit soudain mal à l'aise au milieu de la cohue des curieux, des ladys et des gentlemen de la bonne société londonienne qui avaient saisi cette occasion d'une promenade.

Sarah était entourée de chapeaux hauts ou surchargés, de pardessus fourrés et de robes froufroutantes. Se promener en public sans une compagnie masculine, et à une heure aussi tardive qui plus est, passait pour extrêmement déplacé, et c'est pour cela que Sarah essuya plus d'un regard désapprobateur dont elle ne put que se moquer.

Elle flâna encore un long moment dans les rayons de cette lumière claire, à travers les ailes du bâtiment de fonte et de verre édifié trente ans auparavant pour l'Exposition universelle et qui n'avait rien perdu de sa magie.

Il ne se passait pas un jour sans que Sarah pense à son oncle. Dès son retour, Laydon avait été traduit devant un tribunal et condamné à la détention à perpétuité. Il devait purger sa peine, comme Sir Jeffrey l'avait supposé, à St Mary de Bethlehem, cette institution que les Londoniens connaissaient tellement bien qu'ils l'avaient appelée « Bedlam ».

En ce qui concernait la famille royale, le duc de Clarence et sa grand-mère, reine d'Angleterre, avaient pris note de l'issue heureuse de l'aventure, mais ne s'étaient pas exprimés à ce sujet. Il n'y avait eu ni remise de décorations ni remerciements en bonne et due forme.

D'après la version officielle, les événements ayant coûté la vie à Maurice du Gard et à tant d'autres personnes étaient supposés ne jamais avoir eu lieu.

Le rapport de Sarah Kincaid avait abouti directement dans les archives de Scotland Yard, où il avait reçu le plus haut degré de classification ; l'histoire n'apprendrait jamais l'existence de la conjuration menée par Mortimer Laydon, elle ne saurait jamais quels objectifs il poursuivait. L'*Egyptian League* fut dissoute, mais, tout comme Sarah l'avait supputé, la perquisition à son siège de Pall Mall ne donna aucun résultat. Si Mortimer Laydon avait effectivement d'autres complices appartenant à une organisation, encore plus importante et plus dangereuse, ils avaient trouvé comment disparaître de la surface de la terre et effacer toutes leurs traces.

Peut-être une telle organisation n'existait-elle pas, comme Scotland Yard le croyait. Peut-être cette affaire était-elle seulement le fruit des élucubrations d'un esprit dérangé.

Mais Sarah n'excluait pas la possibilité que des personnes se réunissent en ce moment même dans un endroit secret pour élaborer un nouveau plan.

Cette pensée la fit frissonner, et elle décida de quitter la conférence. Elle se fraya un chemin jusqu'à la porte principale, où l'attendait sa voiture, lorsqu'elle crut soudain reconnaître un visage familier dans la foule des visiteurs.

Mais, l'instant d'après, il avait déjà disparu. Sarah se dit qu'elle rêvait éveillée et que son cœur était la cause de cette illusion.

Combien de temps, se demanda-t-elle, combien de temps faudrait-il pour qu'elle puisse l'oublier, lui ? Et que se serait-il passé si… ?

– Chercherais-tu quelqu'un ?

Sarah se retourna et son cœur bondit lorsqu'elle constata qu'elle ne s'était pas trompée. C'était bien Kamal. Il était devant elle, non plus en caftan crasseux, mais en chapeau haut de forme et en habit noir, comme tout gentleman accompli.

– Tu… tu es là ? balbutia Sarah.

– Comme tu le vois, répondit Kamal.

– Mais ne m'avais-tu pas dit que ta patrie était le désert ? Que nous appartenions à deux mondes différents ? Que nous étions trop différents pour nous retrouver ?

Kamal hocha la tête.

– Je l'ai dit, mais j'ai dit aussi que nous aurions une chance en un autre endroit et en une autre époque.

– Et ce temps et ce lieu : ce serait ici et maintenant ?

– Qui sait ? dit-il dans un sourire.

– Qui sait, reprit Sarah en lui rendant son sourire.

Une nouvelle fois, leurs regards se rencontrèrent en un instant qui parut sans fin.

Kamal offrit à Sarah son bras, comme un gentleman ayant reçu la meilleure éducation, et ils quittèrent ensemble le Palais de cristal.

Le 8 mai 1885, l'édition matinale du *Times* fit paraître un court entrefilet qui ne fut guère lu par la plupart des lecteurs ou qui, quand il le fut, ne retint pas leur attention ; seuls des initiés purent en comprendre la portée :

Londres.

La police métropolitaine annonce qu'un détenu condamné pour crime est parvenu à s'échapper, dimanche matin, de l'asile de Bedlam. Selon nos sources, le pensionnaire, un aliéné qui aurait été jadis infirmier, se serait déguisé en docteur en médecine et aurait trompé la vigilance des gardiens…

La police, représentée en l'occurrence par le chief inspector Milton Fox, n'accorda aucun intérêt à l'incident. Trois ans plus tard, à l'automne 1888, il se produisit une nouvelle et sanglante série de meurtres dans les quartiers londoniens de Whitechapel et de Spitalfields. L'assassin ne fut pas arrêté. Son identité ne fut jamais percée à jour.

Pourtant, pour ceux qui avaient été plongés dans les événements terribles ayant marqué l'année 1883, il ne pouvait y avoir de doute quant à l'identité de celui qui répandait ainsi la peur et la terreur et qui passa plus tard à la postérité criminelle sous le nom de Jack l'Eventreur…

REMERCIEMENTS

Toute grande aventure se compose d'une multitude d'éléments. Mes remerciements vont donc à tous ceux qui ont contribué directement ou indirectement à ce que Sarah Kincaid se lance dans son périple plein de dangers.

Je remercie en tout premier lieu mes fidèles lecteurs qui ont rendu possible le présent livre grâce au succès rencontré par *La Confrérie des Runes* et *Les Héritiers du Pavillon noir* ; mes remerciements vont également à mon lecteur Stefan Bauer pour sa coopération si agréable et si amicale, à mon agent Peter Molden pour son engagement indéfectible, ainsi qu'au dessinateur Daniel Ernle pour ses illustrations, comme toujours, réussies.

Je remercie Simone Brack de m'avoir aidé pour les passages en français ; elle a permis que Du Gard prenne un peu plus de consistance. Il me faut aussi remercier, par ailleurs, mes amis Rainer Leising, Uwe Raum-Deinzer et Adreas Leising pour leur intérêt et leur soutien qui ne se sont jamais démentis, Christian Brack et Stephan Böhmig pour leur compréhension à l'égard de cet autre métier...

Mais surtout, c'est ma famille que je dois remercier : ma femme Christine et ma petite fille Holly, pour avoir rendu tout cela possible.

Ecrire un roman est toujours une aventure, et l'auteur, pas plus que son héros, ne sait ce qu'il va advenir. Dans le cas présent, ces personnages que j'ai vus naître et grandir me tiennent à cœur. L'histoire de Sarah Kincaid et de son sombre héritage, de son combat contre les puissances des ténèbres et l'obscurantisme, est loin d'être terminée...

Michael Peinkofer